本书为国家社会科学基金重大项目“多卷本中国文化域外传播百年史”（项目号：17ZDA195）阶段性成果

夏目漱石的汉诗和美学世界

王广生　著

内容提要

夏目漱石是日本近代首屈一指的国民作家，汉诗是其文学创作的起点并预言了其生涯的终结。漱石的汉诗既连接着东方传统文化的审美，也根植于现代人的孤独和不安，是一种多元文化内共生的文学变异复合体。本书包括三个部分，即日本汉诗散论、漱石汉诗选读以及漱石的美学世界，分别从文学发生学的角度讨论漱石汉诗的精神和美学特色，从诗歌的立场对其晚年的20余首汉诗进行文本细读和美学意义的阐发，从文本的互文性和世界文学的视域出发讨论以《草枕》为中心的漱石美学的现代性建构。本书还附录了勘校后的漱石汉诗以及漱石晚年汉诗原始手稿的影印资料。

图书在版编目（CIP）数据

夏目漱石的汉诗和美学世界 / 王广生著. —上海:
上海交通大学出版社, 2023.9
ISBN 978-7-313-29727-3

Ⅰ. ①夏… Ⅱ. ①王… Ⅲ. ①夏目漱石（1867-1916）
—汉诗—诗歌研究 Ⅳ. ①I313.072

中国国家版本馆CIP数据核字（2023）第197250号

夏目漱石的汉诗和美学世界
XIAMUSHUSHI DE HANSHI HE MEIXUE SHIJIE

著　　者：王广生
出版发行：上海交通大学出版社
地　　址：上海市番禺路951号
邮政编码：200030
电　　话：021-64071208
印　　制：苏州市古得堡数码印刷有限公司
经　　销：全国新华书店
开　　本：710mm × 1000mm　1/16
印　　张：20.5
字　　数：334千字
版　　次：2023年9月第1版
印　　次：2023年9月第1次印刷
书　　号：ISBN 978-7-313-29727-3
定　　价：98.00元

前 言

对夏目漱石汉诗的兴致，大约始于10年前，读到“病骨稜如剑，一灯青欲愁”顿觉诗味油然，又读到“听尽吴歌月始愁”一句，不由得惊叹。特别是后者，颇显中国古诗神韵，出入有无之间，抒情与叙事交融，触及精神世界的跌宕与绵延，却不失空灵而又难寻其迹。

博士毕业后，工作不顺，身心忧烦，失眠便是常有之事。治疗失眠，读康德和黑格尔固然见效，但也时感无趣，一个偶然的机缘，开始细读夏目漱石的汉诗，特别是其晚年（1916年8月14日之后直至病逝期间）将汉诗作为一门“日课”留存日记的部分，尤为令我感动。我也将自己的阅读体验与思考断续在微信号“读诗阅史”中推出。当时即发现，夏目漱石的汉诗在学界虽然日渐受到重视，但多将其视为思想史（值得注意的是，汉语中的“思想”理应包含“思”与“想”两种维度及其融合，正如同德语中的“思/思想”，即“denken”也包含了“思念、追忆”，即“andenken”）的材料，抑或作为中国文化域外传播的证词（特别是汉语学界）。出于对以上的不满，我于2020年在北京大学出版社刊印了《读诗札记——夏目漱石的汉诗》一书。在书中，我基本上从以下三个维度对夏目漱石的汉诗展开讨论：

（1）诗歌的审美（诗体与内容、文辞与结构、意象与思想等）；

（2）作为文学变异复合体的日本近代汉诗；

（3）生命对话之诗（有限与无限、虚空与真实）。

不过，这本书只是涉及夏目漱石晚年的数十首诗，且目录仅仅写了创作的日期，如“八月十四日、八月二十日”等，汉诗的内容与主题在应显之处隐遁了。凡此种种，略感遗憾。

后调入首都师范大学外国语学院。在院系领导的支持下，我开设了一门选修课，即“夏目漱石专题研究”，并录制了12课时的教学视频。在此过程中，我尝试在日本汉诗的脉络中去理解漱石汉诗的位置，努力在漱石文学的整体中思考其汉诗的意义，甚而试图从日本近代文学的脉络中解读漱石汉诗的内涵与特质。在此前后，相继在《国际汉学》《光明日报》《汉学研究》等报刊上发表《日本近代汉文学的现代性品格初探》《日本汉诗：夏目漱石与良宽》《日本近代汉诗的“文化内共生”特征》等文章，并以《草枕》为中心，围绕夏目漱石文学中的美学和现代性问题撰写了《〈草枕〉之美，美在何处?》《禅宗与〈草枕〉——以“无住”观念为中心》《〈草枕〉之美及其思想的位置》等论文。概言之，这几年对夏目漱石汉诗的接受与思考，我更倾向于在美学的视域中探求汉诗与夏目漱石的俳句、绘画、小说以及文论思想（包括哲学意识）等的系统性逻辑关系，尝试在一个整体的夏目漱石文艺（夏目漱石的终生挚友正冈子规就曾明言文学隶属艺术之美的范畴）场域中，理解夏目漱石汉诗作为近代性文学之有机部分的复杂性和过渡性品质。上述努力在许多中日学界先辈的著述中已有体现，我也受教良多。

归根结底，在我眼中，夏目漱石汉诗的根底还是一种美学意义上的生命之歌，这是夏目漱石汉诗打动我的深层缘由。后闻似有国内学者以实证的方式考证出夏目漱石汉诗之美，在于有汉诗素养者帮其删改。此等传言倘若是真，那真是一件彪炳史册的事件。此外，约翰·内森在其著述《夏目漱石传》中说，漱石研究卷帙浩繁，他只是希望能给广大读者呈现漱石作为鲜活个人和情感丰富的艺术家的一面，一起靠近和感受漱石这个人。殊不知，夏目漱石最好的情感自传、生命日记，正是作为业余诗人的夏目漱石创作的汉诗（小说自不待言，书信也是特定指向的写作，而不拟发表的汉诗则是写给自己的孤独的礼物）。也正是出于这样的考虑，我将1914—1916年存留于夏目漱石日记中的汉诗手稿附录其后，以便广大读者能够从夏目漱石誊抄的笔迹中，从修改的细微处、从清晰可辨的划痕中，直观地感受一颗敏感而又弱小、痛苦却又坚定的心脏的跳动。换言之，汉诗以及汉诗文格调及其节奏等美学表征与内涵，在本体意义上，对患有神经衰弱的夏目漱石来说是一种有效的身心理疗方式，也是其面对现代性的生存模式（如火车的速度）时的一种反省和思考。

当然，为了给读者朋友留下一个有关夏目漱石汉诗的完整印象，本书还以简体字版辑录了目前所见的夏目漱石的汉诗。

有人说，万物皆存，但世界并不存在。倘若此中确存一分道理，我们也可以说，夏目漱石的汉诗虽然是一种事实，但作为一种共识的夏目漱石汉诗并不存在。而本书的用意，不在于否定科学观念指导下的夏目漱石汉诗研究，也无意指摘过分强调汉文化普适性所造成的悖论，或许，我用前期的一些过时的文字编撰成册，只是为了建构一种基于我个人情感体验和理性认知框架的漱石汉诗的世界图景。倘若真的可以做到，这或许是一种小小的“确幸”，因为，我相信，文学抑或诗歌，在最私人化的、最具个别性的地方，恰恰是普遍性和特殊性的最终的完成。我在世界之中，世界亦在我之内；世界即我，我即世界。在汉诗的世界，漱石追寻的是美学的、艺术的生命旅程。

诗歌批评或曰解读，最痛苦的事情是诗非但不能达诂，缘理而说的部分也很小，而那最重要的诗意在下笔之际却不知所去。鉴于此，本书编撰时也有意选取了理性文字（论文八股）之外的一些关于夏目漱石汉诗的松散文字，虽可纾解某种艰涩的阅读体验，或许由此也会带来诸如整部书稿缺乏统一等问题。但无论怎样的指责，我作为本书唯一的责任者，在歉意之余，也会对您的不满表示感谢，并期待着可以与诸位一起审阅夏目漱石的汉诗及其美学世界：

长夜读诗酒不孤，月轻依旧照时无。
桐槐次第春何去，看尽花开梦始枯。

王广生
于癸卯年四月十六日
花园桥首师大外文楼507
修订于白石桥租所

目　录

第一部分
日本汉诗散论：以夏目漱石为中心

一、日本汉诗：漱石和良宽[①]

日本汉诗是指日本人根据汉语诗歌的规则而创作的诗的总称。在明治之前，日本文学是用双语（日语和汉语）写作的（加藤周一语），日语中的“诗歌（shiika）”一词，即指汉诗与和歌。因此，汉诗是日本文学的重要组成部分。所谓汉诗，应以历史和跨文化的眼光观之，这样才能领会汉诗所具有的持久不衰的生命力，才能理解东亚诸国曾共同建构“汉字文化圈”并从中受惠的历史事实，这一点已为包括松浦友久、石川忠久等在内的诸多汉学家所认知。在日本1 700余年的汉诗史中，有两个难以被忽略的独特人物。之所以称之为独特，是因为一方面，他们从不以职业诗人自居，不以汉诗谋求生计和名利；另一方面，在后人眼里，他们却以汉诗独具风骚，书写了各自的人生传奇。这两个人就是良宽和夏目漱石。以汉诗为线索，我们也可发现，生活在不同时代的两个人在精神传承和写作风格方面存在有趣的差异和联系。

（一）夏目漱石的绝笔汉诗

其　一

大愚难到志难成，五十春秋瞬息程。
观道无言只入静，拈诗有句独求清。

① 原文刊于2021年11月25日《光明日报》国际文化版。

迢迢天外去云影，籁籁风中落叶声。
忽见闲窗虚白上，东山月出半江明。

其　二

真踪寂寞杳难寻，欲抱虚怀步古今。
碧水碧山何有我，盖天盖地是无心。
依稀暮色月离草，错落秋声风在林。
眼耳双忘身亦失，空中独唱白云吟。

这两首七律汉诗是夏目漱石誊抄于日记中的诗作，诗作后面标注了日期，分别是大正五年（1916）11月19日、20日。这两首汉诗从语言形式到主题内容都十分相似，又是连日而作，可视为姊妹篇。

在笔者看来，夏目漱石的绝笔之作并非未完成的小说《明暗》，而是上面所引的两首汉诗。1916年11月22日，夏目漱石病倒入院，不久便过世了，时年49岁。而第一首诗的首联“大愚难到志难成，五十春秋瞬息程”中的“大愚”，正是日本江户时代的传奇人物、曹洞宗僧人良宽（1758—1831）的号。

夏目漱石像（日本国立国会图书馆近代人物图像数据库）

夏目漱石一生留下约208首汉诗，被誉为明治日本汉诗的高峰之一。不过，若漱石在天有灵，一定不敢认同这样的观点。漱石生前，他的汉诗鲜有发表，只有夹杂于散文和小说中的数首汉诗面世。漱石自称汉诗的“门外汉”，也从未将汉诗视为其创作的一部分。不过，后来的学者却对漱石的汉诗给予了很高的评价。吉川幸次郎就十分欣赏他的汉诗，于20世纪60年代出版《漱石诗注》一书。在吉川幸次郎眼中，日本人作汉诗大多无趣，唯良宽汉诗较好，其次是夏目漱石的汉诗，而后者受到了前者的影响。

对于良宽，夏目漱石本人给予其至高的赞誉。漱石曾数次表达对良宽的汉诗及其书画的钦佩之情，也无不流露出对自己的不满和遗憾。此即上述诗句“大愚难到志难成，五十春秋瞬息程”的本意。

同样，从“大愚难到志难成，五十春秋瞬息程”这一诗句出发，我们看到漱石坦诚的同时，也察觉到了漱石以汉诗求道而未能解脱的遗恨跃然纸上。这种求道而不能开悟的思想困境与漱石晚年艰涩的汉诗风格形成呼应，塑造了一位苦吟求道者的形象。漱石在临近生命的尾声，发出“碧水碧山何有我，盖天盖地是无心。依稀暮色月离草，错落秋声风在林”之叹，或许是因为他想到了良宽在多年前写下的诗句：

我生何处来，去而何处之。
独坐蓬窗下，兀兀静寻思。
寻思不知始，焉能知其终。
现在亦复然，辗转总是空。
空中且有我，况有是与非。
不知容些子，随缘且从容。

同样是追问生命的终极意义，但与漱石的七律诗体和艰涩的风格迥异，良宽的汉诗从形式到内容都活泼自由、轻松幽默。很明显，两者属于不同的精神世界：一个是文人的汉诗；一个是出家人的诗偈，又称偈子或偈。但无论哪个，都是借助汉诗——这种东亚汉字文化圈共有的文学形态和方式，建构的一个独立的精神世界。

（二）漱石和良宽，不同的汉诗世界

若是反过来思考刚才我们抛出的问题或许更有趣，即漱石和良宽同样使用汉诗这一媒介却呈现了不一样的精神世界，漱石的汉诗和良宽的汉诗迥然有别，而且他们二人的汉诗之不同，不同于李白和苏轼的差异，也有别于寒山和良宽之间的差别。

倘若追问其中的原因，且让我们看看良宽的汉诗。

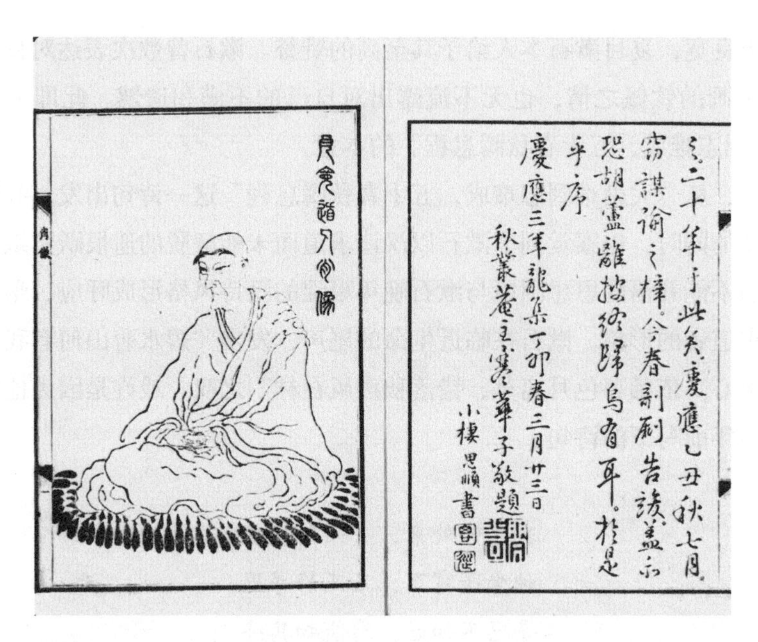

良宽道人肖像（《良宽道人遗稿》，1867年，早稻田大学图书馆公开电子资料）

作为诗人的良宽，一生创作的汉诗大约有400首，基本收录在《良宽道人遗稿》这部诗集中。从该诗集的汉文序言中，我们可以大致了解良宽漂泊而传奇的一生。他始终生活在社会的最底层，流落他乡，却能随遇而安，与儿童嬉戏。

1758年出生于日本新潟的良宽，原名荣藏，后削发为僧，法号良宽，又号大愚。良宽自幼苦读儒学，以求出世。但不知何故，18岁时身为长子的他选择出家。后云游四方，行乞为生，最终返回故乡，1831年于一处简陋的草庵里圆寂。良宽身前身后，皆寂寂无闻。死后多年也无人提及，直到明治时代才逐渐被世人所了解，其汉诗、书法、和歌及他的人生才得到关注和认可。1900年前后，随着俳句运动、禅宗思想的兴盛以及出版业的发达，关于良宽诗集的整理和研究著作逐渐增多。如相马御风就相继出版了《大愚良宽》（春阳堂，1918）、《良宽和尚诗歌集》（春阳堂，1918）、《良宽和尚遗墨集》（春阳堂，1918）等多种著述，为此后的研究奠定了重要的基础。夏目漱石也是在这个时代潮流中发现了良宽的魅力。大正三年（1914）1月18日夏目漱石给友人山崎良平的书信中写道："良宽诗集一部收到，十分感谢您的厚意。良宽上人的诗确为杰作，日本自古以来的诗人中少有能与之匹敌。"

据说良宽也有机会成为圆通寺的住持，其师圆通寺的主持国仙和尚十分欣赏他，曾作诗赞曰："良也如愚道精宽。"（《沙门良宽》）不过，国仙和尚死后，良宽受到众僧排挤而流落他乡，最终成为一个行脚僧，浪迹人间。可以说，行乞是他后半生最主要的活动，这一点也反映在他的汉诗中，试看下面一首诗：

青天寒雁鸣　空山木叶飞。
日暮烟村路　独揭空盂归。

本诗描写了行乞空手而归的场景。落魄的僧人在炊烟袅袅的村落中穿行而过的场景，写意虽简，却栩栩如生。忍饥挨饿的孤独与无奈，却以平淡的方式被叙述出来，犹如一幅行乞暮归的水墨图。

生涯懒立身，腾腾任天真。
囊中三升米，炉边一束薪。
谁问迷悟迹，何知名利尘。
夜雨草庵里，双脚等闲伸。

这是一首禅偈，任性而自然，语言活泼、诙谐。用今天的话来说，这可看作是一首"躺平"味道浓郁的诗篇。不过，良宽的"躺平"是一种富有艺术的生活态度，是对自身欲望的摆脱和悬置。

良宽作为僧侣，摆脱了宗派，独自修行。作为诗僧，他的诗作也是独特的，诗风淳朴，任性天真，入目即为诗，所思即成句。也正因为此，类别杂陈，难以归类。有趣的是，其中有数首以美人为主题的诗篇："南国多佳丽，翱翔绿水滨。日射白玉钗，风摇红罗裙。拾翠遗公子，折花调行人。可怜娇艳态，歌笑日纷纭。"（《南国》）此类诗作以直率而浪漫的笔调，描绘了一颗羞涩而悦动的少女之心，独具风流。

有人说，良宽的汉诗里，前期多见《论语》《文选》《楚辞》的影响，后来又可以看出道元禅师《正法眼藏》中的禅思妙想。儒学的因素坚毅其信仰和人格，佛禅和老庄则让其汉诗脱俗清丽、平淡而富有生气。

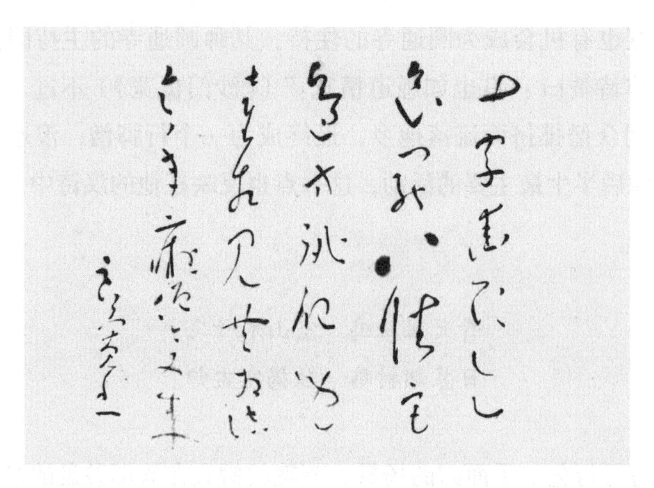

良宽诗书：十字街头乞食了，八幡宫边正徘徊。儿童相见共相语，去年痴僧今又来。（良宽纪念馆官网）

行笔至此，聪明的读者或许已经发现，漱石和良宽何以创造出两个不一样的汉诗世界。如上所见，他们的汉诗之不同并非仅仅指向用语和写作风格的层面。他们诗歌的不同亦是人生观和世界观的不同。在笔者看来，漱石和良宽在汉诗中呈现出的世界之不同，本质上体现了近代和古典之间的差别。换言之，漱石用古典的形式（汉诗）力图书写出近代人内心焦虑而不安的精神世界，而良宽则以口语化的偈（以士大夫文学传统观之，无疑是一种乖离）安放了一颗古典之心。

站在古典诗学的立场上，比较漱石和良宽的汉诗。我们很容易发现漱石汉诗中近代二元对立的思维模式。然而，被抛入近代东西方文化冲突现场的夏目漱石，其自身对这一近代性的内在的顽疾已习焉不察。所以，漱石的汉诗也难以抵达主客合一、物我两忘的古典诗境（新精神和旧诗体之间的冲突与矛盾）。在漱石眼中，这个世界是自我意识的对象，拥有强烈“我”之意识后，“我”就难以恢复到“无我”的本质。

诗思杳在野桥东，景物多横淡霭中。
缃水映边帆露白，翠云流处塔余红。
桃花赫灼皆依日，柳色模糊不厌风。
缥缈孤愁春欲尽，还令一鸟入虚空。

上面这首是漱石落款于大正五年（1916）8月30日的一首七律汉诗。我们或许会联想到《诗品》的序言："气之动物，物之感人，故摇荡性情，行诸舞咏。"但漱石汉诗中所描述的不过是诗人内心的风景，是诗人内心真实的孤独和虚空之象。也就是说，外部的世界被漱石强烈的自我意识所捕捉——以汉诗的方式。以古典诗体呈现近代人日渐复杂而冲突的内心，这种尝试和努力让漱石的汉诗付出了诗思过重、诗风艰涩的代价。但换一个角度来看，这也可视为漱石对传统日本汉诗表现力的一次现代性开拓，对我们如何看待传统诗歌创作在现当代文学史中的位置等问题具有重要的启示意义。至少，以夏目漱石为代表的日本近代文学的开拓者们的汉诗创作实践，从一个侧面证明了古典文学亦可生成一种现代性的品格之事实。①

漱石晚年提出了"则天去私"的命题，反映出他内心在东方/西方、古典/近代之间的徘徊和挣扎，这一矛盾及其形成的思想张力，虽然在客观上成就了夏目漱石文学创作的可能性，但这种源于古今、东西不同文化之间的冲突也成为他内心痛苦和郁闷的根源。

与陷入近代性困境的漱石不同，良宽的形象就轻快、潇洒多了。作为一名曹宗洞僧人，他虽然并未在日本佛教史上留下什么印记，但流转于汉诗、书法和绘画间的故事，让他成为后来者追慕的艺术传奇。成就良宽在日本文化史地位的固然不能说是中国文化，但他以独特的艺术方式（甚至是他独特的生命存在实态）展现了以禅宗为代表的古典东方生命美学的价值，也是毋庸置疑的。于良宽而言，他的汉诗即是他本人内心和日常生活的写照。艺术和生活的高度合一，或许才是至高的"写生"（近代日本文学的"写生论"由漱石的好友正冈子规提出，漱石的《我是猫》就是这方面的实践）。

（三）汉诗即人生

虽然漱石和良宽的汉诗有着近代和古典的差异，但作为日本的汉诗诗人，他们也有诸多相同或相通之处。

首先，他们二人对作为其汉诗创作精神源头的中国文学有着深厚的感情和

① 王广生：《日本近代汉文学的现代品格初探》，《国际汉学》2020年第1期，第126—134页。

敏锐的感受力。

少年时代，良宽就对儒学和中国文学方面的书籍十分着迷，正如他在诗中所言“一思少年时，读书在空堂。灯火数添油，未厌冬夜长”。除了《法华经》等佛教书籍外，对良宽精神世界影响最大的就是《论语》《庄子》和王维、杜甫、李白的诗歌了（《日本诗歌史》）。良宽自编自抄《草堂诗集》，就取自杜甫的“草堂”之说。前文中提及的以美人为主题的汉诗，则是受到了李白、寒山等中国诗人同类题材诗歌的影响（《沙门良宽》）。

而夏目漱石在1889年自行刊印的汉文《木屑录》中，开篇即说：“余儿时诵唐宋数千言，喜作为文章，或极意雕琢，经旬而始成。或咄嗟冲口而发，自觉澹然有朴气。”夏目漱石在他的小说和散文中，经常举出王维、陶渊明等人的诗歌，以示东方诗歌之美。可见，在对中国文学的喜爱和修养方面，夏目漱石也不遑多让。

其次，禅宗文化建构了他们二人文学精神世界的重要内容。

良宽自不待言，作为诗僧，其诗其歌，其言其行，皆可入佛。他留下的汉诗多为禅偈。值得注意的是，作为后来者的夏目漱石虽非僧侣，但禅宗思想却是其重要的精神资源，造就了漱石文学世界独特的风景。如小说《草枕》表面上是一部以“非人情”为主题的小说，但其思想的实质则是东西方美学思想的对话集，其中突显的禅宗思想十分耐人寻味。甚至有的学者认为《草枕》乃是一部融合了夏目漱石本人参禅体验的禅宗公案小说。

再次，需要特别说明的一点是，漱石和良宽在汉诗写作方面有一个共同的偶像，那就是中国唐代诗僧寒山。

寒山诗中使用了大量口语、俗语，在古代中国，寒山诗没有进入文学的主流。然而，寒山诗自北宋年间传入日本以后，却引起了日本禅林文坛的广泛关注，其回响一直持续到近现代而不绝于耳。表面上看，寒山不为中国文学主流所重视，却在海外获得无数知音，但真正将寒山的诗风和精神贯彻到底，并将此融于自己人生的也唯有大愚良宽了。而至近代日本，虽然有森鸥外、芥川龙之介等诸多作家以寒山为题材的作品问世，但论及对寒山的汉诗及其精神的继承，首推还是漱石。漱石曾作诗云“时诵寒山句，看芝坐山阴”，表达了对寒山诗句的喜爱。暮年的漱石对寒山念念不忘，在距去世三个月前，还写下了“殷勤寄语寒山子，饶舌松风独待君”的诗句。

最后，需要明确的是，良宽和漱石之间最大的公约数，还是汉诗这一书写方式本身。一方面，我们讲，良宽和漱石在创作汉诗，另一方面，我们也可以说，是汉诗创造了良宽和漱石。汉诗寄托着两颗同样苦恼而善良的灵魂，成为他们共有的精神庇护所。上面我们提及良宽以诗践行信仰，汉诗即人生。其实，夏目漱石亦是如此，他以汉诗直面自己的内心，叩问自己的灵魂，思考人生的终极。

柄谷行人曾指出漱石的存在论对应的是一种“无法表达的恐惧”，实际上这是存在本身的危机，然而以伦理学为结构的小说却无法对此做出很好的回应。[①]这一见解点明了漱石小说内在伦理学和存在论的双重性及错位，颇为深刻。不过，若纳入汉诗这一视角，小说则只是漱石文学世界的一部分而已。而漱石的存在论主要是在汉诗中展开的。阅读他晚年的汉诗，孤独和虚空之词，便会不时跃入眼帘。换言之，若要真正理解漱石文学，汉诗的视角不可或缺；同样，若要真正理解日本文学（特别是古代文学），汉文化是一门必修课。

从汉诗的视角出发，我们看到，漱石和良宽是日本也是东亚汉文学的优秀代表，他们的存在，向世人展示了日本孤岛和中国之间历史文脉的深层联系。寒山是中国的寒山，也是世界的寒山，漱石和良宽也是如此，推动他们走向世界的，正是汉诗这种东亚汉字文化圈内共同的文学艺术。换句话说，正如良宽和漱石以中国传统文化为精神的源头一样，今天的我们也有责任将他们的汉诗创作和思想视为自身文化遗产的一部分。

在历史和跨文化的视野中，汉诗（文）无疑是中国文化艺术与东亚诸国语言和思想相互融合的结晶（日本汉诗，是文学的变异复合体，亦是文化的多元内共生之产物），见证了汉字文化圈这一文化共同体的历史事实。我们不仅应该将之视为东亚共有的一份宝贵的文学遗产，或许更为重要的是，我们能否意识到，珍惜和传承这份丰厚的文学遗产，对于东亚社会的今日及将来的意义。

---

① 柄谷行人：《定本柄谷行人文学论集》，陈言译，北京：中央编译出版社，2021年。

二、日本近代汉文学的现代性品格初探①

（一）日本近代文化中的“汉化现象”

一般认为，日本的近代是以否定传统为前提的，前者对于后者的否定性连接，这就意味着历史和文化的某种断裂，这也是“近代”获得正义与肯定的内在进化论逻辑。但在日本近代化过程中出现了一种看似“复古”的风潮，其中最为突出的是“汉化现象”。所谓“汉化现象”，是笔者对于日本明治以来儒学思想、汉文化、汉文学在政府、学术和民众层面前所未有的普及与传播现象之简要概述。“汉化现象”主要体现在两个方面：其一曰“汉意”，其二曰“汉形”，二者亦有交叉。汉意，是指汉文化内在的精神、审美和旨趣等在日本近代社会的意义和价值观确立层面的作用和位置，如儒学思想的普及、汉诗的兴盛、中国趣味等。汉形，是指汉字、汉文化成为西方文学、科技、思想、文化的载体和中介，如西学汉籍、汉文翻译文体等。

在明治之前，日本的儒学仅限于国家意识形态和统治阶层的修养与道德，基本上与一般民众无关。但自明治以来，儒学却借助近代化教育的展开（学校和学科建设）成为一种社会共享的思想开始在日本普及开来，并具有了某种近代儒教的品格。与此近似，日本的汉诗也伴随着新闻报纸等近代媒体的发达而设立专栏，创设文学社团，拥有众多读者，也曾盛极一时，影响着大众近代性审美和知识趣味，达到汉诗在日本影响的最高峰。

对日本明治以来的“汉化现象”，日本著名的思想家柄谷行人亦曾站在主体性建构的视角上，指出日本的现代化实际上既是西洋化也是中国化的过程。②

要之，日本近代化过程中的“汉化现象”，无疑是汉字文化圈的东亚诸国，在近代化过程中一个具有普遍性的重大的课题，但目前学界鲜有论述，也绝非

① 原文刊载于《国际汉学》2020年第1期，略有改动。

② 柄谷行人：《日本现代文学的起源》，赵京华译，北京：中央编译出版社，2017年，第215—216页。

本文可以承担。故，本文仅尝试在辨析文学的现代性之基础上，以近代国民作家夏目漱石和正冈子规的汉文学为例，尝试以现代性的视角对其汉文学理论及实践进行具体文本的分析，从而考辨汉文学这一传统文学样态中所呈现的现代性品格与特质。

（二）关于文学的现代性

在承认近现代“文学”具有的一种普遍的现代性品格同时，我们也要注意到所谓近现代文学并非以单纯的“现代”时间为划分依据的，而且对于原本属于汉字文化圈内的东亚诸国而言，所谓文学的现代性，也非以西方文学的现代性所能统摄和描述的。因此，文学的现代性问题之探讨，必将行经一个时空交错、歧义丛生的世界。限于能力与文字，本文暂且抛出以下陋见：现代文学包括现代性文学和非现代性文学两大部分，所谓现代性文学应是具有现代性价值，呈现现代性之人的审美、痛苦、荒诞、希望等诸种可能和现实者；而称之为现代性文学，也无关乎文体和样态，核心在于其内在的审美情感与精神状态。

福柯（Michel Foucault）认为，今日我们谈论的“文学”并非自古有之，而是与近代基督教的忏悔制度（隐私告白）相关的、产生于19世纪浪漫主义时代的一个近代“概念”。特里·伊格尔顿（Terry Eagleton）后来也沿用了福柯关于现代文学诞生于19世纪的说法：“‘文学’（literature）一词的现代意义直到19世纪才真正出现。这种意义上的文学是晚近的历史现象：它是大约18世纪末的发明，因此乔叟甚至蒲伯都一定还会觉得它极其陌生。”[①]换言之，伊格尔顿认为这个晚近诞生的文学概念使得之前文学的意义狭窄化和想象化，这一变化使得文学具有了现代民族国家认同的功能。因此，在此种意义上，所谓文学，就是产生于现代的（具有民族国家意识形态的）文学。其中虽然隐藏了一种西方中心主义的论点，但中日两国的文学参照西方的现代文学而确立了自身（按照福柯的观点，应是被西方植入现代性），则亦是历史事实的一

① 伊格尔顿：《二十世纪西方文学理论》，伍晓明译，北京：北京大学出版社，2007年，第17页。

部分。也正是在这样的“文学”观念之下，东亚诸国的现代文学先天性排除了旧体文学——作为一种需要被克服和超越的旧的、落后的意识形态——如汉诗（汉字文化圈内的古体诗和近体格律诗）这类传统的文体，其判断的前提就是上述“传统”文学不具有现代文学所具有的众说纷纭而又语焉不详的“现代性”。

何为现代性？对此问题，可谓众说纷纭，其概念也变动不居。在人们思维受制于学科化的今天，这样带有终极性的追问也不可能有一个统一的答案。而这一提问以及提问所要面向的困境本身，就是现代性文化语境的一部分，抑或说是现代性的衍生界域。因为，“现代性”只能是以拥有“现代性”这种特有的意识为前提的一种追问和思考。

表面上看，现代性是指科学、工业化、私人化和民主等尺度的确立，但作为现代性的内在尺度却另有所属。首先，在哲学层面来看，现代性就意味着一种普遍意义的思考方法，即意味着一种普遍性的精神观念和价值取向。在笛卡尔（René Descartes）说出“我思故我在”的时代，西方世界开始裂变，人们开始普遍注重自我的独立性，倚重自我的思考，不再需要外在的声音告知世界和人类的本质。于是，“人”自身成为出发点，也是终极之处。正应和了苏格拉底时代的那句名言:“人是万物的尺度。”[①]张汝伦先生认为，以“人”作为万物尺度的普遍性的思考和追问，也就意味着一个自觉、理性的人成为度量世界万物法则之可能。之后皮科（Giovanni Pico della Mirandola）、笛卡尔、马克思等从不同的角度和层面论述了“人”作为一种普遍意义的法则和尺度的可能与危险：宗教成为人的感情需要，政治成为保障生命财产安全和个人权利的途径，经济是为了经济人的利益，艺术上的现代主义也更加注重人的感觉的审美。要之，“现代性”的发生和演变，以“人”（尤其是个体的、情欲的、理性的“人”）的发现为中心。[②]对此，马克思、恩格斯在《共产党宣言》中有一段带有文学性描述的预见:“一切固定的冻结了的关系，以及与之相适应的古老的令人尊崇的偏见和见解，都被扫除了，一切新形成的关系等不到固定下来就陈旧了。一切坚固的东西都烟消云散了，一切神圣的东西都被亵

---

① 黑格尔:《哲学史讲演录》(第二卷)，贺麟、王太庆译，北京：商务印书馆，1997年，第27页。

② 张汝伦:《现代性与哲学的任务》,《学术月刊》2016年第7期，第32页。

渎了。”[1]

众所周知，启蒙运动以来，理性思维把人们从神权中解脱出来，促使了个性的觉醒和解放，与此同时，人类不再依凭和信赖外在的力量之后，只能相信自己，自我授权，成为自己的上帝。但，面对浩渺无垠的宇宙、难以捉摸的命运，人类在加速了个人欲望的膨胀之时，也加剧了内在精神的虚空。

要言之，对于当代人而言，这种内含一种紧张感、分裂性和难以调和的焦虑与矛盾的生存语境，就成为现代性的最主要特质，这样的认知已成共识。

此外，古与今的分野之际，总会呈现出一种新旧哲学和美学的冲突，旧的哲学和美学已经陈腐而缺乏对现实的灵动反应，而亟须建立一种具有活力、符合生命真实的新鲜的哲学和美学。

那么，文学意义上的“现代性”又是怎样的呢？以时间为标准的切分无疑是粗暴的，其背后有着一种深刻而复杂的历史性原因。[2]在福柯、柄谷行人等学者指出文学起源与现代民族国家确立之间关联的思路之外，作为观念前提的线性文学史观也是一个不得不注意到的问题，即时间之有序，即艺术、文学之进化。其潜台词就是相较于现代文学，古代文学是落后的；相较于古代文学，现代文学是合乎时代、是先进的。[3]

若不以时间为尺度，文学之“现代性”应该以怎样的标准去判别呢？在我们肯定福柯和柄谷行人等先贤考辨“文学”历史性起源的同时，还有一个重要的思路我们也不应该忘记，即回到文学本身，从文学的内部出发无疑是最重要的。

文学自身有着古今之别，在中国文学史上，值得关注的有几次重要的变化，在现代文学观念确立之前，首推魏晋之变。如张沛所言，魏晋以降，随经学衰微，“文学”转向“文章之学”。鲁迅所谓“文学的自觉”，确切说是“文学”的变异：以《文赋》《文选》和《文心雕龙》等作品的出现为标志，一种

---

① 马克思、恩格斯：《共产党宣言》，中共中央编译局译，北京：人民出版社，1997年，第30—31页。

② 当下的教科书流行如下观点：广义上的中国现代文学史是指1917年到1997年。而日本现代文学的确立则在日本帝国主义跻身于列强的明治二十年，即1890年左右。

③ 这样一种进步思想，也恰是现代性内在的一部分，人们依靠自由意志和理性去改造世界，让世界获得持续的发展和进步。

新的“文学”观念和话语诞生了。[①]但若换一个角度，我们也知道魏晋时代也是人的自觉的时代，正是因为人的觉醒所以才有了文学上痛苦的深刻化呈现。[②]因此，钱谷融先生早在20世纪中叶就提出的“文学是人学”之命题，确为至理名言，它提示了文学的本质性问题。据此思路，我们可以知道，经由文学的语言、结构和独特的审美，表现所处时代的丰富、活泼的人性，呈现所处那个时代人们的生存体验，应是文学的宿命和任务。

何为现代文学？对于这一问题，我们也可做同样的思考。例如，王一川在论述启功先生的旧体诗创作时，就曾指出中国现代性文学，体现的是“审美与历史”结合的双重尺度。按照审美尺度，文学作品应当以活生生的艺术形象感染读者，体现独特的审美个性。只要抵达这样的目的，就可以称之为现代性的文学。同样，按照历史尺度，现代性的文学作品则应当有力和有效地表现现代人的生存体验，并揭示出属于现代的根本的历史缘由。否则就不能称之为现代性的文学。[③]

因此，在上述观念和事实的多重启发之下，我们或可粗略地将在时间上产生于现代的文学，大致可以分为现代性的文学和非现代性的文学两大部分。根据哲学意义上“现代性”的衍生，我们也可以说现代文学之“现代性”在某种意义上就是“我”之发现和重塑，对现代性的人生价值和观念生活的呈现与思考。

（三）夏目漱石和正冈子规汉文学的现代性品格

夏目漱石和正冈子规这一对终生挚友，是日本近代文化转型过程中的标志性人物，他们皆以自身的汉文修养和创作为出发点，并以各自的方式开创并引领了日本近代文学的转型与变革。夏目漱石汉文学的现代性品格主要表现为，漱石对汉诗文的“文体”的执着以及其创作中所呈现出的现代性孤独与焦虑，

---

① 张沛：《“文学”的解放》，《跨文化对话》第29辑，北京：生活·读书·新知三联书店，2012年，第361—362页。

② 日本学者铃木虎雄曾在20世纪20年代提出类似的命题。

③ 王一川：《旧体文学传统的现代性生成——启功的旧体诗与汉语现象研究》，《传统文化与现代化》1998年第2期，第56—68页。

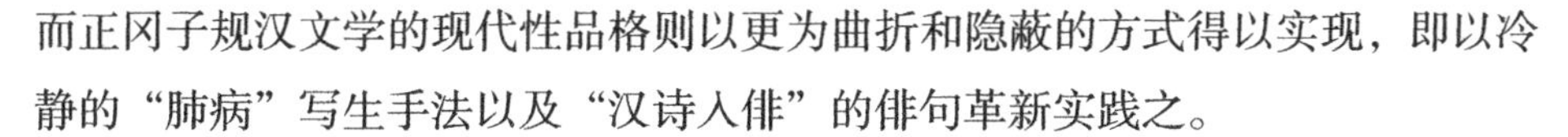

而正冈子规汉文学的现代性品格则以更为曲折和隐蔽的方式得以实现，即以冷静的“肺病”写生手法以及“汉诗入俳”的俳句革新实践之。

1. 夏目漱石的“汉文学”的现代性

夏目漱石汉文学创作主要是指其创作的208首汉诗和自行刊印的汉文集《木屑录》(『木屑録』)。其汉文学的现代性品格，则主要体现在夏目漱石对于“汉文体”的执着以及汉文学创作中的现代性审美这两个方面。与上述“汉化现象”的两个方面相对应，汉文学影响下现代性文体的创立，属于“汉化现象”之“汉形”的范畴；而汉诗文中基于现代人生存境遇的苦痛与孤独感，可归属为“汉化现象”之“汉意”的范畴。

（1）夏目漱石的“汉文”文体与现代性。众所周知，夏目漱石作为日本近代国民大作家，其创作以小说为主，兼有俳句和文学理论的写作。小说作品与现实关系紧密，尤其是晚期作品，多以知识分子的恋爱为题材，其主题都是揭示由利己主义、个人主义酿出的悲剧。较前期的作品，夏目漱石晚年的小说创作更加注重人物内在精神世界的分裂、苦闷和痛苦，既富有浓厚的时代气息，更具有强烈的批评意识和个人主义精神。但需要注意到，夏目漱石的文学之路，抑或说文化之路，起始于汉文学，并以汉文学结束，汉文学乃是夏目漱石贯穿一生的内在执着与精神品格。

夏目漱石出生于1868年，即明治维新前一年，他自幼习读汉文书籍，11岁那年写出汉文调的作品《正成论》。之后在著名汉学私塾二松学舍系统学习了《唐诗选》《文字求蒙》《唐宋八家文》《论语》《孟子》等典籍，准备以汉学立身出世。但随后在社会西化风潮的影响下，1884年进入东京帝国大学预备学校。1889年9月，自行刊印纪行汉诗文集《木屑录》，并署名漱石顽夫，开篇写道:“余儿时，诵唐宋数千言，从小喜做文章。”[①]这样的夏目漱石，一生创作了208首汉诗。其中，在他生涯的最后一年——1916年——更是创作了数十首七律汉诗。

可以说，汉文学的修养和实践给夏目漱石整个文学和理论创作带来深刻的影响，最为突出的就是促使夏目漱石在文体上独特性的确立。按照柄谷行人、小森阳一、林少阳等学者的观点，在日本的白话文运动——“言

① 夏目漱石『漱石全集』第18巻『漢詩文』、東京：岩波書店、1995年、第511頁。

文一致运动”中，多数人聚焦于假名与汉字的二元对立，而夏目漱石基于汉文学的体认和实践，更多地关注汉字所具有的多义性之可能。因此，夏目漱石是在用日语吟（写）汉诗，夏目漱石心目中的“汉文学”，是指在汉字圈流通的汉字书写体系。因此，夏目漱石的“汉文学”，应是“书写语体”之意。故而，在实践层面，夏目漱石也被认为是日本现代小说文体的确立者。[①]日本战后派代表作家大冈升平在谈及夏目漱石的创作时，也对其文体与传统的“文”之间的关系倍加推崇。他特别指出传统的文体与夏目漱石特有的“写生文”意识之间的联系，并十分推崇夏目漱石的文体所蕴含的丰富性。[②]

同样出身汉文化语境中的鲁迅与夏目漱石并没有直接的交往，但鲁迅和周作人兄弟在1923年出版的一部小说翻译集《现代日本小说集》（翻译了夏目漱石的两部小说《克莱喀先生》和《挂幅》）的后记中，刊载了鲁迅关于夏目漱石文学的评语：

> 夏目的著作以想象丰富，文词精美见称。早年所作，登在俳谐杂志《子规》(『ホトトギス』) 上的《哥儿》(『坊っちゃん』)、《我是猫》(『我輩は猫である』) 诸篇，轻快洒脱，富于机智，是明治文坛上的新江湖艺术的主流，当世无与匹者。[③]

“精美”“轻快洒脱，富于机智”等，均可归入文体的范畴，有着深刻的文体表述之根源。由此，我们可知，鲁迅对于夏目漱石文学的关注中心正是夏目漱石文学的“文体”。

夏目漱石文学的“文体”到底是什么？夏目漱石亦曾自述道：“余雅好文章体，汉字假名混合文体、含汉文古意之文章。”同时，漱石还说，写小说的话还是需要“柔软的文体”，此处的“柔软的文体”，即是“柔和了假名与汉字

---

① 林少阳：《“文”与日本学术思想——汉字圈1700—1990》，北京：中央编译出版社，2012年，第146—147页。

② 大岡升平『小説家夏目漱石』、東京：筑摩書房、1988年、第355頁。

③ 鲁迅：《现代日本小说集·附录》，《鲁迅文集全编（二）》，台北：国际文化出版公司，1995年，第1644页。

的表意性的自然流畅的文体”。[①]

对于汉文文体的表达力，夏目漱石在《文学论》(『文学論』) 中曾明确谈及:“至于非日常会话的古诗文，其联想力之丰富出乎意料，且贴切之表现如此之多，不得不令人惊叹。”[②]据此，我们反观鲁迅有关夏目漱石文学除了文体之外的“想象丰富”之评语，才能明白“想象丰富”与“汉文文体”有着直接的关联，进而亦可推论，鲁迅对于夏目漱石文学之肯定近乎全部集中在了“文体表达”这一点上。

不过，在柄谷行人等人看来，夏目漱石文学基于汉文学意识之“文体表达”有着更为深刻的意味。即在思想史的意义上，“汉文表达”正是对日本近代“言文一致运动”的一种反抗。换言之，日本近代化是西方“语音中心主义”的复制和引进，从思想史的视角观察，则是西方现代性植入，带有自我殖民性质。故而，日本的近代化是不充分的，也是不符合日本（汉字文化圈东亚诸国）的历史事实的近代化。也即，西方语音中心主义的一个假定前提是语言的透明性，“言文一致运动”即日语白话文这一“国语”的确立，在自身并未排除汉字文化因素的情况下——汉字假名混合文体——先天就带有虚假性和欺骗性。因此，在事实上，“言文一致运动”隐含了“文”与“言”的对立和矛盾，其中，“文”的隐喻所带来的多义性和丰富性正是夏目漱石所执着的方向。也正是在这一思考方向上，夏目漱石通过“汉文文体”与自然主义对垒，在反思日本近代化的普遍性和完整性同时，也客观上创造了虽曾被其所身处时代的现代性所遮蔽，但对于根植于汉字文化传统的日本而言更加具有现代性文体表达形式的、现代性意义上的日本近代文学。

以上的尝试和执着，无疑是超越时代的。[③]而超越时代就意味着深刻的痛苦和孤独，这样的体验，与夏目漱石汉文学中现代性精神与呈现有着密切的关联。

---

① 《“文”与日本学术思想——汉字圈1700—1990》，第146页。

② 夏目漱石『漱石全集』第9巻『文学論』、東京：岩波書店、1966年、第276頁。

③ 就此问题，林少阳在其著作《“文”与日本学术思想——汉字圈1700—1990》曾明确指出：“文”对于夏目漱石而言首先是一种精神的自我救赎。“文”是夏目的起点，也是他自己选择的归宿，“文”是夏目漱石存在的隐喻，是一种追求多义性价值的书写。在这一点上，夏目漱石超越了他的时代，无论对于中国还是日本而言都值得关注。

（2）夏目漱石汉诗文中的现代性精神。如上所述，夏目漱石汉文学中的思辨性与孤独感，是与其超越时代的、基于汉文学创作实践的“现代性”密切相关的。作为一个自幼习读汉籍，后来又专修英国文学的日本作家，夏目漱石一直致力于消解东与西、前现代与现代、新与旧等在文学层面的矛盾与对立的结构。这无疑是夏目漱石的独特之处，也是其作为一个思考者的苦闷与孤独。且看下面一首诗：“真踪寂寞杳难寻，欲抱虚怀步古今。碧水碧山何有我，盖天盖地是无心。依稀暮色月离草，错落秋声风在林。眼耳双忘身亦失，空中独唱白云吟。”①

该诗创作于1916年10月6日，次日漱石胃病复发入院，数日后病逝。因此，比之于中途未完的小说遗作《明暗》(『明暗』)，这可算得上是夏目漱石的最后之作，而且在艺术的完成度上也较为成熟。因此，国内外学者也给予了这首诗很高的评价。如陈明顺认为该诗是夏目漱石的临终偈诗，吟诵了圆熟的禅境，是夏目漱石晚年提出的“则天去私”思想的充分诗化表达。②松冈让作为较早出版夏目漱石汉诗注释专著的学者，认为该诗澄澈高远，集漱石全诗精髓之大成。③

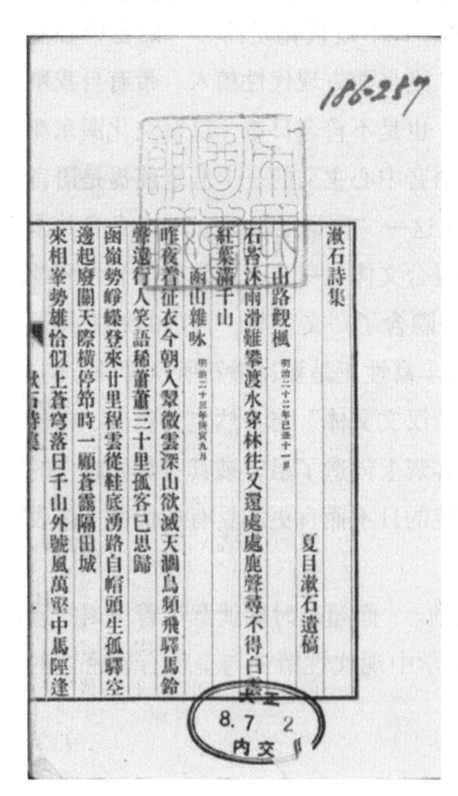

漱石詩集

夏目漱石遺稿

山路觀楓 明治二十二年己丑十一月

石苔沐雨滑難攀渡水穿林往又還處處鹿聲尋不得白雲
紅葉滿千山

函山雜咏 明治二十三年庚寅九月

昨夜着征衣今朝入翠微雲深山欲滅天濶鳥頻飛驛馬鈴
聲遠行人笑語稀蕭蕭三十里孤客已思歸
函嶺勢崢嶸登來廿里程雲從鞋底湧路自帽頭生孤驛空
邊起廢關天際橫停筇時一顧蒼靄隔田城
來相峯勢雄恰似上蒼穹落日千山外號風萬壑中馬陘逢

《漱石诗集》（1919年版，现藏于日本国立国会图书馆）

若是站在文学自身的视角出发，我们关注其用词、格律和结构及意境，则会发现这首汉诗从形式到内容完整同时，也会发现该诗从语言到结构上的紧张和张力，以及由此呈现出的创作者自身精神上的痛苦与焦虑。

首联“真踪寂寞杳难寻，欲抱虚怀

① 『漱石全集』第18巻『漢詩文』、第66—67頁。

② 陳明順『漱石漢詩と禅の思想』、東京：勉誠社、1997年、第1頁。

③ 郑清茂：《中国文学在日本》，台北：纯文学出版社，1967年，第70页。

步古今"，"真踪"之词，未见唐诗，颇为生涩，且并未产生陌生化的效果。尤其是"真"字，在崇尚自然、主张感官直觉的诗歌审美中，属于较为做作的字眼。"真"字背后过于暴露的理性和判断，也损害了诗歌自身的美学表达，不符合夏目漱石所崇尚的"禅"的精神和"道"的审美。"寂寞"二字无论是直接还是间接修饰"真踪"，都与其后"杳难寻"未构成语意的递进关系，造成本诗第一句话内在语感和语意的分裂。

"欲抱虚怀步古今"一句，则语意模糊，"我"的欲念彰显过于直接。既然"无我"何须"我"抱；既然我抱，那一定是以存在为前提的，这样的"虚怀"也必定不是真正的"虚"，而是掺杂了个人强烈而难以消除的欲念之"心"。换言之，这首诗表明了作者尚未通彻透明的开悟之"心"。"步古今"之语，显得粗糙而着力不足。"依稀暮色月离草，错落秋声风在林"一句，基本完成了对仗，却未有一流诗所应有的通透与明澈，尤其是在"月"入禅诗的传统脉络里，其意象和导向的意境都是明亮透彻，以喻禅心之明洁。该句虽然较为出色，但是其色泽晦涩，渗透着一种隐而不去的孤独感。按照吉川幸次郎的话，这一联甚至有些阴气。[①]

最后一联，"眼耳双忘"虽然在逻辑上承接"暮色"与"秋声"之句，但该句本身表达过于直白，过分暴露了作者基于理性和思考的内在理性，与"空中独唱白云吟"的悠然与"天地无心"形成了矛盾和冲突。

要之，这首被称为夏目漱石绝笔的偈子之诗（禅诗），语言时有阻塞、结构缺乏能动，意象较为隐晦，诗意不够明朗通彻，无论从语言到结构，还是从意象和诗意层面，较为集中地表现出一种不同于传统汉诗，尤其是传统禅诗的一种思而不得解脱之痛苦与无法消除的焦虑。而这些特征从何而来？是源于夏目漱石作为日本人汉文修养不足所致？[②]

如若通观夏目漱石的208首汉诗，尤其是1916年8月14日以降的75首汉诗（七律为主），其格律完整，意境相对充沛，甚有奇景之句，被台湾的郑清

---

① 吉川幸次郎『漱石詩注』、東京：岩波書店、1967年、第207頁。

② 作为文学变异体的日本汉诗其审美除了中国传统文化的影响之外，自然还有日本自身传统美学的一个侧向，如"物哀"之色在夏目漱石汉诗中亦有所体现，此处暂不赘述。但是比之于夏目漱石所激赏的僧人良宽的诗作，两者的差异主要在于，由思想和情感的体验之别而导致的审美情趣的差异。

茂赞为明治大正时期第一人、日本文学史上的一流诗人。[①]因此，上述特质非汉诗的传统审美所致，也非夏目漱石自身汉文学素养不足所致，而恰恰是创作者自身所处的现代性生存境遇所带来的思想冲突和孤独不安的结果。对此诗的解读，加藤二郎不满足于传统训读的方式，而是结合夏目漱石晚年汉诗的特点与变化，发现了晚秋景象的诗化特征及人生体验的复杂性。加藤二郎将该诗归为对西方近代性"知"的回应，从而指出了夏目漱石精神世界中现代性孤独的一面[②]，给人以鞭辟入里之感。

明治时代是日本传统社会骤然向西方社会转变的时代，时代的断裂感在夏目漱石身上有着充分的体现：青年时想要以汉文立身，后来却成为东京帝国大学英语专业的研究生，并被遣往伦敦留学；作为东京帝国大学英语系研究生却放弃东京高校教职远赴偏远的松山中学教学；当他已经被提名东京帝国大学英语系教授之际，他却匪夷所思地辞去东京帝国大学教职去一家报社做起了签约作家；政府授予他博士头衔，被他拒绝，生病后却又写下"幸生天子国，原作太平民"这样温和的句子。在那个复杂而又危险的时代，这个充满矛盾的人，在一篇著名的演讲稿《我的个人主义》(「私の個人主義」) 中对包括自己在内的矛盾性曾评述说："我是国家主义者、世界主义者，同时我又是一个个人主义的人。"[③]

而漱石的孤独感，除了思辨层面的苦痛和未开悟状态带来的孤独之外，首先体现在夏目漱石创作的途径——汉诗文这样的文体本身；其次，其孤独感源自现代人生存的必然境遇，有思考者的痛苦和焦虑，也有情感层面的孤独。

再回到最后一首汉诗的结句"眼耳双忘身亦失，空中独唱白云吟"，应是夏目漱石尚未开悟的焦虑和苦痛，以及由此带来的无所定着的、丧失神性与信仰的现代人精神世界的孤独吧。

2. 正冈子规的俳句革新与汉诗

如果说夏目漱石汉文学中的现代性品格，主要体现在漱石对"汉文文体"的执着以及汉诗文中呈现出现代人孤独而焦虑的精神世界的话，那么，我们可以看到，汉文学的现代性品格在正冈子规的汉诗文中亦有所体现，主要呈现于

---

① 《中国文学在日本》，第10页。

② 加藤二郎『漱石と漢詩—近代への視線』、東京：翰林書房、2004年、第266頁。

③ 水川隆夫『夏目漱石と戦争』、東京：平凡社、2010年、第236頁。

汉诗创作中的“写生”手法与“肺病”入诗。但若于此相较，子规汉文学的现代性品格更多是以“汉诗入俳”的方式展开的。

与夏目漱石同岁的正冈子规12岁即创作汉诗绝句，直至34岁早逝，其间，他大概创作了2 000余首汉诗，数量上将近夏目漱石的十倍。1888年正冈子规创作了《七草集》(『七艸集』，以汉诗文为主的文集)，并传阅给了好友夏目漱石。受此刺激，夏目漱石以评论《七草集》之名创作了9首七言绝句，随后又创作了汉文集《木屑录》。可以说，此次的汉诗文创作，为他们文学创作生命共同的原点，汉诗文也成为两者精神交汇之所。夏目漱石和正冈子规自此也以汉诗文结缘愈深，其后相互切磋并互赠诗文，结下终身之义。

夏目漱石在《木屑录》的跋中言及对子规的印象：

> 余以为常于西者概短于东，吾兄亦当不知和汉之学矣。而今及见此诗文，则知吾兄天禀之才矣。其能诗文者，则其才之用耳，不必问文字自他与学问之东西也。如吾兄者千万年一人焉耳。[①]

子规生于松山藩的武士家庭，自幼跟随身为汉学者的外祖父一起生活，在外祖父的指导下吟诵汉诗。后来外祖父过世，改向其他汉学家学习中国文化，并开始习作汉诗，自1878年，子规曾有一段时间，日作五绝作为日课，并让老师修改。全集中留有他12岁所作的一首平仄工整的五绝：“一声孤月下，啼血不堪闻。夜半空欹枕，古乡万里云。”[②]可以说，相比于自幼也熟读汉诗文的漱石，子规在汉诗文的修养方面更具有天赋，他的一生中也创作了数量庞大的汉诗，但为何子规后来转向俳句的创作而基本上放弃了汉诗了呢？子规的汉文学中的现代性又有着怎样的呈现呢？

上述《木屑录》中所引漱石对子规的绝赞之词，得到不善言辞的漱石如此“吹捧”实属反常，这与漱石受到子规汉诗文的刺激相关，还与子规素有大志且自负的性格有关。众所周知，明治维新之前的日本，学问即是汉学，汉学即是学问，汉学者以学问为依凭而出身立世、治国平天下也。明治以降，虽然洋

---

① 徐前『漱石と子規の漢詩——対比の視点から』、東京：明治書院、2005年、第119頁。

② 『漱石と子規の漢詩——対比の視点から』、第9頁。子规，即杜鹃，子规之笔名就由此而来。

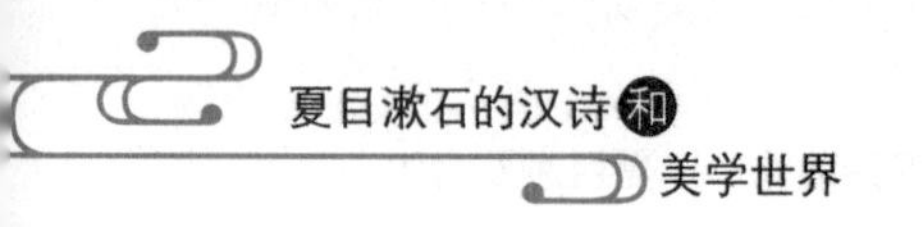

学林立，但汉学的余脉尚存，少年子规也是在这样的文化氛围中修身养性，并和夏目漱石一样想要以（汉）文立身。于是，子规只身自松山远赴东京，想要开创一份惊天动地的事业。因此来到东京不久，便筹划、参加各种社团，热心哲学和美学以及棒球运动（棒球的日译“野球”即是出自子规之手）。这份雄心也在其诗文中多有呈现。但天不遂人愿，去东京后不久，子规就开始咳血，感染当时的不治之症肺结核。我们看下面几首子规所作的汉诗，有直抒病痛与内心愁苦之作，如：

病躯未得四翔翱，枉弄烟霞拟逐逃。

——《墨江侨居杂诗》其七

客气空期千古业，病躯徒抱半生愁。

——《墨江侨居杂诗》其十三

宿疾焉期南极寿，浮生竟是北邙烟。

——《抒怀寄怀松山竹村錬卿》[①]

子规的汉诗不同于漱石，子规的汉诗只是显露出内心的苦痛，并不咀嚼和品味。且看明治二十九年（1896）子规之《偶成》:“雕虫固天赋，十二即成诗。肺病书千卷，人生笔一支。幽居春色少，孤坐夕阳迟，鸦向山头返，悠悠有所思。”[②]

不治之症对于年轻的子规而言，打击之大是不言而喻的。但在子规的这首汉诗中，却没有如夏目漱石在其汉诗中所表达的那份孤独与不安，开篇显现出一种戏谑和自嘲的情调。中间两联中出现的“肺病”“春色少”“孤坐”以及带有时间恨晚之感的“夕阳迟”等意象并未能导向结尾时候的情绪深化的“悲叹”，而是情绪得以上扬的、轻描淡写的“悠悠有所思”。不过，我们也要知道子规和漱石性格迥异，比之于漱石的略带阴郁的衰弱，子规的性格是爽朗而外向的。能写到这样的情调，已经让我们看到了子规的内心之苦闷，且以“肺病”入诗也显示出一种鲜明的时代感来。

---

① 『漱石と子規の漢詩——対比の視点から』、第42—43頁。

② 『漱石と子規の漢詩——対比の視点から』、第33頁。

子规以“肺病”入诗，并描写其苦痛与理想的破灭，最突出的当属明治二十九年（1896）的一首《多病》：

三十已衰老，多病世事睽。
功名非无意，寂寞守隐栖。
凭几无书夜，眩晕而昏迷。
眼前花乍现，耳底虫频啼。
拔剑斩魍魉，点灯见水犀。
倏忽援笔忙，须臾垂头低。
不知夜几更，月在椎树西。①

徐前先生引用此诗，意在说明子规在病痛之中消磨了的功名之心。但在我眼中，这无疑是一首绝望之歌，而且还将死寂之境遇写得如此冷静！即便前四句还是徐前先生所言的壮怀且悲的复杂苦痛。那么，接下来该诗以近乎白描的“写生”手法，用一个个内含递进关系的画面呈现出独自面向病痛和死亡的绝境，这样将自身客观化、冷静至零度的处理方式才是最为惊艳的。愈是冷静、客观，其叙述的效果愈是惊心动魄！读者用心读之，也会被这些文字和画面带入夜色渐浓的暗夜。结尾虽有月色的一丝明光，但这丝明光恰恰是子规生命中最后的一抹光色，在整体的诗景中，月色是那么清冷而寂寞孤绝。

以“肺病”入诗，且以冷静之“写生”手法呈现病痛与绝望的子规的汉诗，为我们演绎出了传统汉诗内在的丰富的包容性和艺术表现力，展示出了汉诗内在超越时代的品质。这也是子规对于当下汉诗研究和创作的启示意义和价值。

不过，值得注意的是，明治二十九年（1896）之后，子规不再有汉诗问世，而全力转向了俳句的革新。从表面上看，子规放弃了汉诗。但正如仁枝忠所言，“子规的和歌也罢，俳句也罢，根底里终是汉诗文的审美精神，只不过，子规的汉诗文精神时而显露，时而消隐，成为在内的潜流，常常作为一种创作的动机和背景”。②

---

① 『漱石と子規の漢詩——対比の視点から』、第160—161頁。

② 仁枝忠『俳句文学と漢文学』、東京：笠间書房、1978年、第9頁。

此外，还需注意一个现象，即子规有将汉诗的一个句子改成一首俳句的习惯：放弃汉诗的思想性，却借用了汉诗的叙景（写生）的手法。[①]

也就是说，子规将原有的“连句”之中的“发句”独立，称之为“俳句”，而赋予这种新的独立文体以生命力的恰恰是汉诗的叙景的手法，也即绘画中的“写生”。正是基于这样的视角，子规才发现了历史上的与谢芜村俳句的“现代性”，即芜村俳句擅长叙景的特色，且富有汉诗精神，有脱俗求雅的风格，格调别致、情趣盎然。即他的俳句能够展示出的一种更容易被现代人所接受的、清新活泼的动感之美。[②]

（四）结语

日文中有“诗歌（shiika）”一词，意思是汉诗与和歌。和歌（waka）是相对汉诗而言的，她也是在中国诗歌的影响下出现的一种富有日本特色的文学形态，包含了长歌、短歌、片歌、连歌以及从连歌独立出来的俳句等。时至今日，相较于小说和视听文化的兴盛，日本的汉诗早已沉寂，但作为传统的文学文体，短歌和俳句依然流行于世，不能不说是一个奇迹。在奇迹背后是日本人对传统美学的执着与肯定，其中也有短歌和俳句以怎样的方式适应这个时代、回应现代人的精神世界的问题。而如上文所见，我们从夏目漱石和正冈子规的汉文学的创作中看到了明治时代日本文学者的近代化转向的努力，看到了夏目漱石对于传统汉诗文的执着，也看到了正冈子规“以汉诗入俳句”的革新，传统与现代，对峙且融合。由此，我们也看到了所谓现代性和古典抑或传统在理论上是具有互文性关联的，两者相互映照，彼此纠缠，成为缺一不可的一个侧面。

据上文分析，我们得以从夏目漱石的汉诗中了解到，文学的现代性的内部指向与文学的形式并无必然的关联，即便是传统的、古典的、旧体的格律汉诗，也能较为充分地表达出一个现代性的丰富而又复杂、充满矛盾的现代人的精神世界，也能艺术地呈现出一种现代人源于信仰的断裂而产生的焦虑和孤独

---

① 『漱石と子規の漢詩——対比の視点から』、第35頁。

② 周海琴：《与谢芜村俳句的近代性》，《日语学习与研究》2008年第5期，第91—96页。

感。而我们也从正冈子规的俳句革新中，认识到与其说“俳句”是正冈子规的“创造发明”，莫如说是他“发现”的，他以“汉诗的精神”“汉诗的叙景手法”发现了藏匿在历史和传统中闪耀的光色和感动。

综上所述，本文从日本近代文化转型过程中的“汉化现象”入手，在辨析何为文学的现代性的基础上，通过对夏目漱石和正冈子规的汉诗文创作与转型的分析，从两个不同的侧面和方向探讨了传统文体与现代性的关系等相关问题，以图为观察日本近代的汉学之变以及我们自身传统文化、文学的现代性价值等问题提供一种新的视角与可能。

三、日本近代汉诗的“文化内共生”特征①

（一）何谓“文化内共生”

笔者一贯主张，日本文化可看作一个纵横立体的动态系统，内含纵向的“古今之变”和横向的“对异文化的接受与变异以及作为其结果的多元文化内部共生状态”等多个“跨越性”内容。简言之，日本文化，尤其是近代日本文化具有典型的多元文化“内共生”的特质。

何谓“内共生”？简言之，“内共生”原本为生物学上的一个假说，现被笔者借用于描述和阐明多元文化相遇、冲突、融合、变异之后产生的一种新的文化样态。

在生物学上，内共生学说（endosymbiotic theory）的发展过程简要如下。1905年，学界提出叶绿体是由原先的内共生体形成的这一构想。20世纪20年代新的学者提出了对线粒体的相同构思。1970年，琳·马古利斯（Lynn Margulis）在《真核细胞的起源》一书中正式提出这一假说。在笔者看来，这一假说包含三个层面的意义：

---

① 原文刊载于《汉学研究》2021年春夏卷，原题《日本近代汉诗的“文化内共生”特征——以夏目漱石的汉诗为例》，署名：王广生、荣喜朝。

第一，两种或多种（微）生物形成共生关系，且其中一种或两种生存于另一种（微）生物之体内，与之形成一种内部的共生关系，形成新的生命形态。本文则是指日本的汉诗创作。日本汉诗既不是中国文学，也不是原有的日本文学，而是一种新的文学样态。

第二，进入另外一个（微）生物体内的（微）生物体作为它们重构而成的新生物形态的一个有机部分而继续存在，且具有维持原来相对独立性的功能和表征。本文即指中国文化和诗歌审美进入日本文化语境，形成一种独特的文学创作样态，即日本汉诗。日本汉诗虽然已经不属于中国文学而成为日本文学有机的组成部分，但是其所据的内在规则和审美形式依然具有汉语诗歌的部分功能和主要表征，如日本汉诗中的律诗创作也力求遵循相应汉语的平仄、古韵和对仗等规则。

第三，两个或多个（微）生物相遇、形成内部共生的关系，便会在客观上重构一个具有和原有生命形态和功能不同的新的物种，以适应外部环境和内部生命的重组。日本的汉诗即中国文化和日本文化对话与融合的结果，而融合了中国古代文化的某些文化因子（尤其是汉文化）的日本文化获得了适应性的拓展。

因此，“内共生”此种生物学现象也在某种程度上适用于描述多元文化间的对话、变异和融合状态。此外，需要特别说明的是，这一“文化内共生”理论是以严绍璗先生自20世纪80年代起开始在国内人文学术界内所倡导的“变异体理论”为思考的基点而提出的，并可与之形成互补关系的一种新的文化（文学）学理论。文学变异体理论侧重过程的发生学思考，是一种文化生成机制的考察；而“文化内共生”假说则更加便于阐明多元化融合、变异之后的一种文化相对稳定的日常实态和内部因素构成。换言之，一个是动态分析，一个是常态描述，两者互为补充，形成一种全方位、立体观察的思考视角与路径。就日本历史文化形成的过程观之，日本文化无疑包含了上述文化“内共生”的几个层面的指向，其内部既有日本民族的本土性文化表述，也有以汉文化和佛教文化为主要表现的外来文化的因子，而近代以降，日本文化又开启了兰学和欧美之学等西洋文化的学习和引入，因此，近代日本文化，又具有了一种导入性的西方近代的理性和启蒙之特征，即具有了近代性的品格和价值。

综上，作为日本近代文学（文化）有机构成的夏目漱石汉诗亦复如是观之。以下，我们将从夏目漱石汉诗内在的三个生成维度，即作为诗歌审美本体的漱石汉诗、作为文学变异体的漱石汉诗以及作为近代性文学的漱石汉诗，展开讨论，以阐明其内在的多元文化共生之现实。

（二）作为诗歌的夏目漱石汉诗

夏目漱石汉诗，尤其是创作于《明暗》期的汉诗，可谓日本明治汉诗的高峰和精华之所在。或许正因为这样，漱石的汉诗是日本高中国语教材中收录第二多的日本汉诗（收录最多的是菅原道真的汉诗）。对漱石汉诗的分析固不可忽视与其小说创作、人生经历、时代背景的关照互证，也不可轻视西方符号学、形象学等理论和框架，但于诗歌的研究而言，首先还是要回归诗歌本身，从其语言、格律和内在结构等层面入手，这样才能找到真正的诗心。古有郑樵《通志略序》所云“诗者，人心之乐也”为证。

以夏目漱石的最后一首汉诗为例：

真踪寂寞杳难寻，欲抱虚怀步古今。
碧水碧山何有我，盖天盖地是无心。
依稀暮色月离草，错落秋声风在林。
眼耳双忘身亦失，空中独唱白云吟。[①]

已有解读，基本将这首汉诗放在夏目漱石思想（史）的框架内进行考量和分析：或将之与晚年“则天去私”的思想联系在一起，或将之与其小说《明暗》之创作进行思想上的比照分析，但却少有语言、格律和内在结构以及在此之上对意境和审美完成度的判断。

在《漱石汉诗与禅思想》一书中，陈明顺先生认为，第一句的“真踪”，与大正五年（1916）10月8日的汉诗中出现的“真龙”意趣相同，表达“本来面目”；第二句“欲抱虚怀步古今”的“虚怀”是指心中没有一个念头的“无

① 『漱石全集』第18巻『漢詩文』、第66—67頁。

心”；整句话的意思是持心无一念之心步古今。要之，在陈氏看来，该诗即是夏目漱石的临终偈诗，吟诵了圆熟的禅境。[①]

而反顾国内，相关的研究亦多循此思路而忽略对其审美的判断和分析。实际上，若自文学审美性的视角出发，逐次关注其用词、格律以及结构、意境，则会发现，夏目漱石这首汉诗从形式到内容有着完整而统一的意思，也会发现该诗内部思想情感层面的矛盾与张力。

具体而言，首联“真踪寂寞杳难寻，欲抱虚怀步古今”，“真踪”之词颇为生涩，“真”字，属于较为生僻的用词，“真”字背后直白的理性和判断，不仅损害了传统诗歌自身的美学表达，也不符合夏目漱石所崇尚的“禅”的精神和“道”的审美。“寂寞”二字无论是直接还是间接修饰“真踪”，都与其后“杳难寻”未构成语意的递进关系，从而造成本诗第一句话内在语感和语意的分裂。“欲抱虚怀步古今”一句，在笔者看来，“我”的欲念彰显过于直接。“虚怀”，多被解释成“无我之心”，那么，既然“无我”何须“我”抱，既然“我抱”，那一定是以“我”的存在为前提的。如此，“虚怀”也非真正的“虚”，而是掺杂了个人欲念之“心”。“步古今”之语，显得粗糙而着力不足。

其下颔、颈二联中，“盖天盖地”“碧山碧水”之语也非高水平的汉诗表述，而“依稀暮色月离草，错落秋声风在林”一句，色泽晦涩，渗透着一种隐而不去的孤独感。按照吉川幸次郎的话，这一联颇有些阴气。[②]

最后一联，“眼耳双忘身亦失，空中独唱白云吟”，被很多学者认为是夏目漱石晚年提出的“则天去私”这一著名思想命题的诗化表达。“眼耳双忘”虽然在逻辑上承接“暮色”与“秋声”之句，但该句暴露了诗人还是以理性的方式“思考”，与“空中独唱白云吟”的悠然和“天地无心”形成了冲突和矛盾。

要之，夏目漱石最后一首汉诗追求形式的正确（七律规则），用语相对文雅，且有生硬之处，造成了诗歌整体意境受损，就审美的完成度而言实有不足。换言之，从上述文学审美即格律、用词和结构、意境等层面考察下的夏目漱石汉诗，所呈现出的形式的特点实与其思想上未能抵达“开悟与超脱”相一致，而夏目漱石汉诗在形式与内容、文体与思想等层面的冲突与统一，也正是

① 『漱石漢詩と禅の思想』、第1頁。

② 『漱石詩注』、第207頁。

在诗歌本体的审美性的视角下才得以发现的。

（三）作为日本变异体文学的夏目漱石汉诗

夏目漱石的汉诗在跨文化的视野下，其审美具有中日美学、文化的复合性特征，同时又具有作为世界近代文学的近代性品格。换言之，夏目漱石汉诗是一种典型的文学变异体。

中国读者阅读夏目漱石的汉诗，很容易从中找到中国文化尤其是陶渊明、王维、白居易等诗人遗风，在思想层面则多处可见老庄、禅宗等的影子。

1916年9月30日，夏目漱石曾作一首七律汉诗，尾联写道“描到西风辞不足，看云采菊在东篱”，[①]明白地表露了他对陶渊明的追慕之情。

不过，夏目漱石汉诗作为日本近代文学的一部分，还具有日本文化审美的独特因素以及近代性的品格，这一点读者未必可知。

且看夏目漱石在大正五年11月19日的诗作：

大愚难到志难成，五十春秋瞬息程。
观道无言只入静，拈诗有句独求清。
迢迢天外去云影，簌簌风中落叶声。
忽见闲窗虚白上，东山月出半江明。[②]

该诗基本合乎七律规则。首联虽有不足，但后三联，用词造句、景致临摹、意象塑造、意境营造等方面都体现出了较高的水准和修养。而且，诗歌整体起承转合较为自然，结句结尾意犹未尽，富有余韵，极具中国禅诗的特色与风姿。不过，仔细体会，还是可以感受到有别于中国传统禅诗的独特审美心理。

苍山空寂，明月清朗。在中国禅诗传统之内，月亮之形象往往借以表述和象征禅者的心怀和佛性。五代名僧贯休法号即为“禅月”，其诗集名为《禅月

① 『漱石全集』第18巻『漢詩文』、第57頁。
② 『漱石全集』第18巻『漢詩文』、第66頁。

集》，即取此意。唐代以白话俗语写诗，弘扬佛法的寒山和尚，写过《秋月》一诗，以月表心，诗曰：

吾心似秋月，碧潭清皎洁。
无物可伦比，叫我如何说？

禅意里的月亮，也常常指向透彻透明的开悟的过程或是愉悦。

唐代禅僧玄觉法师有一首《证道歌》，其中写道：

一月普现一切水，一切水月一月摄。
诸佛法身入我性，我性还共如来合。

王维《山居秋暝》诗云：

明月松间照，清泉石上流。

以上诗句，无不散发着空灵通彻、自得自在的禅意和情怀。

反观颇具禅偈之风的夏目漱石的这首汉诗，尤其是最后两联，与尚未开悟的心境、犹在焦虑的灵魂相一致，显现出一种幽明微暗的氛围和意境。或许这也可看作日本汉诗用语中常出现的“语言遮断”现象，作为承载原有文化信息传统的“月”之意象，在夏目漱石的这首汉诗中发生了剥离和变异。即原有中国传统禅诗中的空灵通彻之境，吹起了日本文学中独有的阴柔幽玄之风。

（四）作为近代性文学的夏目漱石汉诗

若将夏目漱石汉诗放在世界近代文学的视域中，我们亦可发现其内部所具有的近代性文学的品格。换言之，夏目漱石自觉地尝试以汉诗这样的传统文学样式呈现近代人的精神世界。

国内外学者多已指出，夏目漱石晚年的汉诗充满了思辨性与孤独感。而这种孤独感和焦虑性，从何而来？对于这一点，却鲜有追问。在笔者看来，这与夏目漱石超越时代的、基于汉文学（汉诗）创作实践的“近代性”密切相关。

在落款为1916年10月6日的汉诗[①]中，有如下表达：

非耶非佛又非儒，穷巷卖文聊自娱。
采撷何香过艺苑，徘徊几碧在诗芜。
焚书灰里书知活，无法界中法解苏。
打杀神人亡影处，虚空历历现贤愚。

调侃和戏谑中的焦虑和自负显而易见。在夏目漱石看来，基督教、佛教和儒学，皆非是他要选择的道路，正如他在《题自画》中所言：“碧落孤云尽，虚明鸟道通。迟迟驴背客，独入石门中。”他的道路是克服和超越东西文化差异的殊途，是孤独者之路。夏目漱石最后一首汉诗的结句，即“眼耳双忘身亦失，空中独唱白云吟”之中的情绪，在笔者看来，本质上属于无所定着的、丧失神性与信仰的现代人精神世界的焦虑与痛苦。而这份近代性的思索和孤独，正是夏目漱石汉诗所具有的近代性品格，也是其文字中沉吟的诗心。

此外，若是综合第二、第三方面，夏目漱石汉诗内部的“古今之变”以及“多元文化融合共存”之现象，固然可在严绍璗先生所倡导的“文学变异体”理论之框架内得到较为合理的展示。不过，按照笔者今日的观念，如若补以“文学（文化）的内共生学说”的视角，将这两种方法和理念相结合，或可更为完整而准确地描述夏目漱石汉诗内部各种文学（文化）因素变异、融合的事实：“变异”侧重过程，“内共生学说”侧重变异后相对稳定的、现存状态。

总之，面对夏目漱石汉诗这一典型的比较文学与跨文化之课题，唯有在注重其文学性和审美价值的前提下，将之放在世界近代东西方文化冲突与融合的语境中，才能充分发掘和体悟日本明治以来的汉诗所具有的“多元文化内共生”的品格与价值。而这种“文化内共生的现象”，应该也是近代以来各国文学和文化的真实而普遍的存在状态。

---

① 『漱石全集』第18卷『漢詩文』、第59頁。

四、漱石绝笔汉诗的文体及审美问题的探讨[①]

（一）夏目漱石汉诗研究概述

近年来，夏目漱石的汉诗进入了人们的视野，成为夏目漱石研究的重要组成部分之一。而对其汉诗的研究，或以新的理论和方法夺人耳目，或以新的材料迂回论证，在众声喧哗的背后，夏目漱石汉诗作为诗歌的本身却渐行渐远、几近疏离。

夏目漱石汉诗的创作，学界存在“四期说”和“五期说”之分。四期说一般分为留学英伦之前、修缮寺大患时期、南画时期以及《明暗》时期。就其创作的水准而言，最后一个时期的汉诗代表了其诗歌所能抵达的高度和水准，郑清茂即说是“漱石汉诗的极致”[②]。而对其汉诗的分析与观察固不可忽视与其小说创作、人生经历、时代背景的关照互证，也不可忘记将之放在明治汉诗乃至日本汉诗整体的脉络中进行观察，抑或是轻视西方符号学、形象学等理论和框架的有效性。但于诗歌的研究而言，最重要的还是要回归诗歌本身，在以史观之、以理辨析之外，给以心感之、以诗体之留有一片自足之地。

本文以夏目漱石的绝笔即最后一首汉诗为中心，将其更多地还原至文学的审美层面，讨论文体上的平仄、用词和结构等问题，并以此引出诗歌内在的审美意识与思想状态等问题，最后基于此尝试对这首汉诗做出综合判断和评析，并顺及指出最后汉诗所代表的夏目漱石汉诗在审美和思想层面（尤其晚年汉诗）所持有的整体性面貌。

---

① 原文刊载于《汉学研究》2016年春夏卷，原文题目为《夏目漱石汉诗的形式及审美问题——以其最后一首汉诗为中心》。

② 郑清茂：《中国文学在日本》，台北：纯文学出版社，1968年，第75页。

（二）夏目漱石绝笔汉诗的原典及典型

十一月十九日

大愚難到志難成
五十春秋瞬息程
観道無言只入静
拈詩有句独求清
迢々天外去雲影
籟々風中落葉声
忽見閑窓虚白上
東山月出半江明

十一月二十日夜

真蹤寂寞杳難尋
欲抱虚懐歩古今
碧水碧山何有我
蓋天蓋地是無心
依稀暮色月離草
錯落秋声風在林
眼耳双忘身亦失
空中独唱白雲吟

夏目漱石日记手稿（现存日本东北大学附属图书馆）

按照原典实证的观念，我们注意到遗留日记中的手稿[①]中所呈现出的几个问题：

其一，字迹相对工整和整洁以及呈现在日记中的绝非最初的草稿之事实。

其二，尾联起句中“眼耳”的位置，原写为“视听”。

其三，日记标注为“十一月二十日　夜”，标注的位置为日记的通常形态，且“十一月二十日”与“夜”之间出现一个字的空格。

其四，这首汉诗之前即“十一月十九日”的汉诗与本诗在形式、结构和内在的精神情绪等层面存在十分显著的相通之处，但19日的汉诗誊抄近行草书写，较为流畅，而20日汉诗的誊抄近楷书，稍显缓滞。

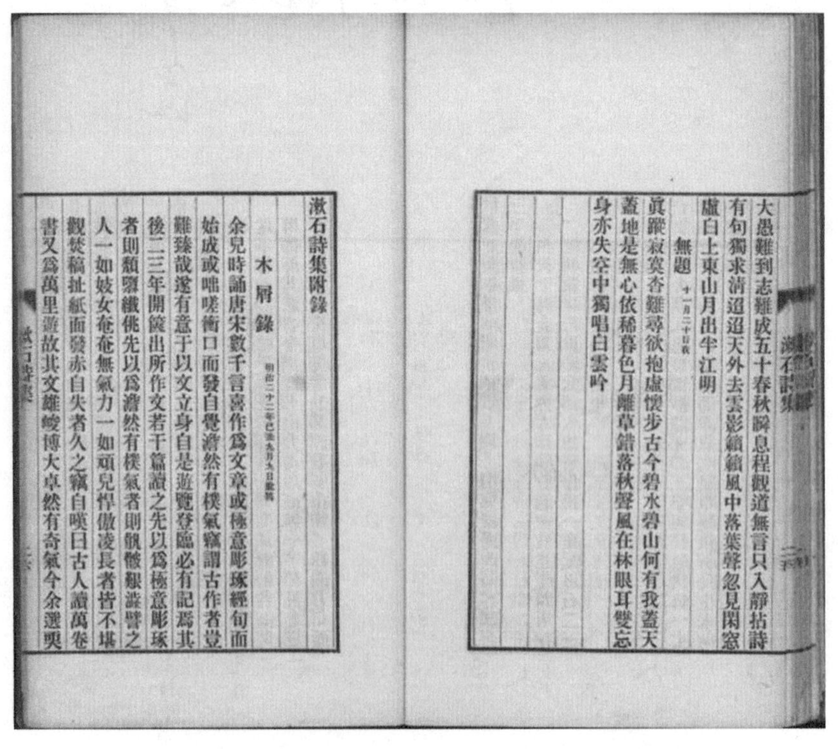
漱石詩集
大愚難到志難成五十春秋瞬息程觀道無言只入靜拈詩
有句獨求清迢迢天外去雲影籟籟風中落葉聲忽見閑窓
虛白上東山月出半江明
無題　十一月二十日夜
眞蹤寂寞杳難尋欲抱虛懷步古今碧水碧山何有我蓋天
蓋地是無心依稀暮色月離草錯落秋聲風在林眼耳雙忘
身亦失空中獨唱白雲吟

漱石詩集附錄
木屑錄　明治二十二年己丑九月九日脫稿
余兒時誦唐宋數千言喜作爲文章或極意彫琢經旬而
始成或咄嗟衝口而發自覺澹然有樸氣竊謂古作者豈
難臻哉遂有意于以文立身自是遊覽登臨必有記焉其
後二三年開篋出所作文若干篇讀之先以爲極意彫琢
者則頽隳纖佻先以爲澹然有樸氣者則骫骳艱澁譬之
人一如妓女奄奄無氣力一如頑兒悍傲凌長者皆不堪
觀焚稿扯紙面發赤自失者久之竊自嘆曰古人讀萬卷
書又爲萬里遊故其文雄峻博大卓然有奇氣今余選耎

《漱石诗集》（1919年版，现藏于日本国立国会图书馆）

① 夏目漱石汉诗手稿现藏于日本东北大学附属图书馆，其最后两首汉诗的手稿影印本见于《漱石全集》第18卷《汉诗文》，东京：岩波书店，1995年，配图2。

（三）夏目漱石汉诗的文体及审美问题

本目我们主要讨论这首汉诗的平仄、用语及相关的审美意识问题。汉诗的平仄作为形式，内含有审美意识问题，需要我们认真而仔细地辨析和体悟。包括平仄、用语等形式问题的处理，也决定了诗歌在审美层面的完成度和艺术水准。

1. 平仄、用语问题的观察

目前学界基本上都将这首绝笔诗视为一首七律，压平水韵，十二侵。韵脚正确，中间两联基本对仗。颈联出句的“月”应平而仄，对句“风”，一般用仄，故，此处应属于拗救。

不过，夏目漱石是按照七律诗的方向进行创作无疑，而且也基本达到了目的。正如日本著名汉学家吉川幸次郎等学者所认为的那样，一般的日本专业汉诗人在平仄、韵脚等形式上也很容易出错的情况下，作为“业余”的夏目漱石的汉诗，就语法而言，却相当准确，实在难得；就其正确性而言，甚至比专业汉诗文人，在某种程度上都有过之而无不及。[①]

我们且来看夏目漱石20岁以前所作汉诗中题为《即时二首》之诗：

雨晴云亦散，夕照落渔湾。
谁道秋江浅，影长万丈山。

满岸蘋花白，青山影欲流。
渔翁生计好，画里棹轻舟。

这是夏目漱石生前公开发表的极少数的汉诗之一，刊载在《时运》(『時運』)杂志第八号（1906年6月15日）。在平仄、韵脚等规则的处理上，除了第一首诗末句中的“影”字（平仄而言，以平为宜)，其余平仄无误，尤其是第二首几近完美。

---

① 『漱石詩注』、序言第5—6頁。原文：その正確さは、同時の職業的な漢詩漢文家のあるものよりも、むしろ上にあるとさえ見うける。

我们再看一首七绝无题诗，标记日期为1889年9月，作者时年23岁。

脱却尘怀百事闲，尽游碧水白云间。
仙乡自古无文字，不见青编只见山。

七绝仄起，首句入韵，十五删，其平仄等形式上完全符合汉诗格律的要求。由上观之，夏目漱石汉诗在整体上都存在一种对格律形式上的追求或者说是恪守，这也是夏目漱石汉诗的特点之一。

且除却对于格律的追求之外，通过以上我们所举不同时间段的汉诗，也可发现，夏目漱石汉诗用语虽然并不华丽，却也相对文雅，且出现了用语生硬的情况。如“万丈山”不见于全唐诗，且以“万丈”比拟山高，也少有诗味。“棹轻舟”一词，在唐诗中仅有两例出现，如《寻许山人亭子》之诗首联“桃源若远近，渔子棹轻舟”，但原诗的用法就并不高明，更何况夏目漱石用“画里”修饰限定“棹轻舟”，更显得诗意不足。

就最后的汉诗而言，该诗用语较为文雅，用词也出现了较为生硬的情况，由此也造成诗歌整体意境的不自然。

“虚怀”，加藤二郎解释成“无我之心”[①]，这也是多数学者的观点，却是一种过度的阐释和理解。“无我”何须“我”抱？

“盖天盖地”“碧水碧山”之语也非高水平的汉诗表述，而“依稀暮色月离草，错落秋声风在林”一句，基本完成了对仗。但如前文所言，漱石汉诗中未有一流禅诗所应有的通透与明澈，尤其是在“月”入禅诗的传统脉络里，其意象和导向的意境都是明亮透彻，以喻禅心之明洁。该句虽然较为出色，但是其色泽晦涩，渗透着一种隐而不去的孤独感。按照吉川幸次郎的话，这一联甚至有些阴气。[②]

要之，夏目漱石最后一首汉诗追求形式的正确（七律规则），用语相对文雅且有生硬的情况，造成了诗歌整体意境受损，就审美的完成度而言实有不足。实际上，这也是夏目漱石汉诗的整体特色。只不过是在他晚年诗歌中，上

① 『漱石と漢詩—近代への視線』、第265頁。

② 『漱石詩注』、第207頁。原文：この聯、すでに鬼気を感ずる。

述特点更加明显和突出。

那么，夏目漱石汉诗，尤其是晚年汉诗中上述特点和问题凸显的原因何在？

2. 汉诗这一文体对于夏目漱石审美的意义

毫无疑问，最后一首汉诗的出现与其态度认真与否无关。且看上面的日记图片可知，该诗的笔记相对干净整齐，且落款为空格之后的“夜”，显示了其创作过程的曲折与态度的真诚。古井由吉更是就此诗指出，该诗无谐谑和突飞式之感，而显得稳妥安宁之态。[①]

于此，我们就需要考察夏目漱石汉诗创作目的，即汉诗这样一种艺术形式对于夏目漱石的意义，看是否从中能够获得一定的启示。

绢黄妇幼鬼神惊，饶舌何知遂八成。
欲证无言观妙谛，休将作意促诗情。
孤云白处遥秋色，芳草绿边多雨声。
风月只须看直下，不依文字道初清。

（1916年9月10日　无题）

从这首夏目漱石晚年的诗歌中，我们不仅看出其汉诗创作内在摆脱尘俗、寻求内心的清净的现实感，与最后一首汉诗“眼耳双忘身亦失”所求的“六根清净”相通，从中也可以大致了解其晚年汉诗创作的审美取向，即在“不依文字”“无言”的明确意识下，通过汉诗这样最接近于“无言”、最靠近禅意道家之“逍遥”的语言艺术形态，去完成自己内心追求清净自然之情怀。漱石晚年汉诗中普遍存在着这样强烈的“求道”意识，已经是很多学者指出的共识。[②]

将夏目漱石汉诗划分为四期的观念，也指出夏目漱石在修善寺大患期间，

① 古井由吉『漱石の漢詩を読む』、東京：岩波書店、2008年、第151頁。原文：最後の詩。これは、諧謔や、そういう突飛なもののない、穏やかで安らかな詩だと思います。

② 可参考《漱石与汉诗——近代的视线》（加藤二郎）、《夏目漱石的汉诗》（郑清茂）、《论文夏目漱石晚年汉诗中的求“道”意识》（刘岳兵）以及《论夏目漱石晚年汉诗》（王成）等相关论述。

经历生死之后，其汉诗创作无论在数量上还是在质量上都迎来高产期，可统称为晚年期。且晚年期又可划分为南画期和《明暗》期大致两个阶段，与其小说风格的变化相应，汉诗在晚年的这两个阶段的风格也有所不同。我们首先看看南画期的汉诗（《春日偶成》十首，选其二）：

细雨看花后，光风静坐中。
虚堂迎昼永，流水出门空。

树下开襟坐，吟怀兴道新。
落花人不识，啼鸟自残春。

郑清茂就此指出，这一时期的汉诗清淡自然，艺术水准很高，就五绝而言，可将夏目漱石称为日本汉诗中的第一人。[①]

有趣的是，这一时期夏目漱石南画的创作也有着同样的风格与旨趣，且与汉诗的创作有着内在相同的精神脉络和相通的精神指归。[②]

古田亮在《漱石的美术世界》一书中，就其创作的南画对于夏目漱石的意义而言，有过一段十分中肯的表述：

> 夏目漱石的绘画作品之中存在某种意义，即通过作画这种行为治愈疲惫的内心、让精神安定下来。而且，在其作品中的显与隐、明与暗、粗与细之间，夏目漱石创作时候的心理状态得以如实呈现。因此，在最终意义上，南画这样的艺术样态和形式，恰是夏目漱石文人世界观中所持有的强烈的憧憬，而非其他。换言之，夏目漱石绘画的意味，也正是源于文人借以超脱世俗、梦寻理想之乡之情怀，也即与谢芜村（1716—1783）所说的

① 《中国文学在日本》，第35页。

② 夏目漱石的南画与日本汉诗之间的关系问题，未见有人专著论述，但二者之间存在着深刻的内在关联，与其小说、俳句的创作一起构建了夏目漱石内在丰富而又统一的精神结构。如其在修善寺大患之后汉诗之变与南画转向墨竹之变同步，而其欣赏“芜村派”画风，但其实践倾向“雅”风，与其虽然欣赏良宽和尚的汉诗不拘一格、自由风趣的诗风，在汉诗创作中却遵守格律之作极为相近。

超凡脱俗之境地的追求吧。[①]

如上所示，可以说，夏目漱石对汉诗和绘画的观念有着相通之处，即寻找超脱世俗、自足自在、悠闲自得的彼岸世界。

不过，问题随之而来，汉诗的创作不仅是一个形式和途径的问题，还事关一个根本性的审美问题，那么，对于夏目漱石而言，其汉诗是其寻找超脱世俗、悠然自得世界的途径和手段，还是汉诗本身具有主体性的价值即是其精神自足、获得超脱的世界？这也是一个不得不面对的问题。

3. 以禅入诗还是以诗入禅——一个审美的根本性问题

在《旅宿》小说中，夏目漱石曾借主人公之口，就东西方诗歌审美之别有着如下的论说：

> 苦痛、愤怒、叫嚣、哭泣，是附着住在人世间的。我也在三十年间经验过来，此种况味尝得够腻了。腻了还要在小说中反复体验同样的刺激，真吃不消！我所喜爱的诗，不是鼓吹世俗人情的东西，是放弃俗念，使心地暂时脱离尘世的诗。无论何等伟大的杰作，脱离人情的戏剧是没有的，摒绝是非的小说很少吧。时时处处不能脱离世间，是这种戏剧和小说的特色。尤其是西洋的诗，因为都是以人事为基础的。所以，即使是所谓纯粹的诗歌，也不能从这个境地解脱出来。（中略）采菊东篱下悠然见南山。只在这两句中，就出现浑忘浊世的光景。这既不是为了邻女在隔墙窥探，也不是为了有亲友在南山供职。这是超然的、出世、涤荡利害得失的一种心境。[②]

---

① 古田亮『漱石の美術世界』、東京：岩波書店、2014年、第223頁。原文：漱石の画絵作品には、その作画行為によって疲弊した心を癒したり、精神の安定をはかるような意味があった。そして、それゆえに、その時々の心の状態がそのまま作品の出来不出来、明暗、粗密につながったものと解せられる。それが最終的に南画であったということは、漱石が文人的な世界観に強い憧れを抱いていたからに他ならない。すなわち、文人たちがそうしてきたように理想郷を夢見て俗を離れること、蕪村の言うところの離俗の境界を求めることこそ、漱石にっとて絵を描くことの意味だったのであろう。

② 夏目漱石：《旅宿》，丰子恺译，北京：人民文学出版社，1959年，第118页。

这无疑是夏目漱石借《旅宿》主人公之口言说自己的诗歌观念和立场。[①]这样的心境，也直接显现在夏目漱石于1916年8月21日给久米正雄和芥川龙之介的书信中：

> 我还是在上午创作《明暗》。其间的心境则苦痛、快乐、机械三者兼而有之。意外的凉爽是最幸福的事。尽管如此，每天要写近百个段落，心情会变得庸俗不堪，所以，从三四天前创作汉诗就成了下午的课业。每天一首，大都是七律。[②]

由此观之，汉诗的创作对于夏目漱石而言，如同南画的存在一样，更多的是一种自我超脱、寻求清净的途径与方式，尤其最后一年中的这些充满“禅机”和“道思”的七律汉诗之创作，更是夏目漱石人生体验在审美层面的艺术呈现。

只是汉诗这种艺术呈现，在漱石晚年尤其是最后一年即1916年的创作，就审美的实践结果而言，与修善寺大病之后初期汉诗的“闲适”和“风流”相比，最后时期（即《明暗》期）的汉诗则出现了“思”的沉重，更多偏向禅与道的论说。台湾学者郑清茂也指出，《明暗》期的夏目漱石汉诗，求道思索痕迹太显，诗情画意减少。[③]

概言之，夏目漱石的汉诗实践，就最后的汉诗而言，是以诗入禅，借诗言道，而非以禅入诗，亦非借道言诗。这样的汉诗在艺术和审美上的完成度和水准必然受到“道”和“理”的伤害，即思想性过重造成对文学性的排斥和拒绝，而没有抵达禅诗合一，诗心禅韵。即便某种程度上抵达了禅心诗韵，汉诗

---

① 创作《旅宿》时，夏目漱石曾在一封给朋友的信中明确地提到自己的写作意识，他写道：“九月份的新小说上将要连载一篇代表小弟的艺术观和人生观的小说。”详见夏目漱石『漱石全集』第14巻、東京：岩波書店、1967年、第433頁。

② 夏目漱石『漱石全集』第15巻、東京：岩波書店、1967年、第575頁。原文：僕は不相変「明暗」を午前中書いてゐます。心持は苦痛、快楽、器械的、この三つをかねてゐます。存外涼しいのが何より仕合せです。それでも毎日百回近くもあんな事を書いてゐると大いに俗了された心持になりますので三、四日前から午後の日課として漢詩を作ります。日に一つ位です。さうして七言律です。

③ 《中国文学在日本》，第75页。

比之于求道和禅思，也只是居于其次，即途径和形式的层级。[①]

其实，作为诗歌本身，完成于20日夜的汉诗，在审美的完成度上比之一日之隔，即19日的汉诗，也有着明显差距。有意思的是，两首诗的内在情绪和主旨不仅近似，更是相通，甚至可以看成夏目漱石晚年人生思考和生命体验的一次集中表达。[②]换言之，这两首诗可以看作是一种孪生关系，只是前者就审美而言，较为感性、意象自然；而后者自我凸显过重，思理成障。

大愚难到志难成，五十春秋瞬息程。
观道无言只入静，拈诗有句独求清。
迢迢天外去云影，籁籁风中落叶声。
忽见闲窗虚白上，东山月出半江明。

（1916年11月19日　无题）

该诗除了“只”应平而仄，“去”应平而仄之外，基本合乎七律规则。首联也出现了20日汉诗的“问题”，即用词生硬、造句不自然等不足。[③]但之后的三联，用词造句、景致临摹、意象塑造、意境营造等方面都体现出了较高的水准和修养。而且，诗歌整体起承转合较为自然，结句结尾意犹未尽，富有余韵。最为重要的是，该诗虽然内含禅思和求道的意识，但是稍显用力的痕迹，意在言外，尽管尚未达到“不着一字，尽得风流”的神韵、“羚羊挂角，无迹可寻”的空灵，但是审美的完成度较之于最后一首汉诗，优势明显。

这首在诗歌审美完成度上完成较好的汉诗，却是夏目漱石晚年汉诗中的少有的作品。整体而言，夏目漱石晚年的汉诗，导入了过多的禅思和求道的意识，这样基于自我欲求的理性追问，造成了用词的生硬、造句的不自然以及意境的不纯澈。从其实践的效果观之，是诗歌最终让位于禅思，而“禅思”伤害

① 迄今的研究者，基本上将夏目漱石的汉诗当作思想的材料，而少论其汉诗本身的审美与形式，一个很重要原因亦在于此。

② 也只有将这两首诗放在一起，做整体的论说，才能看到一个相对完整和真实的夏目漱石汉诗风貌，并触及夏目漱石汉诗内在丰富而复杂的精神意识世界。

③ 在优秀的禅诗如王维、陶渊明以及良宽的诗歌比照下，用词造句生硬的背后是思想的不纯澈、内心世界尚未入道以及审美缺乏高度的自觉之表现。

了审美。

出现这一现象和结果的原因何在呢？此追问还是应该聚集到夏目漱石汉诗本身。在笔者看来，从根底里讲，一方面是夏目漱石汉诗毕竟是域外汉诗的流脉，水平不可高估；另一方面则是夏目漱石的思想始终没有超脱尘世、完成悟道，进而抵达“行到水穷处，坐看云起时”的境界，以致孤独感伴随了他的一生。[①]

换言之，恰恰是过于追求内在的“道”与外在的格律规则，反倒让夏目漱石汉诗失去了诗歌原本的活泼与生命力。[②]

（四）小结：审美的自觉与立场

以上指出了夏目漱石汉诗的平仄及用词的形式等问题，并引申出其汉诗审美的不足。但新的问题也随之而来，即审美的自觉与立场的变化，是否可以改变以上的结论和看法。

具体言之，对于格律规则的追求，用词的生硬等有关夏目漱石汉诗“真相”的“揭露”，研究者或会以夏目漱石汉诗“门外汉”的审美自觉，崇尚良宽的不拘一格等言辞为理由表示出诸多疑虑。而笔者对于夏目漱石汉诗审美完成度的判断，则又会遇到“横看成岭侧成峰”的文化相对主义者或跨文化研究者的反驳和对立。

这两个问题的提出，涉及诗歌的审美本质，十分必要也十分重要。限于文字，本文不做长篇论述，就这两个问题，仅做以下简单的提示与回应。

就第一个问题而言，以往的研究者大多都注意到夏目漱石汉诗“门外汉”的自觉与立场。如夏目漱石在《回忆往事》(『思ひ出す事など』) 中，曾写到

---

① 其孤独感在汉诗的创作中有着最为充分和直接的体现。夏目漱石晚年思想内在的矛盾有激化的一面。如大正五年10月6日的七律诗，第一句即为“非耶非佛又非儒”，与其在《我的个人主义》演讲之中的体现出的思想矛盾状态一致，从一个侧面说明了上述存在的事实。

② 汉诗的格律或规则，必须有相当的汉文字与音韵的修养之基础，且以尊重诗歌所表现的对象内在的生命之律动为前提，方可抵达形神合一的境地。而且在外在格律与形式与内在生命之律动发生冲突和矛盾时，也必然以诗歌内在表现的生命力之律动为优先考虑。这也是近体格律诗之前非格律诗之美学意义和价值，也是近体格律诗形成之后，李白诗歌的独特魅力之一。这对于我们当下汉诗创作也提供了一种有价值的借鉴和启示。

自己一开始就是汉诗的门外汉，且并不在意写的好坏与专家们的评判等。[①]

或许有的研究者，还会提及夏目漱石对于诗风自由、风趣诙谐、不拘一格的大愚良宽的推崇并受其影响的事实，据此对笔者上述关于夏目漱石汉诗评价的“真实”质疑。如夏目漱石曾于1914年1月份在《东京朝日新闻》(『東京朝日新聞』)连载的《内行与外行》(『素人と黒人』)之文，对“外行胜过内行”的良宽禅师做出了很高的评价。[②]

但真实或真相往往具有多个视角和可能，以追求“客观事实”为己任的历史学的“事实”，也往往指向于公认的假定和判断。[③]至于文学的真实，则更多地源于自我的理解与体悟。在笔者看来，就汉诗的创作尤其是晚年的汉诗实践结果而言，夏目漱石所说的不在意好坏之词，虽不至于认定他是在撒谎，但至少就其汉诗呈现的整体风貌（文体及用语等）而言就可看出其不坦诚之处。

众所周知，夏目漱石最后75首汉诗，基本上自1916年8月14日起，几乎每日一首，且基本都是七律的格式。换言之，七律诗歌这样的文体，是夏目漱石《明暗》期汉诗创作自觉的选择。而七律较之于古体或五律，更能完美呈现情感与思绪的跌宕与复杂，暗合人至暮年的复杂情怀和精神历程。包括最后这两首诗歌在内，夏目漱石所作的208首汉诗在整体上基本合乎律诗规则。尤其是，夏目漱石最后一个时期的汉诗，不仅从文体上有别于良宽和尚五言古体为主的风格，其用词的文雅性特征也明显有别于良宽对于白话文体喜好。以上无一不说明了夏目漱石在公开赞赏良宽诗歌和书法不拘形体、活泼自由的同时，其自身创作轨迹却显示了向着另外一个方向努力的事实。[④]

换言之，平仄、用词等问题，看似形式，其实暗含深刻而复杂的审美与思想意识。在这个意义上，格律之追求、用词之生硬等自然并非夏目漱石汉诗

---

① 夏目漱石：《夏目漱石散文随笔集：暖梦》，陈德文译，广州：花城出版社，2014年，第144页。

② 『漱石全集』第16巻、東京：岩波書店、1995年、第559頁。

③ 迈克尔·斯坦福：《历史研究导论》，刘世安译，北京：世界图书出版公司，2012年，第109页。

④ 也正是在此意义上，夏目漱石最后两首汉诗都暗含了对于良宽和尚所抵达自由境界的仰慕与叹息，如倒数第二首汉诗的首句“大愚难到志难成”，直接表达了这样的隐蔽的心境。夏目漱石心虽向往精神的自由、超脱的世界，但终其一生却一直挣扎其间，未能完成超越和最终的悟道，其思想也停留于文人的心怀与情趣，饱尝人世悲喜。

“门外汉”的审美自觉这一点所能统摄。与其说“门外汉”的自觉，不如说更多地源于夏目漱石汉诗的审美逐渐让位于“禅思”和“求道”的结果。[①]

至于第二个问题，更是涉及我们研究者自身的文化立场和文化观念的核心，即，我们是站在怎样的文化立场理解和评判夏目漱石的汉诗。上文对于夏目漱石汉诗在审美形式和意识等的评价，更多地暗含了笔者内在的传统诗歌审美立场和意识。若是以跨文化的立场，将之放在一个历史的脉络之中，夏目漱石的汉诗无疑属于跨文化研究中典型的文学变异体[②]，属于日本汉诗的研究范畴。依此论之，对夏目漱石汉诗的认知也将会发生较大的变化，而其汉诗本身也将会呈现出不一样的色彩和特点来。汉诗乃至汉字在东亚诸国近代化的转变过程中的文化相位也将会成为研究过程中的一个不可忽略的课题。

反观本文，文化立场之所以选择更多以传统中国诗歌为参照，而较少论及其作为中国汉诗之变异的一面，原因虽简单却也充足，即夏目漱石汉诗创作的参照和追慕对象，正是中国的陶渊明、王维等诗歌的传统趣味和审美。因此，评判其汉诗的创作完成度，若不首先以作为汉诗“宗主国”的中国之汉诗审美为比照，当何以处之呢？

1916年9月30日，夏目漱石曾作一首七律汉诗，结句写道“描到西风辞不足，看云采菊在东篱”，明白地表露了夏目漱石对于以陶渊明诗歌为代表的传统汉诗的追慕情怀与在此参照下自感惭愧的艺术自觉。[③]

从更为开放的视野中，我们也认识到“诗无达诂”，而对于诗歌的评判和论述，也需要在世界文学的框架中，在中西诗歌美学的历史流变中，寻找出适合日本汉诗批评的方式和路径，以便我们获得更为深刻、更为贴近诗歌本质的认知。在此意义上，本文的论说当然也只是一个起点。

---

① 之所以用“逐渐”一词，是因为夏目漱石早期汉诗与晚期汉诗风格有差异，且随着年龄和人生体验的增长，其小说和汉诗都有内向化转向的痕迹。

② “变异体”概念，取自严绍璗自1985年以来在论述中日古代文学文化关系以及跨文化研究（包括国际中国文化研究等领域）之论说。关于“变异体”抑或相关的理论及阐释，可参见严绍璗《比较文学与文化“变异体”研究》一书，以及张哲俊《踏实的学风，实在的研究》之文等。

③ 此课题特别需要注意历史的维度。汉诗，在夏目漱石心目中，不同于今日我们立于狭隘的民族主义的意识和立场之观察下的、打上“中国”标签和符号的汉诗。汉诗，是东亚共同的文化遗产和财富，只是以“汉诗”为聚焦点的中日文化交往和研究中，其间充满了理解、互赏和对抗。

五、漱石汉诗中的“真实”与“孤独”

（一）夏目漱石汉诗中的“真实”

关于诗的定义，黑格尔曾指出：“诗，语言的艺术，是第三种艺术，是把造型艺术和音乐这两个极端，在一个更高的阶段上，在精神内在的领域本身里，结合于它本身所形成的统一整体。”[①]换言之，黑格尔主张“诗”作为艺术中的高级形态，更确切地代表了艺术的特色，具有内心生活和外在客观世界的双重性原则。这就要求，真正的诗歌必须遵循一种“真实”的品格：面对自己内心以及面对外部世界的诚实品格。

夏目漱石的汉诗，首要的品质就是“真实”，具体而言，包括两个方面。

首先，是诗人忠实于自己的情感、诚实于自己的内心。

在夏目漱石看来，我们的启程，不由我们自己决定（碧山碧水何有我，盖天盖地是无心），陪伴我们行走一生的唯有我们内心持有的“觉醒”（眼耳双忘身亦失，空中独唱白云吟）。在他的诗句中，我们看到了男人冷峻的面孔下，对人生、对灵魂执拗且温柔的探问。

在他的汉诗中，

有他的愤怒：天下何狂投笔起，人间有道挺身之；吾当死处吾当死，一日元来十二时。

有他的寂寞：忽见闲窗虚白上，东山月出半江明。

有他的孤单：门无过客今如古，独对秋风着旧衫。

有他的愁苦：苦吟又见二毛斑，愁杀愁人始破颜。

有他的艰难：多病卖文秋入骨，细心构想寒砭肌。

有他细小的温柔：前塘昨夜萧萧雨，促得细鳞入小园。

有他的不安：渐悲白发亲黄卷，既入青山见紫岩。

……

① 黑格尔：《美学》（第三卷下），朱光潜译：北京：商务印书馆，2019年，第4页。

夏目漱石遗像面具（新海竹太郎制作，现藏于日本东北大学图书馆）

其次，夏目漱石汉诗的真实，还在于他直面虚无和死亡的勇气。

在某种意义上这一点直接铸就了他深刻的孤独。换言之，文学中的真实，关注作为人的本质，而人的本质在诸多先哲眼中无疑就是孤独和虚无。我们来到这个世界，纵有父母油然的喜悦，总是孤单一人；我们的离开，虽有亲人的断肠之哀，也总是孑然一身。生在这个世界，来得寂寞，死得悄然，但我们总有不甘，总在有生之日，在荒原中寻找意义和幸福。因此，夏目漱石持此觉悟，敢于面对自己如渊如溪的内心，面对现实生活的磨难和矛盾，面对作为人的悲哀和局限，以汉诗和其他文学样式引发了读者的思考和共鸣。

据此视角，我们也可以说，正是源于夏目漱石对内心生活和外在世界的“真实”的追问与执着，才导致他汉诗的“孤独感”的生发和深化。反之，若不能把握这一点，读者便无法真正进入夏目漱石汉诗的世界。

（二）夏目漱石汉诗中的“孤独”

诗思杳在野桥东，景物多横淡霭中。
缃水映边帆露白，翠云流处塔余红。
桃花赫灼皆依日，柳色模糊不厌风。
缥缈孤愁春欲尽，还令一鸟入虚空。[①]

这是落款于大正五年8月30日的一首汉诗，也是《明暗》期夏目漱石连续创作的第十四首七律汉诗。如何理解和解读这首汉诗呢？

① 『漱石全集』第18卷『漢詩文』、第47頁。

我们自然可以从古代文论如《诗品》序言之起句“气之动物，物之感人，故摇荡性情，行诸舞咏”[①]中得以启发，但这种赏析式的阅读难以触及这首汉诗精神的深层。

这就需要我们回归到诗的本质上去思考。众所周知，在中国传统文论中，对于诗的讨论往往被搁置在“言志”和“抒情”的理路中，且往往被“道德”之“善”驱动或遮蔽。而在西方文化流脉中，关于诗的本质，多与对真理的认识联系在一起，诗总是被拿来当作真理的参照系。但无论怎样，真实[②]，都是真正的诗不可回避的命题。

而真正的诗所要面对的，无疑是你我相同或相似的命运，是你我相同或相似的人生，是如何在白茫茫的大地上寻找幸福，如何在无尽的暗夜守护黎明，如何在谎言的天空下捕获隐约的雷鸣和雨声。生而为人，所需面对最大的“真实”，莫过于世界的“虚空”以及人的“孤独”。

事实上，夏目漱石的晚年汉诗作品中，表面上看，哀叹年华老去、归隐之情和求道脱俗之心是其主旨，但就其实质，莫如说是其孤独之心在上述这几个方面“真实”投射的暗喻和影像。因此，在这个意义上，孤独，或才是夏目漱石汉诗蕴含的最深刻的美学意义。

综上，我们反顾上面所引的那首汉诗。或可作如下的解读：该诗描述了作者内心难以名状的情绪，将诗人内心的世界寓意山水而道出，一定程度上突破了过分集中于自我的狭隘视野，将个人的情感投射在自然日常之中，客观上描述了人生普遍的孤独。因此，该诗不仅是夏目漱石个人情感的承载物，对于读者而言，也可以领略到一种接近于人性真实的普遍意义的描述，并产生共鸣的心理……

事实上，晚年的夏目漱石以文字和诗歌（尤其是七律）探问生的荒诞和死的恐惧，并以人道主义的精神和温度，反思人性的深渊。在他的汉诗中，他关心花草鱼虫，关心春日和风，关心日落月明，并在自然的意象中反照、审视自身的愤怒、孤独和苦痛。

---

① 钟嵘著，曹旭集注：《诗品集注》，上海：上海古籍出版社，1996年，序言第1页。

② 在西方文脉的内部，他们对“真实”的含义有很多的分歧，或指向理念的“真实”，或指向现实的“真实”，或指向内心和外在世界的统一。

以自然为法度，晚年的夏目漱石还提出了“则天去私”的著名思想课题。这样的思想也充分地体现在他晚年的汉诗和绘画作品之中。不过，值得注意的是，夏目漱石晚年汉诗在艺术上最大的不足，也正在于感性呈现和理性思辨的失衡，诗思的倚重造成了诗意的晦涩与沉重。不过，若从另外一个方向思考，或许以思入诗、以理入诗，恰是夏目漱石孤独的内心外化于文字的一个重要途径与表征。

（三）汉诗在今日之可能

如上所述，真正的诗，关涉人性永恒而普遍的思考，关涉世界历史的普遍的理解，也关涉诗人的艺术自觉——追求一种个别且具丰富可能性世界的完成。在穿越了普遍性和特殊性的个别性的世界，孤独感成就了诗对于自身命运的理解。因此，在我狭隘的观念中，诗歌是文学中的文学，是人类凭借语言探索未曾抵达之界，是一种思和美的未完成，更是一种关于诗人“孤独”的命运与广阔无垠世界的联结，需要诗人诚实地关照自己的内心和外在的真实世界。

德国诗人里尔克素以文字独特而深邃的孤独感而著称。他曾劝诫一位青年说，诗歌，需要更多地关注内心的世界，探索生活的发源处。因为，创造者必须自己是一个完整的世界，在自身和自身所连接的自然界得到自己。[①]

与里尔克几乎同处一个时代的夏目漱石，虽被理论家、小说家、俳人等光环所环绕，但在我看来，他首先是一个诗人，他的文学创作也由汉诗起步。最近几年，我在赏读他创作的两百余首汉诗过程中，对萦绕其中的“孤独”愈发有了体悟和理解，并撰写了《读诗手札：夏目漱石的汉诗》（北京大学出版社，2021年）一书。在撰写过程中，发现了蕴藏其汉诗之中的“道”与“思”“理”与“情”“生”与“死”“幽默”与“沉重”等诸多问题的背后，依然是那份初读即跃入心头的“孤独”。可以说，这种可贵的“孤独”是其汉诗之交响曲中最深层的脉动、执拗的低音。

如今，我们身在一个新的时代，面临着新的课题，但对于我们每个生命的个体而言，如何与己相处、安顿身心，面对纷扰而虚空的世界，是我们自觉地

---

① 莱内·马利亚·里尔克：《给一个青年诗人的十封信》，冯至译，北京：北京出版社，2019年，第1—6页。

生而为人的命运。因此，自夏目漱石的汉诗中，我们得到了诸多启发：汉诗不应仅代表历史和过去，也不仅可用于舞台表演和吟诵，在当下科技发达、物质丰富，而人类内心虚空而荒芜的年代，汉诗或许也可成就我们（尤其东亚汉字文化圈的人们）内心的丰富和完整；自东亚范围内的汉诗实态而言，也可作为一面心灵之镜体味汉诗中呈现的普遍的人性——“东海西海，心理攸同”也。[①]

六、《题丙辰泼墨》：漱石汉诗的应酬之作

夏目漱石和森鸥外，是日本近代并称的两大超级文豪。除了创作小说之外，他们的汉文修养也超乎常人，都有200余首汉诗创作留存于世，可以说，汉诗文是那个时代日本知识分子和文人共有的精神属性。相较于评价甚高的漱石汉诗，森鸥外的汉诗似乎并不为人津津乐道，一个很重要的原因似乎是，他的汉诗应酬之作太多，语言也匮乏抒情品格，更遑论其汉诗的近代性品质。其实，森鸥外的汉诗和夏目漱石的汉诗虽然风格各异，但也有诸多相似之处，包括近代性精神的属性等方面，限于篇幅此处不再赘述。我们这里要指出的是，和森鸥外汉诗相同，夏目漱石的汉诗中，也有很多应酬、社交之作（在我国历史文化上，诗歌本身就带有强烈的社交属性，李白、杜甫、白居易等很多诗作均是如此）。

今天我们就以落款为1916年8月26日的一首《题丙辰泼墨》汉诗为例，看看夏目漱石如何用汉诗的方式展开他的社交活动的：

结社东台近市廛，黄尘自有买山钱。
幽怀写竹云生砚，高兴画兰香满笺。
添雨突如惊鹭起，点睛忽地破龙眠。
纵横落墨谁争霸，健笔会中第一仙。

① 钱锺书先生在《谈艺录》的序里说：“东海西海，心理攸同；南学北学，道术未裂。”该句原文或出自陆九渊《象山全集》第三十三卷：“南海北海有圣人出焉，此心同也，此理同也。”

冈本一平绘《漱石先生》(现藏于日本东北大学图书馆)

这是夏目漱石在汉诗的《明暗》期连续创作的第十二首汉诗，落款日期为“大正五年八月二十六日”。仄起入韵，“画”“香”和“会”三处平仄有误。很明显，这是一首交际应酬之作，不同于夏目漱石大多“无题”诗篇，看题目就可明白。在《漱石全集》第十一卷中，刊载了《题丙辰泼墨—不折山人著〈丙辰泼墨〉第一集序》之文。丙辰，即当时大正五年的年号，即1916年。赠送的对象是不折山人，即中村不折。

中村不折，既是美术家也是收藏家，同时也是一位汉学家。与康有为、徐悲鸿、郭沫若等人皆有交往。他年轻时赴法留学，学习油画，回国后又学南画。1895年，获一册《淳化阁法帖》，由此对收集中国书画文物产生浓厚兴趣。1936年，他以自家私宅为基地在东京创建书道博物馆，后被改造成中村不折氏的纪念馆，现更名为台东区立书道博物馆(位于东京书道博物馆馆内)，长期展览中村不折的书画及其收藏品，藏品中有不少中日历史上重要的书法作品以及青铜器、敦煌吐鲁番写本等，如颜真卿《自书告身帖》等。曾有中国学者在《近代中日绘画交流史比较研究》中介绍说，这个私人博物馆的藏品堪比中国一个省属博物馆之丰厚。

另，中村不折还曾译康有为的《广艺舟双楫》(日文书名『六朝書道論』)，著《禹域出土墨迹书法源流考》，与小鹿青云合著《中国绘画史》等，在日本国立国会图书馆藏书目录检索系统内，以“中村不折”为关键词检索，可以得到100条书目信息，大多是中村不折的著、书、译之作品。

以上可知，中村不折无疑是当时日本社会成功的知识分子代表，也是一位成功的商人，既做出版也有收藏，既玩学术又搞经商，还赢得了不少社会名声和地位，放在今天来看，也是社会所褒扬和赞赏的一等一的模范，名利双收，这当然需要跟着国家发财，与名人处理好关系。

夏目漱石作为当时的社会名流之一，与之交往也算平常，况且他也有创作绘画的经历。或许基于精明的交际所需，中村赠送漱石一册书画集，并乞汉诗一首。不过，由于夏目漱石创作立场的变化，汉诗的风格也发生了较大的改变，内向的私人化写作转向了交际学意义上的应酬诗篇。

结社东台近市廛，黄尘自有买山钱。

中村先生在繁华的上野（东台）开办公司，从事书画创作和文物收藏，声名远播，让人敬仰，最让人佩服的是先生在这繁杂的世俗和日常，从事这样文雅的高尚事业，还能从中赚取经营，甚至听说赚取的利润可以买下一座山头，以此足以过上逍遥自在的生活。

东台，位于东京都上野一带，是较为繁华的地区。市里，商店、店铺之意，在此指公司或社团。黄尘，黄色的尘土，即尘世。《后汉书·马融传》曾云：“风行云转，匈礚隐訇，黄尘勃滃，暗若雾昏。”买山钱：为隐居而购买山林所需的资费，喻义归隐山林。刘禹锡有《酬乐天闲卧见忆》诗：“同年未同隐，缘欠买山钱。”

首联之用，在于首先给中村不折戴个高帽，称赞其才华和能力，抑或自嘲为生存所迫的潦倒与苦境，徒有羡慕之意。

幽怀写竹云生砚，高兴画兰香满笺。

中村先生将满腹的才华和雅趣淋漓尽致地展现在您的书画作品之中，砚台拿出，细细研磨，气运笔端，内心升起云烟之意；高雅的兴致，隐蔽的情绪，经由您的笔墨，由无形转化成形象的草木花朵，栩栩如生，仿佛可以嗅到花朵的香气。

该联对仗，结构和意思互文。由泛泛而谈，转向了对其书画本身的赞美和肯定。笔墨精当、生动。

幽怀，幽静、隐蔽的情感和内心世界，这是文人共有的气质，也是艺术产

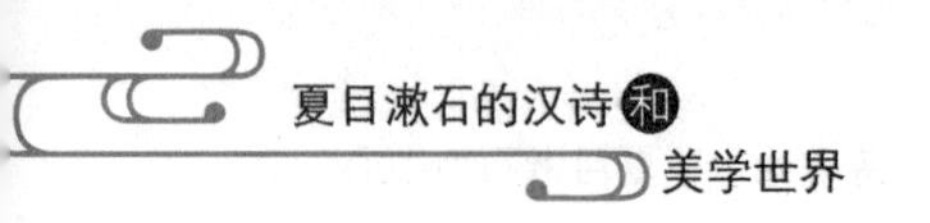

生的根源之一。不过，幽怀也是人人都有的一份情感，只不过对于内省的人来说，这份情感和感受更加强烈，而对于外向型的人来说，这部分的感受往往会被外在的世界所牵引，而忽略内心的较为隐蔽的世界。

高兴，高雅的兴致和情趣。不同于我们汉语日常所用的形容词性和用法。倒是在古代汉语中有类似的表达，如晋殷仲文《南州桓公九井作》诗“独有清秋日，能使高兴尽”等。

吉川幸次郎先生将“幽怀”解释为“爱自然的安静心情”（自然を愛する静かな気持ち），以及将“高兴”理解为“好的情绪和心情”（よい機嫌で），则显得有些狭隘了①

添雨突如惊鹭起，点睛忽地破龙眠。

添加雨点，似疾风骤雨，突如其来，惊起安睡在水边草丛中的鸟鹭；运笔如神，在点睛处，轻轻一点，纸上的睡龙就被唤醒，整幅画立即活泼生动起来，近乎神物！

惊鹭起，让人联想到李清照的名句“争渡，争渡，惊起一滩鸥鹭”（《如梦令》）。而“点睛忽地破龙眠”无疑是化用了“画龙点睛”的故事。这一联接着上面对中村书画的整体观赏之后，又特别点出了其艺术特色和画风，更加具体地称赞了中村的艺术成就，这一切都是夏目漱石在想象中村创作的场景与风采。所谓艺术，多半也是在想象中完成未能完成的人生。虽然有些夸大其词，但这在社交上是必不可少的，这也是一首应酬诗必备的素质和内在要求。

纵横落墨谁争霸，健笔会中第一仙。

在当今的书画界，虽然名家众多，派系纷杂，我鄙陋寡闻，也不认识几个，但是在您组织的“健笔会”中，谁能表现出这样的自由奔放气魄？谁能称王称霸？不就是中村先生您吗？您就是第一仙人呀！

纵横，自由奔放，此处指风流气度。落墨，原指中国传统的绘画技法，该技法始于南唐著名画家徐熙。此笔法用墨笔把花卉的全部连勾带染地同时描绘出来，然后略加颜色，使枝、叶、蕊、萼，既有生态，又有立体感。其代表作有《雪竹图》《玉堂富贵图》《雏鸽药苗图》等。此处与“纵横”连用，代指中村作画的非凡气势和旷世才华。

---

① 『漱石詩注』、第131頁。

健笔会，是当时以中村不折为首的一个书画团体的名字，因此，“健笔”一词不单独使用，但是夏目漱石私下里也曾说道：“中村这个家伙，笔头勤奋，不分良莠地创作了大量的作品，赚了很多钱。”①

总的来说，这是一首成功的交际应酬诗作（《全唐诗》多半是应酬之作，这与文人的生存空间有关。夏目漱石晚年汉诗的旨趣恰在对应酬之作的超越，而走向了自我的内心世界），同时也是一首在艺术上的失败之作。夏目漱石言不由衷的话里还带着自嘲、羡慕和嫉妒，这也是人之常情。看来，和所谓的知识分子一样，夏目漱石也是一个有趣的世俗之人呢。

① 中村宏『漱石漢詩の世界』、東京：第一書房、1983年、第234頁。

第二部分
漱石汉诗选读

一、幽居正解酒中忙 大正五年八月十四日夜

幽居正解酒中忙，华发何须住醉乡。
座有诗僧闲拈句，门无俗客静焚香。
花间宿鸟振朝露，柳外归牛带夕阳。
随所随缘清兴足，江村日月老来长。[①]

1916年8月21日，在给其弟子久米正雄和芥川龙之介所写的信中，夏目漱石提及自己这段时间的生活和状态时写道：

> 我还是在上午创作《明暗》。其间的心境则苦痛、快乐、机械三者兼而有之。意外的爽意是最幸福的事。尽管如此，每天要写近百个段落，心情会变得庸俗不堪，所以，从三四天前创作汉诗就成了下午的课业。每天一首，大都是七律。[②]

可以说，以《幽居正解酒中忙》一诗为开端，夏目漱石的汉诗创作抵达其生涯最后一个高峰。因此时段，漱石正在创作他的最后一部小说《明暗》(因

① 日本汉诗是以中国古诗、近体诗为规则和样本，以日本汉字（的字义和发音）而非中国汉字为书写基本符号而创作的诗歌体裁，与汉语中的“汉诗”概念有别。

② 『漱石全集』第15卷『続書簡集』、東京：岩波書店、1967年、第577頁。

病逝而未完），故此时段的汉诗创作也被称为《明暗》期。具体来说，自大正五年（1916）8月14日开始，直到11月20日，在大约100天的时间内，漱石基本上每日创作汉诗一首，共计75首汉诗，其中66首为七律。11月21日漱石因胃溃疡再次犯病，住院治疗期间，病情恶化，并于同年12月9日过世，时年50岁。

《幽居正解酒中忙》这首诗的语言虽有些生硬，但结构完整，用笔自然，诗意也较为流畅，比稍后创作的那些苦思求道的作品还是比较富有生活气息的。

幽居正解酒中忙，华发何须住醉乡。

首联就让人有些费解。但根据汉诗的对照与互文结构，大概意指：幽居恰恰注解了酒中之忙，已生华发，何须居于醉乡。“幽居”与“酒中忙”，“华发”与“醉乡”构成了对照，两句又形成了互文。解读的核心还是看关键词，即句眼。本句的关键词是“幽居”和“醉乡”。

“幽居”一词很好理解，隐居之意。唐代诗人韦应物以此为名，撰写了五言古体《隐居》，诗曰：

贵贱虽异等，出门皆有营。
独无外物牵，遂此幽居情。
微雨夜来过，不知春草生。
青山忽已曙，鸟雀绕舍鸣。
……

这是一幅独处平和、悠闲自得的生活画卷，描述了一种愉快安闲的隐居状态。中国式的分裂—综合焦虑征，似乎很早就开始了，读书人一方面万里觅封侯，一方面又低吟逍遥与归隐，如此徘徊于儒与道之间，内心充满了矛盾与分裂：渴望建功立业、扬名万古的野心和欲求，隐退江湖、厌倦纷争的避世情怀似乎成为一枚硬币的两面。我们很好地继承了这一优秀的分裂—焦虑综合征的文化传统，生活在当下的我们，群居时或集体生活中，积极进取、眷恋红尘，孤独面对自己的时候，又发现自己竟然每日疲惫于觥筹得失，苍白无趣，毫无意义。但在韦应物的这首诗中，没有人心险恶，没有名利争夺，没有假面虚伪和诡计阴谋。

和我们一样，夏目漱石也是普通人，这一点很重要，否则他的诗歌就失去了与我们对话的可能，这不仅是论证的前提，也是对人生而平等、世无神人的设定。

夏目漱石生于1867年，他出生的第二年日本开启了明治维新的近代化进程。对于当时所有的日本人而言，这是一个崭新的时代，也是一个与过去难以割裂的时代。终其一生，夏目漱石都在新与旧、东与西、进与退、国家与个体之间犹豫、徘徊、痛苦，在这样一个分裂的时代，晚年的漱石由于疾病和家庭的缘故，更是加剧了他内心原本潜藏的焦虑与不安，病死之外，生之苦闷，是他欲以超越和挣脱的重要对象，这些在他《明暗》期的汉诗中有着较为集中的表达。

“隐居”与“酒中忙”显然是矛盾与对立的。而“酒中忙”是夏目漱石自造的词语，无论中国汉语还是日本汉字中均无惯用之例。但东亚文化圈内的汉字体系是一个视觉优先的符号系统，因此，“酒中忙”的字面之意一眼即可看出。吉川幸次郎在《漱石诗注》中推测说“酒中忙”和“醉乡”指的是夏目漱石小说的世界[①]，这样的说法还是比较可靠的。进而推之，与此相对的“幽居”，应该是指夏目漱石在这段时间内，每日下午的汉诗创作了。

但是“隐居”与“酒中忙”是如何统一于诗句之内的呢?

中村宏在《夏目漱石的汉诗世界》中，有如下解读：

> 安静生活的人更加懂得对于饮酒狂欢的讨厌，年老的人就没有必要居住在如此世俗的地方。[②]

中村宏的理解显然和吉川幸次郎的看法有些差异，而差异的原因或在于对于“正解”一词的理解不同。汉语中的“正解”出自南朝沈约《为齐竟陵王发讲疏》:“竟陵王殿下，神超上地，道冠生和，树宝业于冥津，凝正解于冲

---

① 吉川幸次郎『漱石詩注』、東京：岩波書店、1996年。

② 中村宏『漱石漢詩の世界』、東京：第一書房、1983年。原文：静かに暮らしてみると酒を飲んで騒ぐような煩忙のいとわしさがよくわかる。年老いてからこんな世俗の中に住む必要はない。

念。”“正解”即正确的见解。而现代汉语中的“正解”或是受现代日语中的“正解（せいかい）”之影响，最近开始出现在网络中，是“正确答案”之意。

在夏目漱石汉诗中“正解”就有着至少上述两种可能，有意思的是，吉川幸次郎和中村宏都把“正解”训读成了“正に解す”，即“正确无误地解释了”。与沈约使用的“正解”在词语的内在结构虽然不同，但其指向性还是较为接近的。那么“正解”在漱石汉诗中到底是哪种意义和用法呢？若以下一句中的“何须”为参照，“正解”意指“正确地解释和理解”还是比较合适的。也就是说，漱石汉诗中的汉语词汇的使用，在这里比较接近汉语词汇的本义而非日式词汇。

“醉乡”一词也很好理解，即饮酒而醉的非清醒之状态，表现出的是对于现实的疏离、逃避抑或洒脱、失落等状态。如唐诗人王绩《醉乡记》，曾言：“阮嗣宗、陶渊明等十数人，并游于醉乡。”

该诗首联就表现出了“华发幽居”与“酒饮醉乡”两种不同的生活状态的对立及融合，这也正是夏目漱石上午创作小说，书写人世纷扰与苦闷——以此满足肉身、挣钱养家糊口；而下午以写诗，尤其是有意选择近体诗中要求最为严格的七律——以遣词造句、押韵对仗的文字游戏中放下俗念、调节心境，内化他对于生命和道的思考。

“座有诗僧闲拈句，门无俗客静焚香”一句，对仗工整，语意通达，轻松自然，传达了作者自己对于雅趣生活的追求和向往，较为明显地流露出传统文人雅士的风流意识，也可以看出夏目漱石当时颇有些自得的心理状态。

“花间宿鸟振朝露，柳外归牛带夕阳”一句，对仗也较工整，诗的笔触由陈述转向描绘，增强了诗歌的兴发情趣和生动的意向。可以说这一句是由两幅画组成的，前半句是近景：早晨宿鸟惊飞、扇动翅膀，震动空气，树叶微颤，抖落晨露（有人说是抖落自身的羽毛，其隐微之姿、转瞬之景难以为人耳目所捕捉，即便是想象画面的再造，也不大合理）之画面；后半句则是远景：在夕阳沉落之际，落日余晖之中，杨柳堤外，响起一曲悠悠牧笛，随声转目，牧童在余晖中缓缓走来，又带着一抹夕阳迟迟远去。一小一大，一近一远，一早一晚，一快一慢，充满情趣与活力。不过这两幅画面，非实际场景的白描，而是源于作者的构思与想象，是一种内心写实的笔法。

另外，这一句还留存一个疑惑，即“振”字的使用问题。在汉语中“振”

中，在时间和空间上给人以用力之感，在情感上给人以紧张的张力。如“气振长平瓦”（李白）、“郑氏才振古”（杜甫）“岛屿疑摇振”（柳宗元）等。而日语中的“振るう”，还写作“奮う、揮う”等，在作为五段自动词的时候，意指具有生命的物体自身活力的发挥与震动；在其作为他动词使用时也有用力、充分的意向。

“随所随缘清兴足，江村日月老来长”一句作为尾联结句，诗意承接自然，且有余韵。只是“随所”一词乃是自造词，不同于汉诗中出现的“此生随所遭”（杜甫《避地》）、“冷热随所遇”（白居易《春日闲居三首》）等之处的“随所”。在漱石这首诗中，“所”乃是“ところ”居住之地、生活之地的意思。

一般意义上，一首诗歌的好坏，至少一半要归结于读者本身的视野和感受，甚至阅读的具体场景和氛围决定了读者接受的方式。这样的情况千差万别，无法一一描述。但一首诗歌可否成为经典，首先在于诗歌本身的艺术效果是否有着超越时代和个体感受之差的东西。是什么东西呢？千百年来，很多人都在寻找、探讨诗歌的意义和情趣，结论却不一而足，至今尚未统一。在此处，我们暂且以人作比拟，肉身之美、权谋之用，让许多人着迷而为之前仆后继，但在坚持灵魂之美的人那里，朴素与简洁的自然、行云与流水的自在，安然于喧嚣与世俗之界的内心的淡然与从容之灵魂，或才是生而为人的尊严和美好。

诗，亦应如是。

二、双鬓有丝无限情 大正五年八月十五日

双鬓有丝无限情，春秋几度读还耕。
风吹弱柳枝枝动，雨打高桐叶叶鸣。
遥见半峰吐月色，长听一水落云声。
幽居乐道狐裘古，欲买缊袍时入城。

漱石的汉诗，不仅在一首诗的内部形成互文，在他的许多汉诗之间也形成了相互参照的关系。1916年，他写日记的习惯基本被每日写作一首汉诗代替，

其心境的延续也带来了汉诗主题表达和遣词的趋同性，如最后两首汉诗即是孪生的篇什。

8月15日创作的这一首诗和8月14日的汉诗之间也存在着内在的关联性，若以主题归纳，我们暂可统一将其命名为《幽居·二首》。

汉字的魅力，在于一眼就可让人感受到一个世界；汉诗的美，在于一个词就足以绽放一场春天。

“幽居”一词，就如美人的眸子，有心的人一眼就看到了眸子里的一潭湖水，湖水中的一片涟漪。

双鬓有丝无限情，春秋几度读还耕。

年华老去，双鬓发白，给人几多感慨和无奈，情思悠远而人生有限；年华虽非虚度，春秋更迭，四季轮转，在流动的时间内“我”过着晴耕雨读的日子。

风吹弱柳枝枝动，雨打高桐叶叶鸣。

此句对仗，情景融合，富有诗意。承接首联，对晴耕雨读的岁月进行具象的呈现与描绘：晴朗的日子看风吹草木，柳枝摇曳，宛如柔弱的少女，需人搀扶；下雨的日子，冷雨淅沥，从天而落，拍打着高高的梧桐，树叶发出声响，自然界演奏着冷雨中的曲目。

遥见半峰吐月色，长听一水落云声。

虚真各半，光色隐幽，给人以寂寞幽深之感。夜深人静，诗人却了无睡意，推窗望月，然而明月藏隐山峰之后，照得山色更加幽深而显得遥不可及，如真似幻，月色悄然照进屋内，才发现月亮已经从山峰之间探出头来，如暗夜不眠之眼；欲卧床而眠，却又听到远处山间流水不息不倦，似云落渺渺，一切都在隐微之间。

幽居乐道狐裘古，欲买缊袍时入城。

尾联中的“狐裘”与“缊袍”在形象上产生鲜明对比，藏有深意。

《论语·子罕》子曰：“衣敝缊袍，与衣狐貉者立而不耻者，其由也与？‘不忮不求，何用不臧？’子路终身诵之。子曰：‘是道也，何足以臧？’”

孔子说：穿破旧丝棉袍子，而与穿名贵皮裘的人站在一起，却不感到耻辱者，大概只有仲由能做到吧。《诗经》上说：“‘不嫉恨，不贪求，哪能不善好呢？’”子路听说后，很是得意，以后总是反复念叨这句诗。被孔子发现，就批评道："你离真正的道，还差得很远呢，怎能就此知足呢？"

古人的优雅与从容，植根于文化上的守持与自得。在孔子众多弟子中，子路是给人最为生动、最可爱印象的那一个。《说苑》中记载在他第一次见孔子时，竟然欲"凌暴孔子"，想必准备用拳脚"教育"一下孔子吧。然而孔子毕竟是个有修养的人，面对这个野蛮的年轻人，并不计较，而是以文化武，"设礼，稍诱子路"，子路感佩而拜师。可见，无论是流浪如丧家之犬的孔子，还是勇敢耿直、破衣蔽体的子路，儒雅包容、不忮不求，让他们可以直面荣华富贵而自尊自立，这或许才是文人的理想与精神，淡泊以明志，宁静以致远。今日之文人，早已斯文扫地，成为一群精英的利己主义者或者帮闲。既然灵魂难以被"科学"证明其实在性，何不在灯红酒绿中耗尽快乐的肉身？！

回到夏目漱石的这首汉诗本身。可以说，尾联中的"幽居乐道"是他自己主动的选择，家里原有的狐裘已经破旧，沾染了许多灰尘，暗示他对于早年追求世俗功名的反思与否定。岁月匆匆，两鬓斑白，功名犹如尘土，莫如晴耕雨读，追求内心的一份充盈与诗意。

如我们所知，夏目漱石一生历经坎坷，被亲生父亲所遗弃，遭养父的敲诈，受尽抑郁和病痛之苦，曾经十分厌倦身边的一切，这种情绪还曾导致妻子自杀的行为。因此，漱石之所以产生"幽居"的情怀，无非是对于之前自己身陷世俗之累、追逐名利之苦的反思和觉悟。

至今，教科书上似乎依然把夏目漱石看作是超越自然主义与浪漫主义之争的"余裕派"或"高蹈派"，实则谬也。夏目漱石从来不是超凡脱俗之人，缺少的恰恰是仙风道骨。也有很多人认为夏目漱石是一个批判现实主义作家，中国的研究者还将其比拟鲁迅，在我看来，这也不过是一厢情愿式的误读。这种误读，就如同夏目漱石说自己极其喜欢和欣赏日本僧人良宽的汉诗之风流与洒脱，于是就有人从夏目漱石汉诗中寻找诸多良宽的影子，力图证实夏目漱石汉诗的风流与洒脱。此种行为，犹如水中捞月，不得其辙也。

今天对于夏目漱石汉诗的解读，没有实证与出典，没有考辨与佐证，基本上是感发和联想式的赏析。之所以如此，在有意尝试之外，实则也处于对于所谓实证与出典，甚至对于所谓研究立场的警惕与怀疑。在笔者看来，真正的关系是内在的，可证明的影响是浅层的，这个世界万物在流转时空的本质联系非考证、训诂所得，即便科学也无法解答所有秘密，诗性的联系，灵性的顿悟，有时候恰恰可以抵达世界的本心。

顺便说一句，近来人文学术面临巨大的困境，深层次的原因则是人文学术生存与发展的思想前提是其自身所谓的“科学性”，然而，今日之科学（如量子力学）反而证明了科学自身的“不科学性”——对自身局域实在论和确定性的怀疑和动摇。然而，以“科学性”为圭臬的人文学术依然坚守“过时”的“科学性”，其谬大矣。

三、五十年来处士分 大正五年八月十五日

五十年来处士分，岂期高踏自离群。
荜门不杜贫如道，茅屋偶空交似云。
天日苍茫谁有赋，太虚寥廓我无文。
殷勤寄语寒山子，饶舌松风独待君。

8月15日落款的有两首七律汉诗，这是第二首。

五十年来处士分，岂期高踏自离群。

处士，在中日语境中，都指有德才却不做官的人。分，身份职责之意，如“名分”“身分”等，不过，“分”有两种发音，入韵也有两种：十二文（平），十三问（仄）。“分”作“名分”“职责”之意时发言为入声，故，此处应是作者之误。

五十年以来，我选择了自己的道路，但并非自认为是超越世俗的高踏之人，而有意识地避开世俗、远离人群。

荜门不杜贫如道，茅屋偶空交似云。

上一句是总体概述，这一句则是画面的呈现，以画面言情志，是汉诗的传统和特点，夏目漱石深得其味。但“荜门”简陋的门庭和住所，或是吉川幸次郎所说的日本式的花布垂帘，以此为门。“不杜”之语也十分生僻，在日语、汉语中也极为少见。吉川幸次郎认为“杜”通“堵”。一海知义则认为是不关的门（閉じない）。“贫如道”一语双关，既是指门庭客人稀少，也是指主人的

精神和心理以及生活状态。

“偶空”之语亦犯生硬之弊，应该是夏目漱石为了完成对仗和格律而牺牲了语言的自然，自造词语，且平仄有误，“偶”应平而仄。

李白《月下独酌》有名句：“同结无情游，相期邈云汉。”在我狭隘的理解下，这种情调与夏目漱石所要表达的“交似云”有着近似的味道。

天日苍茫谁有赋，太虚寥廓我无文。

天日，即太阳。在《全唐诗》中仅有几例，如“落尽高天日，幽人未遣回”（杜甫）、“持戒如天日，能明本有躺”（傅翕）等，但“苍茫”无法形容太阳。或许天日在此处乃是昏黄而辽远的日光之意。寥廓，在汉语中语义丰富，表现力很强。《素问·天元纪大论》“太虚寥廓，肇基化元，万物资始，五运终天”，以寥廓表达宇宙的本元状态。《楚辞·远游》“下峥嵘而无地兮，上寥廓而无天”，以寥廓表达空阔辽远。陆机《叹逝赋》“或冥邈而既尽，或寥廓而仅半”，以寥廓表达虚空之境。此处夏目漱石则概以寥廓表达世界苍茫、宇宙辽阔而虚空的情状。面对辽远而虚空的宇宙，谁来为此写作作赋，描述无法把握的命运以及藏匿其间的“道心”？

殷勤寄语寒山子，饶舌松风独待君。

我殷切地希望寒山子在世，风吹松木而不停息，似乎和我一样也在等待知晓它心思的诗人。

就寒山诗歌的题材而论，多有吟咏自然草木的句子，在夏目漱石眼中，寒山无疑是最知草木本心的人了吧。寒山其人其诗在国外火过李白、杜甫，其诗歌中朴素的自然情怀是重要的原因之一。如寒山诗云：

泣露千般草，吟风一样松。
此时迷径处，形问影何从。
天生百尺树，剪作长条木。
可惜栋梁材，抛之在幽谷。
欲得安身处，寒山可长保。
微风吹幽松，近听声愈好。

另，关于“饶舌”，寒山、拾得似有传说如下：时任台州太守的闾丘胤，受丰干指引，慕名来访寒山、拾得二人，寺里大众正纳闷着，“何以一位大官却来礼拜这等疯狂的人?”这时，寒山、拾得突然喝道:“丰干饶舌！弥陀不识，礼我为何?”两人挽臂笑傲，跨出寺门，走向寒岩，从此绝迹于国清寺。

如果说，8月14、15日创作的两首汉诗可以命名为《幽居·二首》，那么，接下来的这首则可以命名为《幽居续篇》，大意依然是回首过去，自述胸怀，表达内心的情志与渴望。这首诗所表达的渴求指向了中国的诗僧寒山，即诗眼“寒山子”。

寒山（约691—793），唐代长安人，出身于官宦，数考不第，被迫出家，30岁后隐居于浙东天台山。他生前寂寂无闻，身后却声誉日隆，并绵延千年，今日犹然。白居易、王安石仿写其诗，苏轼、黄庭坚、朱熹、陆游也对他兴趣殊然。他未曾剃度，苏州著名寺庙（寒山寺）却以他的号命名。唐人将其看作成仙的道士，宋人认为他乃文殊再世，在其诗元代流传到朝鲜和日本，至明代被收入《全唐诗》，清朝皇帝雍正甚至把他与他的好友拾得封为“和合二圣”，成了婚姻神和爱神。

20世纪以来寒山又持续受到欧美、日本学者的喜爱和推崇。明治以降，寒山诗就在日本一版再版。森鸥外（1862—1922）根据《寒山诗集》闾丘胤的序言（有学者已证伪作），创作了小说《寒山拾得》，颇受好评。20世纪50年代，美国“垮掉的一代”（the beat generation）将寒山奉为偶像，其诗也风靡欧美，造就了一波“寒山热潮”。寒山的作品被翻译成多国文字，在世界范围内赢得了比李白、杜甫还要高的声誉。然而，他却连真实姓名也未留下，只是以号行世——寒山子。

《四库全书总目提要·寒山诗集提要》中指出，寒山诗“其诗有工语，有率语，有庄语，有谐语”。项楚在《寒山诗注·前言》中认为“不拘格律，直写胸臆，或俗或雅，涉笔成趣”是寒山诗的总体风格。与其诗风相应，其诗歌的思想，有人说是一种豁达、超然与洒脱。因此，寒山诗以语言的质朴、境界的幽玄、不入世浊的隐者情怀赢得了众多读者的喜爱。此言不虚，却非寒山的全部。

据传，寒山也曾是热衷功名之士，数次落地，原因离奇。究根问底，竟因相貌之故，受尽世俗与制度的羞辱；兄弟断交，妻子离弃，在世俗的人世，原有的价值体系崩溃，世界坍塌，在原有的文化体系内，他已经失去了存在的价值和意义，人生陷入绝境而无人可助。最终他选择了流浪和隐居，其间他要经历多少心理煎熬和自我超越，才能摆脱世俗的爱恨，跳出原有的价值体系，独自为自己寻找一个活下去的理由和依凭？可幸的是，一个热衷功名和世俗温暖拥抱的人，终于蜕变成了拥抱自己的孤独的寒山子。然而，又有多少这样的人在寻找皈依的路途中，在孤独绝望中悄然死去！因此，在寒山洒脱文字的背后，我依然可以读出来一个阅尽人世悲凉，历经痛苦而绝望的普通人的呐喊和叹息！

要之，夏目漱石未曾有寒山之绝望而生的经历，其思想离悟道之境尚有十分的距离，尚未看破红尘的虚妄，因此，他们两者的诗风和思想迥然有别，甚至对立。

夏目漱石最为欣赏的诗僧一个是寒山，一个是良宽。两者均使用白话，诗风率直、朴素，且不拘格律，谐趣而富有生机，诗意浑然洒脱。

然而夏目漱石汉诗却与之相对，其汉诗，尤其是晚年作品表现出来另外一个方向的特点，即遵循格律，用雅语，时而生硬，诗意时而阻塞，意境多见寂寥而幽暗。不过，这首汉诗，尚未陷入苦闷的悟道的地步，用语虽见生硬，但是诗意相对流畅，尤其结句，富有余韵和想象力。

还有一个悬而未决的疑问在我心头，无论是夏目漱石还是寒山，他们为何要让汉诗留存呢？寒山在绝望重生之后，并非完全变成了另外一个人，而是不再以原有的价值方式而存在，但他与人沟通的渴望依然保留。或许与这个世界诉说，是人类的本能，夏目漱石创作并将这些汉诗留在自己的日记当中，或也是有这样的想法吧。这样推论的前提，则是人与生俱来却又可以共情的孤独，如果要问漱石和寒山两者在差异之外，有无共同之处的话，或许就在这里。

四、听尽吴歌月始愁 大正五年八月十八日

行到天涯易白头，故园何处得归休。
惊残楚梦云犹暗，听尽吴歌月始愁。
绕郭青山三面合，抱城春水一方流。
眼前风物也堪喜，欲见桃花独上楼。

这是落款为8月18日的第二首汉诗。此日所作的两首汉诗，前者[①]以参禅说道为主，后者以情景为主。就诗歌而言，第一首更像是法偈，第二首的审美完成度则要好一些。

两者看似主题和情趣迥然，却有着内在的关联。夏目漱石前几日创作的七律与今日要讲的这首汉诗，在情绪和主题上有着密切联系：前两首以“幽居”表现情志，第三首虽可视为“幽居续篇”，但已出现“道”字的思考（其后“道”字出现频繁，达29次之多）。而自今日第一首汉诗开始，夏目漱石开始以七律汉诗为手段探索和思考“道”的问题。其过程曲折而反复，其复杂性从同为落款8月16日的两首汉诗之间的差异中即可直观地感觉一二。

就诗体而论，本诗亦是七律，“也”应该平声字而仄，除此之外合乎七律要求。

8月16日的第一首汉诗追寻“道”与“心”，与其说是汉诗，不如说是法偈，思辨幽深，禅意甚浓。而第二首汉诗（即本诗）则由“幽思”转向了“幽情”:“思”转向“情”是一种逆转的承接;“幽”之风格的延续则表明漱石晚年的精神状态的内在统一，有人以同时期创作的小说书名“明暗”为关键词来概括其晚年的内心世界，还是较为恰当的。

夏目漱石于1916年8月21日给久米正雄和芥川龙之介的书信中，附赠一首汉诗，云:“寻仙未向碧山行，住在人间足道情。明暗双双三万字，抚摩石印自由成。”表明了自己在世俗间寻求佛性、日常中修行的立场和决心，也表明了自己幽深隐晦的复杂内心世界。

吉川幸次郎先生认为《明暗》期的汉诗创作中，前四首是体现了一种隐士的姿态，自这首汉诗起，日渐显露了夏目漱石作为“放浪者”形象的一面。

值得说明的是，日文中的“放浪者”，意思是流浪汉。而在汉语中，“放浪”则是指放纵不受拘束，语出晋代郭璞《客傲》:“不恢心而形遗，不外累而智丧，无岩穴而冥寂，无江湖而放浪。”王羲之在《兰亭集序》中，有言:“或因寄所托，放浪形骸之外。”虽然夏目漱石这首诗中也有“游子情怀”，但吉川

① 第一首汉诗为：无心礼佛见灵灵台，山寺对僧诗趣催。松柏百年回壁去，薜萝一日上墙来。道书谁点窟前烛，法偈难磨石面苔。借问参禅寒衲子，翠岚何处着尘埃。

幸次郎所言“放浪”应是指夏目漱石的汉诗非苦吟道思，而是具有了超拔世俗、恣意纵容之风骨和情趣。

如前所述，漱石汉诗风格的变化有着内在的逻辑与承接关系，即与同日写作（以“落款”表述更为准确）的第一首汉诗相较，可以说，本诗较为明显地体现了思之阻塞之后的一种诗意的流畅与游离的情绪。

诗歌，并非总要从中寻找出一种意义不可。很多事情需要无意义的姿态。也正如前一首汉诗所要表达的那样：无心才能寻见佛性，见得真心。放弃执着和杂念，才能看到人间的真意和世界的本心。

人生亦是如此。一个人的身心投射到物象之中，与之连接的往往并非“意义”的方式。笔者至今记得2008年在京都清水寺参禅，端坐陋室一隅，望山品月，静听松风，云过偶闻几处蛙声，须臾又消解在体内时光的流动之中。彼时彼刻，年近而立的我，方才放弃稍许尘念，不再以固有的俗情思考这个世界，心灵初次萌生若有若离之感。

本诗亦如山涛风月，在那时那刻连接着夏目漱石与他所面向的世界，在追思道心、苦觅佛性而不得开悟之后，这首诗缓和了他内心与这个世界的紧张与对立，消弭了部分矛盾与焦虑。换言之，本诗不以求道为目的，反而指向了禅宗和庄周所指向的自由而无限的广袤天地。正所谓：放下执着，自见本心也。

行到天涯易白头，故园何处得归休。

在异乡追求着成功与幸福、个人的名利与自由，但世事艰辛，游子白头；然而往昔难以回首，故园不再是故园，此生飘零，内心何时可以祥和自在？灵魂何处得以安息？

这里面有着诗人切身的人生体验和阅历。原名“金之助”的漱石，被父母遗弃，从小未曾尝到家庭的温暖。结婚之后，在日常生活表层下，也暗藏种种不安与焦虑。远赴英伦留学，又难以融入西方社会而引发神经衰弱，被迫提前回国接受治疗。此或“天涯”之原意。

一生行走，多有坎坷，中年成名，又脱离东京帝国大学教职，成为专栏作家，日日劳作而不息。晚年时，又陷疾病和生死之间，多有内心与灵魂之间，加之日本全面西化之后，追随西方列强逐步走向强权与对外殖民的道路，原有的日本传统文化和道德在这样的背景下，已被冲刷得面目全非。

惊残楚梦云犹暗，听尽吴歌月始愁。

如今的我呀，犹如身心坠入“楚梦”之中却被惊醒，而心绪依然留在了梦中；吴歌听尽，悬空中那轮孤独的明月，清晖万里，万古如常，在我眼中却也开始变得忧愁。

颔联两句，写得隐晦而富有诗意，颇有李商隐之幽情。从“易白头”和“故园何处”之感慨，很自然地过渡到对当下心理状态的描写，发出人生如梦的唏嘘。

楚梦，包括吉川幸次郎先生在内的众多学人都认为是楚王梦遇巫山神女之典。据《昭明文选》卷十九《赋癸·情·神女赋并序》记载：“楚襄王与宋玉游于云梦之浦，使玉赋高唐之事。其夜王寝，果梦与神女遇，其状甚丽。王异之，明日以白玉。”后人以此来表示美梦，或男女短暂之欢爱。

王勃诗云“江南弄，巫山连楚梦，行雨行云几相送”，贺铸《侍香金童》词云“楚梦方回，翠被寒如水”，传统诗词多以“楚梦”描绘男女之幽情与分离。

吴歌，指古代吴语方言地区广泛流行的口头文学创作，口口相传，代代相袭，活泼而热烈，尤以表现男女爱情为主。吴歌，后也泛指江南地区的民歌。文学史上有吴体之称，其流行与杜甫关系密切。“杜公篇什既众，时出变调；凡集中拗律，皆属此体”（《杜诗详注》仇兆鳌注引）。李白、皮日休、黄庭坚等也都受到吴歌的影响而创作了许多吴体诗词。李白《子夜吴歌》诗云：“长安一片月，万户捣衣声。秋风吹不尽，总是玉关情。”

楚梦与吴歌，云暗与月愁，实乃内心难以明言的心理状态。用词文雅、意象丰富、情思幽深，且巧用典故，延展了诗歌的内在生命寓意和诗意空间，是夏目漱石少有的汉诗美文。

云月之词，楚梦之喻，实乃诗歌最为本质的东西，也蕴含着传统汉文学的特色与魅力：含蓄而浪漫，情深而意幽。[①]有则轶事，说夏目漱石在授课时，教学生如何翻译“I love you”，众口不一，而他给出的答案则是“今夜は月が

① 就吴歌与楚梦历史的关系而言，似乎尚未止步于此。战国吴、越两国均在江南接土邻境，“习俗同，言语通”，“同音共律”。楚破越后，吴、越之地大部分为楚所占，称为“吴楚”。故，这一时期的吴歌，难用现存的区域划分来说明。因此，“四面楚歌”，实乃“四面吴歌”也。楚霸王项羽之雄霸天下、统一宇内之“楚梦”，却经不起四面的“吴歌”最后一击，引颈自刎，爱妃也香消玉殒，世事无常在，人生犹如梦也。

绮丽ですね"——今夜月色撩人! [①]

绕郭青山三面合，抱城春水一方流。

城郭周边的青山三面相合，环抱城市的春水向一方流淌。描述由内转向外面的世界。"我"在上述的思考中，暗愁袭来，内心奔涌。而"我"所生活的世界——这座城市一如千年之前的平静，不曾随岁月而改变面容。

青山依在，绿水长流。这个世界并不关心个体命运的枯荣、离别与伤痛。

青山三面合，春水一方流，也暗喻世间万物的差异和生命状态的参差。这似乎是一个差异而平等的自然世界，也是一个婆娑苦难的人为世界。但比之于人世，大自然何其简单，富有禅意和情趣。

就个体而言，如何度过短暂的一生？或应时顺命、随遇而安，过着看花花开、闭目花眠的日子吧。

颈联很容易让人想起李白《送友人》的诗句：

青山横北郭，白水绕东城。
此地一为别，孤蓬万里征。
浮云游子意，落日故人情。
挥手自兹去，萧萧班马鸣。

首联"青山横北郭，白水绕东城"之句，色彩鲜丽，用笔传神。为游子孤蓬之别离，做了铺垫，渲染了氛围。挥手别城，回望此句，足见情深。而漱石此句，比之于李白之"情"，更多的是为了阐发"理趣"。

眼前风物也堪喜，欲见桃花独上楼。

眼前的世界也充满了风景和诗意，不过，若要懂得桃花这般风景的真意，还是在一个人独自的时候。

如上面已经指出的那样，由观照外面亘古不变的世界，再次转向作者

---

① 此轶事已有学者证伪，言漱石并无翻译之事。在历史实证的立场上，或许这就是所谓的事实。但此传闻并非没有意义，在美学、文化学的立场上，依然有其价值。若联系漱石推崇的良宽与其女弟子的爱情故事及其关于爱情的和歌（我们的爱情是月亮），并将之放在东西方语言文化比照的视野中，与西方英语的"主谓宾"结构所潜藏的支配性爱情和世界观念不同，东方的爱情（今夜的月色真美）恰恰是人与自然的和谐与共生的关系。

隐痛孤愁的内心，引出对个体如何存活的思考。夏目漱石终于也找到了一个生命的平衡点——热爱这个并不完美的残缺的世界，在孤独中发现美和希望。

五、蝴蝶梦中寄此生 大正五年八月二十日

两鬓衰来白几茎，年华始识一朝倾。
薰莸臭里求何物，蝴蝶梦中寄此生。
下履空阶凄露散，移床废砌乱蝉惊。
清风满地芭蕉影，摇曳午眠叶叶轻。

落款为8月20日的七律汉诗，延续了之前伤怀和求道的思绪与主题，并引出了藏匿在夏目漱石晚年汉诗中的关键人物之一，即庄子。

其实，作为逍遥派永远的老大——庄子，也是我们理解东亚传统汉文学和汉文化不可或缺的一个重要存在。众所周知，对于传统文化的体悟，儒释道缺一不可。甚至在台湾学者陈鼓应等先生看来，中国传统哲学思想的主流并非儒家，而是以老庄为首的道家一派。

今天讲诗，我们先从庄子《齐物论》中的一个故事讲起：

> 南郭子綦隐机而坐，仰天而嘘，嗒焉似丧其耦。颜成、子游立侍乎前，曰："何居乎？形固可使如槁木，而心固可使如死灰乎？今之隐机者，非昔之隐机者也？"子綦曰："偃，不亦善乎，而问之也！今者吾丧我，汝知之乎？"

南郭子綦依案而坐，仰天而长嘘，目光恍惚，神色似已脱离了躯体。颜成、子游侍立在旁，问道："这是什么情况呢？我以前知道形体可如枯木，但心灵可如死灰吗？眼前这个依靠案几的人，难道不是原来的你，变成了另外的一个人？"子綦说："子游，问得好！现在我忘了自我，你知吗？"

在这里，庄子以寓言的方式提出了一个“吾丧我”的命题，这是一个十分有趣也十分重要的哲学议题。

对这一句的解读见仁见智，难以一一厘清。我们暂且可以理解为：作为整体的我，遗忘——放弃了“我执”的固念，或曰“小我”；也可以理解为：灵魂之我，脱离了肉身之我而获得了无垠的自由。总之，外物纷繁渐欲迷人眼，“我”也可以遗忘我自身。

夏目漱石晚年提出了著名的“则天去私”思想命题，与此汉诗中的意识相通而融合。可以说自《三四郎》《从此以后》等小说创作以来，夏目漱石对“自我本位”之反省，对于“则天去私”这一命题之思考，贯穿了他的余生。

在矛盾而对立的世界中，何以安心而道持，获得生存的趣味与意义，是该诗内在的心路与主题，可以说这首汉诗也延续了前几日汉诗中的思考方向和内在情绪。

两鬓衰来白几茎，年华始识一朝倾。

岁月悄然流逝，某日站在镜子前，我们可能会惊讶地感叹，镜中之人竟然是已不再年轻的自己。白发出现是早已知道的，但意识到两鬓斑白如此、青春仓促而年华似在一夜之间老去，却是生平的第一次。

人们对于时光和岁月的感觉，日常是较为迟钝的，表面是为生活所累，劳忙于琐事和杂务之中，但潜意识中或也是一种自我的麻痹和保护。每个人都是面向死而生的，对于死亡的拒绝、排斥和恐惧，最终是一场徒劳而绝望的抵抗，这是人类内心最为悲哀却不得不面对的唯一的故事结局。于是，人类发明了故事，开始虚构来世，宗教应运而生。但在没有宗教的世界，在尼采宣布上帝死亡之后，人们也发明了种种类似宗教的东西，让无意义的时间和人生变得有趣和有意义。比如金钱和权力，比如辛勤工作和抚养子女等，这也是在潜意识中对死亡和虚无的对抗与疏离。但是，在你面对自己的时候，在一个人真正独处的时候，在你感到孤立无援的时候——在你面对镜子的时候，时间和岁月似乎突然加速，拉近了你和死亡的距离，内心建构起来的平衡感瞬间被打破。你不得不重新反思过去，并开启新的思考，去面对死亡这样的终极问题，并热切地去寻找新的理由和精神凭借，从而试图让自己心安理得，甚至可以“幸福”地继续活下去。这是人类的本能，也是人类的宿命。

薰莸臭里求何物，蝴蝶梦中寄此生。

在光明与暗黑、真实与虚幻、美好与丑恶、芳香与臭气等混杂而对立的现实世界中，日复一日地奔波劳累、默默耕耘，但所求何物？终极目的地又在哪里？我们害怕苦痛，而喜欢愉；我们安抚肉身，而不关心日落和云起，我们将远方种植在稻谷里。我们远离孤独，而喜欢群居，我们学会幸福，成功让所有人着迷，我们努力生活，但却遗忘了真正的目的。

第一句话，按字面意思可产生上述理解，但若是透过文字看到文字之外之意就是另外一回事儿了。庄子有“不落言筌”之名句：“筌者所以在鱼，得鱼而忘筌……言者所以在意，得意而忘言。”（《庄子·外物》）。

“不落言筌”，内涵丰富，以“不落言筌”的思路去理解这个世界，万物更是呈现不确定的状态和性质。但其中的指向之一即是讨论“言与意”的关系问题无疑，提醒人们不要被字面的意思所干扰，主动寻找文字背后的深意。

近代以来，人们常常陷入理性主义的窠臼之中，以“逻辑思维”为导引，辨别进步与落后、高级与低级，陷入偏执与自我、矛盾与对立。所谓善，其实不知包含了多少的恶；所谓恶，又不知蕴藏了多少的美。而这些又绝非单纯的逻辑思维可以辩解和区别。从根底里讲，人们陷入纷争与困惑，实乃“自我意识”膨胀，进而自我丧失所导致（这里面也有人文主义和自由主义的负面影响，基于这些学说，人们习惯以“人性”和所谓的“自由意志”为判断和衡量一切的标准，过分凸显作为人类的主体地位以及人类“自身”的欲望和利益）。

回到夏目漱石这首汉诗本身，经过上述思想史层面的梳理，反观“薰莸臭里求何物，蝴蝶梦中寄此生”一句，我们可以据此提出更为合理的解读方式。换言之，这一句其实是漱石的自问自答。面对镜中突然老去的面容，恍若隔世，竟差一点未能认出镜中之人是自己。（今之隐机者，非昔之隐机者也？）于是，夏目漱石由此情绪波动而转入深度思考。（与之前连续作的6首七律汉诗结构发生变化，颔联不再以形象化的描述出现，而是思辨与用典的方式叙述，反映了夏目漱石内心的细微变化，这一细微的变化对于夏目漱石却可能是致命的——意识到两鬓如此斑白、青春仓促而年华不再，这是生平的第一次！）

该联第一句自问，究竟为了什么在这个芳香与臭气等混杂而对立的现实世界中存活？也许，眼中的矛盾与对立，丑恶与善美的混杂原本是自己的欲望和意识过于凸显（与世界隔绝而分离）而造成的？自我意识的强烈，反倒丧失了自我，认不清这个世界的本相与自己的真面目？此刻，想起庄子的“物我两忘”之见，是多么深邃而独具魅力！几经困苦、挣扎人世，而如今临近晚岁的自己，安身安心何处？今后也唯有放弃“我执”和“固念”，通过庄子而悟道，聊寄余生了吧。

“蝴蝶梦”语亦出庄子的《齐物论》：

> 昔者庄周梦为蝴蝶，栩栩然蝴蝶也，自喻适志与！不知周也。俄然觉，则蘧蘧然周也。不知周之梦为蝴蝶与？蝴蝶之梦为周与？周与蝴蝶，则必有分矣。此之谓物化。

夏目漱石在1898年时年31岁创作的汉诗《春兴》中写道：“逍遥随物化，悠然对芳菲。”此时的他，虽有惆怅，但尚不至于此时心境之困苦。

下履空阶凄露散，移床废砌乱蝉惊。

夜已深沉，却无睡意，独自一人走下台阶，碰触青草上的寒露，散落脚面，已是凉凉的秋意；返回卧室，辗转难眠，毫无睡意，移动床榻而弄出声响，又惊起秋蝉乱鸣一阵。若“床”为“胡床”，则可作他解。

该联写实，与尾联白日形成互文和参照，主要描写了作者夜深难眠的情状。但用语稍显生硬，诗意匮乏。虽然使用了诗歌中较为常见的意象，如空阶、乱蝉等，但“凄露”“下履”“废砌”等较为生僻，前两者还是自造词语，加之“惊”字的使用较为突兀，在“蝴蝶梦中寄此生”与“芭蕉影，叶叶轻”之间，显得整首诗的情绪及意境有些失衡。

“废砌”之词全唐诗仅一首使用。温庭筠的五绝《题贺知章故居叠韵作》：“废砌翳薜荔，枯湖无菰蒲。老媪饱藁草，愚儒输逋租。”不过，该诗也是泛泛之作，尚不能及中流水准。

清风满地芭蕉影，摇曳午眠叶叶轻。

清风吹来，满院的芭蕉在阳光的照射之中，光影斑驳，形成的影像在地上摇摆不停；午休之时，风减弱少许，院子里草木摇曳，树叶轻轻。

该诗首联伤感，颔联迷离，颈联凄婉伤情，尾联又转向清淡自然之风。虽然诗歌在用词、意象的融合及意境的营造等方面缺陷明显，以审美的立场观之，在漱石汉诗之中也至多算作中等，但重要的是，从中我们也感受到了一个困苦而求解脱的真实生命。

漱石的汉诗，若以唐诗为参照，暴露出其审美的完成度不高，艺术水准欠缺，想象力和感染力整体匮乏等等诸多问题。换言之，我似乎开始理解了，为何至今为止，大多数的研究者将其汉诗看作思想史的材料使用，而少有审美视野中的关注和解析，也开始怀疑自己赏析漱石汉诗的意义。

与友人漫谈，也谈及此问。其曰，再伟大的哲学家也不能替代别人的思考！此言犹如棒喝，让我若有顿悟：每个人的存在都应该有独特的而无可替代的东西，这是生而为人的尊严和价值，正如同每个人都怀揣着一个独一无二的灵魂来到这个世界上，诸多体验只能自己面对别人不可替代，正是基于这样的独特性和不可替代性，每个人才有了生命的意义。反顾自身，平凡的人，也应该有诗和远方，也应怀揣不灭的理想，在日常的修行中，磨砺身心、寻找灵魂的归宿！

在平凡的生命中寻找独特的价值，亦如在夏目漱石的汉诗中发现跳动的心和带有温度的呼吸。在这一如往常的寂静的夜，修改书稿的我，也要赋予这夜以温暖的名字，在不息的夜色里寻觅闪烁星光的诗意。不枉今生世，留存一段香。

六、何须漫说布衣尊 大正五年八月二十八日

何须漫说布衣尊，数卷好书吾道存。
阴尽始开芳草户，春来独杜落花门。
萧条古佛风流寺，寂寞先生日涉园。
村巷路深无过客，一庭修竹掩南轩。

此诗是夏目漱石自1916年8月14日以来连续创作的第十二首七律汉诗。在笔者看来，这首诗隐含了一个较为重大的议题，即夏目漱石对于社会变

革的冷漠和排斥。这首诗为我们提供了一条或可窥视夏目漱石较为狭隘的内心世界的路径。这样的判断是建立在对夏目漱石作品的体悟以及对该诗首联的冒险性解读之上的。

讨论上述议题，有必要对日本明治维新以来的社会思潮有一个整体的把握和认知。大正时代，日本作为亚洲第一个完成近代化的国家，日渐走上强国之道路，国力突进，民族意识抬头，而国内的思想却相对复杂，既有民主主义思潮、社会主义思潮，也有皇权主义保守派，既有个人主义，也有与之相对的国家主义，这不仅发生在社会外部，也发生在一个人的精神内部（夏目漱石本人就是很好的例子，一生在国家主义和个人主义之间徘徊）。对于国家而言，它的任务是如何统一思想，组织和动员社会之力；对于个人而言则是如何安定身心，不让年华虚度。于是，有人奋斗，基于自由与民主；有人努力，为了寻求成功与幸福。而纵观人类历史，迄今为止都是少数人统治、管理、指导绝大多数人的历史，因此，面对这样的现实，站在个体生命的角度，如何与这个复杂的社会相融合，有价值、有意义地存活几十年的时间，的确需要不少智慧和勇气。

何须漫说布衣尊，数卷好书吾道存。

何必狂妄地说平民就是尊贵的，我倒觉得成为知识分子，做一个有教养的人，并从中学到乐趣和道理，才是真正的人生道路。

漫说，在日本相关著述中，基本沿袭吉川幸次郎先生的观点，将之训读为“みだりに”。而“みだりに”有两种解释，一是不必要，二是狂妄。因“漫说”前已有“何须”一词，故，此处解读为“狂妄，自以为是”为好。

布衣尊，该词是整首诗的关键词，甚至可以说也是打开夏目漱石精神世界的一把钥匙。与“数卷好书吾道存”相对照的“布衣”，应是无时间读书或不爱读书的劳动阶级和平民阶层；而“布衣尊”则有着深刻的社会根源，并与影响重大的“幸德秋水事件”有关。

幸德秋水，日本明治时期的社会主义者。聪明好学，能读中国古籍，创作诗文。1898年参加社会问题研究会。1901年与片山潜一起创立社会民主党。1903年与堺利彦创办《平民新闻》周刊，宣传反战和社会主义思想。1904年合译刊出《共产党宣言》，另著有《二十世纪之怪物——帝国主义》《社会主义神髓》等。1910年在“大逆事件”中遭逮捕，次年1月被杀害。这就是日本思想史上著名的“幸德秋水事件”。

幸德秋水在狱中最后完成了《基督抹杀论》，闻知判决的当天，写下了绝笔：“区区成败且休论，千秋唯应意气存。如是而生如是死，罪人又觉布衣尊。”

“布衣尊”，是幸德秋水一贯的政治立场，也是社会变革的基本立场。与此不同，夏目漱石一生都是反对激进和改革的，对劳动阶级和平民百姓，他也是刻意保持距离的。

夏目漱石所关注和认同的是在其作品中多次出现的“高等游民”之形象和立场，在某种意义上讲，是夏目漱石让“高等游民”变得“高等”起来的。在此之前，这一称呼仅仅是对“人形垃圾”的戏称。借助夏目漱石文学作品的影响，“高等游民”得以超乎普通游民的形象，他们不需要为了生存挣扎，他们追求和在意的是“高尚”的精神。而这种精神层面的追求，又导致对实践活动的进一步排斥。

“幸德秋水”事件对日本思想界和知识界影响巨大，诗人石川啄木、与谢野晶子等连连发声指责。森鸥外也发表了《沉默之塔》和《游戏》，表达了隐约的不满。相比之下，夏目漱石的态度确实要苍白许多。

阴尽始开芳草户，春来独杜落花门。

阴冷的冬日结束，才打开了春天的门户，藏隐了多日的草木从里面探出头来。春天短暂，来去匆匆，我只顾闭门在家读书，尚未细细品赏，某日豁然发觉，春日已是落花的景象。

该联“始开”与“独杜”并不对称，但该联的整体意象还是很富有诗意的。《日本汉诗选评》对此评注：“有杜门吟读，乐在其中之概。”[①]

萧条古佛风流寺，寂寞先生日涉园。

寺庙里供奉的佛像，由于年代日久，已经显得萧条，但也如此也让人联想昔日的荣光与禅宗的韵味。正如当年寂寞的陶渊明，隐遁于世，不辞劳耕，闲暇踱步庭院而思考人生，想来也是别有诗意。

---

① 程千帆、孙望选评：《日本汉诗选评》，江苏古籍出版社，1988年，第401页。对于首联不揣浅陋之推测，也决定了对于下面诗句的理解和把握。其实对于“漫说”的理解，若是理解为“胡乱地、泛泛而言”，那么整首诗的解读方向就会发生巨大的逆转，与上述解读产生巨大的反差，受限于能力与材料，姑且按照之前缺少足够实证材料支撑的大胆之推论进行。

该联也未能完成结构的对称，但我们也不能按照字面死读，即“风流寺”，理解为风在寺庙中吹拂流走；“日涉园”，理解为太阳每日照射庭院。诗歌的语言和理解，还是会其意而忘其形，这就好比一个人学禅悟道，要努力做到得其味而忘其踪。

日涉园，源于陶渊明《归去来辞》中“园日涉以成趣”之语意，此处也比拟自己的生活态度和方式。

村巷路深无过客，一庭修竹掩南轩。

村的巷子狭窄幽深，少见过客和行人，一庭院的修竹，茂密而青郁，将南亭遮蔽。

该联精巧，以景结句，富有余情余韵，显示了夏目漱石幽情和雅趣，也让我们不由得赞叹漱石深得古诗要义和精髓之境地。

轩，指古代一种有围棚或帷幕的车，有窗的长廊或小屋等。《说文》曰：“轩，曲辀藩车。”吉川幸次郎解读为屋檐或者是阳台、凉台（のきば、あるいはベランダ），《日本汉诗选评》则认为是南窗。不过，以上解读都可以接受，无关宏旨。

整体而言，这首诗描述了文人的风流雅趣和孤独幽深的内心世界，与其晚年小说内向化的写作路径一致，较为形象地展现了其晚年的寂寞和孤独的内心世界。

这一首诗歌的解读，如上所述，有很高的风险，其关键就在于本文将“布衣”理解成了劳动阶级和一般大众。其缺陷在于缺乏详细缜密的论证过程和足够的材料实证，不过也如在笔者所申明的立场和方法那样，本文更多地侧重于文本的细读和赏析，以开放而多元的立场进入，并力图从中寻觅诗人的内在丰富而隐秘的精神世界。且，从夏目漱石的一生，尤其是与《矿工》之原型的纷争等事件也可管窥其价值立场之一斑。

此外，布衣，在中文中虽有“布衣将相”“布衣精神”之用，但其指向于古代平民知识分子坚守的一种信念。他们不畏于势，不惑于神，不弃尊严，孤守怀疑、叛逆、自由而旷达。如，李白在《与韩荆州书》中，自称“陇西布衣，流落楚汉”，自有一种潇洒从容气息隐约其间，不亢不卑，傲骨洒落。布衣之道，首先就是心怀以天下为己任的责任感，而这一点，恰恰是夏目漱石所没有的。

七、不爱帝京车马喧 大正五年八月二十九日

不爱帝城车马喧，故山归卧掩柴门。
红桃碧水春云寺，暖日和风野霭村。
人到渡头垂柳尽，鸟来树杪落花繁。
前塘昨夜萧萧雨，促得细鳞入小园。

这是夏目漱石在1916年即《明暗》期连续创作的第十三首七律。正如前一首“书卷好书吾道存”所言，这一段时间，夏目漱石经常阅读陶渊明的诗词，诗词中多次出现陶渊明的韵味和《归去来辞》的意象，如本诗第一句就化用了陶渊明《饮酒二十首》之第五首《饮酒·其五》中的“车马喧”之语。陶诗如下：

结庐在人境，而无车马喧。
问君何能尔？心远地自偏。
采菊东篱下，悠然见南山。
山气日夕佳，飞鸟相与还。
此中有真意，欲辨已忘言。

漱石这首诗的情趣和风格也多有陶渊明《饮酒》诗中的影子，虽然与陶渊明“问君何能尔，心远地自偏”的归隐方式及层次并不相同，也无法比拟“采菊东篱下，悠然见南山”的诗意与境界，但就夏目漱石自身而言，相比其晚年言禅说理的汉诗整体风格，这一首还是显得较为朴素闲淡，富有情趣的。下面我们就以陶渊明的《饮酒·其五》为主要参照，来赏析品味漱石先生的这首汉诗。

不爱帝城车马喧，故山归卧掩柴门。

不喜欢东京的热闹和嘈杂，车马喧天更是让人感觉不适，真想回归故乡（的山林），搭建一座自己的庭院，篱笆为墙，柴门闭院。

爱（日文“愛”），日语中有多种读法，吉川幸次郎先生训读为：あい，不爱，即愛せず；而小村定吉训读为：このむ，不爱，即好まず。车马喧，车马喧天的街道、川流不息的人群，皆为何来？又为何去？概多为世俗名利和物质的欲望所驱动，君不见今日社会依然（尤其年末节日的帝都，各地人马纷纷而前），社会的分裂和阶层的固化，使得底层的人们更加拼命向城市奔涌，而自视为中产的人们又拼命把孩子往国外输送。人世婆娑，弥漫着各种因得失利害而带来的种种焦虑与不安。作为完整的人而生活是每个人的责任和义务，但人们面临诱惑和物质的压力，却全部几乎未经思考，就缴械投降，做了固有法则的奴隶，作为良民，乖巧而听话，在千车万马中、在嘈杂喧闹中愉快、痛苦、冷漠地活着。陶渊明的时代亦是如此，追求的也无非是权力、地位、名誉等，时至今日这些依然作为价值的主要尺度，若要获得这些身外之功名利禄，费尽心机、殚精竭虑，左右逢源、巧言令色都是少不了的。可是，人在此过程哪有什么尊严可说？

故山，又称旧山，故乡的山林，意指故乡。汉应玚《别诗》之一：“朝云浮四海，日暮归故山。”唐司空图《漫书》诗之一：“逢人渐觉乡音异，却恨莺声似故山。”宋秦观《吕与叔挽章》之一：“追惟献岁发春间，和我新诗忆故山。”

结庐在人境，而无车马喧。陶渊明之诗意是选择在人间繁华闹市中归隐，构筑自得其乐的内心，来消解世俗的名利纷争、钩心斗角等喧杂和丑恶，而夏目漱石在本诗中的志趣，却是身体的退却和内心的逃避，选择“小隐”之道。“故山归卧掩柴门”，特别是一个“掩”字，向世人揭示了夏目漱石内心的退缩与自闭。

红桃碧水春云寺，暖日和风野霭村。

粉红的桃花，碧绿的江水，春日云光下的古寺，暖暖的日光，和风吹拂，在深山处野径无人，转弯处，薄雾轻绕，却见几处住户。

该诗的首联，讲到厌恶都市的生活，而想要归隐故乡的山林。接下来诗人就构想了在山林归隐的种种美妙和谐的场景。整首诗，是诗人的一次想象之旅，一份寄托，一个白日梦。文人寄托于文字来完成自己内心想要度过的一生。换言之，诗歌，在本质上是诗人的未完成。古今中外，概莫能外，即便是“诗人中的诗人”——陶渊明。

虽然陶渊明在隐居初期的诗中多次写到生活的清贫，但似乎还没有到为生计发愁的程度，写得清新俊雅、豁达洒脱。然而后经火灾，随之天旱蝗灾、身体罹病多日，诸多因素之下，陶诗中的贫寒愁苦之气愈发沉重，但陶以诗文中的自然老庄之精神，以菊酒为伴，以诗文为寄托，内心怀揣乌托邦之梦的桃花源，尚能抵达内心的平和，即“采菊东篱下，悠然见南山”。此文之妙不在写实而在于写内心的超脱，心与天地自然的契合以及契合之中的宁静。

反观漱石的这首汉诗，实未能抵达上述境界，无论是艺术上还是思想上。漱石此诗，结构相对单一，后面三联基本上都是在注解首联归隐之生活（分为晨、午和夜三个时间段，构思不同的场景与情节，这一点也颇具匠心），语言相对于其说理为主的汉诗，自然素朴，长于抒情。尤其此联，语词简洁而意象单纯，色彩感极为强烈，只是由于用词因袭太多，未见新意，故而并未达到理想的艺术效果。相比而言，陶渊明的《饮酒》在结构上层层推进，起承转合，浑然一体，且富余韵；在语言上清新隽雅、又不失自然本色，情理交融、寓意深刻。

人到渡头垂柳尽，鸟来树杪落花繁。

行至渡口，尽过一路垂柳，鸟儿在枝头嬉闹，一地落花。

渡头，即渡口，指过河的地方。语出南朝梁简文帝《乌栖曲》之一：“采莲渡头拟黄河，郎今欲渡畏风波。”

渡头，或渡口，作为交通流动之所，往往寓意着离别或归宿，不仅是古典诗词中多次出现的意象，也为当代的流行歌曲所青睐。当代流行的女低音歌手蔡琴的代表作之一即为《渡口》，这也是著名的煲机音乐曲目之一。由此可见，中日古今，人们情感世界共有着相通而不变的“渡口”情结。而“人到渡头垂柳尽”整体又是“垂柳送别”之古典意象的别化，从中也说明了日本汉诗自身的演化路径和特色。

在唐诗中，跟“渡口”有关，也跟陶渊明有关的诗歌，概非《辋川闲居赠裴秀才迪》莫属：

寒山转苍翠，秋水日潺湲。
倚杖柴门外，临风听暮蝉。
渡头余落日，墟里上孤烟。

复值接舆醉，狂歌五柳前。

“墟里上孤烟”，从陶潜“暧暧远人村，依依墟里烟”（《归田园居之一》）点化而来，且有意举杯遥呼陶渊明，有恨不与之相逢，邀约对酒之意——复值接舆醉，狂歌五柳前。

如果说夏目漱石这首汉诗与王维的《辋川闲居赠裴秀才迪》都受到了陶渊明诗歌之影响，三者相互比照来看，也必定会产生很多有意思的话题。限于文字及能力，难以展开，但有如下心得不妨一说：

其一，陶渊明诗歌以《饮酒·其五》为例，此诗古朴自然，内有苍然的情怀和力度，直接面对天地自然，对话生死与归宿。而王诗乃音乐、绘画、诗歌之完美结合，舒张有度，清新流畅又不失古朴，比之于陶渊明这位身着青衫、不修边幅却自有一股气魄的老者，王维更像是一位修行的道家或居士，衣着朴素却清新高雅。而漱石之诗所见——渡口垂柳尽，树杪落花繁之词语，在传统诗词中多半是离别和落寞之景象，虽是着意描写归隐之闲雅，但却未能掩盖住笔端之外的寂寞，故而在想象中，漱石则蹙眉而思，多少有些力不从心。简言之，陶潜自然超绝，王维布局精巧，夏目漱石用心良苦而稍显吃力。

其二，三位诗人，都寄情于文字，寻找诗意和人性的完美。而人自身的那份对抗世俗与丑恶的情感力量也经由他们的文字，让我们有所感悟。这正是传统文化、文学的力量和魅力。也可以说，诗歌尤其是汉诗的阅读和创作是符合人性的优秀文化之一。

其三，陶渊明、王维诗歌的艺术成就固然非夏目漱石所能及，但这样单纯的比较并无太大的意义。我们所关注的是陶渊明、王维为代表的中国传统文学和文化的形象和精神如何在夏目漱石的文字中得以接纳和变异，这是一个可以讨论且值得关注的问题。

前塘昨夜萧萧雨，促得细鳞入小园。

昨夜潇潇风雨，住所前面的池塘都被灌满了，与庭院相通的池塘水满，雨水倒灌庭院，许多条小鱼也趁机游来。

该联极富动感和想象，并在时间和场景的设定上与前面三联相呼应：首联写归隐之意，颔联写晨起一个人在山寺周边信步，颈联写下午送别友人抑或自己出行，尾联则写深夜闻雨，次日晨起之景色。

整首诗歌，除了夏目漱石本人，没有其他的人物出现（即便渡口送别或出现），陶渊明的《饮酒》（问君何能尔，自问自答，内心独语）、王维的《辋川闲居赠裴秀才迪》中倒是出现了四个人物：陶潜与接舆、王维与裴迪，他们性情迥然，可是内心的狷狂与对世俗丑陋的轻蔑，却是相通的。“相看两不厌，唯有敬亭山”（李白《独坐敬亭山》），他们对世俗浸染之丑恶的厌恶，是和他们热爱山水的情志、归隐的心相通的。

无怪乎有人说，只见山水，见鸟儿飞过，而不见人，是最好的生活。现实却是：有人的地方就有江湖，而江湖多险恶之风波——舟楫恐失坠，江湖多风波（杜甫《梦李白》）。

当年，王维为劝慰裴迪而创作了《酌酒与裴迪》，此诗用愤慨之语对友人进行劝解，道尽世间不平之意，将王维欲用世而未能的愤激之情表现得淋漓尽致，是王维居士少有的诗篇，形式上也顺从波动的情绪突破规则，采用了拗体。

酌酒与君君自宽，人情翻覆似波澜。
白首相知犹按剑，朱门先达笑弹冠。
草色全经细雨湿，花枝欲动春风寒。
世事浮云何足问，不如高卧且加餐。

夏目漱石一生汉诗约208首，其中有如此日归隐情趣的诗篇，也有类似于《酌酒与裴迪》的悲愤诗篇，但情感的力度和艺术的水准均未抵达王维代表的中国传统诗歌艺术表现清淡与悲愤的任何一端。不过，夏目漱石汉诗却也是独特而富有艺术魅力的存在，尤其在日本汉诗的脉络中，欧风西雨的日本明治时代，在鸣鹿馆内日本名流显贵为跳交际舞而争得耳红面赤的时候，夏目漱石能够安静地用汉语写诗，这本身就极具文化寓意。

另外，有意思的是，王维不曾给他的妻子写一首诗歌，却给他的诗友裴迪写了数十首赠诗，夏目漱石也未能给自己的妻子镜子写过一首汉诗，赠诗多给了正冈子规等人。就此问题，难以展开，不过有一点，我们应该看到，即汉诗，这种超越血脉和现实关系的艺术形式，也超越了时代和狭隘的民族的限定与隔离，让夏目漱石和陶渊明，让王维和裴迪在文字中相聚，让此刻追寻永恒，让时间认知人性，让情感叩问历史。

最后，欲要得到夏目漱石汉诗的整体性相位，除了拿王维和陶渊明的诗歌作为参照之外，我们还需要将之放在日本汉诗自身的脉络里进行梳理，并与同时代的日本作家正冈子规、森鸥外的汉诗进行比较。现谨录其一，以供参考。

> 漱石的诗注重自我表现，与日本近代诗的正统精神吻合，漱石汉诗所追求的境界是远离俗世的白云乡，他的诗是出世的诗。而鸥外的诗与社会现实密切相关，与中国诗的正统精神颇为接近。[①]

八、芭蕉叶上复知秋 大正五年八月三十日

经来世故漫为忧，胸次欲摅不自由。
谁道文章千古事，曾思质素百年谋。
小才几度行新境，大悟何时卧故丘。
昨日闲庭风雨恶，芭蕉叶上得知秋。

夏目漱石在这首诗的手稿后面写道，黄兴赠给他一幅书法作品，题写“文章千古事”，于是这首汉诗就借用了黄兴的题词。

黄兴，中国近代民主革命的先驱，中华民国的主要缔造者之一，与孙中山并称“孙黄”。有的日本学者声称近代的中国实乃多拜日本所赐。此话刺耳，过分强调了外在的因素，在某种程度上却也指出了近代以来中日之间密切的互动与往来的部分事实。以辛亥革命为例，在上海闭门多日而写出《日本改造法案大纲》的北一辉曾说，日本是中国辛亥革命的“助产妇”。在事实上，日本也的确是辛亥革命的大本营，在近代中国革新的诸多外部因素之中，日本的影响首当其冲。

① 严绍璗、中西进主编：《中日文化交流史大系·文学卷》，杭州：浙江人民出版社，1996年，第92页。

由于笔者尚未能查询《黄兴年谱》以及《夏目漱石日记》，故难以描述夏目漱石和黄兴二人交往的具体情况，不过，两人的交际应该是在1916年的6、7月份。被孙中山"劝退静养两年"的黄兴曾在这一段时间于日本短暂停留。黄兴与夏目漱石的交往详情未知，不过，仅就两人的见面以及题字相赠的事件本身，就是一个十分有趣而有意义的话题，两人在这一年的年末相隔月余相继因胃病死去，这一年的夏目漱石50岁，黄兴42岁。

经来世故漫为忧，胸次欲摅不自由。

生而为人，在这个世俗的世界上生存，要经历许多让人操心的事情，想要疏散心胸的不快和烦闷，却又受到阻碍，难以自由。

该联对仗不工整，"忧"和"欲"平仄有误。形式的问题关乎审美和其思想境界。尤其是"忧"和"欲"这两个词在诗歌的体系中相对比较直白而显露，过分暴露了自我的内在世界。在禅学的思想体系内，则可以据此判断文字背后的自我执着的心态和精神状态。

经来，应是一个自造词，不见汉语与日语的日常表达。这种现象也可以被称为"和臭"抑或"和习"？我倒觉得基于汉语象形和每个字相对独立、自成一个世界的特点，这更应该看成是汉语强大的信息拓展和表现力，也可视为作者在汉语特质的基础上自由化的表述，这种创造性的表达虽生硬，但也有创造性的一面。

胸次，在全唐诗中只见一例，"璇玑盘胸次，灿烂皆文章"。（李郃《贺州思九疑作》）

摅，抒发表达之意，意同"抒"。在中国知网上全文检索，夏目漱石的这首诗仅被引用过一次，但这个"摅"字还写错了。

谁道文章千古事，曾思质素百年谋。

谁说文章是千古之大事，我觉得能够平凡而自然地过一辈子，就已经是一件幸福的事情了。

魏武帝曹丕曾说："文章经国之大业，不朽之盛事"。杜甫《偶题》诗云："文章千古事，得失寸心知。"

质素，非汉语词汇，在日语中"質素"（しつそ）有两个意思：第一，没有修饰的事物，朴素的事物，以及上述的样态（飾りけがないこと。質朴なこと。また、そのさま）；第二，生活等不奢侈，勤勉、简约（生活などがぜい

たくでなく、つつましくて倹約なこと。また、そのさま）。

与千古事相对的，应该是人生之百年；与经国伟业相对的，是我们日常的生活和平凡的人生。黑格尔曾说过，创造历史、推动历史发展的是人的欲望，而欲望无所谓善与恶。历史上那些野心家也多给人以自我膨胀的印象，道德在他们那里只是手段和言辞的表演。人类历史的不堪恰恰在于，事实上历史多由这些野心家和欲望强烈的所谓的“英雄”所创造，而非一般的民众。一将功成万骨枯；天地不仁，以万物为刍狗。这是历史的宿命，而自人类社会诞生以来，绝大多数人的命运往往受制于少数者之状况也似乎成为我们无可逃避的命运。

毋庸置疑，人类进入现代性阶段以来，在许多国家和地区，一个重大的改变是依附于权力的“臣民”变成了相对独立的“公民”，人与人之间基于权力分配资源的不平等在经济上丧失了基础。不过，也正如《21世纪资本论》等著作和悲惨的现实所警示的那样，基于资本运作和新的权力更迭与进化，又产生了更为深刻的穷人与富人、上层人与下层人的划分和区别，人少数掌控和垄断社会财富与资源的现象并未从根本上改变，人类社会近年似乎出现了整体性的“倒退”，甚至连教育都成为富有阶层巩固已有成果的手段、阶层固化的推动力，基于教育而改变命运成为社会大众的白日梦。

一个普通人，依靠文字能够获得什么？这才是我想要提出的问题。千古大业，名垂千古？不！在当下的状态之下，普通的大众甚至不能通过文字、抑或教育获得改变命运的机会。余秀华和范雨素依靠文字，先后成为这个新媒体时代的网红和名人，但接下来如何？谈资褪色之后，社会和资本又将寻找下一个兴奋点，忘却是人类，也是社会的本能。那么，作为普通人，面对残酷的现实，我们应该如何保留作为人的资格和尊严而活着？是我们必须面对人生命题。

小才几度行新境，大悟何时卧故丘。

我不辞辛苦，以文字为生，写作虽然也有过几次突破并有所创造，但这似乎还不是我所要抵达的理想境界，或许真正的觉悟是退隐故丘，不再与这个世界纠缠下去，可是这要到什么时候啊？

“小才”与“大悟”相对，是一种自我嘲讽与戏谑，表明自己在小说创作上有所成绩和创新，并由此获得社会的影响和名声，但这也只是区区小才。自已依然身在红尘之中，尚未超凡脱俗，抵达彻悟之境。而夏目漱石所言的大悟即是“卧故丘”，即归隐。综合前面十几首汉诗创作，可以明显地看到漱石内心的倦怠和疲惫，以及寻求安静和平和的精神所需，而归隐，也成为他此时汉诗的重要主题。

有意思的是，“故丘”一词虽然在《全唐诗》出现七次，但未见“卧故丘”之说法，“归故丘”和“藏故丘”倒是有的。“归”字最为自然，从意义上说较为合适，但以平仄而论，似乎“卧”更好一些。

人之肉身，注定了要在尘世中度过。所谓归隐，更多的是一种心灵的求索和自我安慰。试看历史上有多少未曾扬言归隐的文人骚客？真正耐得住寂寞，山林归卧的又有几人？孟浩然这样的隐者高人，也曾热衷功名，最后无奈才离开京城的。即便在权高之位，生活富足，但凡有所思者，也必定是伴随着困苦的。看今日花好月圆、良辰美景，又思去者如斯、似水流年，其奈天何？更无须提及身陷现实泥沼者了。顾随在《中国诗词感发》中说，古今诗人之中，安于困苦而又能出乎其外者，唯陶渊明一人而已。[①]

夏目漱石没有做到安于困苦，又出乎其外，但他至少做到了直面这些世俗的烦闷和痛苦，并将之化作文字，成为后来者眼中漱石形象的一个重要组成部分，让我们看到了一个更为丰富、鲜明的漱石之形象。

昨日闲庭风雨恶，芭蕉叶上复知秋。

昨夜，恶风骤雨，庭院遭袭，颇为狼藉。次日清晨看到庭院里芭蕉等植物的萧瑟败落之景，不由得感叹又一个秋天的到来。

尾联是本诗的一个亮点。将先前较为抽象的叙述和言志回归到诗的抒情层次，其情绪也未脱离之前的本题，以“叶知秋”之典型意象收尾，富有余情和想象的留白。

风雨之恶，寓意世间险阻和无常，此乃经世之苦；叶上知秋，则是将愁苦化作诗歌的审美，原有理性的思考和辨析未能化解的痛苦和矛盾，在日常的感官与具象的感受中抵达内心世界的一种平衡。

最后两句减缓了前三联之“忧”与“不自由”的断语，归结为一个“秋”字，而“秋”在心上，实乃“愁”也。其诗歌的整体色调还是比较偏暗的。

---

① 顾随：《中国诗词感发》，北京：北京大学出版社，2012年，第56页。

整体观之，漱石的汉诗，尤其是晚年汉诗少有欢喜，甚至缺乏光明和热情。对于这一问题，我想至少需要从以下两方面来看。

一则，虽然缺乏热情和光明，却绝非消极与悲观，或是给人以绝望的悲歌。其晚年的汉诗，色调也偏暗，是公认的事实，但其诗句背后藏匿着一颗勇敢而困苦的心，可视为虽不活泼，却是真实生命状态之临摹。这也是其汉诗具有生命力和艺术感染力的内在前提。

二则，诗歌的本质是人性层面相爱相杀的体悟与思索，是残酷的温柔和富于想象的伤害。诗歌在某种意义上起源于人性的觉醒和由此带来的挣扎与痛苦。故而，诗歌就必须面对人性的丰富与真实，而这真实掺杂善恶与美丑，且给人印象深刻的恰恰是于苦难中的救赎，以爱和勇气面对人生之悲苦。换言之，诗歌源自痛苦，而面对痛苦又是诗歌的义务。只是，在表现风格上，有的诗人将痛苦置换成超越的禅机，如寒山和王维（也只是部分的王维和寒山，王维的《酌酒与裴迪》和寒山的“行到伤心处，松风愁煞人”的诗句也是或悲或愤，文字直露）；有的诗人则是将痛苦怀以宗教自我救赎，如泰戈尔（Rabindranath Tagore）与艾略特（Thomas Stearns Eliot）等；有的诗人则将痛苦融于山水、悲喜江湖，如李白和高适；而夏目漱石晚年的汉诗则基本在“情理之间”，越到晚期，理性思索的成分越为明显。

九、诗思杳在野桥东 大正五年八月三十日

诗思杳在野桥东，景物多横淡霭中。
缃水映边帆露白，翠云流处塔余红。
桃花赫灼皆依日，柳色模糊不厌风。
缥缈孤愁春欲尽，还令一鸟入虚空。

这是漱石在《明暗》期连续创作的第15首七律汉诗。该诗描述了作者内心难以名状的情绪，将内心世界寓意山水而道出，一定程度上突破了过分集中于自我苦思的狭隘视野，将个人的情感投射在自然日常之中，客观上描述

了人生普遍的孤独。因此，这首诗不仅是夏目漱石个人情感的承载物，对于读者而言，也可以领略到一种接近于人性真实而具有普遍性的描述，进而产生共鸣。

就格式而言，上平声东韵，七律平起，首句入韵，格律完整，对仗尚可。相对于漱石晚年汉诗整体禅理性的凸显，该诗抒情多于议论，描述替代直白，最后一联描写颇有神韵。

诗思遥在野桥东，景物多横淡霭中。

引发诗之情思，唤起我的诗心之景物，在东方遥远而偏僻的桥头河边，那里的景色幽静而微玄，尤其在淡淡的雾霭之中，更显得富有画意和诗情。

诗思，诗之心也。钟嵘在《诗品》序言起句云：

> 气之动物，物之感人，故摇荡性情，行诸舞咏。照烛三才，晖丽万有，灵祇待之以致飨，幽微借之以昭告，动天地，感鬼神，莫近于诗。

野桥乃幽微之处，足发幽情；而一个“东”字，不仅合乎音韵，也照应后面的一个“春”字，在前面的文章中曾经提及“东风”实乃“春风”之渊源，此处亦然。因此，此处的“东”非实际方位之词汇，翻译时可以较为灵活地处理（所见之译本基本将之直接翻译为桥之东面）。可以说，首联较为准确地诠释了“气之动物，物之感人”之意。

作为中国古代第一部“系统的自觉的文学批评著作”——《诗品》，钟嵘在该书中提出了文学审美中的“气”的概念，主张诗是由“气”所引起的宇宙运动变化作用于人心而产生的情感涤荡。“气”与“情”的抒发难以分开。他认为诗人喜悦、哀怨之情激荡于胸中时，可用诗歌“吟咏情性”，以得到感情上的平静。尤重诗歌抒发仕途失意、离家远戍等哀怨之情的作用。这些真知灼见也可在夏目漱石的汉诗中得以印证。就艺术的创作动机及疏离之功用而言，夏目漱石的汉诗创作也带有明确的安抚内心、消弭焦虑与不安的目的。

所谓诗情与诗心，是上帝赋予每个人的礼物，只是有的人日渐成长丧失了对自然和人生的感受力，被现有的知识系统遮蔽了天生审美的能力，被世俗的尘埃蒙蔽了人性真实的自己，于是，那颗天生具备与天地通感、怀有对他人同情的“初心”和“童心”被丢弃，作为天地之灵杰的人类，区别于动植物的灵魂的东西也日渐枯萎。丧失了原本用以抵抗世俗痛苦和岁月磨难的诗心，内心的家园必成为粗糙的、野草丛生的荒芜之地。仅剩下的理性，开始举起大旗，并伴随着科技和现代科学知识体系的建立，日益统治和监控着地球上的人类。精神的萎缩，人文的匮乏，成为每个完整人格之人必须思考的问题。

缃水映边帆露白，翠云流处塔余红。

嫩黄色的江水流淌，水面映出附近行船显露的一角——白色的帆，碧云飘游，游云之下远眺可见寺庙之塔，却也只是看到红色塔楼一部分。

缃水，浅黄色的水，此处意译为嫩黄之水。缃，树名，在古代借指书卷，意为浅黄色，如《乐府诗集·陌上桑》：缃绮为下裙。此处的“缃水”应是夏目漱石自造词。

翠云，碧云，或形容妇女头发乌黑浓密。如冯衍在《显志赋》中写有：“驷素虬而驰骋兮，乘翠云而相佯。”李煜在《菩萨蛮》写有：“抛枕翠云光，绣衣闻异香。”

小村定吉在《夏目漱石名诗百选》中曾对此联有较为高的评价，认为照顾到了对仗的需要，描绘还比较生动。但在我看来该联艺术效果较为一般，用语生硬，意象不够明确，语意不太自然，对仗也仅仅是差强人意。

桃花赫灼皆依日，柳色模糊不厌风。

在阳光的照射下，桃花闪着耀人的光泽；柳叶尚未完全长出，柳色尚不清楚，任凭柔风轻抚。

赫灼，かくしゃく，是日语词汇，其来源是否与《诗经·桃夭篇》有关尚不得知，但其用意与“桃之夭夭，灼灼其华”相通相近。

模糊，应是“糢糊”（参见日记中汉诗草稿，现藏于日本东北大学图书馆），不过，“模糊”与“糢糊”两者在古代汉语的体系内是通用的。唐代诗人崔珏《道林寺》曾有诗云：潭州城郭在何处，东边一片青糢糊。

柳绿桃红，这是人间三月之美景，也是春日河边给人的一般印象。公园如北京圆明园、紫竹公园等，大小景点都会照此种植和配置，但在诗词中，“柳绿”“桃红”的意象具有“审美疲倦”之危险。夏目漱石在此处构思尚可：桃花已经光耀世人，而柳叶尚未长，原有的“桃红”和“柳绿”之间产生了一个时间差，而非此前的同时出现，因此，对比对照较为新鲜，色彩感和层次感的丰富性也随之显现。

不过，颈联和颔联的对仗从用语和结构上都不大工整，其景象也是作者在想象中的构思和完成，而非实景的描述。

缥缈孤愁春欲尽，还令一鸟入虚空。

春日即尽，孤愁缥缈；是什么又让鸟入虚空而不见。

缥缈，在汉语中语义丰富。此处为隐约高远、空虚渺茫之意。与此意思相近，杜甫作有“城尖径仄旌旆愁，独立缥缈之飞楼”（《白帝城最高楼》）之句，苏轼曾写“缺月挂疏桐，漏断人初静。惟见幽人独往来，缥渺孤鸿影”（《卜算子·黄州定慧院寓居作》）。

孤愁，孤独之愁苦也。“断梦不妨寻枕上，孤愁还似客天涯”（陆游《九月二十五日鸡鸣前起待旦》），孤愁之心亦是诗歌之心，心灵的漂泊感，精神的游离与焦灼，是孤独感的原因，也是诗歌产生的沃土和家园。欲，即将之意。春欲尽，春日即将结束。是古代汉语文学中常出现的用词。

五代宋初时期词人欧阳炯曾创作《三字令·春欲尽》之词：“春欲尽，日日迟，牡丹时。”唐崔国辅曾写有“桃花春欲尽，谷雨夜来收”（《奉和圣制上巳祓禊应制》）之句。

令，汉文中为其汉语的本意。在日文训读中，“令”是日语中的使役助动词（使、让）。“～をして、～（未然形）しむ”，其中“をして”表示使役的对象，相当于“に”，“しむ”是使役助动词，相当于“せる/させる”。在现代日语中“しむ”演变成了“しめる”。

虚空，佛教和道教用语，意指一种永恒的时空和存在，也是绝对真理之所。在此处，与“缥缈”对应，夏目漱石也有指向自身尚未着落的内心世界和空虚的感觉。

诗歌解读的可能性，在可解与不可解之间，解读太过直白容易肤浅且破坏诗意的丰富性，解读得太模糊又陷入模棱两可的境地。尾联的解读就陷入这样两难的困境。

诗歌是感性与理性交合之产物，如人之生命，具有丰富而危险的情愫和想象乃至建构力，其诗意也往往在文字之外，这也是人们常说“功夫在诗外”。理解诗歌，如同理解人一般简单，也如同理解人一般困难。

如前所述，尾联是本诗的一大亮点，将之前作者所思所想融入景物之描述，留有余音和余韵。晚唐著名诗人杜牧曾作七绝《登游乐原》：

长空澹澹孤鸟没，万古销沉向此中。
看取汉家何事业，五陵无树起秋风。

以“登游乐原”为题目，却写下悲伤的诗句，乐而生悲也。但如顾随先生在《中国古典诗词感发》所言，其所写之悲哀，系为全人类说话。

敏感而孤独的人，望孤鸟没于澹澹长空，不禁想起人的一生又何尝不是如此？在世人眼中，这是一种近乎不可救药的绝望，不可消解的痛苦，这是一种彻底的悲念。后两句以汉朝之伟业以及皇族之坟墓相比照，在意义和情感上使“万古销沉向此中”纵深化。

回到夏目漱石汉诗的尾联“缥缈孤愁春欲尽，还令一鸟入虚空”，虽然漱石的本意并无扩展到全人类的立场和视野，他没有这样的气魄也无这样的能力，但是在客观上，却与杜牧的“长空澹澹孤鸟没”有着异曲之妙，客观上表现了一种人类普遍的孤独情感和对此的体认。当然，这样的结论是需要前提的，其中一个较为重要的前提就是阅读者本身有无“诗感”，即“诗心”，若无此心，这个世上再美好的诗句也毫无趣味。

反观之，从“长空澹澹孤鸟没”之诗句或也可知，真正的诗不是简单的闲情雅致，也不是玩弄文字，而是基于人性的自觉，以文字为途，穿越人生狭隘和现实磨难的努力及过程，是一次伟大的精神之旅，是不甘沉沦的高贵与自觉承受人之尊严的痛苦……

诗歌对于很多人来说变得陌生而无趣，并非诗歌本身的缘故，恰恰相反，是我们自身出现了问题，在这个“理性主义”号令天下的时代，人类精神变得狭隘而萎靡，或也是必然的事。

十、不入青山亦故乡 大正五年九月一日

不入青山亦故乡，春秋几作好文章。
托心云水道机尽，结梦风尘世味长。
坐到初更亡所思，起终三昧望夫苍。

鸟声闲处人应静，寂室薰来一炷香。

这首诗核心的旨趣仍是退隐和对于解脱之“道”的求索，较为清晰地表露了夏目漱石内心入世与出世之间的矛盾与对立，以及寻觅自然之道的执着与苦思，但云水和鸟鸣等意象的出现及处理，使得汉诗的整体情绪抵达了某种意义上的平衡，诗风比较平和与恬静。

就格律而言，押平水韵，阳韵。平仄基本无误，“道”字应平而仄，颈联对仗精巧，颔联对仗勉强。

不入青山亦故乡，春秋几作好文章。

不需要特意归卧青山隐居，内心安好，故乡便在此时此地。宇宙之内，“春”与“秋”自然会做出很多华彩的篇章。

青山，文人常用的意象之一，类似于漱石汉诗里经常出现的“碧山”。青山，不仅是古人向往的青山绿水、闲淡自若的生活之处，还是文人骚客理想的最终归宿。

苏轼留有名句“是处青山可埋骨，他年夜雨独伤神”（《狱中寄子由二首》），日本明治三杰之一的西乡隆盛也曾有诗云“男儿立志出乡关，学不成名死不还。埋骨何须桑梓地，人生无处不青山”，很可能都源于宋代诗僧月性的《题壁诗》，其诗云：

男儿立志出乡关，学若不成死不还。
埋骨何期坟墓地，人间到处有青山。

故乡，心灵的家园和精神的归宿，同夏目汉诗里出现的“故丘”“故园”等，既与1916年8月14日的汉诗首句“幽居正解酒中忙，华发何须住醉乡”，以及8月21日的汉诗“寻仙未向碧山行，住在人间足道情”等主题相呼应，也充分说明了漱石近期汉诗里的一个主题，即归隐之心和现实之欲的矛盾对立。

文章，原指错杂的色彩、花纹，后来也用以指称大自然中各种美好的形象、色彩、声音等。中国南朝文学理论家刘勰在《文心雕龙·原道》中指出，天上日月，地上山川，以及动物、植物等，均有文采，“形立则章成矣，声发则文生矣”。因此，在本诗中，文章之意也在于此，而非单纯而狭隘的概念。

托心云水道机尽，结梦风尘世味长。

将心托付给游云流水，尽随道的机缘，在世俗中怀抱梦想，品味世间的悲喜之味。

云水，实乃喻义。流云在天，静水在地，流云易逝，静水恒止，然云犹有静时，而水亦有动时，云影在水，水映云影，动静相谐，相对相生，蕴含诗心、禅思和哲理。另有“云水禅心”之语，为古筝名曲专辑，收录有同名之曲《云水禅心》，清逸逍遥，尽在云水，禅思之境，亦在云水。该曲配词曰：

> 桂花飘落兮，禅房月影栖，云水苍茫钱塘远，海潮一线袭；清风伴月移，禅茶飘香兮，六合涛声动地摇，我心似菩提。抚一曲高山兮，谁人能解析；叹一段流水兮，何人知我意。

人法地，地法天，天法道，道法自然。道亦尽在自然云水之间。故，托心云水道机尽。何为自然，自然就是承认世界普遍的价值，并在此前提下展开对话，就艺术而言，尊重普遍的人性才是美的；就社会而言，尊重普遍的人性才是善的，与之相对，只能带来虚伪和伤害。

此处还需特别关注一下“道”字。本诗为何会出现了这唯一一处平仄之误？若是考虑平仄，更换一个“禅”字即可，也完全与主题契合，还呼应了后面的“三昧”和“一炷香”，似乎更为自然。原因在于“道机”和“禅机”用法的区别吗？

何为禅机？一般而言，佛教禅宗和尚谈禅说法时，用含有机要秘诀的言辞、动作或事物来暗示教义，使人得以触机领悟，故命名之。而“道机”，是谓出尘修道的因缘抑或触发其憬悟某一道理的机由。与云水相对，在意义上两者相应相合。但在用法上，禅机主要是指得道高僧对欲入而未入佛门者的开悟，是人与人之间的对话和思想的交锋；反观“道机”，则因“道”藏匿于日常万物，对其觉悟也是自我的觉醒，是人与自然日常的对话。因此，在用法的角度上讲，“道机”更适合与“云水”相匹配。

笔者不揣浅陋，斗胆论说，似也勉强，因为“道机”又与“坐（禅）”“三昧”“一炷香”等意象有所错位（固然禅与道，内在机理十分相似，从历史发生学的角度上讲，两者也是相互融合而共生的）。具有特别意义的“道”字平仄之误，对于格律十分在意的夏目漱石来说，不会无所察觉，可究竟处于怎样的思考，没有使用“禅”而以“道”代之，也着实是一个有意思的话题。

结梦，与托心相对，怀抱梦想之意。与面朝云水，情寄八荒的道心相比，肉身之躯的我们还需要脚踏实地的努力生活和工作，但即便如此，也不可忘却身体之内尚有灵魂、尚有理想，唯有如此，才能摆脱眼前的困苦，看淡世俗的纷扰，找到走下去的希望和勇气。也唯有如此，才能以更为远大和开阔的胸怀视野，不计较一时之短长，才能风物长宜放眼量，才能寻得悠闲的姿态，品味人世的苦痛和烦恼，将苦难磨砺成芬芳。

要之，颔联承接并深化了首联“不入青山亦故乡”之意，讲述了具体的方法与路径，即在山水中陶冶情操，寻求生命的开悟。在现实的日常中怀抱梦想，以超越的姿态看待得失和无常，品味人世的暖意和孤独。纵浪大化中，无喜亦无惧。

坐到初更亡所思，起终三昧望夫苍。

打坐禅定到晚上八九点钟，几近忘我，感受到了杂念消停、心神专注却终无所思的三昧之境，抬头望见天空，空旷而安宁。

坐，打坐，坐禅之意。初更，旧时夜分五更。晚七时至九时为“初更”。亡所思，丧失自我执念，即忘我之意。

“起”和“终”分开来解读，起，即打坐完毕，起身之意。终，结束、完成，在此引申为抵达（三昧）。

三昧（sānmèi），由梵语“samadhi”音译而来，意思是止息杂念，心神平静，是佛教重要的修行方法，也借指事物的要领和真谛。对此解释也存多种，概分两类：一是与生俱来的能力即“生得定”；另一种是因后天的努力而使集中力增加，即“后得定”。前者靠积德，后者靠修行。《智度论》云“善心一处住不动，是名三昧”，又“一切禅定亦名定，亦名三昧”，又“诸行和合，皆名为三昧”，又“一切禅定摄心，皆名为三摩提，秦言正心行处”。

夫，指称代词，没有实际的意义。吉川幸次郎将之训读为“か”，而中村宏训读为“ふ”。

苍，大空。中村宏曾指出，处于平仄的考虑，夏目漱石使用了“夫苍”，而没有使用之前汉诗中出现的“彼苍”。[1]

颈联与颔联相近，都讲到了“不入青山亦故乡”的修行手段和途径。颔联还比较抽象，颈联则相对具体，讲到了具体的实践和方法，即打坐静思，并在汉诗中写到了修行的效果——起终三昧望夫苍。

为何禅坐，为何静思？概因现实之困苦和内心之焦灼也。而困苦之际，静思、禅定，抛开世俗纠葛，省察内心，必有所悟。这是一切宗教的必经之路，也是人生修身养性的必经之路。

鸟声闲处人应静，寂室熏来一炷香。

鸟声停顿处，人应该安静聆听，幽寂的室内适合点燃一炷熏香。

该句或是点化王维《鸟鸣涧》而作，且具有诗意的创造性。虽然学界曾对“人闲桂花落，鸟鸣春山空”中的“桂花”到底是“桂花”还是“月光”有过比较激烈的争论[2]，但这丝毫不影响该诗在读者心中的位置。两句互文，人声闲寂，才可以听得见桂花落下来的声音，因为鸟鸣所以才显得夜里春山空谷幽深。

鸟声闲处，意思为鸟声闲时，不用“时”而用“处”，一则平仄所需，二来也兼具通感之意，甚好。王维诗中禅意，佛理甚深，而又兼得陶渊明之高踏，故也为漱石所推崇，其诗也多有模仿，只是有些影响难以获得确凿的实证。如，夏目汉诗虽多有陶渊明、王维之味，却如何辨析出不是受两者共同影响抑或诗风近似的第三者的影响，抑或基于人性普遍的前提下，是一种超乎直接或间接影响之事实？

一首汉诗，自成一个起承转合的完整世界，犹若一部微型的但丁之《神曲》，历经人间、地狱、炼狱和天堂。夏目漱石的这首诗亦复如是，是一次内心精神世界的游历：首联以“不入青山亦故乡”提纲挈领；颔联抽象论述“托心云水和结梦风尘”之途径；颈联则具体到实践的路径，如致知之格物，即打坐静思，并提及了其过程和程度，即亡所思和抵达三昧之境；尾联则暗示自我修炼的效果，即寂室闻香，静听于鸟声闲处。心神笃定，万念归一，从而可以领略到自然的美妙与和谐。夏目漱石追寻的人生之“道”——精神的家

① 中村宏『漱石の漢詩世界』、東京：第一書房、1983年、第241頁。

② 见《名家讲唐诗》，中华书局，2013年版之收录的郭锡良先生和蔡义江先生的相关文章。

园和心灵的故乡——也正在这里。

十一、石门路远不容寻 大正五年九月一日

石门路远不容寻，晔日高悬云外林。
独与青松同素志，冬令白鹤解丹心。
空山有影梅花冷，春涧无风药草深。
黄髯老汉怜无事，复坐虚堂独抚琴。

与上一首汉诗“不入青山亦故乡”同为落款9月1日的作品。这首诗若以七律（平起入韵）而论，形式并不完整，存在多处平仄之误。创作的旨趣上则与“不入青山亦故乡”相通，写了“石门路远不容寻”之“云外之林”，即上一首写在世俗生活中保持禅的修行，而这首诗则在想象中构想了一幅“石门道远”之画卷，描述了近乎世外桃源的景象，只是最后比拟的幻想消失，又回到了并不平静的内心，感叹并自嘲说，写这首汉诗的本意乃是“黄髯老汉怜无事，复坐虚堂独抚琴”。汉诗，在夏目漱石看来实乃“虚堂独抚琴”的行为，也暗语内心深刻的孤独。

众所周知，律诗是中国近体诗的一种，因其格律严密，故得名。这种诗体源于南北朝，发展于唐初，成熟于盛唐，学界对此已达共识。但我们也不应该遗忘胡应麟在《诗薮》中所言：“唐七言律自杜审言、沈佺期首创工密。至崔颢、李白时出古意，一变也。高、岑、王、李，风格大备，又一变也。杜陵雄深浩荡，超忽纵横，又一变也。”①

就七律而言，共有四种具体格式，或称模本，即“平起不入韵”“平起入韵”“仄起不入韵”“仄起入韵”。对照此规则，我们再回头看看夏目漱石的这首“七律”，会发现该诗存在如下问题：

第12字云，应仄；第23字令，应平；第44字髯，应仄；第46字汉，应

① 胡应麟：《诗薮》内编卷五。

平；第48字无，应仄；第51字坐，应平；第53字堂，应仄；第55字抚，应平。

不过，由此就可以判断夏目漱石汉诗的优劣了吗？自然不是的。很简单的一个道理（因果律），诗歌不是为了追求格律而平仄，诗歌之美也不在于格律的完成。顾随先生曾言："可见平仄格律是助我们完成音乐美的，而诗歌的音乐之美还不尽在平仄。"[①]可以说，古诗虽以近体诗为代表，讲究平仄韵律，内含多种规则，与自由化相对称之为定型化诗歌。究其历史发展自有其必然的发展脉络：其发端于南朝阀门沈约，经后与科举取士相依（如及第者沈、宋），于唐朝日臻并发展至顶峰。就形体而言，后人叹而观止，不得不开创他途，宋以词，元以曲。但其定型后之格律为后人所遵循，诗人唱和也往往以此为必须手段，不过，这也局限于科举为中心的文人雅士之间，与一般民众干系不大。而且，需要关注以下两点：

其一，与格律相应，遣词多文雅；与现代相对，用句多文言。其二，儒学功名制约下，灵魂不羁者，亦有不拘一格，呈现自由化、口语化之名篇。君不见李白、高适之古风或活泼或苍劲，超绝一时。换言之，我们有时会过分重视手段和途径，忽视甚至忘却了手段和途径背后的目的，即诗歌的格律作为手段必须服从于诗歌内在精神与审美的塑造。对格律过分坚持，甚至崇拜，堪如世俗信仰的迷途，总是跟随膜拜造物主的幻象——我们自己创造的神——而真正的造物主，需要我们怀以敬仰和畏惧，但并非面向牧师的祷告，跪拜在朝圣的路途，上帝并不存在于特定的对象之内，若是存在上帝，应该是存在于万物之外，时间之外，不受时空的限定，非我们人类思维所能体悟和理解的。

回到诗歌本身。夏目漱石的格律虽然并不完整，但作为诗歌还是比较成功的，准确而不失情、韵而诠释了诗歌之美——言辞、音乐和形象和意境。

石门路远不容寻，晔日高悬云外林。

修行归隐处的路途遥远难以寻觅，那里应该是明日高悬、云雾相生的景象吧。

石门，日语"せきもん"，石头材质制作的门，或是自然界中天然形成的石门。此处应该是指第二种意思引申出来的、隐居之山林的象征（结合上下

① 《中国古典诗词感发》，第109页。

文，即可理解为修行之所或隐退之山林）。夏目漱石曾创作一幅南画《孤客入石门图》（1914），该画下侧描绘了怀有归隐之心的行人身披青袍，独自骑行一匹驴而非马，沿着山路缓缓拾级而上，中间部分是云雾缭绕的山涧和峭壁，壁立百尺，间生松木，再往上则是山腰平地，长满草木，两间茅草房屋安然于此；最上端则是缥缈的峰峦，千尺耸立蓝天之际。

虽曰难寻，但在此处作者是抵达了"石门"之所的，但所谓"抵达"我们可以理解为精神的游历和想象的完成。因为，从本质意义上，文学诗歌本质贴近于虚构的精神和自我完成的内心，将外在的物质世界内心化、精神化、想象化和艺术化。

独与青松同素质，终令白鹤解丹心。

虽为凡胎肉身，却独有与青松相同的志趣，这样的高洁情操难以为世俗算计者所了解和体会，但我相信终一天会有人能够明白，污浊世间也有人心的高贵与纯洁，犹如赤子之心终会被白鹤所理解。

该联并不对仗，平仄也不合乎格律。但意思还是比较清楚的，承接"石门路遥不容寻，华日高悬云外林"之整体意象（不过，整体观之，该联的承接功能较弱，有脱离之感），即来到"石门"后，可以与青松、白鹤度日修行，锤炼内心，找到原本的宁静与淡泊，寻找到一条可以从世俗利害相加、偏执自我而忽略他人的狭隘生活走出来的道路。

日本有一句古语"千年之鹤与云松相伴"（「千年の鶴は雲松と老ゆ」）。云、松、鹤均表示超脱之意象，也表明了夏目漱石内心的高傲和坚守。无人信高洁，谁为表予心。在这个世界上走这么一遭，总会遇到被人的误解，有的误会倒也罢了，有的误解却带着深深的伤害，尤其在一个少数人拥有权力的社会，倚仗权势而藐视众生的官僚精英们，其冷漠和自以为是的偏执，常常会带来沉痛的后果，甚至让一代人付出惨烈的代价。况且，那些误解别人的人，多半独断而缺乏同情之心，不会从对方的立场考虑问题：你跟我的看法不同就是错的！在日语中有"思いやり"（从对方立场着想，为对方考虑）一词，日本人以及学习日语的外国人也都会不自觉地受此影响，为人做事，总会想到对方的心情和需要，由此出发，日本的产品也十分具有人性化、体贴化的特点，这也是日本产品为世界所接受和认可的重要原因。在日本生活，你会更加深刻地体会到日本人"思いやり"的特点，细致入微的服务和态度，完善的公共设施和设置。

空山有影梅花冷，春涧无风药草深。

空旷而幽静的山林深处，梅花静悄悄开放，春日山涧寂寥无风，药草躲在幽深的此处，生长繁盛。

空山，有的是什么？对习惯了都市和文明生活的人们来说，是影，是虚，空山什么也没有，唯有梅花悄然探出。或是蜡梅，在深山开放之时，已是春日，而春日的山涧幽静亦然，唯见药草幽深茂盛。小村定吉指出夏目漱石或仿照了绝海中津的诗作。绝海是日本土佐（今高知县）人，镰仓古寺祖元禅师的第四代法师。曾经在1368年到1378年间前往中国悟禅。之后又在灵隐寺、万寿寺跟随明朝高僧学习佛法。1376年被明太祖朱元璋召见时，被寻问日本熊野徐福祠之事，他曾赋诗《应制三山》一首作答："熊野峰前徐福祠，满山药草雨余肥。只今海上波涛稳，万里好风须早归。"

世界上存在以西方字母文字为代表的文化思维，也存在以汉字象形会意为代表的文化思维，汉诗的魅力之一就在于汉字本身的元思维特质，即如前所述，每一个汉字近乎一个独立而完整的世界，音、形、意兼备，一望可知，不知也可意会获得美感，怪不得现代英语诗歌的伟大实验者和革新者庞德（Ezra Pound）如此迷恋汉字。

时间和空间，在这首汉诗中都是虚构的存在，是作者构想的画面和场景，因此，我们不必过分拘泥于平仄与对仗，不必拘泥于构词与结构，从空山、梅花、冷、春涧等词语本身，就可感受作者艺术的想象和情绪的流淌。不过，从接受美学的角度上讲，每个艺术品的解读者都会赋予它独特的生命和想象。

在笔者看来，颔联描写作者自身的青松白鹤之心，颈联则将视角切换到外部世界，以青松白鹤之眼看到了一个"空山有影梅花冷"的世界。而上述汉字如空、冷、梅花等的出现，也暗喻作者内心的无人理解的寂寞和面对近乎永恒的山水的孤独和脆弱。

黄髯老汉怜无事，复坐虚堂独抚琴。

无聊的黄髯老汉，又回到空空的房间，独自抚琴而坐。

小村定吉认为"黄髯老汉"是指老道人，而其他学者基本直译成"老汉"，即年老的男子。在此处，我倒觉得既可以理解为第三人称，也可以理解为第一人称，或许，作者本意就是一种复指。

尾联表达和上面几联一样，没有特别突出的地方，可说是平淡之作。但这首诗却在前三联铺陈的基础上，指出了一个重大的人生问题，即人生的有限性和归宿的问题。

人生百年，白驹过隙尔，来去匆匆，来自尘土，也终归尘土，对于这个喧哗的世界，一个人的来去是那么悄无声息，不留痕迹，纵然生前名重一时，死后也不过一堆白骨，墓碑几存，存有何意？如此说来，人生的价值和归宿在哪里呢？这就自然引出了本诗的结题。

可以说，人生最大的问题就在于如何面对和克服自身的有限性上，沉痛而速朽的肉身，渴望永恒的内心精神，构成了人生最基本的一对矛盾，而对于此问题的自觉和认知程度，也决定了一个人的高贵的尺度（人的高贵不是权力和资本附属物，也不是人们自己创造的神所能赋予的）。在此矛盾之中，也产生了许多人类的思考和艺术，诗歌和哲学（诗歌之极是哲学，哲学之极是诗歌）最具代表性。

且来欣赏一首孟浩然的诗歌：

山光忽西落，池月渐东上。
散发乘夕凉，开轩卧闲敞。
荷风送香气，竹露滴清响。
欲取鸣琴弹，恨无知音赏。
感此怀故人，中宵劳梦想。

一首简单的诗歌，写尽了我们每个人的一生：匆匆的时光、白昼与暗夜、暗夜里的明月、夏日的烦躁与闲适、人世的喧闹、草木的芬芳、人世的孤独与渴望、诗人的高洁和世俗的荣光、现在与故去、此处与远方……

琴，是一个极具中国传统特色的文化情感符号，如“窈窕淑女，琴瑟友之”（《诗·周南·关雎》）、“妻子好合，如鼓琴瑟”《诗·小雅·常棣》等所示，琴早已成为美好的代名词。

孟浩然在此诗中最想说的也应是“欲取鸣琴弹，恨无知音赏”吧，读之念之，可以咀嚼出多少爱恨与感伤！这首诗就是孟浩然的一曲心灵的琴曲，让我们借此感受人类共通的情感与想象。

夏目漱石的这首汉诗，在精神旨趣上与孟浩然之句异曲而同工也。

十二、闲愁尽处暗愁生 大正五年九月四日

散来华发老魂惊，林下何曾赋不平。
无复江梅追帽点，空令野菊映衣明。
萧萧鸟入秋天意，瑟瑟风吹落日情。
遥望断云还踯躅，闲愁尽处暗愁生。

这首诗平起入韵，平水庚韵，格律准确，对仗工整。或正源于对于平仄的恪守，造成诗歌整体意象不够鲜明，语意不够流畅。但诗歌最后一句“闲愁尽出暗愁生”点明主题，此诗可当作我们所熟知的“无题诗”这一题材的诗作。

写诗和读诗，都需要一颗诗心，无诗心者写诗，强运其才，文字必然干涩而无活泼的情感。无诗心者读诗，至多仅会其意，而难以触及语意背后的情感力度，感触灵魂的气息。陈永正先生曾以《独抱诗心——诗歌之解读与创作》（后简称《诗心》）为题发表演讲，指出：

> 解诗之难，有“主”与“客”两因素。所谓“客”，是指学者自身所具的客观条件。所谓“主”，是指对诗歌文本的主观理解。理解，是注释的首要之义。如陈寅恪《读哀江南赋》所云“其所感之较深者，其所通解亦必较多”，这种感受能力，既源于天赋，亦有赖于后天的勤勉，志存高雅，博览玄思，方得养成。顾随《驼庵诗话》谓“人可以不作诗，但不可无诗心，此不仅与文学修养有关，与人格修养也有关系”。
>
> 不少专家教授，极其聪明，读书也多，自身所具的条件似乎甚好，但偏偏就缺乏“诗心”，对诗歌不敏感，无法领悟独特的诗性语言，无法判断其文字的优劣美恶，可称之为“诗盲”。

夏目漱石有的汉诗缺乏诗心，唯有禅心和机理，有的也留存一颗诗心，足

见明月天地。此诗诗心尚在，只是创作过于紧迫，虽有才气，但未经打磨和沉淀，犹如酿酒功夫不深，产品香味虽有，只是口感还是较为干涩，不醇厚。

散来华发老魂惊，林下何曾赋不平。

披散花白的头发，在镜中看到陌生人一般的面孔，内心惊恐年华匆匆，岁月无情。人生易老，或将很快结束此生，向来希望做一个与世无争的人，所以也未曾为自己所遭受的冤屈和不平而发泄不满或愤怒。

由华发而惊老魂，由身体而想到精神，人生的诸多悲喜，实源自肉身。弗洛伊德的性学说所强调的即是作为情欲本体的身体。

林下，幽静之处，引申为隐居抑或隐退、超脱之意。南朝梁任昉《求为刘瓛立馆启》:“瑚琏废泗上之容，樽俎悠林下之适。”李白有诗《安陆寄刘绾》:“独此林下意，杳无区中缘。”唐灵彻《东林寺酬韦丹刺史》诗:“相逢尽道休官好，林下何曾见一人。”宋文天祥《遣兴》诗:“何从林下寻元亮，只向尘中作鲁连。”

现实华发散落之窘迫，与“何曾赋不平”的超脱与隐遁，两者之间的平衡全系“林下之心”来支撑？在笔者看来，除此之外，更多的是身心存活在缺乏正义与理想的人世间，在岁月无情的流逝中衰老下去，再无争执与辨别所谓黑白与对错之动力与精神。

无复江梅追帽点，空令野菊映衣明。

不再有江边寻梅之闲情雅致，想当年峥嵘岁月，在梅林间信步，疾风骤来，花瓣如雨拍打衣帽，真是享受那一时刻的快乐呀。如今仅存野菊映衬衣服光泽的场景，却再也唤不起内心的一点兴致。

此句不好理解。诗人游走在过去与现在、现实与幻想之间，将具体化的生活经验转换成诗句，却未能触发读者心中诗意的想象，特别是对于中国的读者而言，更显得晦涩难解。

不过，若持一份诗心，曾在赏花之时，看风吹花落，如雨纷纷，有过这般花雨打在自己身上的经验，或许第一句话是比较容易理解的。只是与此相对的“空令野菊映衣明”一句，语义隐晦。但古诗的结构性特征以及汉字本身自带的文化心理特点一目了然，也可大致体会作者想要表达的语意和文字之内情绪。

无复，此二字给人一种“逝者如斯”——年华如东逝之水去而不返——之感叹。追，是一种动态的呈现，梅花与赏花人之关系是活泼的、有生机的关联。而“映”，则是静，是物与物的关系呈现，表达了作者去“强烈之欲望”、去执着之心的心理状态。“空”字，更是将这份逝者如斯的情绪强化，也为后面的“萧萧”“瑟瑟”这类字眼和情绪做了铺垫和准备。

那么，“空令野菊映衣明”，到底是什么意思呢？在野菊丛中行走？手持野菊？还是衣服上装饰的菊花纹章？现有的注解基本上都将菊花理解为陶渊明笔下的“采菊东篱”之“菊”，在我看来或许是日本服饰上的菊花族徽更为合适。不过，这里涉及一个理解诗歌的重要问题，即诗的本意是否可知？

章学诚《文史通义·史注》云：“古人专门之学，必有法外传心。”在《诗心》一文中，陈永正就此接着论道：

> 故史注可明述作之本旨，其为用甚巨。诗歌注释也是专门之学，所传者唯诗人之心志而已。诗，是很奇妙的文体，即使能认识每一个字，弄通每一个典故，考证出每一个有关史实，还是不一定能真正理解诗意。勃兰兑斯《十九世纪文学主流》云：“文学史，就其最深层的意义来说，研究人的灵魂，是灵魂的历史。”然而企图“用学术的方法来复活那个已逝的世界”，已是奢望；企图返回历史的原点，“还原”古人的真实生活及思想，更属妄作。

另外，有趣的是，即便作者本人，对于写作时的种种念想也不一定可以回忆起来，自己解读自己的诗作，有时候想要寻找到原本之意，也属枉然。

萧萧鸟入秋天意，瑟瑟风吹落日情。

萧萧秋日，鸟入高空而没；凉风瑟瑟，日落而见悲意。

颈联两句，意象鲜明，对仗精妙。画面感和音乐感极好，颇有点化之功，极易触发传统诗歌阅读者的想象。

但比之于杜牧《登乐游原》“长空澹澹孤鸟没，万古销沉向此中。看取汉家何事业，五陵无树起秋风”，“萧萧”与“瑟瑟”两句却因为这两组对称的叠音字的存在，使得明确诗意的同时，也使读者丧失了想象的空间和余地，也即是说，这两句还是写得太满而失去余韵了。

吉川幸次郎先生认为“意”的主体是“鸟”，而“情”的发出者是“风”，如此解读有些偏狭，这无疑是过分按照句式的逻辑结构思考的结果。汉诗自有自身的逻辑和语句，并不同于单向的解读与理解，而是具有多重性和不确定性的特点，这也是汉诗的魅力与价值。可以说，“萧萧”修饰的不仅是鸟，而且对应秋日的天空以及秋意，“瑟瑟”不仅是风之“瑟瑟”，也正是落日之情。

遥望断云还踯躅，闲愁尽处暗愁生。

西山红日即落，孤鸟隐没天际，登高望远，空中唯有几片飞霞与断云，除此之外，天地间似乎只剩下我惆怅与孤独的内心。夜幕即来，暗夜聚拢，渐渐成形，大地万物即将被黑夜笼罩其中，而我的内心的愁绪，却是没有尽头，追随暗夜来袭，一次比一次凶猛。

遥望之姿，乃是对现实的不满，或是对远方和将来之期待，只是登高远望，极目所及的是断云落日的景象，内心何等怅然！“断云当极目，不尽远峰青。”（陈师道《夜句三首》）愁如暗夜，亦如猛兽，一次次来袭，一波未平一波又起，生而为人者，在某种意义上是何其不幸与痛苦的事情。因此，首联所说“林下何曾赋不平”之语，实乃反义。《楞伽经》训诫：“世间言论，应当远离，以能招致苦生因故，慎勿习近。”这人世间的是非论说与争执，莫不起于私欲及妄想，但多有美好的外包装，也有冠冕堂皇的道义。你我皆是凡夫俗子，皆在其间沉浮各自的人生戏剧，一切的言说与念想皆不出其左右，只要不过分执着于自身的贪念就算是不错的了。我们看到更多的却是满口仁义道德之辈，假以师友亲朋之名目，干尽吃人而不沾血的龌龊勾当。因为，在人治之下的专权社会里，统治者才能成为合法的贪官、猖狂的窃贼。历史上所谓的名臣将相，某种意义上只不过是一群助纣为虐的奴才罢了。

鲁迅在《狂人日记》中借狂人之口，道出了圣贤经典中唯有“吃人”二字的残酷真相。在这一点上，古今中外概莫能外，夏目漱石汉诗中的“林下”“野菊”等归隐之心，以及“萧萧之秋意”“瑟瑟之落日”等“闲愁”皆可言说，只是这些可以言说的“闲愁”比其难以言说的“暗愁”，也算不得什么了。

“暗愁”，到底指向何处？无疑，是在“闲愁”的背后与内部，是引发“闲愁”的那种力量，这种力量源自人生之根部，也源自人性的底部，而绝非文字所能抵达之处吧。

突然想起宋释梵琮的诗句：“寥寥今古无人共，一片断云天外飞。”

生而为人，是一件多么幸运的事；生而为人，是一件多么不幸的事。

十三、绝好文章天地大 大正五年九月五日

绝好文章天地大，四时寒暑不曾违。
夭夭正昼桃将发，历历晴空鹤始飞。
日月高悬何磊落，阴阳默照是灵威。
勿令碧眼知消息，欲弄言辞堕俗机。

这首诗烟火气息和情感的成分几近于无，唯剩理性的机辨。借天地日月和阴阳概念，表达了漱石对于自然之道的觉悟。中村宏特别指出此诗中的“默照”一词，与“虚明”“虚白”等漱石汉诗的常用语一样，都体现了诗人对“道”的思考。该诗的主题即首尾两句的合体“文章天地大，言辞坠俗机”，而其诗眼无疑是“默照”一词。

绝好文章天地大，四时寒暑不曾违。

最好的“文章”是放眼天地的精彩篇章，时间恒远，万物纷繁，而道在其中。时岁有序，春夏秋冬不曾违背。

首联两句，犹如骈体和现代文章，提纲挈领，引领主题。与9月2日所作汉诗中的“大地从来日月长，普天何处不文章”之句用法和意思相近，说明了漱石内心世界一种持续的思考和关注。

不过，很明显，表达上用词生硬，近乎俗语，说理甚浓，而情趣寡淡。关于诗歌的说理，叶嘉莹先生在为顾随先生编辑的《中国古典诗词感发》一书中，多次提及这一问题。顾先生虽不主张以诗说理，但也非一味地反对诗中言理，如其曾言:“说理不该是征服，该是感化、感动；是说理，而理中要有情。”

夭夭正书桃将发，历历晴空鹤始飞。

正午的桃树夭夭，花儿正在努力盛开，晴空远彻，(幼小的)白鹤开始振翅飞翔，此景历历在目。

夭夭，植物茂盛绚丽，抑或人的安舒、和悦，也有表示柔弱细嫩之用法。《诗经·周南·桃夭》“桃之夭夭，灼灼其华”，清孔尚任《桃花扇·寄扇》“补衬些翠枝青叶，分外夭夭”，乃是第一个用义。《论语·述而》“子之燕居，申申如也，夭夭如也”，则是第二个用义。

正昼，此处训读为“seityuu”，但在日语中对应的日常词汇是“真昼（まひる）”，即“mahiru”，应是出于平仄考虑，漱石选择了“正昼”一词。正昼，是指大白天，而日语词汇“真昼（まひる）”有白昼的意思，但多指正午。

夭夭正昼桃将发。按照意思语序为：正昼夭夭桃将发，夭夭应该是修饰桃树和桃花的。按照对仗的原则，下句的“历历”应该是修饰白鹤的，意思是：历历白鹤在晴空始飞。

历历，指（远处的景物）清楚明白。见《古诗十九首·明月皎夜光》：“玉衡指孟冬，众星何历历。”漱石此处诗句，或是从崔颢《黄鹤楼》的诗句转化而来，但并非单纯化自“晴川历历汉阳树，芳草萋萋鹦鹉洲”这一句，而是诗歌意象的整体转化和引用。

我们来欣赏一下被《沧浪诗话》誉为：“唐人七言律诗，当以崔颢《黄鹤楼》为第一”的《黄鹤楼》：

昔人已乘黄鹤去，此地空余黄鹤楼。
黄鹤一去不复返，白云千载空悠悠。
晴川历历汉阳树，芳草萋萋鹦鹉洲。
日暮乡关何处是？烟波江上使人愁。

其诗之美暂且不表，有意思的是，虽然该诗被历代的评论家所推崇，但按照七言律诗的规则来讲，崔颢此诗并不合乎格律。清代管世铭《读雪山房唐诗序例》曾言：“崔颢《黄鹤楼》，直以古歌行入律。”

如，颔联“黄鹤一去不复返，白云千载空悠悠”，除了“黄鹤”和“白云”外，均不相对；且出句的第四字改作平声才能合律。另外，出句以“三仄”收尾，对句以“三平”结束，也犯了诗律的大忌。

然而，谁又敢说这不是一首千古绝唱，其诗以“黄鹤”为中心意象，在无限的时空间里翱翔，气度超绝，意境深远，气色流转，圆润自然。而传闻李白与之争胜，完成《登金陵凤凰台》之名作，不仅步韵和诗，而且平仄无误，与之并称为古诗中的怀古双璧。两者实各有所长，但在笔者看来，崔诗凌超的气度，李诗却不能比。由此可见，平仄格律并非目的，也非主流，如若一味强调格律，以平仄为是，机械为文，削足适履，终会丧失审美的意志和活泼的精神而流于平庸。

这一点，笔者之前就多次强调漱石汉诗之缺陷也正在于对格律的执着，概因其性格也是过于端正多疑，而缺乏洒脱磊落之胸襟吧。

日月高悬何磊落，阴阳默照是灵威。

日月高悬，滋润万物，何其光明磊落。阴阳默照，在天地间，蕴藏着巨大的能量和威力。

尘缘默照透，始得观自在。“默照”为宋代宏智正觉禅师首倡并弘扬，是一种同时运用静定与觉照的禅修法。“默照禅”主要是通过时时关照自己的思想、念头和行为，每时每刻明了自己所思、所想、所作，从而体会道即自然的道理。据说，正觉禅师在39岁时，居于浙江天童山景德禅寺，传法近30年，会下千余人，史称“曹洞中兴”。宋代，日本留学僧道元来华，从智禅师学法，后得授记，回日本创建日本曹洞宗——弘传默照禅法。

何为默照禅？正觉禅师曾著《默照铭》，也有“孤禅恰恰如担板，默照明明似面墙”（《与观禅者》）、“默照佛灯寒不掉，对缘心鉴净无瑕”（《甲寅春之海山雨后访王渊明知县》）等诗句。通俗来讲，默，指不受自己内心以及环境的影响，让心保持安定的状态；而“照”，则指清楚地觉知自己内心与周遭一切的变化。

日本的曹宗洞创始人道元禅师以“只管打坐”来概括这种修行方式。日本于2009年拍摄了一部电影《禅》，讲述了道元禅师远赴中国求法悟道，又返回日本开创禅脉曹宗一派的故事。整部影片简约清和，含蓄优美。于细节处精心描摹停顿，充满了生动与美。影片不仅讲述了历史的故事，更讲述了禅宗参照下的人性和人心。比之于我们2016年拍摄的《大唐玄奘》，从叙述到画面的细节，从演员的谈吐、礼仪和步伐，日本的电影更显得庄严朗然，符合世人所理解的僧人形象。另外，片中大量的坐禅的静态镜头，尤为让人感动。静坐之时，空气也显得静穆，初时大雨如注，清晰可闻，但随着画面的推进，渐渐地，于不知觉处，雨声便不可闻，天地回归静默，表现出了存心澄寂的默照之禅意。

不过，有的学者认为日本曹洞宗的“只管打坐”与中国曹洞宗的默照禅也是有差别的。宏智正觉的默照禅是开悟以后写的，它是从悟境中告诉我们什么是默照禅。

此外，日本现代有一新派，就是原田祖岳禅师的龙泽寺派，名义上属于曹洞宗，实际上是融汇了曹洞宗、临济宗之长，而创立一派生气蓬勃的禅宗，成为今日日本向海外传播禅法的主流之一。他们没有用“只管打坐”或默照，而是教人数息、参公案。

勿令碧眼知消息，欲弄言辞堕俗机。

默照禅，并非我们所理解的“只管打坐”之意，世人往往依照世俗的逻辑和因果思考禅机和佛理。因此，莫要对此开口随意言说，让菩提达摩祖师嘲笑。

碧眼，一般指西洋人，吉川幸次郎也这样注释，中村宏指出也有胡人的可能。参照前后文意以及漱石的戏谑风格，此处应该指称达摩禅师。

夏目漱石晚年所爱书籍之一《碧岩录》(『碧巌録』) 第五十一则有“黄头碧眼须甄别”的禅颂。一海知义据此认为此处“碧眼”当指达摩。

达摩大师，略称达摩或达磨。据《续高僧传》记述，达摩是南天竺人，属婆罗门种姓，通彻大乘佛法，为修习禅定者所推崇。北魏时，曾在洛阳、嵩山等地传授禅教。据《景德传灯录》，民间常称其为达摩祖师，被认为是禅宗的创始人。

禅宗，其精义可用“教外别传，不立文字。直指人心，见性成佛”16字概括。其中，不立文字，就是不依靠语言文字来解读、传授教义。学佛的人也不应该依文字的字面之意而求开悟之道。因为，禅宗一派认为语言在传递意义的同时又遮蔽了其本意，因此，佛之精义在文字之外也。

默照禅，也延承和发扬了禅宗之立意，其最重要的原则和方法之一是“无心合道”之正知正见，并与“一切现成、直下承当”“休去歇去”构成了默照禅的三大理论依据。而夏目漱石在1910年治愈胃病，曾去修善寺参禅一段时间，所行的正是曹宗洞一派。

这些思想在夏目漱石晚年的汉诗内随处可寻，如“道到无心天自合，时如有意节将迷”（1916年9月3日）、“虚明如道夜如霜”（1916年9月6日）、“风月只须看直下，不依文字道初清”（1916年9月10日）等。

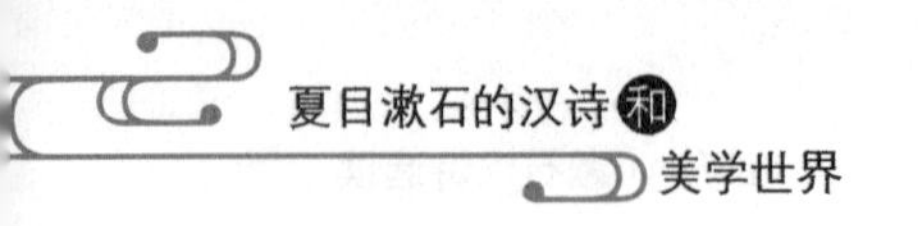

宗演曾如此评价夏目漱石："原本出生于江户，有着清廉的气质，他天生具有禅味。但是，他的禅的修行并不是很了不起。虽然他的修行并不怎么样，但他的根性触及了佛教乃至东洋思想的根本，这是众所周知的。"①

十四、虚明如道夜如霜 大正五年九月六日

虚明如道夜如霜，迢递证来天地藏。
月向空阶多作意，风从兰渚远吹香。
幽短一点高人梦，茅屋三间处士乡。
弹罢素琴孤影白，还令鹤唳半宵长。

"道"直接入题，但尘俗之情未去，尤其收尾之句，用以"孤影""鹤唳"言其孤独和寂寞，多少有些唏嘘。

虚明如道夜如霜，迢递证来天地藏。

虚明之物，犹如人间之路，而夜色如霜，我持此虚空透明之心，且看世事犹邈绵长，万物生息不绝，感受这博大的天地。

虚明，空明；清澈明亮；也指人的心境清虚纯澈。如"凉风起将夕，夜景湛虚明"（陶渊明《辛丑岁七月赴假还江陵夜行涂口》）、"盖其心地虚明，所以推得天地万物之理"（《朱子语类》卷六七）等。

这种虚明之意也用以指称其他文艺之精义，并与古代道家养心之术相通。如《治心斋琴学练要》后记："心虚而明，乃得烛人之善恶。虚所以拇形，明所以辨色。形色幻也，虚明真也，变幻作真非至诚，其谁与归。"

道，据其甲骨文，字源本意是头行走，可解释为意识带领身体（的走向），是万物万法之源，是创造一切的力量，是生命的本性。"天命之谓性；率性之谓道；修道之谓教"（《礼记·中庸》）、"人法地，地法天，天法道，道法自然"（《道德经》）。

① 今西順吉『漱石文学の思想』第一部、東京：筑摩書房、1988年、第340頁。

中村宏解释此句：寒夜如霜，“我”入无我之境而与道合。将“虚明”看作夏目漱石实际的内心世界，并认为“虚明”即领悟、抵达道之真义，进入“则天去私”即无我之状态。显然，这样的解释不大符合夏目漱石的实际精神状况，也不符合汉诗作为一种高于生活的艺术追求的意义。

而吉川幸次郎认为“虚明如道”与“夜如霜”之间是转折关系：“我”内心如镜虚空明澈，但与此同时，暗夜如霜带来寒意。

迢递，此词多义，为古代文人所喜用。按照汉语词典所释，描述如下状态和样貌：遥远、思虑悠远、高峻、曲折、婉转、连绵不绝、时间久长。

迢递证来，意为迢递来证。天地藏，天地之藏，天地之藏纳，喻义天地之容量与胸怀。吉川幸次郎据《礼记·月令篇》“是月也，申严号令。命百官贵贱无不务内，以会天地之藏，无有宣出”之句，将天地藏理解为自然之秘密。藏，秘密也。然多数学者还是主张“闭藏”“藏纳”之意，而非秘密之解。

虚明一词，在其后9日的汉诗中再次出现“道到虚明长语绝”，并与“道”再次关联，中村宏上述的理解或与此有关。

月向空阶多作意，风从兰渚远吹香。

月亮有意照向无人的阶梯，风从遥远的长满芳草的河中小洲吹来，带来了草木的香气。

月向空阶，寂照无人，寂寞而清冷。风吹芳草，送香远途，此乃想象中的一种慰藉。

公孙乘《月赋》：“鹍鸡舞于兰渚，蟋蟀鸣于西堂。”兰渚，即为渚的美称。又如，“朝发鸾台，夕宿兰渚”（《文选·曹植》）、“昨日发葱岭，今朝下兰渚”（李贺《嘲雪》）等。

另，兰渚又被认为是在绍兴府南二十五里之地名，即昔日王羲之等人曲水赋诗、雅集之处。若联系下联“幽灯一点高人梦”，或许夏目漱石正是据此缅怀中国文人最具气度与风趣的魏晋南北朝之状态与精神，而“兰渚”正是兰渚山下高人雅士之自由活泼的精神为代表的历史之芳香之处。如此，今日之空阶寂寞，乃是当世无知己者的孤独，这份孤独又来自遥远的岁月的深处。

幽灯一点高人梦，茅草三间处士乡。

幽暗的灯火，是思考者的孤独写照，而他们在暗夜里的思考点亮了人世的未来之路。历史的进步和现实的繁华多归功于隐士情怀的英雄们默默地努力，而他

们却并不渴求历史的荣光和现实的功名，茅屋三间，即是他们的心灵的归宿。

幽灯，幽暗而寂寞的灯火。暗夜如漆，一灯如豆，这是寂寞和孤独者的不眠之夜，也是身经人世苦难、遍尝人性卑劣却依然以理想为灯火，在众人皆睡的暗夜选择清醒，承受煎熬和苦痛，独自前行。

夏目漱石在《明暗》的写作中，也以清醒而冷峻的眼光审视着社会的冷暖和人性的复杂。作家这份职业是痛苦的，他们对于现实和人性充满了怀疑；思考者这一立场是孤独的，他们在繁花似锦、盛世祥和中看到了腐朽和危机。在幽暗之夜，清冷的孤灯之下，他们冷峻思考的形象中有着超乎常人的悲悯的情怀，非凡夫之俗欲所能比拟。鲁迅之于悲剧的呐喊，顾准之于绝世的孤独，夏目之于繁世的自语，都给他们所处的时代留下了最好的注释，也是人类不同于动物的最好的证明。

人的一生，恰如友人所说，能够抵御时间的，或许唯在有生之日在雪地留下些爪泥，自寻一点情趣，虽待雪融，不复东西：

和子由渑池怀旧

苏　轼

人生到处知何似，应似飞鸿踏雪泥。
泥上偶然留指爪，鸿飞那复计东西。
老僧已死成新塔，坏壁无由见旧题。
往日崎岖还记否，路长人困蹇驴嘶。

寄身于文字，隐遁于书籍，这是文人的路径之一，也是有理想的人不愿同流合污，伤害他人，保留人格底线和尊严的唯一可能的道路。

刘岳兵先生在《夏目漱石晚年汉诗中的求“道”意识》一文中，不仅将下文的“鹤唳”理解为风声鹤唳之意，还将此句解读为接近仙风道骨之“高踏”与洒脱。[①]在笔者看来，漱石文字背后更多的是高处不胜寒的寂寞和孤独。

弹罢素琴孤影白，还令鹤唳半宵长。

孤独之夜，夜读无眠，唯秋风虫语相伴，流云静月，月照大空，亦在浮云

① 刘岳兵：《夏目漱石晚年汉诗中的求“道”意识》，《日本研究》2006年第3期。

间流动，无知音者相和，故而弹奏一首琴曲，抚慰自己的内心，曲罢却发现刚才月光下孤独的身影，已经是素白一片月光；未及感叹光阴流转无息，又闻夜空传来飞鹤之悲鸣，更令人劳思而难眠，暗夜长兮。

罢，中村宏训读为终止，即“罷めて”，有弹奏半途而终止之意，易被习惯日语思维方式的读者所接受。而吉川幸次郎训读为“完毕、完了”，即“罷えて”，则接近汉文的原意，相当于“終える”，但较为生硬。

素琴，不加修饰的琴，抑或是空琴，没有琴弦的琴。概出陶渊明之典故。《宋书·陶潜传》记载说：“潜不解音声，而畜素琴一张，无弦，每有酒适，辄抚弄以寄其意。”

《晋书·隐逸传·陶潜》也记载说陶潜：“性不解音，而畜素琴一张，弦徽不具，每朋酒之会，则抚而和之曰：‘但识琴中趣，何劳弦上声。’”

由此可知，“素琴”实际上就是空琴，有名无实的琴，抚弄这样的琴，是古代文人的一种高雅之姿态，也是一种超拔脱俗的风流。

鹤唳，应为鹤之悲鸣，虽不同于“风声鹤唳”之哀，但在汉语读者的惯性思维中，也可作此解，似乎更能说明诗人的不安与焦虑。

半宵，吉川幸次郎先生认为不同于日本人所理解的前半夜，而是汉语中的深夜之意。

在夏目漱石《我是猫》的第十一章，迷亭和独仙曾有如下对话：

> （独仙：）“那样一来，难得的一次高尚游戏，可就弄得俗了。醉心于打赌之类，多没意思。只有将胜败置之度外，如同‘云无心以出岫’（注：陶渊明《归去来辞》），悠然自得地下完一局，才能品尝到其中奥蕴！”
>
> （迷亭：）“又来啦！棋逢如此仙骨，难免累杀人也，恰似《群仙列传》中的人物呢。”
>
> （独仙：）“弹天弦之素琴嘛。”
>
> ……[①]

素琴弹罢，孤影即没，又闻暗夜鸟之凄声（夜半之鸟，多为哀鸣），原本

① 夏目漱石：《我是猫》，于雷译，南京：译林出版社，1994年。

的孤独又陷入了无可解救的境地，犹如孤独无解的人生之困境。

但因怀有隐者之情怀，持有幽灯之高洁，即“幽短一点高人梦，茅草三间处士乡”，故，不为世人所理解和接受，也是早已明白的命运。作者也深知这一点，其痛苦和解脱的希望均来源于此。因此，此种心情和思考尚可用律诗的写作来展现和缓解，完成自我内心的对话和梳理，也使得苦难成为笔下的诗句，从而在文学的意义上完成自我的救赎，挣脱现实的束缚。

也许所有有温度的文字，皆源于一颗受难而不屈服的自由之心；所有有力度的文字，皆起步于敏锐地感受到现实对于理想的远离和背弃。

十五、挂剑微思不自知 大正五年九月十三日

挂剑微思不自知，误为季子愧无期。
秋风破尽芭蕉梦，寒雨打成流落诗。
天下何狂投笔起，人间有道挺身之。
吾当死处吾当死，一日元来十二时。

这首诗语调激越，愤然而决绝，不同于以往诗作，在漱石的汉诗中显得风格迥然。不过，这样愤世嫉俗的情绪，在其此后数日汉诗的创作中也得以延续。从思想上讲，这或是佛学和老庄难以慰藉或缓解诗人对世俗的不满和对自己的悲哀，也可以说是源于作者功名之心和是非之心在“作怪”。但我们不得而知，也难以在小文中对此进行实证分析。若从生命个体的整体立场观之，这无疑是一条名为“夏目漱石”之河川的一段湍流。

明治三十九年，即1906年，夏目漱石在给铃木三重吉的书信中曾经提及自己的内心渴望，一方面出入于俳谐的文学，一方面拥有像明治维新的志士们面对生死的壮烈情怀，欲将之投入学术之中。人性是复杂的，菩萨慈祥而金刚怒目，尤其是文学家，这首诗正是夏目漱石的思想激荡（依然没有超越不安和焦虑）之产物。只是语意隐晦，极为难解。

挂剑微思不自知，误为季子愧无期。

对故友的酬谢的心情，虽不需要刻意铭记，内心自会留存，但有时候也会如季子那样留下遗恨，只能留下遗恨，挂剑而去。

《史记》卷三十一《吴太伯世家》记："季札之初使，北过徐君。徐君好季札剑，口弗敢言。季札心知之，为使上国，未献。还至徐，徐君已死，于是乃解其宝剑，系之徐君冢树而去。从者曰：'徐君已死，尚谁予乎？'季子曰：'不然。始吾心已许之，岂以死倍吾心哉！'"

季札，吴王寿梦第四子，被尊称为"公子札"，因封地延陵，又称延陵季子。他和孔子在同一时代，时有"南季北孔"之说，但与孔子的关系至今未有定论。有的学者认为季札是孔子的老师，是与孔子一样的文化圣人。上博楚简《孔子诗论》中许多观点和"季札观周乐"时的论调一致，或也反映了两者思想的密切关系。

夏目漱石引用季札挂剑的典故，表达了对于未能回报故友恩情的遗憾和自责。这样的引用也颇有新意，迥异于中国传统诗文中对于这一典故的引用和理解。

中国传统诗文中对于"季札挂剑"的关注，多在诚信和知音难觅的层面，而且多出现在悼念诗词之中。如"芜漫藏书壁，荒凉悬剑枝"（崔融《哭蒋詹事俨》）、"一朝宾客散，留剑在青松"（张说《崔尚书挽词》）、"欲挂留徐剑，犹回忆戴船"（杜甫《哭李尚书》）。

秋风破尽芭蕉梦，寒雨打成流落诗。

芭蕉在秋风中漫舞不停，寒雨泠泠，促成凄凉的诗句。

破尽，在阅读时的语意上，在吟诵时的语感上都会带来一种冲击感，破字就已决绝，附加一个尽字，更是不留余地，自有一种美学的力量。诗歌的不朽在于被后人反复的阅读中复活了作者精神和情感的生命，而吟诵则更能生发一种情景的复原，调动人的感官和情绪，让吟诵者的思绪与沉睡在诗词中的生命获得共感和共鸣。

破尽之词唐诗中也极为少见，仅数条目，如"破尽裁缝衣，忘收遗翰墨"（元稹《张旧蚊帱》）、"匈奴破尽人看归，金印酬功如斗大"（韩翃《送孙泼赴云中》）等。

打成，比之于"破尽"一词，虽然在语意上与"破尽"相对，极为工整，但在语感上稍逊，唐诗中亦未见。

芭蕉夜雨，这是晚唐诗中常见的场景，有人说自白居易开始的，或许敏感的诗人从当时的不安的时局中嗅到了什么吧。日本著名的俳句大师松尾芭蕉也有芭蕉夜雨的俳句：风打芭蕉，雨落盆中不眠夜（芭蕉野分して盥に雨を聞く夜哉），而这一首俳句多少有些《茅屋为秋风所破歌》（杜甫）的影子。

天下何狂投笔起，人间有道挺身之。

天下有什么让人（愤然）发狂，拍案而起的事情，人间若有至真的真理，“我”愿为之献身！

此联的气息与颔联的“破尽”和“打成”相通相接，并有所强化。

何狂，有什么让人发狂之意，乃是反问。与“有道”——若是有至真的真理——相对而列。

投笔，引用班超投笔从戎的典故。《后汉书·班超传》：“大丈夫无他志略，犹当效傅介子，张骞立功异域，以取封侯，安能久事笔砚间乎？”

班超，是徐县令班彪的小儿子。家贫但志向远大，不以劳动为耻辱，粗览历史典籍。永平五年（62），哥哥班固被征召去洛阳做校书郎，班超和母亲一起跟随。家里穷，常给官府抄书来养家。一天，班超停下抄书，扔笔而慨然：“大丈夫没有更好的志向谋略，应该模仿傅介子、张骞在异地立下大功，来得了封侯，怎么能长期在笔砚间忙碌呢？”旁边的人都嘲笑他。班超说：“小人物怎么能了解壮烈之士的志向呢？”后来他奉命出使西域，最终立下了功劳，被封侯授爵。

天下有道，是什么意思呢？

孔子说：“天下有道，则礼乐征伐自天子出……天下有道，则政不在大夫。天下有道，则庶人不议。”（《论语·季氏》）

孔子还曾说道：“鸟兽不可与同群，吾非斯人之徒与而谁与？天下有道，丘不与易也。”（《论语·微子》）

老子说：“天下有道，却走马以粪；天下无道，戎马生于郊。”（《道德经》第四十六章）

庄子说：“天下有道，圣人成焉；天下无道，圣人生焉。”（《庄子·人世间》）

庄子还说：“夫圣人，天下有道，则与物皆昌；天下无道，则修德就闲。千岁厌世，去而上仙，乘彼白云，至于帝乡。”（《庄子·天地》）

孔子和老庄之“道”都是天下之“道”，也就是说，是包含天地万物、人伦、自然之道，正所谓：“此道冲，而用之或不盈。渊兮，似万物之宗；湛兮，似或存。吾不知谁之子，象帝之先。”（《道德经》第五章）

要言之，“道”与“理”相对，理，是人类的知识和思维系统，而道则是整个世界内在的规律。

佛教也示人以“道”。慧能六祖在《坛经·般若品》里说：“若欲见真道，行正即是道。”马祖禅师云：“道不用修，但莫染污。何为染污？但有生死心，造作趋向，皆是染污。若欲直会其道，平常心是道。何为平常心？无造作、无是非、无取舍、无断常，平凡无圣。”《五灯会元》卷四记载，赵州从谂问南泉普愿：“什么是道？”南泉说：“平常心是道。”

可以说，儒家侧重人（伦）之道，佛教侧重内心之道，道家侧重天地（养生）之道，但三者的“道”并不相互排斥而是相互融合，并统一于中华文明的血脉。宋仁宗曾著文《尊道赋》云“但观三教，惟道至尊”，也反映了这样的历史事实。

那么，夏目漱石的“道”呢？这是一个带有挑战性的问题，本文难以处理，恕不赘述。只是想在此处指出，夏目漱石的“道”，其理念的生成是一个复杂而变化的过程，多在儒、佛、道之间游走，但联系“挺身之”——可为“道”而献身——此道似乎更接近于现实性的对抗，带有强烈的世俗信号，即便带有超脱凡尘的欲望，但这种欲望却来自尘土，只能走向非道非佛的“吾当死处吾当死”般的刚烈。

吾当死处吾当死，一日元来十二时。

我当死的时候就接受死亡，这是一个自然的过程，正如同一日有24个小时那样平常。

处，时候，在汉字系统内，时间和空间是相互转换的，也可以用一个词语来表达，在修辞学上也有通感的意义。

元来，即原来。

十二时，古代的计时单位，即子、丑、寅、卯、辰、巳、午、未、申、酉、戌、亥十二时，一个时辰相当于我们现在的两个小时。

承接颈联“天下有道挺身之”的语意和语气，直接写到死亡，其决然和愤慨之状犹如在写一封绝命的遗书。在美学上，似乎不仅违背了佛家的虚空、道家的自然之精神，也“僭越”了儒学之敦厚。

每一句话、每一个字我们都理解了，可这首诗具体指向是什么，我们依然不得而知，但有一条线索值得关注，此诗以“挂剑”开题，或是有深意的。据吉川幸次郎在《漱石诗注》中所述，夏目漱石在《文学论》中论及“情绪的固执”时引用了这一典故，并在1897年的一首俳句，即“春寒料峭，墓前悬挂的季子之剑（春寒し墓に懸けたる季子の剣）”中再次引用。此外，漱石在《我是猫》的自序中再次使用了这个典故，并明确袒露对他一生挚友正冈子规的怀念：“昔日有季子悬剑坟墓，以酬亡友之心意，我亦将《我是猫》奉送在子规的墓碑前……”

十六、思白云时心始降 大正五年九月十六日

思白云时心始降，顾虚影处意成双。
幽花独发涓涓水，细雨闲来寂寂窗。
欲倚孤筇看断碣，还惊小鸟过苔矼。
蕙兰今尚在空谷，一脉风吹君子邦。

就平仄而论，首联出句第五个字“心”应仄为宜，颈联第二个字“倚”应仄而平，尾联出句第五个字“在”应平而仄，对句第五个字“君”字应仄而平。此外，颈联的押韵处的“矼”字，似不在韵表之内。

9月13日，夏目漱石还怀揣“天下何狂投笔起，人间有道挺身之”的愤慨和激越，以否定现实的姿态睥睨身边的世界。到了今日，内心的不平渐渐平息，基调开始柔和而自带暖意，虽然尚有挥之不去的孤独，但已经拒绝“孤愁”“萧然”等情绪浓烈的字眼，最后以“一脉风吹君子邦”结句，让人联想到，夏目漱石在1910年10月27日的日记中写下的诗句：

马上青年老，镜中白发新。
幸生天子国，愿作太平民。

此诗忠实地记录了经由病危而生还的心情和感受。这份平和的暖意，和今日的诗作有些近似。而之所以产生上述变化，其原因按照诗中所述，即是“思白云时心始降”。

思白云时心始降，顾虚影处意成双。

看白云悠悠，想白云不惧悲喜和离散的洒脱和自由，内心的焦虑和不安开始平静而愉悦。看到自己模糊的影子而意念成双，又感到些许孤寂。

思白云时心始降，描写出了人们一般的心理经验。眼界的高低和差异，决定了人们悲喜的层次与不同。若只是看到人世的沉落和荒诞，只是看到自己所遭受的不公和伤害，人们的内心永远无法获得解脱和超越，唯有将眼光放大放远，思接千载、纵观整个宇宙和世界，看到人类的渺小，才能体会时空的浩渺和永恒，才能明白拘泥于一时得失的可笑，也才能理解人世的意义和价值在于其神圣一面的发现和坚持。

李银河先生是我尊敬的文化人之一，她曾经在其博客中讲道：

> 唯有腾空而起，俯瞰人世，想想时间、空间和宇宙，为那一点蝇头小利定个位，把它们抛到可有可无、无足轻重的角落中去。[①]

不过，夏目漱石的“思白云时心始降”，细细品味，与此还是有所不同。观察天上白云聚散自由、随风来去、无拘亦无束、无喜亦无忧的洒脱，毕竟还是人类的视角，只是不再纠缠于是非之间、深陷泥沼而不能自拔，目光和情怀已经投射到大自然，在与大自然的“对话”中，获得启发和灵感，这是佛家感化和启迪人心常用的路径，也是文人墨客惯用的借景抒情、以物言志的手法。

人与人心理的距离，其实不仅存在于观察者和被观察者之间，在两者之间，实际上还存在着一个第三者，它可以是无形的组织和事件，也可能是具体的人和物体，而观察自然，尤其是白云，总是能令人得到精神的慰藉，观察者也多具有理想主义者的浪漫情怀。记得顾城有一首小诗《远和近》，我在读中学时读过后就不曾忘记：

① http://blog.sina.com.cn/main_v5/ria/private.html?uid=1195201334。

你，一会儿看我，一会儿看云。

我觉得，你看我时很远，你看云时很近。

顾虚影处意成双。中村宏联想到“顾影自怜”的成语，也联想到李白的《月下独酌》“花间一壶酒，独酌无相亲。举杯邀明月，对影成三人”。诚然如斯，夏目漱石终归是寂寞的，人世间已经没有对话的知音和朋友，所以他才会在笔墨中思白云而顾虚影吧。

幽花独发涓涓水，细雨闲来寂寂窗。

涓涓流水，独自绽放着安静的花朵，寂静的窗台，守望着淅沥的秋雨。首联对句中的寂寞，在此处得以详细陈述和具象描绘：一幅画面是想象中山涧流水之畔的幽静的花草，一幅画面是近在咫尺的窗台秋雨。色调幽暗、冷清。两句原本应该对仗，但“独发”和“闲来”并未构成对应关系。

幽花，之语也多为我国传统诗文所用。著名婉约词人晏殊的《踏莎行》就有“细草愁烟，幽花怯露，凭栏总是销魂处”之句。一代名相，号称政治家的男人竟然写得如此自然细腻而情深，比夏目漱石的汉诗，不知阴柔多少。自然，这也是词与诗在体裁上的差别。此处让我联想到日本汉诗文中，汉诗的似乎比词作更加突出一些，这倒是一个值得关注的事情。不过，有的学者考证，嵯峨天皇于弘仁十四年（823）年所作《渔歌子》五阕，乃模仿唐代宗大历九年（774）张志和所作《渔父》词，前后相距不过49年，可见日本填词与写作汉诗一样也有1 000多年的历史。与汉诗一样，日本也曾出现过一些词作名家，特别是明治时期，曾经是日本填词的黄金时期。

欲倚孤筇看断碣，还惊小鸟过苔矼。

手扶孤筇，独自行走，路遇断石残碑，仔细打量了一番。又经过长满苔藓的石桥，惊扰了栖息在旁边的小鸟。

此联对仗也不工整，但若将对句的“还”解读为转折词“却”则可完成结构的对仗，但这样一来语意就发生了变化。日文中的训读都是将“还”训读为“また”，即表示意思和内容的递增，翻译为“又、还”。

孤筇，一柄手杖，独自远行之意。清汤潜《衲子道明云渎川陶古石家菊甚好》诗：“闻道陶家菊已开，乘闲踏过野桥来。秋山一路惟红叶，古径孤筇半绿苔。”清龚自珍《附录某生与友人书》诗：“拟策孤筇避冶游，上方一塔俯清秋。”

断碣，断石残碑。清代的沈曰霖《晋人麈·逸老堂诗》:“自去招魂寻断碣，伤心半是为明霞。”纳兰性德《满庭芳》词:“剩得几行青史，斜阳下，断碣残碑。”

苔矼，长满苔藓的石桥，言意幽僻。

看到白云，想到远方溪流河畔的幽暗的花，作者还不满足，他自己要经历一次更加深入的精神旅行，于是，在想象中，作者孤筇远走，一直走到人迹罕至、幽静偏远的山中——“断碣”之处，走过长满苔藓、栖息着小鸟的石桥。

这是对于现实的远离和自我疏离，这是作者自我寻找的精神之旅，到底作者想要寻找什么呢？其目的地在何处？

蕙兰今尚在空谷，一脉风吹君子邦。

蕙兰如今还生长在寂静无人的山谷，缕缕清风吹送到君子之邦。

原来，作者的精神之旅的目的是寻找“幽花”，是来到深幽的山谷，亲自看到蕙兰这样高贵的花的存在。因为，蕙兰这样高贵而幽香的草木，可以随风吹拂远方，惠泽天下。

蕙兰，兰科地生草本植物。一茎多花。花期3—5月。蕙兰原生于海拔700～3 000米，分布于中国大部、尼泊尔、印度北部等地。日本并不是原产国，只是到了清末民初，才传至日本、韩国等地，因此，夏目漱石所言的“蕙兰”，不仅幽居独处，而且文化寓意高洁，可谓花中四君子之一。

四君子，即梅、兰、竹、菊，其文化品质分别是：傲、幽、坚、淡。可以说，兰花就是“幽”的代名词。

空谷幽兰，一直是中国文人心中的精神家园，是人格独立而自由的象征。中国文化之所以绵绵而不断绝，生生而不息，至今仍然迸发着无穷的生命力和创造力。其原因有很多，但在我看来，其文化的融合与包容乃是最主要的一个方面。我们既有儒家的君子持守，也有道家的隐居避世，还有佛家的出离和悲悯。这种多元文化的融合，也体现在对于兰花的热爱。兰花生于深山野谷，绮丽香泽，清婉素淡，长葆本性之美，不以无人观赏而不芳，既具有隐士的气质，也具有“人不知而不愠”的君子风格。

“今尚”是一个日语词汇，在日语中读作“いまなお”。也就是说，按照汉诗的节奏，此诗应该读作2/2/3的节奏，即蕙兰/今尚/在空谷，看似合乎规则，但实际上问题在于，汉诗的每一个字都是独立的，这是产生汉语诗歌独特结构的前提和基础，然而，“今尚”在空间上占用了两个汉字的位置，但在实际意义上只相当于汉字的一个字。此句，我们可以删减“今”字直接改为“蕙兰尚在空谷”，意义没有变化，只是律诗的空间规则并不允许。换言之，夏目漱石所用的“今”字并没有支撑起应有的诗意，而只是一具空壳的汉字，这也是一首合格的汉诗（不仅是律诗）所不允许的。这种现象也就是学界所说的“日习”吧。

一脉，有多种意思，有山脉河川之意，有一线、一缕之连续事物之意，也有文脉和血脉以及中医上的气脉之意。此处与“君子邦”相对，取“一缕”之意，则显得过于清浅柔弱，山脉之气象又不大吻合，但其意义却在两者之间，而且兼有“文脉”“血脉”之喻义。

君子邦，吉川幸次郎先生解释为“日本”，概没有错的，与我们在此文开头提到的1910年10月27日汉诗中“天子国”的借代之法相似，只是内涵上还存在着差别。“天子国”之用法是夏目漱石对于现实“国度”的感恩，“君子邦”之用法则是夏目漱石的一种理想和自我慰藉。两者都关涉现实，一个是拥抱现实本身，一个则是对于现实的疏离。

在最后，我想特别指出这首诗的汉字读音问题。汉字历经千年流变，其形体和发音以及意义都发了很多的变异，相比汉字的读音，我们在“看”古诗的时候，一般更关注字义，但若要完整地理解和把握一首诗歌的审美和内涵，汉字的读音问题也是应该予以明确的。

下面，且以本诗的第一句“思白云时心始降”之句为例。

白，这里念“bo”，四声。白，在古代是入声字，尾音短促下坠。实际上，准确而言，唐宋时期的广韵音，“白”读作“bɐk”。今天的长江中下游地区的方言以及民国期间北京话中还读“bo”，四声。在当代的影视剧中操持的南方话都是这样发音的。夏目漱石最后一首汉诗的最后一句“空中独唱白云吟”，其中的“白”，也是这个读音。

此外，降，发音为“xiáng”，意思是“悦服，平静”。

《诗经·国风·召南》就有“喓喓草虫，趯趯阜螽。未见君子，忧心忡忡。亦既见止，亦既觏止，我心则降”的句子。《诗·小雅·出车》又有：“喓喓草虫，趯趯阜螽。未见君子，忧心忡忡。既见君子，我心则降。赫赫南仲，薄伐西戎”的句子。有意思的是，所引的两处《诗经》，文字相差无几，却分别出自《国风》和《小雅》两个部分。我们知道，《诗经》的风、雅、颂三者相互区别，风，即国风，相对于“王畿”而言的地方性的乐调，十五《国风》就是15个地方的民间歌谣。雅是“王畿”之乐，周人称之为“夏”，“雅”和“夏”古代通用；雅又有“正”的意思，当时把王畿之乐看作是正声——典范的音乐，其中又分《大雅》和《小雅》，前者是周王庭之乐，作于西周；后者是贵族私人之吟诵，作于东周。但由上观之，在区别之外，我们也看到了风和雅之间的亲密联系。

十七、苦吟又见二毛斑 大正五年九月二十三日

苦吟又见二毛斑，愁杀愁人始破颜。
禅榻入秋怜寂寞，茶烟对月爱萧闲。
门前暮色空明水，栏外晴容崔崒山。
一味吾家清活计，黄花自发鸟知还。

从内容上讲，以感伤的情绪开始，经由禅思和外在永恒性存在的观照，个人的悲喜化作平淡的烟云，成为自然整体循环中的一部分，诗歌开始的感伤也似乎消融在永恒的天地山水之间。在这个意义上观察，很容易让人联想到夏目漱石晚年提出的“则天去私”的思想。

诗中，夏目漱石将私人化的情感和欲望，参照天地自然“以万物为刍狗”的恒常，认识到自身的肉身、精神和情感自始至终都是自然整体循环中微不足道的一瞬间。将个人之得失成败，以及由此引发的焦虑和不安，放入一个更为宏大的时间和空间内，那么个人甚至人类的苦难又算得了什么呢？古代文人寄情托志于山水，道家也罢，佛家也罢，他们所注重的不仅是山水的巍峨抑或秀美，静穆抑或纯澈，从哲学上讲，更多的是源自山水自然对于时间和空间的呈现状态，山水自身所展示出的那种无垠和广袤所联结的永恒精神，给文人墨客带来了刺激和反思。

在此，我们不拟围绕“则天去私”而讨论夏目漱石汉诗背后的思想和精神

资源，笔者今日读诗尝试从方法论的角度，来关注夏目漱石汉诗中所呈现的时间和空间及其关系的问题。

苦吟又见二毛斑，愁杀愁人始破颜。

苦吟之时又看见了镜中斑白的双鬓，愁苦而至极的我（创作出汉诗）开始舒展容颜。

苦吟，原意是反复吟咏，用心推敲，言诗歌创作之艰苦。但此处是作者创作汉诗之苦？还是创作小说之苦？抑或是生活本身之艰辛？在此处应该都可以讲得通。不过更为恰当的是作者苦闷精神状态的如实写照。

我们都知道唐代诗人卢延让的《苦吟》诗："吟安一个字，撚断数茎须。"其实在唐代还有很多类似的《苦吟》诗篇。如杜荀鹤的《苦吟》：

世间何事好，最好莫过诗。
一句我自得，四方人已知。
生应无辍日，死是不吟时。
始拟归山去，林泉道在兹。

又如生卒年不详的唐代诗人崔涂的《苦吟》：

朝吟复暮吟，只此望知音。
举世轻孤立，何人念苦心。
他乡无旧识，落日羡归禽。
况住寒江上，渔家似故林。

仔细体味，上述《苦吟》诗虽然也描写了创作诗歌的艰苦过程，但诗歌更多指向的是"一句我自得，四方人已知"和"只此望知音"，是一种对于诗歌的热爱和认同。他们更看重创作过程中精神的愉悦和慰藉。这一点，杜诗说得最直接：世间何事好，最好莫过诗。

诗歌创作的过程是一个水与火冲突、交融、痛苦并愉悦的过程，唯有亲自体验方知其中的滋味杂陈、和谐与矛盾。诗歌是心有暗夜却要咀嚼黑暗寻找黎明的过程，而这一过程犹如暗夜伴随着寒冷和孤独、绝望和苦痛侵入你的皮肤、呼吸和眼睛，甚至也会入侵、占有你全部的心灵，但理想和希望、爱和梦想也会给你强大的支撑，让你去面对人性的卑劣和天地的无常，最终战胜苦痛和绝望，寄托文字构建一个独特而温暖的精神家园，此刻创作者的紧张和不安以及之前过程的苦痛也会随之解脱，得以释放。这也是一切真正文艺作品的精神历程。因此，夏目漱石在首联的对句写道：愁杀愁人——愁苦抵达承受的极限——之际，诗歌创作出来——精神得以缓解和释放——开始舒展眉头——始破颜。

若站在时间与空间的关系去思考这两句，此处主要是体现了时间对于空间的压迫感，时光匆匆，并在中年以后猛然加速——身体衰老、精力消退，造成人们也开始过分敏感于自身消亡之走向的蛛丝马迹的猜测和想象之中，而镜中白发无疑是最常见的自我检测方式。很明显，作者也将这种惆怅和苦闷、紧张的情绪和体验投射并比拟到一首诗歌的创作中了。换言之，此联中，时间和空间的关系问题是以隐喻的方式呈现的，而两者关系正式的展开则是在下面的颔联和颈联。

此外，漱石在晚年汉诗中对于岁月匆匆之感伤，体现的还是十分明显的：

8月14日汉诗以“幽居正解酒中忙，华发何须住醉乡”为首联；

8月15日汉诗以“双鬓有丝无限情，春秋几度读还耕”开篇；

8月16日的第二首汉诗以“行到天涯易白头”开始；

8月19日汉诗以“老去归来卧故丘”开头；

8月20日汉诗以“两鬓衰来白几茎，年华始识一朝倾”开篇；

9月20日的汉诗中有句“空看白发如惊梦”。

……

禅榻入秋怜寂寞，茶烟对月爱萧闲。

萧瑟入秋，禅室和床榻都自带一份寂寥，我独居僻静之所；煮茶望月，喜欢在秋的冷漠中寻找一份诗意。

此句或从唐代诗人杜牧诗《题禅院》点化而来：“今日鬓丝禅榻畔，茶烟轻扬落花风。”

禅榻，禅床之意，也可指代禅修的行为和生活。禅榻是一个虚静的空间，在这个空间内时间与之和谐，平淡相处。入秋之后是寒冷，是落叶纷飞，是寂寞，也是孤独。接踵而来的是严寒和更深刻的孤独。但四季轮回，草木会再次

复苏，并再次生机勃勃。这里的时空是循环而静止的。

茶烟，清茶和拜佛的香烟，和禅榻一样，都以此指代一种清心寡欲、平淡自然的隐居生活。而个人的孤独和寂寞，唯有月光晓得！什么样的人才会煮茶、点香，独自望月呢？或许这样的生活唯有寄身禅院的修行者才能拥有吧。

而与“入秋”的循环四季相对应，下一句的“对月”也是一个自然循环往复的时间，有圆有缺，周而复始；另外一方面，它也如四季轮回、生生不息的岁月一般，成为天地恒常的象征。

现代京剧《霸王别姬》有虞姬望月的一段唱词：

> 看大王在帐中和衣睡稳，我这里出帐外且散愁情。轻移步走向前荒郊站定，猛抬头见碧落月色清明！

虞姬预感失败的必然，也做好了结束生命的准备，但她抬头望着那一轮曾照古人之明月——在时空永恒的比照下——内心触摸到了身在永恒之外，作为人短暂一生之宿命的疼痛。

漱石汉诗中的月亮意象并没有上述时间与空间之间的紧张，更多的是一种寂寞的和谐，或许这与前文所述的日本现世主义文化心理有关。除此之外，也与时代和题材也有着某种关联。现代性文学的一大突出特征就表现在对于时空的征服和野心，而作为传统文化载体的汉诗，则更多的是对于空间的放弃，注重人内心的省察和体验。仅从这一点来看，漱石的汉诗，其现代性的因素还是缺乏的。

门前暮色空明水，栏外晴容嵂崒山。

门前的暮色安静而透明，映在水中，似乎水中的光影暗示着另外一个时空。栏杆远望苍穹之下的矗立的山脉，绵延不绝，似乎到了另外一个世界。

苏轼在《记承天寺夜游》的序文中写道：“庭下积水空明，水中藻、荇交横，盖竹柏影也。”水中的光影，越是在光线暗处越有空明之感，一方面水色柔和沉静，一方面映出的光线也在水色暗淡的映衬下显得强烈而分明。

暮色时分，登高远望，日落群山。在暮色之中，白天和暗夜交替，光色从柔和逐渐蜕变为黑白这样的冷色调，群山也愈发显得肃穆而耸立，时间在这两句诗中呈现出更迭和循环，并在水的光影中呈现出朦胧和虚幻的色彩，而空间则与时间相辅相成，似乎追随着日落，不仅色彩和温度改变，人们眼中的山水自然的形体也发生变形、延伸至无穷之处——想象的世界——空明水、嵂崒山。

嵂崒，耸峙貌。杜甫有诗《桥陵诗三十韵因呈县内诸官》："高岳前嵂崒，洪河左滢濙。"

此处的时间和空间亦是循环而自然的，两者关系和谐，构建了两幅秋日暮色的画卷，一幅聚焦于眼前空明虚幻，一幅远焦于日落之后静穆的西山。[①]

一味吾家清活计，黄花自发鸟知还。

我过的是清贫寡味的日子，静观花开花落、候鸟寒飞暖返。

一味，在汉语中多指不顾客观条件，盲目地做事，含有贬义。也有一种味道之本义的用法。日语中也有"一味"这个词，即"いちみ"，中村宏在《漱石汉诗的世界》中解释为"もっぱら"，专门、专心致志、净等意思。在这里，或许理解为一种味道——"净"之意为好，表示生活的清贫和单纯，也可表示作者在繁华落尽之后内心获得的一份安宁与平静。

最后一句"黄花自发鸟知还"，似乎与前一句并无关系，但所谓关系在诗歌的层面我们应该侧重情感内在的逻辑。如上所述，"清活计"不仅是作者现实的生活，也是作者内心所抵达的境地。黄花自发鸟知还，这样的发现和感受力，是作者内心的一种关照和比拟。在修辞上讲，最后一句正是"一味吾家清活计"的形象表达和喻言。

尾联再次展现出了传统意义上的时间和空间——自然而循环，这样的审美和思考是富有诗意的，不过这也只是传统意义上的一种朴素的判断和认知。

若是将文学（诗歌）中所呈现的时间和空间及其关系，放在"世界史""世界文学"的视野中，我们会发现更为有趣的东西。

众所周知，十七八世纪欧洲思想界出现了"古今之争"，与何谓现代的命题相伴随的重要议题就是关于时间和空间的体认和辨析，尤其是关于时间是"线性"还是"循环"的观念之争，反映了"古今之争"深层的本质和根本性分歧。概言之，如上所述，古人的时间观念基本上体现为一种静止循环的朴素

① 就意境而论，更似与欧阳修的一首词《朝中措·平山栏槛倚晴空》的开篇："平山栏槛倚晴空，山色有无中。"

自然意识，在他们眼中时间就是白天与黑夜，即便有死生，也是终归于自然的平静，形成一种整体性的循环，而未来也只是这种循环的再演。

学者耿传明曾著《时间意识：现代性与中国文学的古今之变》一文，举出以下例证说明中国古代传统的静止时间观念。如董仲舒在《举贤良对策》中曾说："道之大原出于天，天不变，道亦不变。"孔子曾言"逝者如斯夫！不舍昼夜"，朱熹对此解读说："天地之化，往者过，来者续，无一息之停，乃道体之本然也。"《般若波罗蜜多心经》（通称《心经》）中有言真如之本相："不生不灭，不增不减，不垢不净。"

不过，中国文学作品中最有名的例子，在庄周梦蝶之时间陷入循环的虚无之外，或许就是《三国演义》了。《三国演义》开卷之语就点破主旨："话说天下大事，合久必分，分久必合。周末七国纷争，并入于秦。及秦灭之后，楚、汉纷争，又并入于汉。汉朝自高祖斩白蛇而起义，一统天下，后来光武中兴，传至献帝，遂分为三国。"

明代文学家杨慎曾作《临江仙》，在毛宗岗父子刻本的《三国演义》中被放在卷首。该词更为形象地反映了近代之前人们对待历史和世界的"时间观念"：

> 滚滚长江东逝水，浪花淘尽英雄。是非成败转头空。青山依旧在，几度夕阳红。
>
> 白发渔樵江渚上，惯看秋月春风。一壶浊酒喜相逢。古今多少事，都付笑谈中。

加藤周一曾著《日本文化的时间与空间》一书，提及日本古代文化中时间观念时，主张是一种现世主义，即关注当下而忽视过去和未来的思维方式。书中他以日本独有的"连歌"为显例进行说明：连歌的句子可长可短，由数人接续合作完成，创作者不必考虑此前所有的句子和整体结构等，也不必思考下一句如何完成，而只关注前一句，在前一句的基础上进行创作即可。与过去和未来并不产生紧密的关联性，是一种关注于眼前的思维形态。在加藤周一看来，这就养成了日本人关注当下的现世主义立场和态度。这种态度和立场也是包括日本文学在内的古代文化精神意识的体现。这样的时间和空间观念，在时间上讲，其实是一种排除了循环的静止时间。当然，这只是日本古代本土的一种思维模式，后来随着佛、儒、道等思想的传入，其时间的认知上也带有了循环性的特色。

综上可知，在夏目漱石在这首汉诗中的时间和空间及其关系还是传统意义上的审美和认知，人和时间、空间都在一个整体和谐循环的体系之内，人的生或死都是自然循环的一个环节，死亡也并非完全意义上的终结。

我们发现，这样的时空观念和审美，也是他晚年汉诗创作的整体风格。也唯有在这样的循环自然的时空关系中，漱石在这首汉诗开头所表现出来的感伤情绪——苦吟又见二毛斑，才能经由观察山水自然而得以安置和纾解。

有人或许会问，诗歌的意义在哪里，它并不解决人生有关时间和空间的所有现实问题。或许它本质上也是一个谎言，有人偏偏喜欢用这样的谎言遮蔽和对抗时间带来的未知恐惧和不安。我们的人文学科在如今庞杂而繁衍，其内在的生命不也指向于假定之上的意义的建构吗？故，真诚的诗歌或也可以是人文学术整体的一种缩影和代言，昭示着真理和谎言其实并不遥远，而是在两极之间的若即若离、永恒相伴。（文明不就是面对虚无的一种人为的构建吗？）

如果说人生是一场关于时间的游戏，我们无法左右开始和结束，我们只能在其过程中体味和描述时间的碎片，那些尝试用哲学、历史等宏达立场贯通古今、穷究天人之际的努力，总被时间证明人的狭隘和无能为力。即便如此，也有人选择以诗歌为途，对抗这样存在的无力感。或许在他看来，时间，是上帝给人类的一封不可拆解的信件，让人类永远处于窥探的希望和自我否定的绝望之间，而诗歌，是展现这种希望和绝望最好的手段。

十八、谁道蓬莱隔万涛 大正五年十月一日

谁道蓬莱隔万涛，于今仙境在春醪。
风吹鞑鞨虏尘尽，雨洗沧溟天日高。
大岳无云辉积雪，碧空有影映红桃。
拟将好谑消佳节，直下长竿钓巨鳌。

这首诗无疑是独特的，无论从风格上还是内容上，既不同于青年时代汉诗中清新自然的表达，也不同于夏目漱石晚年汉诗中的“伤感”和“道思”。

细心者必会关注漱石汉诗中“鞑靼”和“东北”的关系，并联想到夏目漱石在《满韩游记》(「満韓ところどころ」) 中的殖民心态，进而将之做成一篇可以刊发在核心乃至权威文学期刊之上的历史学论文，这也是当下文学研究、诗歌研究的主流。此种操作和手段无可非议，我也认同部分上述观点和认知，但我们还是从诗歌本身开始解读的旅程吧。

谁道蓬莱隔万涛，于今仙境在春醪。

谁说我们所追求的仙境遥不可及，在万里海涛之外的蓬莱呢？在我看来，这样的仙境应该在春日的美酒之中吧。

蓬莱，又称蓬壶，神话中仙人居住的三座神山之一（另两座为方丈、瀛洲)。古人追求长生的幸福，不外乎两种手段：一种是内修，如内服仙丹之类的不死之药，抑或进而追求修道成仙、锻造长生之身；一种是逃避到仙境，避免岁月的流逝和时间的伤害。蓬莱，就是第二种途径的渴望在人们内心的折射。此外，自圣德太子制订《宪法十七条》以来，道家文化对古代日本的影响不亚于儒学在日本的意义，如此处作为道家文化符号的“蓬莱”，俨然已是东亚地区人们共同的文化心理表征。

春醪，即春酒。冬天酿造，春日醉饮。好酒之诗人陶渊明曾作诗：“谷风转凄薄，春醪解饥劬”(《和刘柴桑》)、“春醪生浮蚁，何时更能尝”(《拟挽歌辞三首》)。

夏目漱石在8月14日创作的第一首汉诗，开篇就说：“幽居正解酒中忙，华发何须住醉乡。”8月21日作汉诗：“寻仙未向碧山行，住在人间足道情。”9月1日有诗句“不入青山亦故乡”以及“石门路远不容寻”等，都反映了夏目漱石内心的求索，这也和他选择作家职业、以文立身，和其晚年选择汉诗的创作、选择以格律最严格的七律为主要文体等，都有着内在的精神关联——追求外在的功利之肯定还是追求内在的丰富和自由？对于每一个人来说，都是一个极其严肃的人生问题。

风吹鞑靼虏尘尽，雨洗沧溟天日高。

大风吹兮，战尘尽被吹散，鞑靼的反叛已被平息。大雨飘兮，洗去天空的乌云，晴空高远，日光高悬。

靺鞨，古代中国东北少数民族之一。其渊源可追溯到商周时期的肃慎，北魏称“勿吉”，隋唐时写作“靺鞨”。辽宋时代恢复“肃慎”之名，但汉语中被称为“女真”或“女直”。清朝建立以后，统一将东北地区的族群称为满洲。

虏尘，指称周边的叛乱。

沧溟，即苍天。

此句关涉现实，用意深刻。吉川幸次郎认为这一句与1905年的日俄战争有关，而中村宏也指出此句与特定的事实相关，但具体指涉不得而知。

不过，“靺鞨”一词给我们提示应是指涉中国东北无疑。幕末明治时期，随着日本在海外殖民活动的展开，包括知识分子在内的日本人开始踏上中国的土地，原来在文献中的“中国”开始以不一样的形象呈现在近代日本知识分子的面前，由此也产生了资料丰富、数量庞大的日本人海外游记，这也成为当下中国学术的热点之一。

1905年，日本在日俄战争中获胜，通过《朴茨茅斯和约》，将中国旅顺、大连等地的租借权和长春—旅顺的铁路及附属设施的财产权利占为己有。此后，日本创立“南满洲铁道株式会社”，并由关东军负责铁路沿线的警备。自1908年出任满铁第二任总裁的中村是公制定了新的宣传策略，吸引日本国内的移民，其中邀请文化人考察旅游就成为“满铁”的一项重要活动。因此，日本知识分子去东北考察特别是去大连者甚多。如三木卓的《亡国之旅》、清冈卓行的《洋槐树下的大连》、著名诗人安西冬卫的代表诗句“一只蝴蝶飞越鞑靼海峡”（《春》）都创作于大连。夏目漱石也曾于1909年9—10月来到大连，并以此为基础在《朝日新闻》连载了他的游记《满韩游记》，并于1910年和其他篇什结集出版《漱石近什四篇》。而邀请夏目漱石去中国大连的正是他青年时代的好友——时任“满铁”总裁的中村是公。

在夏目漱石的笔下，那个被仰视的唐诗宋词华彩的中国，沦为夏目漱石居高临下观察的“脏乱臭的土地”和“清国佬儿”，俄国人也被他轻蔑地称呼为“露助”，处处显示出他作为日本人的洋洋自得的心态。

因此，王成先生在《满韩游记》译后记《夏目漱石的中国游记》中写道：

> 夏目漱石的民族主义意识是通过与西洋人和亚洲人的接触过程中不断强化的。《满韩漫游》中形成对照的视点是如何看待洋人和中国人，这位

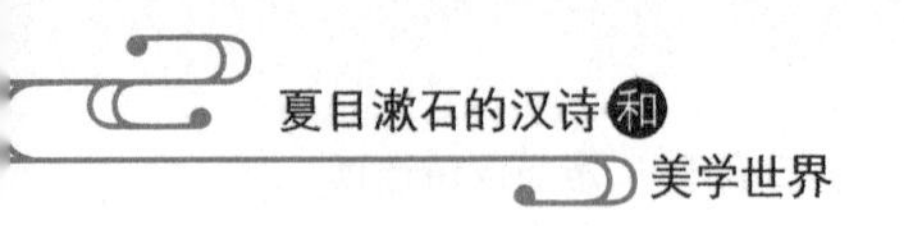

曾经在《我是猫》中讽刺日本人到处鼓吹“大和魂”的文明批评家，当面对西洋人或者中国人的时候，自觉或不自觉地把歧视的结构表现在自己的叙述中。

倘若我们把对《满韩游记》的判断和推论当作前提，将日俄在中国东北的殖民角力当作事实的一部分，结合“鞑靼”和“虏尘”的言辞，或许我们也可以初步断定夏目漱石对现实关照的情怀在该诗中的投射，但似乎还不够充分和完整。且看下面的诗句。

大岳无云辉积雪，碧空有影映红桃。

雄壮的山脉巍峨耸立，阳光从山顶照射下来，可以看到山顶耀眼的积雪。晴空历历之下，是春桃灼灼其华。

大岳，吉川幸次郎和中村宏等诸多学者都认为应该是日本的富士山。在日本，或许也只有富士山才被称为大岳。我也曾在江户川的入海口居住过半年的时间，沿着河川散步，傍晚时分也可远眺白雪皑皑的富士山。

上一联，夏目漱石以“鞑鞨”代喻日本殖民的东北，其手法如安西冬卫的“一只蝴蝶飞越鞑靼海峡”中的“鞑靼”的用法一样，隐喻日本和俄国的对抗以及日本对于中国乃至东亚的殖民立场：

鞑靼海峡，因鞑靼族而得名。鞑靼是俄国对中亚、北亚的许多游牧民族的统称。日本人则称之为间宫海峡。根据《尼布楚条约》，该海峡是中国的内海。但在第二次鸦片战争期间，俄国逼迫中国签订《中俄北京条约》，将该海峡据为己有。日俄战争后，俄国将南萨哈林地区割让给日本，该海峡南部成为两国边界。第二次世界大战之后，该海峡又被纳入苏联的领土范围。

上一联的时间和空间借助夏目漱石醉饮春醪后的想象，跨越海峡，聚焦于中国的东北，而这一联与之对应，诗歌的目光转向了日本国内：巍峨的富士山（远景），灼灼其华的桃花（近景）。

内外远近的视域的统合，一起构建起了夏目漱石在第一联所说的“仙境”，这与日本“大东亚共荣圈”实践者口中所谓的“王道乐土”何其神似！蓬莱何须远处寻觅，我就生活在天子之国，岂不幸哉！——幸生天子国，愿作天平民（见夏目漱石明治四十三年10月27日汉诗）。

这也与他被抬高到“国民作家”的位置，与他的头像被印刻到1984年版

1 000日元之上都是有内在的历史逻辑吧。

拟将好谑消佳节，直下长竿钓巨鳌。

想要轻松愉快地度过这美好的一天。若是可以拿起长长的鱼竿，去海边钓一只巨大的鳌就好了。

好谑，谈吐风趣，善开玩笑。《诗经·卫风·淇奥》里有这么一句诗，“善戏谑兮，不为虐兮”，赞美君子为人霁月光风，平易近人，而其中“善戏谑”三字，就是这平易近人的显著特征。

鳌，古代传说中海里的大龟或大鳖。第一联中出现的“蓬莱”，据《淮南子·览里》所记，就是东海中的巨鳌驮着的三座仙山之一。

尾联风格有所变化，如句中“好谑”所提示的那样，夏目漱石的写作向着诙谐的方向努力，但似乎这样的“诙谐”似乎与整首诗的格调不和谐。但也如“上天揽月，下海捉鳖”所展现的豪情和视野，唯天空和大海才能安放得下，唯有“钓巨鳌”之行为才能释放作者的激越和诙谐吧。

对这首诗的解读，原本是想要放弃实证性的解读，避免将诗歌研究做成历史学研究，但看来还是未能完全幸免。不过，笔者也在尝试使用诗歌的特质、文学性和审美性的分析，辨别夏目漱石这首汉诗中的用语和隐喻，观察文字中的时间和空间视野，体味诗歌中的情感表达等，在此基础上，结合实证性的材料进行尝试性的推论，进而认为：这首汉诗中，夏目漱石的情感和视野超出了以往汉诗中个人的、内向的方式，也不再渴求缥缈的“仙境蓬莱”，而是描绘了一个“现实”的“乌托邦”和“王道乐土”。只是诗中描述的“现实”的“乌托邦”，是在醉酒之后的想象中完成的，带有极大的欺骗性和虚幻性。在此之后，夏目漱石汉诗中再也没有出现类似风格和内容的诗句，因此，在这一点上，对这首汉诗的研究和把握无疑有待持续地关注和认知。

十九、百年功过有吾知 大正五年十月四日

百年功过有吾知，百杀百愁亡了期。
作意西风吹短发，无端北斗落长眉。

室中仰毒真人死，门外追仇贼子饥。
谁道闲庭秋索寞，忙看黄叶自离枝。

这首诗平起首句押韵，支韵。首联对句第三个字“百”应平而仄，该句的“亡”应为仄声。

正如吉川幸次郎先生所指出的那样，夏目漱石为了逃避上午写小说时坠入现实利害、人情纠葛的状态，下午开始创作汉诗，追求一种超脱和闲适的世界。不过，由此诗看来，现实的纠葛和纷争还是渗入了汉诗的世界。

我们通过下面的词句分析及阅读，也能直观地感受到夏目漱石的愤怒和不满，痛苦和戏谑式的嘲讽。但吉川幸次郎、中村宏、一海知义等学者也都认识到该诗与现实的关涉以及指涉的不明确性。

要之，这首汉诗内在思想和情感是复杂而丰富的，似乎抵达了旧体诗七律所能容纳的临界点，因此在这样的视角下，我认为胡兴荣先生在《夏目漱石的“明暗”和当时的汉诗》一书中，对此诗的解读虽有过度阐释的嫌疑，但也值得借鉴。如，他将“百杀百愁”理解为人世间的争夺厮杀：

> 活着的时候，有各种各样的烦恼，为了生存的争斗和战斗，归根结底是无止境的。

并进一步解释说：

> 到处都是面目全非的人类，强盗和小人横行于世，就如同弱肉强食的修罗场，世界成为你死我活的“乱世”。[①]

不过，今日我要着重说明的是下面的一点发现和体会：夏目漱石汉诗的创作本身最重要的意义或许就是他在现代性主导的价值观大潮中，保持独特的精

---

① 胡兴荣：《夏目漱石的“明暗”和当时的汉诗》，上海交通大学出版社，2016年，第14页。原文：生きている間に、色々の、様々な悩みや、生きる為の、争いと戦いは結局終わることがないのだ。……何処でも人間らしい人間がいない代わりに、盗賊や小人が横行しているように、世の中は弱肉強食の修羅場で、生存競争の「乱世」になっている。

神和个性，以旧体格律诗歌的形式，尝试并努力表达出了近代人的精神和情感的复杂性，这是超越时代和民族的。在这一点上，夏目漱石汉诗无疑也是我们今日中国文化的某种坐标和参照。

百年功过有吾知，百杀百愁亡了期。

对于一生的功过，我是知道的。各种烦恼和忧愁接踵而至，应接不暇，似乎没有尽头。

百年，人的一生。古典诗词中多以百年指称人的一生一世，这是大多数学者的判断。胡兴荣先生则认为不仅是自己的人生，也是整个世纪的关照，指出该诗写的是人类的厮杀和痛苦的世纪命运。我认为两种意思都有，与之对应的意念结构是：颔联描写指向自己睥睨天下（众人皆醉我独醒）的立场，颈联指向世间的怪象乱象。

明治三十一年，即1898年的3月夏目漱石创作了《春日静坐》（十首），其中有“会得一日静，正知百年忙”的句子，其中“百年”乃是人生之意。1916年8月30日汉诗“谁道文章千古事，曾思质素百年谋”，此“百年”则是兼而有之，既有人生一世之意，也有百年之味。

百杀百愁，按照一义知海先生的说法，是为了平仄的规则将“百愁百杀”颠倒词序而使用（“百愁百杀”在日语中是“百たび愁殺すという”意）。此言有可信之处，“杀”此处为仄声，“愁”为平声，两者替换的确符合平仄要求，但依照平水韵的规则，“百杀百愁”中的“百”应平而仄，依然不够严格。

在9月23日的汉诗中，夏目漱石有这样的句子：“苦吟又见二毛斑，愁杀愁人始破颜。”

亡了期，吉川幸次郎先生认为“亡”通“无”，表示没有结束的时候。1897年，夏目漱石在一首汉诗中写道：“生死姻缘无了期，色相世界现狂痴。”

作意西风吹短发，无端北斗落长眉。

瑟瑟秋风似乎有意吹乱我日益稀疏的头发，遥远而寂寥的北斗星辰似乎故意落入我的眼帘——秋夜无眠！

作意，故意。该年度9月6日有汉诗句：“月向空阶多作意，风从兰渚远吹香。”

西风，即秋风。之前我们讲过东风是春风；同样的，在中国诗歌中西风就是秋风，如马致远的《天净沙·秋思》：

> 枯藤老树昏鸦，小桥流水人家，古道西风瘦马。夕阳西下，断肠人在天涯。

夏目漱石在9月30日的汉诗中有句“描到西风辞不足，看云采菊在东篱”，我们将其中的“西风”也解读为秋风。也有学者认为此处“西风”，是指西洋文明、西洋文学的意思，据此说明夏目漱石在东西文学的交汇点上徘徊，并最终选择东方文化为最后的依托之事实。此说并非毫无道理，我们还一度将“西风”指代西方帝国主义势力。

无端，吉川幸次郎先生解读为“没有任何预兆，突然（何ということはなく突然に）”。中村宏、胡兴荣先生对此没有注解，一义知海先生解读说是“没想到（図らずも。思いがけなく）”。此外，前两者训读为“無端（むたん）”，后两者训读为“端（はし）なくも”。

此联写得极为有趣，非日常性的人与自然的关系。也显示出了夏目漱石的汉字表现力及其性格层面戏谑和自负的一面。

若是结合汉诗的结构：整体的起承转合与呼应以及第二、三联的对仗要求，我们可以发现“作意”和“无端”意义接近，且以拟人的手法描写了自己在一个愁苦未眠之夜，独立窗台遥望星空至深夜的场景。

表面上是自然的风和星辰有意捉弄作者，实际上是作者自己因为想到身处（下一联所描写到的）丑陋世界，痛苦而难眠的事实。

室中仰毒真人死，门外追仇贼子饥。

修炼之中有喝毒药而死去的得道真人，世俗之内更是混乱了秩序：人们按照自己的欲念报仇，追求个人的公平和正义，或许正因为这样恶人们也会失去了当下这般猖獗的勇气。

此联难解，致使很多译注采取回避的态度去处理，面对意义暧昧、句式和风格有些突兀、突变的表述，已有的解读也显得有些力不从心。

室中，大多认同吉川幸次郎先生的意见，将之解释为禅室之中。吉川幸次郎先生举出夏目漱石小说《门》的第十九章中的主人公宗助参禅，去老师房间时，使用了“走入室内”“退出室内”的表述。吉川先生还提到在同一时期夏目漱石的书信中也出现过“室内”一词。除此之外，一义知海先生举出了佛家典籍《室中家训》(「室内の家訓」) 的例子来证明。

仰毒，即仰药，服毒自尽的意思。源出《汉书·息夫躬传》:“小夫愞臣之徒，愦眊不知所为，其有犬马之决者，仰药而伏刃。”又如，南朝谢灵运《庐陵王诔》:“事非淮南，而痛深于中雾；迹非任城，而暴甚于仰毒。”

真人，指洞悉宇宙和人生本原，真真正正觉醒、觉悟的人。这是道家的一般说法，此处指得道高僧。不过，佛道交融，且两者与积极参与现实建构的基督教和儒学相比，都是避世的思想流派，所以，在此处或许诗人也有否定道家的意味。

无论是看破红尘、得道的高僧还是洞悉本原的真人，都与“服毒自杀”构成了对立和矛盾，包含着强烈的否定性。

若是从对仗的结构和诗歌的整体去把握，我们发现：与室内——避世修行的佛门和道观——相对照的空间是世俗的现实世界，而现实世界大行其道的是儒学和基督教——与避世修行、讲求超脱的佛教和道家形成了鲜明的参照和关联。

这个现实的儒学和基督教支撑和指导下的世界又是如何呢？“门外追仇贼子饥”的景象无疑也是令人绝望和悲伤的。

在10月6日的汉诗中，我们注意到，夏目漱石继续这个话题和思路，其情感稍显平稳，但依然在调侃和戏谑中保持愤世嫉俗的愤怒和自负。

非耶非佛又非儒，穷巷卖文聊自娱。
采撷何香过艺苑，徘徊几碧在诗芜。
焚书灰里书知活，无法界中法解苏。
打杀神人亡影处，虚空历历现贤愚。

此诗第一句实则对于“室中仰毒真人死，门外追仇贼子饥”的一种回答和再次审读。我们也可以理解为：夏目漱石写了今日的汉诗之后还不“解气”，又作了一首诗，并在开篇就亮出自己的立场和态度。后面我们会详细讲到，实际上这是夏目漱石在理性层面的一种再思考。

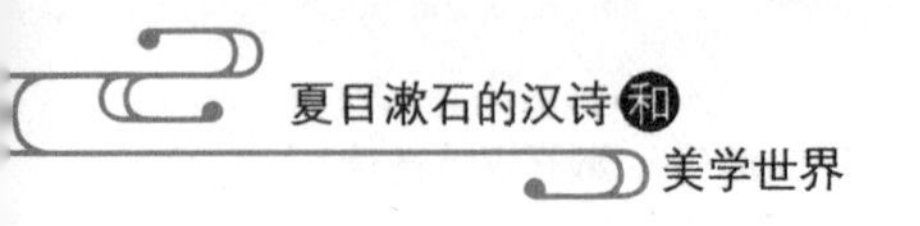

此外，10月6日汉诗的颈联也正是对于今日汉诗颈联在这一充满思辨和哲学命题上的深化：没有法度和戒律以及所谓的真理（儒学和基督教），或许才能出现真正意义上的真理。

谁道闲庭秋索寞，忙看黄叶自离枝。

谁说秋日的庭院只有萧索和寂寞呢？黄叶在风中完成最后的颤抖，自行离开枝头的场景，一直挂念在我心头。

此句译文参考了中村宏等先生的译注，并采用意译的手法又做了加工，这也是我写此书的原则之一：在解释词句的时候严格遵循汉字在各自文化语境中的含义，在诗歌整体理解的基础上做具体分析；而诗歌的译注则在不改变诗歌基本精神的前提下尽量做个性化的意译（窃以为，翻译的最高原则是找到自己）。

尾联第一句表面上回应颔联作者独立秋夜而未眠，写秋之萧瑟，实则也是在回应颈联中夏目漱石思想中的“萧瑟之景象”。真人之死，寓意着禅学和道家的局限和狭隘，现实追仇，又意味着儒学和基督教的虚伪和失败，人生和现实如此惨淡悲凉，“我”应该寻找到怎样的理由去活下去呢？

黄叶自离枝，是一种纯粹自然的景象，在这样的景象中也有着一种“美”和“道”。其中第一个层面的“美”即审美的感性、直观的自然，暂时缓解了夏目漱石内在的紧张感和不安，在诗歌的结构上也缓解了诗歌前面的冷峻和愤怒的情感与思绪。而第二个层面的“道”的解答，则未能出现在今日的诗中。在后日的汉诗中，夏目漱石才给出了一个经过苦思的、理性的答案。而这一答案，也并非最终的结果。1916年11月20日他在最后一首汉诗中，为这个世界、为他自己寻找一个关于人生的相对终极性回答是：“眼耳双忘[①]身亦失，空中独唱白云吟。”[②]

---

① “忘”应平而仄，不过若是将之看作是“亡”的通假字，则音韵合乎规则，而且意义更为流畅。“忘”与“失”是两个意向的动词，第一个动词带有主体性的主动和欲念，而“失”则有客观描述的意味，两者在此有所难以调和。但若是上述假定成立，则“亡”与“失”在情感和意义的指向性上和谐一致。

② 若非天命，这也并非是夏目漱石关于人生最后的感悟和答案，但是夏目漱石面对人生和苦难是勇敢的，与森鸥外的汉诗具有的与现实的贴合性相比（可以称之为世俗性的特质，这与他一生处于官方体制之中的现实形成对应和互文），夏目漱石一生都在路上，这种“在路上”的精神造成他一生的焦虑和苦难，也成就了他的不平凡的一面。

二十、非耶非佛又非儒 大正五年十月六日

非耶非佛又非儒，穷巷卖文聊自娱。
采撷何香过艺苑，徘徊几碧在诗芜。
焚书灰里书知活，无法界中法解苏。
打杀神人亡影处，虚空历历现贤愚。

夏目漱石继续10月4日汉诗的话题和思路，其情感稍显平稳，但依然在调侃和戏谑中保持着内心的愤怒。而诗中的思辨精神和意识依然是夏目漱石汉诗最具近代性的标志，也是其汉诗的魅力之一。

韩国学者陈明顺则认为该诗表达出的禅意，即天道，近似于“则天去私”，是夏目漱石以汉诗的形式独特的悟道方式。这样有些偏颇的论述也从一个侧面指出了夏目漱石汉诗的思想性特质。

非耶非佛又非儒，穷巷卖文聊自娱。

我既不是基督教徒，也不是佛教和儒学的信徒及实践者。我只是一个在街头陋巷以写字为生计和趣味的普通人。

夏目漱石在前日的汉诗中有句“室中仰毒真人死，门外逐仇贼子饥”，描写了一个内在的信仰精神和外在的社会秩序都混乱的世界。夏目漱石对此感到失望甚至悲愤。过了两日，夏目漱石依然关注这个问题，并在这首汉诗的首句尝试提供新的回答。只是不再像前日那样的愤慨了。

一海知义先生在《漱石全集》第十八卷的汉诗注解中，提及白居易的《池上闲吟》有句（原文为「池上閒吟」，有误）：“非道非僧非俗吏，褐裘乌帽闭门居。”

日本东北大学附属图书馆夏目漱石文库所藏的《板桥集》，有诗《偶然之作》“不仙不佛不圣贤，笔墨之外有主张”之句。江户时代的诗僧卖茶翁曾有俳句有诗句“非僧非道又非儒”（壳茶翁「花に隠るる身なりけり」）。

对于一个思考者而言，绝不会困窘于某一种权威的思想，抑或绝不会将自

己生命托付给外在的某一种固化的信仰和道德。[①]这自然也带来了某些不安定的因素，可以说这个世界的丰富和危险都由此而来。夏目漱石在著名的演讲《我的个人主义》中，也曾说过自己既非个人主义者，亦非国家主义者。

在某种意义上，我们的生命之旅就在于不断地摆脱外在的世界要求我们所要成为的某种概念化的样子，在此抗争中，产生文艺和思想，产生人的价值，也产生人的悲剧和痛苦。

当然，联系“穷巷卖文聊自娱”——将自己的姿态由信仰者降低为匍匐地面、为生计而奔波的穷困潦倒的文人——之句，此诗首句也存在另外一种解读。即，我并非为某种理想而生的不平凡的信徒或殉道者，我只是一个平凡的人。

采撷何香过艺苑，徘徊几碧在诗芜。

我虽然辛苦如蜜蜂采花，但却没有什么收获。我努力创作文学，却也没有抵达很高的境界，取得什么成绩。

这句诗让我想起了杜甫的诗句：“名岂文章著，官应老病休。飘飘何所似，天地一沙鸥。”（《旅夜抒怀》）自嘲和流露出来的感伤有很多相似的地方。

据一海知义先生所言，该句的原稿是：“采撷何香过后圃，徘徊一日在平芜。”

艺苑，文艺之园地、文艺之世界。而后圃，则是后面的菜园、园圃之意。

芜，汉语词典之解释：① 草长得杂乱。② 乱草丛生的地方。③ 喻杂乱（多指文辞）。

---

① 近日读到北大历史系教授朱青生纪念其父徐巧道先生的文字，其核心的一个意思就是对其父在生前不让渡自己精神的自由给任何宗教和思想代理的思考：人类具有神性。神性与理性和情性共同构成了人的本性的三个面向，使人成为万物之灵长。神性可以生成念想和希望，寄托人的理想，提拔人的觉悟，引领人的超越，同时又规范人的言语行为。所有神性的最高教义，一旦取得了确定的路径和规范，就会对异己和之外加以排除和拒斥，尤其在一神教与政治理想完成一统之后，排除发展到势不两立，拒斥成为生死存亡。整个人类理想的最高境界，终结在对最高权威的绝对选择，其教义足以覆盖人的全部思考，不断促成精神的纯粹、境界的高尚，从而构成人类精神世界进化的伟大征途。征途上尸横遍野，白骨如山，都是自我的牺牲与对敌人的克服所堆砌成的万丈光芒，而最后，只剩下唯一不能被理性和算法所解决和解释的问题，那就是人类的思想和信仰为什么不同？眼见得这不同正随着科学和技术的发展而日益强烈，最终将以人消灭执持敌对思想和信仰的同类，进而消灭人这个物种而神圣、壮烈地完结。

诗芜，初稿是“平芜”，即指草木丛生的平旷原野。南朝江淹有诗《去故乡赋》:“穷阴匝海，平芜带天。”北宋欧阳修名词《踏莎行》有句:“平芜尽处是春山，行人更在春山外。”

夏目漱石将常用的词汇“后圃”和“平芜”，修改为“艺苑”和自造的词汇“诗芜”，其用意十分明显，更切合描述（调侃和自嘲）自身的“穷巷卖文聊自娱”的状态。

而将“一日”修改为显得生硬的自造词汇“几碧”，除了对仗的工整之外，更突出了作者曲折而复杂的文学之途和心路历程吧。

吉川幸次郎先生说，这一句是作者自身对于文学创作和学习经历的回顾，而且似乎是对于西欧文学的研究和学习的一种反思。

焚书灰里书知活，无法界中法解苏。

在焚烧书的灰烬里书的意义才能呈现出来，在无法的世界中法才能复苏。

此句犯孤平，即韵句中除韵之外只有一个平声字（“中”字）。

如果说前面的诗句还有一种感怀的情绪，那么此句的思想之雾开始弥漫开来：充满了否定之否定的矛盾和思辨的力量。

焚书，很自然让人想到焚书坑儒的历史事件。焚书之后，对于儒学的发展是一种打击，但是秦王暴政，二世而亡，取而代之的是“独尊儒术”的汉朝，儒学思想和书籍受到重视和保护，经学的意义也开始确立。不过，值得注意的是，但此时的“儒”已非孔子之“儒”，这无疑也充满了历史的辩证法。

夏目漱石9月10日亦曾作有汉诗:“风月只须看直下，不以文字道初清。”（一海知义认为是“不立文字道初清”）

无法，借用释迦牟尼涅槃之际的典故。据说释迦牟尼即将归去，传法曰：法本法无法，无法法亦法。今付无法时，法法何曾法?

二祖阿难尊者传法偈：本来付有法，付了言无法。各各须自悟，悟了无无法。

三祖商那和修尊者传法偈：非法亦非心，无心亦无法。说是心法时，是法非心法。

四祖优波鞠多尊者传法偈：心自本来心，本心非有法。有法有本心，非心非本法。

五祖提多迦尊者传法偈：通达本法心，无法无非法。悟了同未悟，无心亦无法。

……

惠能也有一个著名的偈子：菩提本无树，明镜亦非台。本来无一物，何处惹尘埃。

一切诸法皆空，万法空性。只有体悟到这一点，才算参透世界万象，入了法门。我们平常的人亦是如此，面对喧嚣纷扰的现实世界，也只有认识到它原本的无目的性和无意义性，认识到世界的本来面目的“空”，才能有所感悟，有所获得。

且看《心经》所言：

> 观自在菩萨，行深般若波罗蜜多时，照见五蕴皆空，度一切苦厄。舍利子！色不异空，空不异色；色即是空，空即是色；受想行识，亦复如是。舍利子！是诸法空相，不生不灭，不垢不净，不增不减。是故空中无色，无受想行识，无眼耳鼻舌身意，无色声香味触法，无眼界，乃至无意识界。无无明，亦无无明尽，乃至无老死，亦无老死尽，无苦集灭道。无智亦无得……

打杀神人亡影处，虚空历历现贤愚。

消除权威和圣贤带来的障碍，在虚空之处才能看清楚真正的善与恶、好与坏。

打杀，消灭，消除，此处指破除固有的概念带来的迷信和障碍。

神人，大多数解释为权威和圣贤。吉川幸次郎读之，认为或语出《庄子·逍遥游》:“藐姑射之山，有神人居焉，肌肤若冰雪，淖（绰）约若处子。不食五谷，吸风饮露。乘云气，御六龙，而游乎四海之外。其神凝，是物不疵疠而年谷熟。”

韩国学者陈明顺将之解释为神和人:“如果知道神和人这两个姓氏和形象就是‘空’本身，那正是打杀神人的意趣吧。”[①]此句接续颈联，进一步说明了“虚空”的重要性，也呼应了首句自己“非耶非佛又非儒”的立场。正因为世

---

① 『漱石漢詩と禅の思想』、第302頁。原文：神と人間という名字と形象が「空」そのものであることを知得すると、それが正に打っ殺神人であることであるという意趣であろう。

人固执于一念，如信基督者信仰唯一的上帝，信佛者遵从佛祖的教诲，而儒家信奉儒家典籍等一般，偏执一种神圣化、权威化的立场来看待丰富多彩的世界，并由此造成了观念的纷争和对立，也造成了人们的偏见、蔑视、愤怒等不良的心态和情绪，甚至由此导致社会的分化和人心的瓦解，以及世代的仇恨和战争！

我们也只有放下内心固有的偏见和头脑中被灌入的概念，我们才能看到社会和人生的真相。近期社会和时代，按照权力和资本的法则，制造了许多有意义的事件和新闻。前些年，无意间读到演员袁立在复旦大学的演讲的文字。这个被制造出来的明星，放下固有的尊卑和成败之概念，于无意间发现了都市文明之中的非文明之端倪，认识到为文明所害并掩盖的尘肺病人们和我们拥有同样真实而可贵的生命。这样的事实，却是一种有意义的反讽，或称为具有反讽意味的意义。

或许，也只有放弃内心和眼前所拥有的一切，我们才能拥有整个世界。但放弃已有的观念和惰性、习惯，认识到更真实更深刻的自己和周围世界的真实，也无疑是一条反省而痛苦的路。但我们知道一个真正的善人，一个真正的善的社会，是以真实为前提的，否则就是一个“楚门”的世界。

突然想起著名的伊朗电影导演兼诗人阿巴斯·基阿鲁斯达米的诗句：

在善与恶之间，
我选择了善。
它是一条充满恶的道路。

二十一、宵长日短惜年华 大正五年十月七日

宵长日短惜年华，白首回来笑语哗。
潮满大江秋已到，云随片帆望将赊。
高翼会风霜雁苦，小心吠月老獒夸。
楚人卖剑吴人玉，市上相逢顾眄斜。

吉川幸次郎先生说这是夏目漱石在《明暗》期[①]连续创作的第五十首七律汉诗，但依照格律来看，此诗并不是一首严格的律诗，错讹多处。从诗歌呈现出的状态而言，这首诗也写得比较仓促，近乎“日课”的完成。就诗歌的审美而言，并无可说之处，只是作为夏目漱石研究而言尚有一些价值和可取之处。不过，通过这些文字，我们也还是可以感受到夏目漱石沉默的呼吸、睥睨的微笑，以及50岁男人面对这个世界刻意压抑的温暖和孤独。

宵长日短惜年华，白首回来笑语哗。

白昼渐短，而夜色漫长，让人感到季节的更迭，而在漫无边际的暗夜里长坐，也容易让人想到生命的垂暮，怀念那些逝去的时光。如今青春早已不再，白发苍苍，举目四望，人间冷漠依然。

据一海知义之言，宵长，手稿中夏目漱石曾作“江湖”，让人联想到“人生日短”之意，而“江湖”这一词汇本身预示着空间上对繁华都会的疏离，又和“白首”应和，并与世俗偏见的“笑语哗”对立，彰显出其精神世界中的隐退江湖、闲云野鹤的独立与自觉意识。故，窃以为，初稿中的“江湖”似乎比“宵长”更好一些。

诗人对于时间的感受是敏锐的，而敏感于时光流逝的人也容易感到生的悲哀。或许，在本质上，诗人就是对于时光过敏的人。进入深秋，夜色渐长，白昼忽冥，日常漠然于光阴流逝的人也会觉察到光阴和岁月的变化和推移，更何况惯于在暗夜无眠的诗人了。人类虽然在多维空间内存在，却只能物理地存在于三维空间，而第四个维度即时间的参与，才使人生的意义得以展开，否则我们也只能是一个物理的存在之“物体”。换言之，有了时间，人来才有了生命，也才有了意义。因此，在这个意义上讲，我们人类所有的意义和价值都依赖于时间（以及死亡）。

白首，是时间留给人类的痕迹，属于诗人自己。

回来，日语中无此用法，按照汉语似乎又讲不通。见其手稿，初写作“徒听”，后来改为“回来”。一海知义先生认为“回来”是环顾四周之意。我想应是诗人抵达人生的晚年，回首往事之叹。这一点，中村宏先生亦作此理解，只是没有对单独对“回来”一词作解：“回首白发苍苍，世人一副莫名欢笑的样

① 《明暗》期，指夏目漱石在创作小说《明暗》时期创作汉诗的一个阶段。

子（白髪頭を振り返ってみれば、世人は何か笑いさざめている様子だ）。”

潮满大江秋已到，云随片帆望将赊。

大江潮涌，提示人们深秋已到，云随帆影消逝在远方。

这两句无疑是首联在意义与情感层面进一步的诗化演绎。第一句是时间的变化，虚实之间，既是写秋季的景象，也有时间如潮，无可抗拒的人生迟暮之感。第二句则侧重空间的无际高远，隐喻天地无垠而人生有限。如果说人的本质在于时空的限定，那么人的悲哀就在于对无限时空中生命有限的一种敏感。

受太阳和月球引力的影响，地球上的大海和江河涨潮是周期性的一种现象。到了秋季，月亮离地球较近，引力变大，从而使水位大幅度上升，因此，秋潮最为显著。中国著名的钱塘江潮水也是秋季最为壮观。古人也留有诸多有关秋潮之记述，如唐骆宾王《冬日野望》诗“灵岩闻晓籁，洞浦涨秋潮”，《元史·河渠志二》“八月以来，秋潮汹涌”。

片帆，一片帆影或半片帆影。片帆是人们的寄望，这种寄望，或是友情或是爱情，或是功名或是理想，总之，片帆寄托着人们的情感和希望，是人生之别称。帆影消隐在白云之下，随之白云也消散在遥远的天际，站在岸边的送别者抑或游客，用不同的姿态和心情观察着有限性在无限世界中的隐退和消融。倘如是一份执着，那么这样的景象带来的就可能是伤感，甚而是痛苦的。

赊，遥远。如“北海虽赊，扶摇可接”（王勃《滕王阁序》）、“坐到三更尽，归仍万里赊”（戎昱《桂州腊夜》）、“奉法西来道路赊，秋风淅淅落霜花。乖猿牢锁绳休解，劣马勤兜鞭莫加”（吴承恩《西游记》）。

赊，还有时间上的长久之意。如“古木卧平沙，摧残岁月赊”（王泠然《古木卧平沙》）。

高翼会风霜雁苦，小心吠月老獒夸。

秋雁高飞，尝尽风霜之苦，老獒低声吠月，尽显沉稳的性情。

颈联这两句寓意不同的人生境遇与情形，万物参差，各有其态。有每年都要冒着霜寒和风雨万里迁徙的候鸟，也有被人圈养、生活在一个固定的地方直到老死的家犬。

人生之苦，是每个人必然的生命之途，无关你的出生以及后来的事业与地位。生而为人，必然要面对作为人的欢乐和痛苦，金钱和权力以及他人的关照和关心，也都不能消除和替代我们自己的困惑、苦恼和喜悦。正如孙悟空不能背着唐僧一个筋斗云飞到西天取得经卷。没有现实生活中的跌跌撞撞，甚至头破血流，没有丰富的情感体验和内化的人生感悟，若上帝的宠儿，一个人不会认识到生而为人的幸福和价值。

中国有“蜀犬吠日”之说。是指四川地区多雾气，阴多晴少，幼小的犬类见到太阳会受到刺激和惊吓，因而吠叫不止。人们以此表示少见多怪。

夏目漱石此处活用此语——老獒吠月——年老的狗、性情沉稳的犬獒见到月亮并无惊奇，而是低声吠鸣。

“夸（誇）”，注假名为“誇る”，这是比较合适的。但日本的学者如一海知义等认为应理解为“威风凛凛”（威張ってみせる），窃以为有些偏离。

楚人卖剑吴人玉，市上相逢顾眄斜。

热闹的市场上，楚国人叫卖他的剑，吴国人推销他的玉石，彼此碰面却都斜眼观之，不以正眼打量对方。

颈联两句以秋雁和老獒作比，寓意不同的人生和境遇。尾联两句直接描写了人间的另一番景象：人们自我设限，以个人的利益为牢笼，自以为是，以否定对方为前提，划分派系和领地。人类的纷争甚至杀戮正是在这样的分化、对立的思维下展开的。

夏目漱石是一位具有深度思考力的作家，不同于玩弄文字的畅销书作者和商人，而且他还是一个具有独特性格的学者，因此，具有反世俗的性情，他的一生也有数次惊世骇俗的举动：拒绝《太阳》杂志授奖、拒绝文部省授予博士称号、辞去东京帝国大学的教授职位全职加入报社等。不过在我看来，最让人吃惊的是1895年（明治二十八年），他28岁那年辞去东京的高校教职，离开亲朋远赴偏远的爱知县松山中学工作。

夏目漱石在赴任四国松山中学之际，给病休在神户县立医院的正冈子规的书信中附4首汉诗，均是无题之作，其中也出现了今日汉诗首联中的“笑语哗”之词：“快刀斩断两头蛇，不顾人间笑语哗。”

时至今日，在日本，进入东京大学学习，成为东大的一员，也就意味着你将拥有普通人难以奢望的锦绣前程，是真正的天之骄子。在100多年以前，作为日本国立帝国大学英语专业的研究生，夏目决然放弃在东京高等师范学校的教职竟然穿越大半个日本去了偏远的一所普通中学任教，让人大跌眼镜，匪夷所思。有人考证是夏目漱石在与好友大塚保治[①]争夺文艺美少女大塚楠绪子（才色兼备的女歌人、作家）的战役中失败而大受刺激，故而做出过度的反应所致。且不论此言是否属实，“快刀斩断两头蛇，不顾人间笑语哗”之句，也的确表达了夏目漱石当时想要与所处的世界决绝的心情。

夏目漱石的恋爱至今是一个谜，更多学者也开始从其作品内在的情感世界来分析夏目漱石现实的情感历程。事实如何，夏目是否只是暗恋楠绪子？楠绪子的作品是否对夏目漱石的作品产生影响和刺激？这些疑云，难以实证。2020年根据夏目漱石的妻子镜子的回忆录拍摄的电视剧《夏目漱石之妻》也对这一话题采取了暧昧的态度。斯人远去，更多的所谓事实已经没有了追问的必要，所谓事实也不过是一种权宜的答案，更何况人之可贵，恰恰在于对于简单事实的某种超越，且在传统东方美学伦理看来，人格之美，不恰在于情感的丰富与内敛吗？

楠绪子三十五岁染疾突然病逝，香消玉殒，令人惋惜。夏目漱石惊闻噩耗在日记中作俳句缅怀：

所有的菊花，尽悉抛入棺木中，难慰哀悼情。（有る程の　菊抛げ入れよ棺の中）

二十二、忽怪空中跃百愁 大正五年十月十日

忽怪空中跃百愁，百愁跃处主人休。
点春成佛江梅柳，食草订交风马牛。
途上相逢忘旧识，天涯远别报深仇。
长磨一剑剑将尽，独使龙鸣复入秋。

学界对这首诗的解读呈现出不同的向度，除了汉诗本身的多义性与丰富性

---

① 大塚保治（1863—1931），原名小屋保治，与大塚楠绪子结婚后入赘其家，改姓大塚，后成为东京帝国大学教授、日本美学的奠基人之一。

之外，漱石这首汉诗禅意甚浓，又较为隐晦，难以解读。该诗不仅以明喻的方式介入，还以隐喻的方式寓意；不仅写了内心之“愁”，也写了“愁”之消融和转化，内心意识和活动复杂。简言之，以隐晦的方式呈现出复杂的内心世界，难解也是题中之义了。

如上10月9日所作汉诗的情状相似（诗中有句“诗人面目不嫌工”，理解此诗的关键词在于“工”的解读），首联第二句的“休”字是解读这首诗的一个关键词。而“休”字的意味着在这首诗中存在至少两种可能，这首诗的解读也就存在至少两种不同的方向。

此外，“休”字的读解又和对“主人”一词的所指联系在一起。

主人，几乎所有的学者都认为是生百愁者，即诗人自己。但此处的主人公，或许更应该理解为一种禅学意义上的“觉性”。

如佛家所言，人的身心犹如城池，眼耳鼻舌身意，分别为内五、外一之门。六识如同六路，客人由此进入六门。我们通常把念头（意识）当作主人，却忽略了城池真正的主人，乃是一种“觉性”。若要开悟，就必须从自己的身和心出发，寻找自己修道之“觉性”。

据传，唐代的大珠慧海禅师在修行时，每天都会自问自答：

“主人公？”
“在！”
“警醒着点！”
“是！”

禅师以此方法警醒自己保持觉性，莫要被欲念杂思所困扰。

在佛家看来，人生来就带着慧根，但慧根寄存俗世肉身，熏染于婆娑世界，内心欲望纷纷，一不小心，我们就成为这些欲望和念想的奴隶，臣服于妄想、贪嗔痴等。此刻，人自身这座城池真正的主人——“觉性”却在沉睡于梦中。因此，人类为了抵达真如之境界，就必须通过修行和禅定等方式的训练，保持关照，唤醒内心的觉性，让觉性当家作主。唯有如此，人生之欲念才会消退，愁苦才会罢休。亦如虚云和尚所云“外舍六尘，中舍六根，内舍六识，名曰放下”。

《六祖坛经》定慧品第四云：

> 善知识！真如自性起念，六根虽有见闻觉知，不染万境，而真性常自在。故经云，能善分别诸法相，于第一义而不动。

因此，“主人”后边的“休”字，正是禅学之意“不动”，可以理解为一种觉性之定力。也唯其如此，将“主人”理解为人真正的主人“觉性”，将“休”字理解为一种基于“觉性”的“放下”和“不动”，在语法意义上，是“使……休了”之构造，即“使百愁休了”，这样诗歌的结构和意义才最为合理。

不过，上述观点并非唯一可能正确的理解。如若将“主人”理解为诗人自身，而“休”字理解为“不动和放下”抑或“不知如何是好”，此诗也可以讲通。

忽怪空中跃百愁，百愁跃处主人休。

不知为何，诸多愁苦一时涌上心头，唯在此刻，安定心神，开悟觉性，以雷打不动之定力迎之，让百种分别之心与虚妄之想休了。

忽，忽然，不知为何。怪，奇怪，日语“あやしむ”。

空中，无须解释，但需要注意的是该词内含视角的隐喻：仰天长叹与仰天问道相互交叠的形象。如在次日（10月11日）的诗中出现了“空中耳语啾啾鬼”一句，其意义正接近于本诗中的“空中跃百愁”。在这一点上，也可作为夏目漱石内心并未真正寻找到修行的“觉性”，依然被空中（身边日常）的百愁、啾啾鬼所困扰之例证。而这样仰天问道的姿态，在后来更加清晰。如最后两首汉诗中，都出现了类似“仰天”的视角和追问，最后一首汉诗的最后一句为：空中独唱白云吟。

空中跃百愁，就其手法而言，无疑是喻义的一种，犹如次日之“空中耳语啾啾鬼”之用。只是就诗歌而言，有些生硬和唐突，且不够形象化。

百愁，在全唐诗中仅出现两次，如张正元《临川羡鱼》：“有客百愁侵，求鱼正在今。”在全宋诗中则出现了10次，在夏目漱石汉诗中则不止一次出现，如我们已经解读过的10月4日的汉诗：百杀百愁亡了期。

主人，如上所述，大多学者将之理解为诗人本身，如一海知义先生对此注

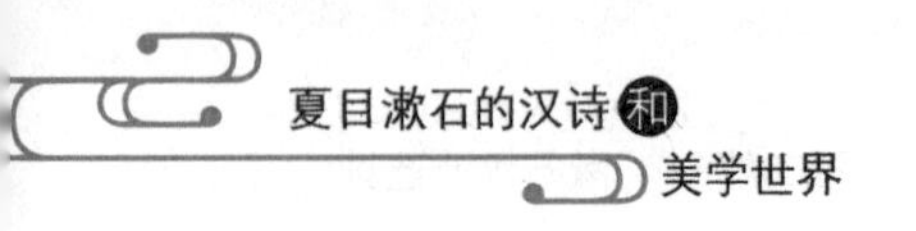

解道:“主人”，家之主人，即自己。[1]中村宏先生、吉川幸次郎先生等都持类似的看法。陈明顺则认为是“本来的主人公，即真我”[2]。

休，乃是禅学常用语。如上所说，对于“主人”的理解决定了“休”的解读，而对于“休”字的解读又规定了整首诗的理解向度和可能。日本学者多将“休”理解为“万事皆休”之“休”，表示一种自我的否定和事态的完了，而陈明顺基于夏目漱石参禅开悟的判断，主张“休”字乃是觉悟者的寂静，是一种肯定。在笔者看来，夏目漱石这首汉诗中包含了至少以上的两种可能：休，无论是肯定的寂静抑或否定的完了，其意义都跟人在树下休息之本意有关，两种意义看似矛盾，实则相通。

换言之，夏目漱石汉诗在字面意义上呈现出的是一条开悟者之轨迹，如陈明顺之所见；但这种开悟是不彻底的，抑或说是不诚实的，安稳的字面（如用词的雅韵和格律的工整等）背后则是一颗尚未安定下来的心，此乃吉川幸次郎、一海知义等先生之所见，如最后一联“长磨一剑剑将尽，独使龙鸣复入秋”中的“气势”和“姿态”，充分表露了他字面之理性也无法掩盖“情绪”之内心。

有意思的是，以抒情诗为主要脉络的唐诗中，“休”字出现了1 000多次，而禅学说理之风日盛的宋代诗歌中“休”字出现了9 000多次。如宋代僧侣慈受怀深曾作诗云：

休休休，放下着，无量劫来灵性恶。
只知贪爱黑如云，一段光明都昧却。
休休休，放下着，浮生不用多图度。
荣华富贵总成空，到头唯有无生乐。

杨万里著名的《竹枝歌》七首，其六：

月子弯弯照九州，几家欢乐几家愁。

---

① 『漱石全集』第18巻『漢詩文』、第442頁。

② 『漱石漢詩と禅の思想』、第308頁。原文：本来の主人公である「真我」は何等の揺れるもなく静かで、寂寂で、不動状態であるのを吟じている。

愁杀人来关月事，得休休处且休休。

要之，首联之后，下面的句子就好解读了。如果我们将“休”字理解为一种肯定意义的“使百愁休了”，那么，后面三联即可做如下解读：

点春成佛江梅柳，食草订交风马牛。

“觉性”苏醒，消除百愁和纷纷欲望，春日江边的梅花和柳树，夏日在风中各自食草的牛和马，在我眼中也具有了一种禅意：

在乍暖还寒的清晨，江边的梅柳，探出头来，点缀枯黄的大地，将初春的寒冷和冬日的暗夜，在一丝暖阳中绽放成花。春日之后的夏季，一群牛马在草木丰盛、枝繁叶茂的草原抑或堤岸各自安静地吃草，一片祥和。世界就是这样矛盾又和谐地统一在了一起。“我”内心中忽然而至的愁苦，以及愁苦之处觉性的醒悟，这两种相互矛盾的状态不正构成了“我”这样一个完整的人吗？人有肉身，自然有世俗之见，有尘世的欲望和苦恼；而人又是精神和灵魂之物，以自身的理性和修行去克制和导引内心的情绪和不安。或许将内心的欲望和愁苦，锻造成笔下的诗句，正如江边的梅柳把那冬日的暗夜、根下的泥土、初春的寒冷，修炼成一朵朵花，绽放成一点点的枝丫吧。

值得一提的是，或是受到“风马牛不相及”之语的误导，吉川幸次郎先生认为此句有嘲讽之意。

“风马牛不相及”的典故出自《左传·僖公四年》:“君处北海，寡人处南海，唯是风马牛不相及也，不虞君涉吾地，何故？”

公元前656年，齐桓公会盟七国，拟攻楚国。楚国大夫屈完奉命质问齐国，于是说出了上面一番话。

“风马牛不相及”这句话本身就有很多理解，但并非我们一般注解为“毫不相干”这么简单。所谓“风”在此处可通“疯”（“风”在古汉语里有“疯”之意，在中医中，风为阳邪，疯乃阳证），乃是发疯的牛和马。有一种观点认为马和牛发情（发疯）之时，相互追逐，奔跑甚远，以求交欢。因此，在此处，应该是楚国大臣对于齐国等联军的讽刺：发疯、发情的牛和马（畜生）还不至于跑这么远，你们为何大老远地从北方不远千里到我楚国来呀？

因此，后人包括夏目漱石以及注解夏目漱石汉诗的学者，对“风马牛”都是一种不正确的理解。似乎我们也只好将错就错，尝试揣摩、判断夏目漱石正确的用意。

途上相逢忘旧识，天涯远别报深仇。

觉悟之后，眼前的世界已不再是以前所认知的那个世界，不再纠结、受困于过去的恩与仇，天涯远别，选择遗忘和开启新的人生，也是一种报仇雪恨的路途。

一海知义、吉川幸次郎等诸先生皆认为“旧识”是老朋友的意思。这样一来，“报深仇”也只能理解成“报仇雪恨”之意了。

只是，在此处学者们都忽略了夏目漱石汉诗，尤其是其晚年汉诗禅味甚浓的事实。这也就意味着我们不能按照表层的字面意思去理解，更何况汉诗本身就不可依照日常语言的方式去体悟和感受。诗之用意之深，在方法上就意味着隐喻和明喻、象征手法的使用是为常态。

在禅诗中，上面的现象是常见的。众所周知，偈子，又名偈颂，因为大多是诗的形式，又名偈诗，其常用的手段就是以日常的物象暗示、比拟、象征、寓意一种普遍、深刻的禅机和佛理。如流传甚广的慧能之偈：“菩提本无树，明镜亦非台，本来无一物，何处惹尘埃！”

再举一例，宋代诗僧慈受怀深有一首无题之诗：

万事无如退步休，本来无证亦无修。
明窗高挂菩提月，净莲深栽浊世中。

两者都是借助诗歌的外形，以日常之物如菩提、明镜、明月、莲花等印证得道之开悟。

长磨一剑剑将尽，独使龙鸣复入秋。

时间消磨，年轻的梦想和抱负荡然无存，但在此消磨的过程中，“我”已不再炫耀有形的、夺目的宝剑，内心的热望转化成了一种沉静和成熟的意志。“我”也将以此心态和念想，步入晚年的岁月。

前面提及了春日江畔的梅柳、夏日草原的牛马，此句在季节上与之呼应，写到了秋之季候。

剑，乃是志向（抑或复仇、匡扶正义）之寓意，象征年轻的抱负或远大的理想。青年李白，仗剑去国，辞亲远游，为伟业青名，来到唐都长安——世界梦想的中心，写下来诸多带有“剑气”的诗篇；后来人生不得意，开始散意山水，“酒气”渐多，而“剑气”也慢慢被消磨殆尽。

夏目漱石的剑气在此诗中没有变成带有颓废之美的“酒气”，而是将有形之剑消磨，锻造“龙鸣”之无形之“剑气”，抖擞精神，砥砺前行，步入人生之深秋，迎接更多的“忽跃之百愁”。

龙鸣，既可以理解为悲鸣，也可理解为豪情。有意思的是，或是忌惮于真龙天子之恩威，此词在唐诗和宋诗中绝少用到，两者相加也不过数例。更有趣的是，全唐诗中出现“龙鸣”又出现“剑”的似乎唯有那个气吞半个盛唐的狂生李白（李峤吟颂帝王之伟业的《宝剑篇》不算在内）之诗。在《独漉篇》中，李白吟道：

明月直入，无心可猜。
雄剑挂壁，时时龙鸣。
不断犀象，绣涩苔生。
国耻未雪，何由成名。
神鹰梦泽，不顾鸱鸢。
为君一击，鹏抟九天。

“仰天大笑出门去、我辈岂是蓬蒿人”的李白，“岂能摧眉折腰事权贵”的李白，其宝剑龙鸣，也只能和为国争光、报答帝王联系起来。人生价值的实现，人生梦想的追求，最终还要依赖于帝王——权力，此乃李白（之类的古代英豪）一生最大的悲哀也！

夏目漱石在《我的个人主义》这篇著名的演说中，也提到了个人和国家的对立与矛盾，遗憾的是，却未能给出一个完整的答案。就他自身而言，其一生也在个人和国家之间抉择与苦斗：拒绝过官方的博士学位，也以小说表达过对于国家的不满；但他也写过“幸生天子国，原作太平民”之诗句，也作为殖民帝国之名贵俯瞰游玩过那片伪满洲国的“国土和子民”。

无论是唐代的李白还是大正时代的夏目漱石，无论是古人还是今天的我们，对于每个人而言，如何摆脱权力（金钱）而去实现人生之青春、梦想（宝剑），都是一个极为重大的命题。古代的老子和庄子代表的道，释迦牟尼的佛陀开悟以及现代的自由主义、存在主义等，都是探讨这一带有生命本质性的追问而产生的思想。这一追问，并没有随着娱乐消费时代的到来而消退，若是我们对此没有察觉，那只是因为我们忽视了自己的内心，忽视了我们作为人的尊严。而这一问题的忽略，或许，除了个体缺乏人性之觉性之外，权力和资本日益精细化的运作，消磨个体之理性与情感，也是一个十分有趣而又沉重的话题。

如前所述，该诗的读解具有多个向度和可能。基于首联内在结构的唐突，即刚写出百愁忽跃，便说“百愁跃处主人休”——百愁尽消，我们也可以将首联的“主人”理解为诗人自身，将“休”理解为消极和否定意义的“休了”，表示诗人自己困顿于忽然而来的百种愁苦，不知如何是好。在此前提下，该诗就可以如下理解：忽然百种愁苦袭来，犹如黑云压顶，让我不知所措。

愁苦中的“我”，想到江边的早春的梅花和柳树，还有春日之后，夏季在草原饮水食草的牛马，无论是江边的柳树还是梅花，无论是食草的牛群还是马匹，它们都在各自的世界中，遵照自然的枯荣秩序自然而言地活着，朴素中蕴藏着天地的“道”、成佛之意。

总之，梅花和柳树、风中的牛和马，本身均无关系，但有一种共同的命运将之联系在了一起，万物参差背后是一种共同的命运。

而上述共同的命运，似乎难以言说，正如同人生之旅，途中有新友结识，也有旧情的忘却，有天涯之伤心远别，也有不远千里而觅仇寻恨。

但是，为了报仇雪恨，为了一生的志向和抱负，“我”耗尽了一生的时间和努力，如今青春的豪情消磨殆尽，有形的剑已不复存在，唯留在时间的消磨中锻造的无形的意志，伴随着“我”走完剩余的人生之路。

中村宏先生就此指出，最后一句流露出来夏目漱石修道未竟，仍需努力的一种悲哀之情绪。正是此意也。①

换言之，日本学者如吉川、一海、中村等诸先生没有体会夏目漱石字面背后深刻的禅意，而陈明顺先生虽以禅理切入，却没能体会到汉字、汉诗的多义性和丰富性。他们一方面未能感受到人之复杂，一方面隔阂于汉诗的表达，实乃憾矣。

---

① 中村宏『漱石漢詩の世界』、東京：第一書房、1983年、第304頁。原文：この句で求道の志の成らぬままに老いて行く悲哀を象徴した。

第三部分
漱石的美学世界

一、《草枕》之美，美在何处？[①]

1906年（明治三十九年）8月28日，夏目漱石在给弟子小宫丰隆的信函中写道：

> 我在《新小说》上发表了一部名为《草枕》的作品，预计9月1日刊发。你务必要读一读，这样的小说是开天辟地以来未曾有过的（不过，莫误解为开天辟地以来的杰作）。[②]

“开天辟地”，自然是开玩笑的话，这也说明了夏目漱石和弟子关系的融洽，但“未曾有过”无疑也表达了夏目漱石对《草枕》创作的艺术自信和自觉。“未曾有过”指的是什么呢？

对此，夏目漱石在不久之后撰写的《我和〈草枕〉》一文中提供了较为明晰的线索：

> 我的《草枕》是以与一般意义的小说截然相反的意义写成的。若能给读者留下这么一种感觉，即美的感觉就满足了，其他的没有任何目的。……一般意义的小说，也就是让读者玩味人生真相的小说也是不错

① 原文刊载于《中华读书报》2021年9月8日国际文化版，略有改动。

② 夏目漱石『漱石全集』第14巻『書簡集』、東京：岩波書店、1966年、第440頁。

的，但我想，还应该有一种让人忘却人生之苦起到慰藉作用的小说存在。我的《草枕》就属于后者。……以往的小说是川柳式的，以表现人情世故为主，但此外还有以美为生命的俳句式的小说。……如果这种俳句式的小说——名称很怪——得以成立，将在文学界拓展出新的领域。这种小说样式在西洋还没有，日本也还没有，如果在日本出现了，就可以说，小说界的新运动首先从日本兴起了。[①]

由上可知，夏目漱石所言的“未曾有过”的小说，其独特性主要在于：文体上是“以美为生命的俳句式小说”，而主题内容是表现“非人情”。

《草枕》是夏目漱石继《我是猫》和《哥儿》之后创作的第三部小说。或许，正是因为文体尤其是主题上的独特性（也可以说是实验性），虽然没有得到读者广泛的认可，却引来文学评论者们的持久关注。或许是出于同样的理由，自从小说诞生以来，《草枕》中“美”的核心理念，就“自然而然地”被命名为“非人情”的美学，这似乎早已成为了一种常识。日本学者村松昌家的《作为小说美学的〈非人情〉——〈草枕〉的成立》一文就颇具代表性。该文指出，当时的明治文坛流行的是“人情写实论”（坪内逍遥《小说神髓》）和自然主义文学风潮，以《金色夜叉》《不如归》和田山花袋的《棉被》为代表的描写“情欲”甚至“肉欲”的作品才是主流。《草枕》以描写“非人情”为主题，实际上是对当时流行文坛的一种文学的批评和反抗。总之，夏目漱石在和主流文学的抵抗中创作了《草枕》，实践了“非人情”的美学。也就是说，《草枕》中的美学是一种与描写“人情”相对立的文学审美，故而被称为“非人情”美学。

此外，主张“非人情”美学的学者还指出，1907年夏目漱石出版了《文学论》（底稿为东京帝国大学授课讲义），在该书中也出现了“非人情”的概念：

可称为“非人情”者，即抽去了道德的文学，这种文学中没有道德的分子钻进去的余地。譬如，“李白斗酒诗百篇，长安市上酒家眠”，这样的诗篇怎样呢？诗意确实是堕落的，但并不能以此说它是不道德的；“我醉欲

① 夏目漱石『漱石全集』第16巻『別冊』、東京：岩波書店、1967年、第544—545頁。

> 眠君且去，明朝有意抱琴来”，也许是没有一点礼貌，然而并非不道德。非人情即从一开始就处于善恶界之外。（中略）吟咏与人事缘分较疏远的、未混入人情的自然现象的诗，其中较多含有“非人情”的、“没道德”的趣味，实不足怪也。古来东洋文学中这种趣味较深，日本的俳文学尤其如此。[①]

总的来说，主张“非人情”美学的学者，主要基于以下两个理由：第一，夏目漱石自身在《文学论》《我和〈草枕〉》等处提及了“非人情”这一概念；第二，《草枕》小说的内容以“非人情”为主题。

这样看来，主张《草枕》“非人情”的美学似乎实至名归，也理所当然。但若回到小说，细读文本，仔细聆听作品的声音，我们会发现《草枕》探讨的核心问题是如何发现“美”，而不是“美是什么”。也就是说，《草枕》借助主人公“我”并没有追问“美”的本质和内涵，夏目漱石交付给主人公“我”在《草枕》中的任务是思考通往“美”的方法和途径，即小说集中呈现的“美学”不是本体论而是方法论意义上的美学。

鉴于以上事实，我们认为《草枕》核心的美学理念并非“非人情”，而是方法论意义上的“观照”的美学。其理由主要有以下四个方面：

其一，《草枕》的美学理念主要体现了禅宗“应无所住而生其心”（以下简称“无住”）的观念，而“观照”是“无住”观念内在的组成部分，也可以理解为“无住”观念指导下的方法论。

《草枕》与禅宗思想关系密切，禅宗的意象俯拾皆是、随处可得，文体用语也充满禅机趣味。鉴于此，韩国学者陈明顺甚至建议称之为禅宗公案小说（《漱石汉诗与禅的思想》）。不过，迄今为止，鲜有学者指出《草枕》中禅宗的思想，实则集中在“无住”观念的事实。

正如伽达默尔所说，一个文本，甚至于我们并不完全了解其作者所生活的时代及环境的文本，都是能够阅读和被理解的，而且，任何人都不需要完全以作者式的理解来阅读文本，因为，理解的关键因素是生命的主观体验性。尤其对《草枕》这样“以美为生命”的作品，我们更应该回到作品自身，去感受和理解作品中审美的情感和思想活动。我们相信，优秀的文学作品一定为读者设

① 『漱石全集』第9巻『文学論』、東京：岩波書店、1966年、第178頁。

定了通往文学王国的暗道和密码。因此，我们建议回到作品本身，且看小说的开篇：

> 我一边攀登山路，一边这样想。
>
> 若是发挥才智，则棱角分明；若是任凭感情，则会随波逐流；若是坚持己见，则可能处处碰壁。总之，人世难居。愈是难居，愈想迁移到安然的地方。当觉悟到无论走到何处都是同样难居之时，便产生了诗，产生了画。

这段译文（有诸多版本）在网络上流传甚广，可以看作是夏目漱石假借主人公之名，从发生学的角度对诗和画（艺术）进行了独特的解释和说明，即诗和画（艺术）产生于对人世难居的“觉悟”，而且这一“觉悟”是在一刹那、一瞬间发生的。这里的诗和画（艺术）是指生成于内心的诗意和画境，而“觉悟”也十分接近一种审美意识的心理活动。换句话说，此处的“觉悟”即顿悟，是禅宗式的体悟与认知（有趣的是，我们第一时间就可以得出这个判断，依凭的不是理性逻辑，恰是颇具禅味的直觉）。

值得注意的是，小说的开篇“人世难居。愈是难居，愈想迁移到安然的地方。当觉悟到无论走到何处都是同样难居之时，便产生了诗，产生了画”，很容易让人联想起大乘佛教经典《金刚经》，尤其是《金刚经》中的“应无所住而生其心”。可以说，《草枕》的开篇就是“无住”思想的具体化和文学形象化表达。据传，六祖慧能正是听到五祖弘忍讲授到这句话时，豁然开悟。受“无住”观念的影响，《六祖坛经》中禅法（无念、无相、无住）的关键也是落在了“无住”这一环上。

“无住”这一观念，体用不二，包括了本体论和方法论等多个层面。在方法论上，劝诫人们不要执着万物虚相，而要以觉悟之心、以佛教之眼（佛有五眼），发现一种纯粹的真实之美（本来面目），这就是“观照”。这一“观照”的过程，若以《草枕》开篇的另外一段文字来说，就是：“我观我所居之世，将其所得纳于灵台方寸的镜头中，将浑浊之俗界映照得清醇一些。”《心经》中“观自在菩萨，行深般若波罗蜜多时，照见五蕴皆空，度一切苦厄”也正是这个意思。因此，“观照”实际上与“无住”互为表里，相互通联。我们也可以把“观照”理解为“无住”思想的一部分，是“无住”思想在方法论层面的集中表达。

其二，“非人情”之“非”，需要在禅宗思想的脉络中去理解和把握。

小说在结尾处抵达高潮，这里也藏匿着理解《草枕》美学的关键线索：

> 女主人公那美在送别前夫之际脸上呈现出哀怜之时，我拍了拍那美的肩膀，轻声地说：“就是它，就是它，它就可以成为一幅画。”[①]

小说中，那美请求“我”为她画一幅画，但“我”一直未能从那美身上找到可以入画的美感，但在上述那一刹那，“我”终于在女人脸上的“哀怜”之中发现了“美”。

细读文本，我们发现此刻的那种美，不再是那个佯狂、闪现机辩锋芒的女人，而是以“忘我”的方式抵达了本来面目。不过，那美的“哀怜”是在旁观者的视角下完成的。因此，此处可以入画的“美”不是“哀怜”本身，而是对“哀怜”的一种“发现”，一种观照，从而也是一种审美。这里说明了两个问题：第一，“美”自“观照”中来，即对“人情”的“观照”产生出“美”；第二，“美”并不否定“人情”，而是以特殊的方式接受、肯定了“人情”。所以，若是仅仅站在“非人情”美学的立场，就难以解释清楚“非人情”“哀怜”“美”和“观照”之间的互动联系。而对此理解的关键，或许就在对一个“非”字的解读上。

也就是说，“非人情”之“非”不能按照日常用语的逻辑规则去把握，而应从禅宗思想的立场去理解。对此，日本学者近藤文刚就曾说过：“世间的‘非’多半含有否定的意味，不过若从佛教特别是禅的思想的视角考察，‘非’表达了对于肯定、否定之意的超越，反而指向了事物的本来面目。”[②]因此，“非人情”在佛教尤其是禅宗思想的视角下，就不再是对“人情”简单的否定抑或肯定，而是在“扫相破执”“无相无住”的观念指导下，用“非”“不”等解构的方法，对世俗人间“人情”的谛观和再发现，从而恢复“人情”的本来

---

① 『草枕』、『日本文学全集　15』、東京：集英社、1972年、第192頁。

② 近藤文剛「禪に於ける非人情の一考察」、『印度學佛教學研究』第7巻第2号、東京：日本仏教協会、1959年、第559—560頁。

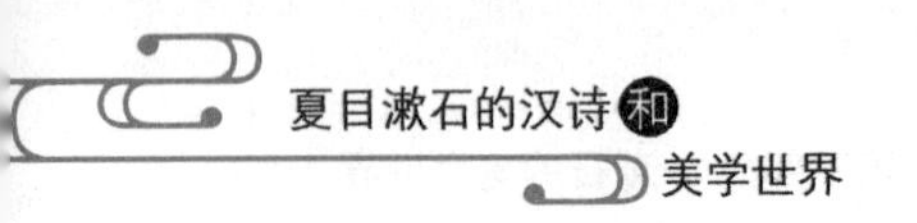

面目。这样的禅宗思想恰恰典型地展现在《金刚经》之中。

总之，如上所言，此处的“非”，实际上就是一种审美的谛观，也是一种美学的“观照”。

其三，达到“非人情”的审美境界，“观照”是其唯一的途径，“非人情”也是一种“美的观照”。

冈崎义惠曾解读“非人情”时，写道：“所谓‘非人情’，即抽离人情而谛观世界。根据漱石的观点，人情世界即是道德世界，离开道德世界，即为‘非人情’。如此，它应该或是宗教世界，或是艺术世界，或者是科学世界。”①按照他的说法，所谓“谛观”，即“观照”，是实现“非人情”唯一的途径和方法。“非人情”，就是通过“抽离人情而谛观世界”，从而抵达宗教或艺术的世界。

如在《草枕》的第一章，夏目漱石写道：

> 为了了解这一点，只能站在第三者的立场上，这样才有可能弄清楚本来的面目。站在旁观者的立场上看戏颇有意思，读小说也是如此。读小说感到有趣的人，都是把自己的利害念头束之高阁了。在这一看一读之间，便成了诗人。

又如，同一章节中，有如下文字：

> 芭蕉看到马在枕头上撒尿，也可将之风雅入诗。我也要把即将碰到的人物——农民、商人、村长、老翁、老媪——都当成大自然的点缀加以描绘和观察。

众所周知，芭蕉马尿入诗，这种超然物外、就地成佛的风采背后是以禅宗思想为依托的。同理，“我”想要学习芭蕉这种态度将世俗的世界审美化，其方法也必然是禅宗式的“观照”。

基于以上论述，我们可以看到，“观照”这一禅宗思想的视角和立场，正

① 岡崎義惠『鷗外と漱石』、東京：要書房、1956年。

是理解“非人情”的关键。而《草枕》的内在思路就是借助禅宗的“无住”观念，观照世俗情欲，从而抵达一种“非人情”的审美境地。

其实，“非人情”不仅是“观照”带来的结果，经由“观照”这一过程，“非人情”也就成为“观照”美学的内容。日本学者藤尾健刚就注意到了这一点，主张“非人情”就是一种“审美认知的态度”，也是一种“美的观照”。[①]

其四，将《草枕》的美学看成“观照”的美学，才能发现《草枕》隐含着构建“介入性”美学的努力，才能理解《草枕》美学向伦理学的延展和变异，也才能更好地把握夏目漱石文学思想的方法论以及他深层的思想困境。

日本学者水川隆夫曾在《夏目漱石与战争》一书中，认为《草枕》就是围绕日俄战争设置的一个隐喻。其分析虽然有过度诠释之嫌，但也向我们提示了《草枕》并非一个纯粹审美世界的事实。

表面上看，《草枕》描写的是青年画家远离城市，来到一个偏远山村的“非人情”之旅，是在一个相对封闭的世界寻求一种抽离世俗人情的、静观的、纯粹的美。但这种“美”最终的完成，却是在这个偏僻而封闭的世界被打破的时刻——女主人公那美为远赴“满洲”战场的弟弟送行，却又在即将开动的火车上突然看到了前夫的脸——也就是那美脸上露出“哀怜”的那一瞬间。

对于小说的这一结尾（也是高潮）段落，我们不仅要注意到“美”的发现是在“观照”的视野下完成的，而且还要看到所谓“观照”的视野，正是男性画家“我”的眼睛。也就是说女性之“美”的发现者以及管理者是来自都市的男性画家“我”。可以说，《草枕》是夏目漱石借主人公“我”之眼创造出的一个“非人情”的审美世界。

韩国学者朴裕河曾论及《草枕》的基本线索是寻“美”之旅：都市青年男性画家来到一个相对封闭——远离西洋/现代文明——的田园世界，发现了日本传统之“美”，这样的“美”带有明确的男权支配意识。[②]藤尾健刚也曾就此问题展开论述，认为《草枕》美学思想中扫除个人情欲、回复人的本性的努力，带有某种伦理诉求：

---

① 藤尾健剛『漱石の近代日本』、東京：勉誠出版、2011年。

② 朴裕河『ナショナル・アイデンティティとジェンダー；漱石・文学・近代』、東京：クレイン出版社、2007年、第97—128頁。

> 作为夏目漱石美学成立的条件，即超越利害观念，被更多地表达为排除“私欲”之“人情”以及美的观照、保持心之“本性”的内外一体化。《草枕》亦是如此，发现美，就意味着要养育未被私欲污染的澄澈精神，未被恶俗所附身的清洁的灵魂，在这个意义上，与叔本华哲学相同，《草枕》中的美学，即伦理学也。[①]

从藤尾的观点出发，将《草枕》的美学看成伦理学也不为过。不过，我更愿意将《草枕》的美学思想理解为“美学—伦理学”。在“美学—伦理学”的视角下，我们可以发现《草枕》美学的丰富性，认识到《草枕》并非一个封闭而自足的纯粹审美世界。不过，藤尾文中所指的“伦理学”主要是面向个人道德内修的伦理学（ethics），而非政治伦理学抑或服务于国家道德论建设的伦理学。

值得一提的是，明治日本文化语境中的“伦理学”概念和范畴，不同于汉语中的“伦理学”，具有特定的历史文化内涵。日本近代的“伦理学”首先出现以“个人”为关键词的理论性伦理学“ethics”，其后与意图在道德层面整合国民的“国民道德论”潮流形成既对抗又融合的态势。随着日本近代国内外形势的变化，个人的话语受到压制，这两种伦理学最终被统合于“人类共同体之理法”（和辻哲郎）为代表的前“二战”伦理学的潮流之内了。

那么《草枕》美学中的伦理学是怎样的状态呢？

回到《草枕》文本，我们还发现“我”的美学思考，也是在“观照”的思维框架中展开的。换句话说，就是在“西洋/现代VS东洋/传统”这样对立的图式中得以展开的。

如，小说的第一章就颇费笔墨地讨论起东西方诗歌之别，以叙事者“我”的视角，主张与西方/近代入世的诗歌相比，东方/古典诗歌摆脱了世俗人情、同情、爱和正义，“采菊东篱下，悠然见南山”，就让人忘却人世的痛苦，可以抛却一切利害得失、超然世外。

从“美学—伦理学”的逻辑上讲，通过上述比较和参照，《草枕》在美学意义上肯定了东方/古典诗歌的价值，确立了东洋/传统诗歌相对于西洋/现代

① 『漱石の近代日本』、第68頁。

诗歌的“合法性”。

总而言之，夏目漱石在东洋/传统文化比照下发现（指摘）西洋/现代文化之不足，进而思考和建构当代日本文化之美。不过，对当代日本之“美”的确立，并非只是面向西方/现代的否定，还有面向日本内部（国民和政府）的质疑和批评。如在小说结尾，借助“火车”这一强烈的隐喻，夏目漱石对日本现有的文明观念和海外殖民行为提出了质疑，通过对那美“哀怜”之美的发现（明线），也完成了在国家话语层面的伦理学批评（隐线）。换言之，夏目漱石在“观照”美学的框架下，对西方/现代美学的质疑和否定（向外），实际上和前面所言的对日本女性/传统之美的发现和管理（向内）互为表里，一并构成了《草枕》“美学—伦理学”的“个人—国家”话语两个层面。这样的“美学—伦理学”也暗合了一种男性支配观念下的近代民族国家话语和明治时代国民道德秩序的意味。

整体而言，《草枕》的“美学—伦理学”，一方面可视为创作者夏目漱石对日本追随西方列强对外发动殖民战争——以“私欲”的立场暴力占有——的国家“美学”的反抗，一方面也可视为对个体如何建构世界观的道德建言，且两方面共存于夏目漱石对日本近代文化之美的追问和思考之中，充分表达了夏目漱石对日本近代主体性建构的关注思考和不安。

美学，是一种特殊的世界观，具有深刻的历史维度，也具有深刻的意识形态内容，具有一种超越时代又融于时代的特质。这一点，可以从西方近代美学的确立者康德身上得到很好的印证。在世人眼中，这位无比纯粹的美学家和哲学家，却也是科学革命这一概念的首倡者和思想革命的引路人。也可以说，审美基于情感的历史维度和人性的哲学深度，以形象和感性的方式显现了人所在的确切位置与生存困境。

夏目漱石的《草枕》之所以独特，不仅在于它“以美为生命”的主题，更在于它寻找、发现美的方式即“观照”。因为“观照”既可以通往美学，也可以抵达伦理学。在“美学—伦理学”的互动中，我们看到了夏目漱石以文学审美“介入”社会的努力，也让我们看到了夏目漱石（甚至日本近代作家这一群体）一以贯之的文学思想的方法论——通过东方传统文化的重新发现（复兴），强调一种道德的修养来补救西方式现代文明的弊病。对很多作家而言，这一方法论至今都没有过时。

二、诗与画的界限——《拉奥孔》与《草枕》

（一）导言

刊行于1906年的《草枕》，作为夏目漱石早期代表作，自问世以来就备受关注，其中，以“美”为主题的写作方式更是引发了读者的疑问与好奇。

关于《草枕》美学主题的研究，目前学界集中于“非人情”美学理念（村松昌家、陈雪）[①]、绘画艺术论（渥美孝子、小仓齐）[②]、文学写生论（好川佐苗、桑道秀树）[③]等方面的探讨。此外加藤二郎、韩国学者陈明顺以及国内学者如王成、刘晓曦等从禅宗的影响角度对《草枕》的思想主题进行了较为深入的解读，但未能充分关注到禅宗思想与小说美学主题层面的联系。[④]

相对而言，对《草枕》美学研究较为深入的学者是佐藤泰正和藤尾健刚。他们都注意到了《草枕》的美学并非纯粹的美学（感性学），也不是表面意义

---

① 详见松村昌家「小説美学としての「非人情」——「草枕」の成立」、松村昌家『夏目漱石における東と西』、東京：思文閣出版、2007年、第3—28頁；陈雪：《写生文观与非人情美学——析夏目漱石小说〈草枕〉的图像性叙事》，《国外文学》2013年第2期，第152—158页。

② 详见渥美孝子『夏目漱石「草枕」——絵画小説という試み——』、『国語と国文学』、東京大学國語国文学会、東京：明治書院出版、2013年、第49—59頁；小倉斉「『草枕』を読む：作品のポリフォニー性と〈画〉の成就」、『愛知淑徳大学国語国文』、愛知淑徳大学国文学会、2016年、第1—26頁。

③ 详见好川佐苗「夏目漱石『草枕』論：「霊台方寸のカメラ」機能」、『梅光学院大学・女子短期大学部論集』、梅光学院大学・女子短期大学部、2005年、第1—11頁；桑島秀樹「漱石『草枕』にみる西洋美学の受容と翻案：画工の絵にならない俳句的な旅」、『美学研究』創刊号、大阪大学大学院文学研究科美学研究室、第15—25頁。

④ 详见加藤二郎『漱石与禅』、東京：翰林書房、1999年；陳明順『漱石漢詩と禅の思想』、東京：勉誠社、1997年；王成「『草枕』論——その禅学的側面をめぐって」、『日本学研究』、2000年12月、第58—71頁；刘晓曦：《夏目漱石的“非人情”艺术主张及其中国文化思想渊源》，《日本研究》2003年第1期，第55—59页。

上的“非人情”美学，在其美学内部存在着复杂的现实因素和伦理学诉求。前者将《草枕》放在了夏目漱石前期的文学思想脉络中，发现了《草枕》内在主题在现实与虚构、伦理与美学之间的摇摆和矛盾。[①]后者则明确指出《草枕》的美学实质乃是伦理学，认为夏目漱石早期美学观念以大西祝的《悲哀的快感》为中介，以朱子学的“恻隐之心”为伦理学前提和基础接受了叔本华哲学的影响。[②]

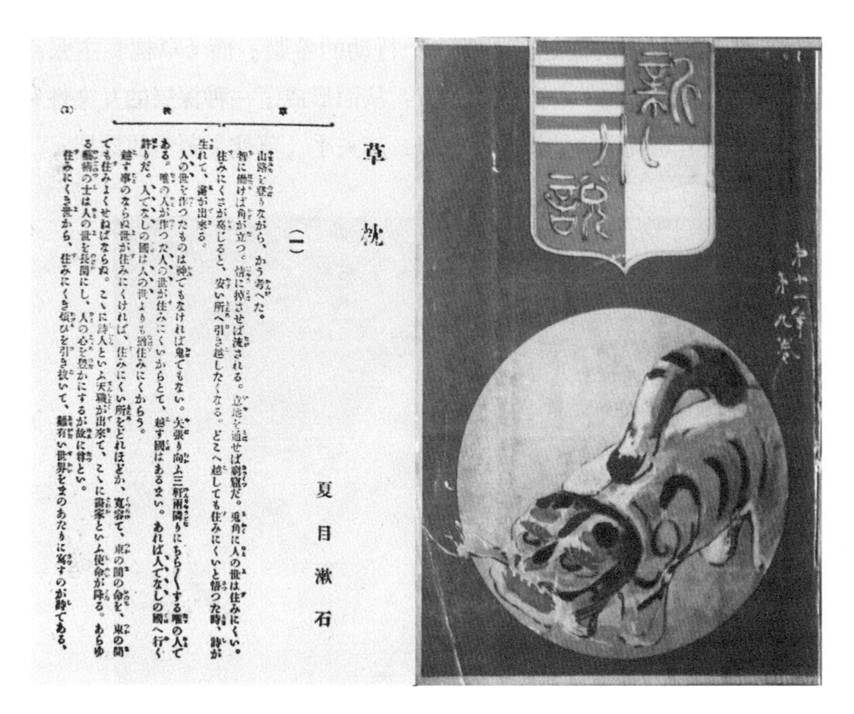
草　枕　（1）

草枕

（一）

夏目漱石

山路を登りながら、かう考へた。

智に働けば角が立つ。情に棹させば流される。意地を通せば窮屈だ。兎角に人の世は住みにくい。

住みにくさが高じると、安い所へ引き越したくなる。どこへ越しても住みにくいと悟つた時、詩が生れて、畫が出來る。

人の世を作つたものは神でもなければ鬼でもない。矢張り向ふ三軒兩隣りにちら／＼する唯の人である。唯の人が作つた人の世が住みにくいからとて、越す國はあるまい。あれば人でなしの國へ行く許りだ。人でなしの國は人の世よりも猶住みにくからう。

越す事のならぬ世が住みにくければ、住みにくい所をどれほどか、寛容て、束の間の命を、束の間でも住みよくせねばならぬ。こゝに詩人といふ天職が出來て、こゝに畫家といふ使命が降る。あらゆる藝術の士は人の世を長閑にし、人の心を豐かにするが故に尊とい。

住みにくき世から、住みにくき煩ひを引き拔いて、難有い世界をまのあたりに寫すのが詩である、

刊载于《新小说》的《草枕》

不过，细读文本，我们会发现以美为主题的《草枕》和德国启蒙思想家莱辛的美学名著《拉奥孔》之间存在着密切的互文性关系。两者不仅都以“诗与画的界限以及美与表情的关系”为美学的中心问题，《草枕》还多次直接或间接引

① 佐藤泰正「『草枕』の世界：そのモチーフの所在をめぐって」、『日本文学研究』、梅光女学院大学日本文学会、1975年、第71—82頁。

② 藤尾健剛「『草枕』の美学=倫理学：朱子学、ショーペンハウアー、大西祝」、『漱石の近代日本』、東京：勉誠出版、2011年、第55—78頁。

述《拉奥孔》的观点展开美学的阐述和讨论。对《拉奥孔》在《草枕》的美学讨论中所处的位置这一问题，目前为止，仅见于日本学者桑岛秀树的研究。桑岛关注到了夏目漱石将西方美学转化为日本式的俳句的美学努力，特别提到了伯克[①]和莱辛的影响，但他认为《草枕》对《拉奥孔》美学的引用只是象征性的，主张《草枕》的美是基于纯粹“写生”态度而创作出的一个俳句式的乌有之乡，即“非人情的天地”。[②]而本文则主张，《草枕》和经典美学名著《拉奥孔》在美学理念（主要集中于艺术的理想和任务）上存在着意味深长的差别与统一：《拉奥孔》认为诗画有别，突显诗的优越，寻求一个行动的希腊；而《草枕》主张诗画一致，肯定画的美学，看到一个静观的东方，从而形成了一种深层的互文性和对话关系。这一事实至今被国内外学界所忽略，却关乎《草枕》美学的深层。

拉奥孔大理石雕像（创作于公元前1世纪，现藏于梵蒂冈城的梵蒂冈美术馆）

① 埃德蒙·伯克（Edmund Burke，1729—1797），爱尔兰经验主义哲学家，著有《对崇高与美两种观念之根源的哲学探讨》和《法国大革命感想录》等。

② 桑島秀樹「漱石『草枕』にみる西洋美学の受容と翻案：画工の絵にならない俳句的な旅」、『美学研究』創刊号、大阪大学大学院文学研究科美学研究室、第15—25頁。

（二）《草枕》中的“诗画一致”

《草枕》中的“诗画一致”，主要是指在艺术的理想、任务甚至题材上诗和画之间没有界限和区别，“诗”服从“画”，两者统一于画的艺术任务和理想。作为具体艺术类型的诗和画在《草枕》中经常同时出现，此时两者可以互换，同为艺术的代名词；它们也单独出现，但各自背后亦有对方的影子。

且从小说的开篇说起：

> 一边在山路攀登，一边这样思忖。发挥才智，则锋芒毕露；凭借感情，则流于世俗；坚持己见，则多方掣肘。总之，人世难居。愈是难居，愈想迁移到安然的地方。当觉悟到无论走到何处都是同样难居时，便产生诗，产生画。[①]（下划线为笔者加注，下同）

---

① 夏目漱石：《草枕》，陈德文译，上海：上海译文出版社，2017年，第3页。本文所引《草枕》均据陈译。为便于说明问题，少量译文附以日文原文，并做辨析。所据《草枕》日文版本为《日本文学全集　15》，东京：集英社，1972年，第103—192页。《草枕》中译本较多，该段陈译与国内其他版本相比较为忠实原文，但也有不足之处，原文：山路を登りながら、こう考えた。智に働けば角が立つ。情に棹させば流される。意地を通せば窮屈だ。とかくに人の世は住みにくい。住みにくさが高こうじると、安い所へ引き越したくなる。どこへ越しても住みにくいと悟さとった時、詩が生れて、画えが出来る。（『日本文学全集　15』，第103頁）其中，日文中的“知”同“智”，“意地”在日文中有用心、逞强、固执、意志、气魄等多重含义，但若注意到小说的美学主题，“智”“情”和“意地”应该分别对应作为人类心理活动的三个方面，即知、情、意。西方现代美学的命名者鲍姆嘉通（Baumgarten）正是在区别了知、情、意的基础上，开创了美学（感性学）作为一门学科的学问。而夏目漱石的《草枕》在美学意义上可看作是以人生“觉悟”（禅宗）的东方美学对西方美学（艺术哲学）的主动回应。夏目漱石在1907年给东京美术学校做讲演时，曾讲到人的精神作用分化为情感、智慧和意志三种，但文学家应该是综合这三方面的人（详见夏目漱石「文芸の哲学基礎」、『漱石全集』第16巻、第86頁）。此外，1911年西田几多郎出版划时代的哲学著作《善的研究》，论及近代的不幸时，指出其原因首先在于知、情、意的分裂。由此，可见从“知、情、意”这一角度思考西方近代文化和日本自身文化命运的问题具有一种时代的共性，由此也共建了一种时代文本的互文性（铃木贞美：《日本文化史重构：以生命观为中心》，魏大海译，北京：中国社会科学出版社，2011年，第114页）。在某些互文性理论那里，文本的互文具有社会性、整体性和生产性，具有一种播散的性状。布卢姆认为不存在独立的文本，而只有文本之间的关系，即只有互文本。德里达甚至认为，一切话语必然都具有互文性。

阅读开篇，从中不难发现夏目漱石借助叙事者“我”之立场，对诗和画的产生进行了独特的解读，而诗与画在此处并置出现，具有发生学意义上的同源性和同质性，同属于艺术的代名词。

接下来，小说继续以叙事者“我”的内心活动展开对“美”的思考：

> 人世难居而又不可迁离，那就只好于此难居之处尽量求得宽舒，以便使短暂的生命在短暂的时光里过得顺畅些。于是，诗人的天职产生了，画家的使命降临了。……从难居的人世剔除难居的烦恼，将可爱的大千世界如实抒写下来，就是诗，就是画，或者是音乐，是雕刻。详细地说，不写也可以。只要亲眼所见，就能产生诗，就会涌出歌。想象即使不落于纸墨，胸膛里自会响起璆锵之音；丹青纵然不向画架涂抹，心目中自然映出绚烂之五彩。我观我所居之世，将其所得纳于灵台方寸的镜头中，将浇季溷浊之俗界映照得清淳一些，也就满足了。故无声之诗人可以无一句之诗，无色之画家可以无尺幅之画，亦能如此观察人世，如此解脱烦恼，如此出入于清净之界，亦能如此建立独一无二之乾坤，扫荡一切私利私欲之羁绊。[①]

从以上大段摘引中，可以看出小说开宗明义、以“美”为中心的议题以及诗与画被同时并置、在美的发生学以及艺术的任务和功能上别无二致的事实。[②]

纵观全书，诗与画，有时也会单独出现：

> ……尤其是西洋诗，吟咏人情世故是它的根本，因此，即使诗歌里的精华之作也无法从此种境遇中解脱出来。……可喜的是，有的东方诗歌倒摆脱了这一点。“采菊东篱下，悠然明见南山。”单从这两句诗里，就有完全忘却人世痛苦的意思。这里既没有邻家姑娘隔墙窥探，也没有亲戚朋友在南山供职。这是抛却一切利害得失，超然出世的心情。“独坐幽篁里，

---

① 《草枕》，第3—4页。

② 值得注意的是，在艺术的任务和功能上，《草枕》中的诗和画具有了一种近乎宗教式的表达：“难居的人世剔除难居的烦恼，将可爱的大千世界如实抒写下来，就是诗，就是画”。

> 弹琴复长啸。深林人不知，明月来相照。”仅仅二十个字，就建立起别一个优雅的乾坤。这个乾坤的功德，并非《不如归》和《金色夜叉》那样的功德，而是对轮船、火车、权利、义务、道德、礼义感到腻烦以后，忘掉一切，沉睡未醒的功德。[①]

文中所见，当“诗”在《草枕》中被单独讨论时，“诗”既指西方的吟咏人情世故的诗歌，也指与之相对的（东方传统的）出世的、吟咏自然的诗歌。但夏目漱石所肯定的是陶渊明和王维的诗篇。这些吟咏自然的诗篇题材比较接近，艺术风格上可以用“诗中有画、画中有诗”[②]来定位。可见，这些东方诗篇背后的美学依然是“画”的标准和精神。

同样的，《草枕》中的“画”也会单独出现：

> 当然，人和“南山”呀、“幽篁”呀，肯定不是同一种性质；也不能和“云雀”呀、“菜花”呀相提并论。但是要尽量求其相接，努力争取用相同的观点看待人。……他们和画中人不同，他们各有各的行动。但是，如果像普通的小说家那样，去探索各种人物的行动的根源，研究他们的心理活动，陷进人情世故的纠葛之中，那就未免流于庸俗。他们纵然运动也无碍，可以看作是画中人在运动。画上的人物再怎么运动也不会跳出画面去。[③]

面对静默的自然时，写诗如画，而面对行动的人物时，也要“努力争取用相同的观点看人”，即以“如画”的方式将人的行动和心理活动纳入画作，原本作为“诗”（西方近代文学意义上的文学，即普通小说家）的艺术题材和任务的“行动”和“心理”，却被要求遵循“画”的审美规则，这样一来，“画上的人物再怎么运动也不会跳出画面去”。

接下来，小说又以“我”的内心活动展开：

---

① 《草枕》，第8—9页。

② 苏轼：《书〈摩诘蓝田烟雨图〉》，《苏轼文集》卷七〇，北京：中华书局，1986年，第2209页。

③ 《草枕》，第10页。

……就像站在一幅画前任凭画中人在画面上东闯西撞，吵闹不休，只要有三尺之隔，就可以平心静气地观看，毫无危机之感。换句话说，心情可以不受利害关系的约束，集中全力从艺术的角度观察他们的动作，专心致志去鉴别究竟美还是不美。

由此可知，青年画家“我”把世俗人间当成景色，当成一幅画来看，当成剧目来欣赏。即，在“诗和画的关系上”把西方的“诗”所表现的“东闯西撞，吵闹不休”也当作画的艺术任务和美学题材。这种“诗画一致”的美学态度和立场，本文统称为一种基于“静观”[①]思想而确立的美学，即静观美学。[②]小说中的“我”也正是在这种美学立场下，通过“我”的眼睛所见，[③]将所遇到的那古井的景色和各色人物都强制性地纳入一种静态的画卷之中。[④]

要之，小说中论及诗与画的关系时，无论是两者同时出现，还是被单独论说，诗与画之间的界限并未被明确设立，诗即画，画即诗，两者在艺术的任务和理想上被统一于一种静态的“画”，即统一于一种静观的美学态度和立场。这种“静观”美学，不仅建立在对“静”（画）的追求之上，有时候还建立在对“动”的否定之上。后一种情形，在小说女主人公志保田那美第一次“正面”出场的情景中有着较为集中的展现：

① 本文中的“静观”不同于康德意义上的审美静观，主要指东方文化中静默观照的美学思想。静观美学中内有老庄的“虚静”“涤除玄鉴”等思想因素，但在《草枕》中，其思想基础主要表达为禅宗。如小说开篇提到的“人世难居”，即为《金刚经》中“应无所见而生其心”这一核心观念的具体化、文学化表达。在先行研究中，对于《草枕》的思想主题，与本文观点相近的是冈崎义惠等肯定的“美的观照性和美的静观性”之说（见『漱石と則天去私』、東京：宝文館出版、1968年、第103頁）。

② 学界多主张《草枕》的美学为“非人情”的美学，与“静观”美学相较，有本末倒置之嫌。“静观”本身构成一种禅宗思想为主导的人生观，由此生发出“非人情”的美学理念。“静观”是内因，是美学的哲学基础，“非人情”是果，是外在构成与表达。

③ 我是一名画家。这句话在小说中重复出现，可谓小说的一种基调，即《草枕》的世界就是“我”作为画家完成的系列画作。在美学的形式上论之《草枕》即是：将诗（时间、行动的题材）入画。

④ 渥美孝子「夏目漱石「草枕」——絵画小説という試み——」、『国語と国文学』、東京大学國語国文学会、東京：明治書院出版、2013年、第59頁。

……根据美术家的评价，希腊雕刻的理想，可以归于“端肃”二字。所谓端肃，我以为是指人的活力将要发动而未发动时的姿态。如果发动会有怎样的变化，究竟会化成风云还是雷霆，在此种尚未可知之处，其余韵缥缈无穷，以含蓄之趣流传百世。世上多少尊严和威仪，都是隐伏在这种湛然的潜力之内的。一旦发动，即显现出来。一旦显现，必有一、二、三作为，此种一、二、三之作为，必然来自特殊的能力。然而一旦成为其一、其二、其三之际，就会不无遗憾地显现出拖泥带水之漏，无法恢复其本来的圆满之貌。故凡名为动者则必然卑俗。运庆的金刚像和北斋的漫画均失败于一“动”字。是动，是静，此乃支配我们画家命运的重大问题。古来美人的形象，大体不出于这两种范畴。

……本来是静态的大地塌陷了一角，整体也不由得动摇了。动是违背本性的，一旦觉悟到这一点，便企图努力恢复往昔的面貌。但是由于受到失去平衡后的局势的牵制，只能身不由己地继续动着。事到如此，早已习以为常，即使不是心甘情愿，也只好一味动下去了。—如果存在着这种情况的话，那么将此比喻这位女子是最为合适的。

以上大段文字，仅是青年画家“我”看到女主人公“那一刻”抑或“那一个场面”的部分感受。为了完成对这一“画面”的描述，作为一部百页出头的中篇小说竟然用了超过两页的篇幅。从中，我们不仅可以体味小说独有的议论式文体风格以及“静观”的美学立场和态度，还可以看到如下事实：与上述引述的“画上的人物再怎么运动也不会跳出画面去”等观念保持一致,《草枕》所主张的美，具有时间性因素被淡化、“动”的因素被否定的特质。

换言之,《草枕》的“静观”美学即为主张“静态”的图像和绘画之美而否定“动态”之美。“诗画一致”的实质是在艺术的任务和理想上，“诗”服从“画”，诗和画都遵循“画”的美学标准。也只有“诗”服从“画”，才能产生出美。在小说的第十二章，夏目漱石再次强调主人公“我”的这次山乡旅行乃是寻美之旅时，写道：

我的这次旅行，决意摆脱世俗之情，做一个地道的画家。因此，对于

> 一切眼中之物都必须看成画图，都必须当成能乐、戏剧或诗中的人物加以观察。运用这样的目光看待这个女子，觉得她的作为是迄今所见到的女子中最为美好的。[①]

综上，我们看到在《草枕》中，主人公青年画家“我”的美学理想从根本上讲是绘画的，是空间性的审美，所谓诗画一致，并非否定诗与画各自作为一种具体艺术类别的差异，而是主张在美的目标和艺术的理想上，“诗”没有独特的审美追求，而以“画”的理想为理想，即强调画的优越性，而肯定一种静观的美学。

诗与画，作为不同的艺术类型，两者存在着明显的差别。对于这一点，夏目漱石自然不会不知道。[②]从上面的引述中可知，夏目漱石对其间的差别了然于胸，但被他有意地忽略了。因为，夏目漱石所在意的是诗和画能否在美学（艺术）的理想和任务上达成一致。所以，“诗画一致”的立场——静观美学——是夏目漱石持有的一种美学的自觉和策略。这一点可以从《草枕》以或隐或显的方式多次引述、参照德国启蒙思想家莱辛的美学名著《拉奥孔》，并在美学主题的论述时与之构成互文和对话关系的事实中得到更为确凿的证明。

（三）《草枕》与《拉奥孔》

《草枕》和《拉奥孔》这两部以美为主题的作品，存在着深度的互文性和对话关系，两者共同围绕“诗和画的界限以及美和表情的关系”[③]这两个主要的美学问题展开了一场跨时空、跨文化的对话。故而莱辛《拉奥孔》的影子在小说中处处可见，只是其出现的方式存在隐显之别。换言之，《草枕》是夏目

---

① 《草枕》，第122页。

② 在小说的第二章，“我”正在为鸡群写生，这时候耳边传来叮当叮当的马铃声，这声音形成了有节奏的音乐。于是，“我”停止写生作画，在纸上写下了诗句。这一段文字恰恰说明了夏目漱石美学的认知，即画对应物体之静美，而诗是一种时间的艺术。详见《草枕》，第17页。

③ 朱光潜先生在《拉奥孔》译后记中总结说“诗和画的界限以及美和表情的关系”是《拉奥孔》要解决的两个主要问题。见莱辛：《拉奥孔》，朱光潜译，北京：商务印书馆，2013年，第235页。

漱石的一次美学思想的实验，以小说的方式和《拉奥孔》展开了一次深刻而有趣的美学和思想对话。

《拉奥孔》或称《论画与诗的界限》，是德国启蒙思想家莱辛（Gotthold Ephraim Lessing）的经典美学著作，被誉为德国古典美学发展史中的一座纪念坊。[①]在该书中，莱辛反对当时盛行的诗画一致论，而主张诗画有别。

《拉奥孔》的中译本

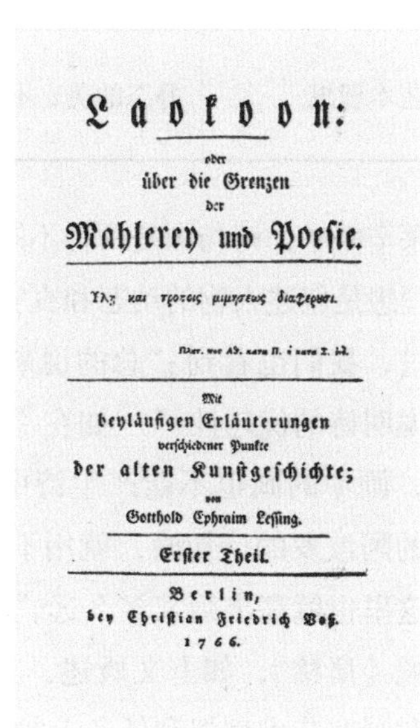
Laokoon:
oder
über die Grenzen
der
Mahlerey und Poesie.

Mit
beyläufigen Erläuterungen
verschiedener Punkte
der alten Kunstgeschichte;
von
Gotthold Ephraim Lessing.
Erster Theil.
Berlin,
bey Christian Friedrich Voß.
1766.

莱辛的《拉奥孔》

朱光潜先生在《拉奥孔》译后记中，曾总结出《拉奥孔》中诗和画四个方面的差异，见表1[②]：

表1 《拉奥孔》中诗和画的差异

内容　　类型	画	诗
第一，题材	空间、物体、眼见局限；美的事物、一般性典型	时间、动作、无局限；丑、悲剧、厌恶、崇高，个性与典型

① 莱辛：《拉奥孔》，朱光潜译，北京：商务印书馆，2013年，第232页。
② 《拉奥孔》，第241—242页。

续　表

内容　　类型	画	诗
第二，媒介	线条颜色、自然符号、空间并列	语言、人为符号[①]、时间先后、动作情节
第三，感动与功能	一眼可见整体、想象少	听觉、记忆和想象抵达整体
第四，艺术理想	静态的美，不注重表情	动作情节、冲突发展，重表情和个性

在莱辛眼中，诗与画是两种不同的艺术类型，也有着各自不同美的任务：诗的艺术理想是叙述人物的动态和真实的表情，而绘画则要追求一种静穆的美。

不过，我们也看到："总的说来，《拉奥孔》虽是诗画并列，而其中一切论点都在说明诗的优越性。"[②]如在《拉奥孔》的第十三章"诗中的画不能产生画中的画，画中的画也不能产生诗中的画"中，莱辛谈到《荷马史诗》描绘盛怒之下的阿波罗的诗句时，就用不无揶揄的口吻说道："生活高出图画多么远，诗人在这里也就高出画家多么远。"[③]

反顾《草枕》，如上文所述，其以诗与画的关系为中心讨论美的生成，并主张诗和画在艺术理想和任务上的一致性，而"诗画一致"的实质是"诗"的艺术理想和任务服从"画"：诗丧失自身的艺术特质和功能，而以绘画的艺术理想为目标。所以，小说中青年画家唯一的任务，就是让这个世界（静默的自然、行动的人物）入画："我的这次旅行，决意摆脱世俗之情，做一个地道的画家。因此，对于一切眼中之物都必须看成画图……"[④]而在论述诗画一致的过程中，夏目漱石以或显或隐的方式多次借用、引述了《拉奥孔》的相关观点以维护其自身静观的美学。

我们且从显现的层面入手。莱辛的名字第一次出现在小说的第六章：

---

① 在莱辛的关于《拉奥孔》的遗稿中，也曾讨论了诗不仅使用人为符号，也用自然的符号；还可以把人为的符号提高到自然的符号（朱光潜语）。见《拉奥孔》，第205页。

② 《拉奥孔》，第240页。

③ 《拉奥孔》，第82页。

④ 《草枕》，第122页。

其次，我又走进第三领域[①]，将它写成诗如何呢？记得有个叫作莱辛的人，他说，以时间经过为条件而产生的事情，皆属诗的领域。他把诗和画看成两种不相一致的东西这样看来，如今我所急着要表现的境界，终究不是诗所能完成的。我感到高兴时的心理状态也许有时间的经过，但却没有随时间的流动渐次展开的事件内容。我并非为甲去乙来、乙灭丙生而高兴。我从一开始就是以窈然地把握住同一时间的情趣而感到高兴的。既然是把握同一时间的，那么翻译成普通语言时，没有必要一定要在时间上安排材料，仍然同绘画一样，从空间上配置景物就行了。问题仅在于将怎样的情景摄入诗中，是否反映出它那旷然无所依托的样子。既然抓住了这一点，那么即使不照莱辛的说法，也可以构成诗，不管荷马怎样，也不管维吉尔[②]怎样。我认为，如果诗适合于表示一种心境，那么，可以不必借助于受时间限制而顺次推移的事件，只要单单充分具备绘画上的空间要素，也是可以用语言描写出来的。

如这段引述中所见，夏目漱石对莱辛的《拉奥孔》的美学观点是十分熟悉的[③]，他针对《拉奥孔》关于诗与画的观点进行了有的放矢的评论，将自己的美学主张放在了与其相对的恰当的位置上。接着，夏目漱石借“我”之思，写道：“议论不管怎样都可以。我大概忘记了《拉奥孔》之类的著作，所以仔细检点一番。”[④]此处正是夏目漱石以其独特的幽默方式提醒读者，我的评论就是针对《拉奥孔》的！

到了第十章，小说青年画家“我”将女主人公那美想象成漂浮在水面的奥菲利亚[⑤]时的内心活动：

---

① 前面依次谈论了画和音乐，此处进入诗的范畴，即第三领域。

② 维吉尔（Virgil），古罗马诗人，被誉为奥古斯都时代最伟大的诗人。代表作有史诗《伊尼特》等。在《拉奥孔》中，据桑岛秀树的研究，日本东北大学图书馆“漱石文库”中存有《拉奥孔》的英译本。见桑島秀樹「漱石『草枕』にみる西洋美学の受容と翻案：画工の絵にならない俳句的な旅」、『美学研究』創刊号、大阪大学大学院文学研究科美学研究室，第17頁。他和荷马是行动美学的代表者。

③ 《草枕》，第64—65页。

④ 《草枕》，第65页。

⑤ 莎士比亚《哈姆雷特》中的人物，后被米莱斯（拉斐尔派）等人作为题材，创作出许多同名作品。

……我想以她的脸庞为依据画一美女浮在茶花荡漾的水面上，她身上再画几朵飘落的茶花。我要表达一种茶花永逝不尽、那女子永浮不沉的意境。不知是否能画得出来。按照那本《拉奥孔》的理论——《拉奥孔》不去管它！——不论违背不违背原理，只要能表现那样的心情就好。[①]

青年画家想要表现的是一种“永逝不尽”的美之意境，这种美的目标和理想是一种静观的美。但若按照《拉奥孔》的观点，“永逝不尽”是时间的题材，本应成为诗（文学）的任务，而画的任务是处理物体在空间中并列的静态。[②]此处，夏目漱石再次卖了一个关子——生怕读者忘记了他是和《拉奥孔》进行对话的事实，所以故意强调说：“《拉奥孔》不去管它！”[③]

以上是《拉奥孔》在《草枕》中的显性显现。通观小说，可知《草枕》中的《拉奥孔》更多的是以隐性的方式出现的。可以说，《草枕》中凡涉及诗与画的关系、凡涉及美学探讨之处，背后都有一个《拉奥孔》的声音或影子：

苦恼，愤怒，喧闹，号哭，这些都是人世不可缺少的东西。[④]

两三年前，曾在宝生的舞台上看过《高砂》的表演，那时候觉得就像观赏活人雕塑一样。[⑤]

僵直苦痛的形象会破坏整幅画面的精神，泰然自若、毫无欲望的面孔也不能反映人情。[⑥]

细读《拉奥孔》可知，莱辛针对温克尔曼主张希腊绘画雕塑之美在于“静穆”这一观点而撰写了《拉奥孔》，围绕“拉奥孔的哀号”为中心话题展开了

---

① 《草枕》，第100—101页。

② 此句是《拉奥孔》第十五章的标题。

③ 《草枕》，第101页。

④ 《草枕》，第8页。

⑤ 《草枕》，第14页。

⑥ 《草枕》，第71页。

诗与画在处理激情方面的区别以及美与表情关系等问题的讨论，并就戏剧中的人物之美所适用的美学进行了分析。上述《草枕》中的几段引文无一不在讨论和回应莱辛所关心的这些问题。而关于绘画的美学，莱辛还提出了一个重要的观点，即画家应该选择“最富于孕育性的那一顷刻”。对此，夏目漱石在《草枕》中借青年画家之口几乎原文引述了这一论点：

> 根据美术家的评价，希腊雕刻的理想，可以归于“端肃”二字。所谓“端肃”我以为是指人的活力将要发动而未发动时的姿态。我以为是指人的活力将要发动而未发动时的姿态。[①]

此外，我们知道，除了“诗与画的界限”之外，《草枕》还有另外一条主线，即如何将女主人公那美入画。而那美作为绘画对象能否入画的关键是她的“表情”。而这又“恰好”对应着《拉奥孔》在“诗和画的界限”之外的另一个主要话题，即“美和表情的关系”。[②]

> 现在我要来谈一下表情。有一些激情和激情的深浅程度如果表现在面孔上，就要通过对原型进行极丑陋的歪曲，使整个身体处在一种非常激动的姿态，因而失去原来在平静状态中所有的那些美的线条。所以古代艺术家对于这种激情或是完全避免，或是冲淡到多少还可以现出一定程度的美。[③]

这是《拉奥孔》的第二章“美就是古代艺术家的法律；他们在表现痛苦中避免丑”的部分内容，莱辛在该书的前四章集中讨论的就是“美与表情的关系”。而对于熟悉《草枕》的读者，青年画家多次为女主人公那美作画而不得，恰似对“美与表情关系”这一设问的专题作答：

---

① 《草枕》，第32页。

② “诗与画的界限以及美和表情的关系”这两个问题在《拉奥孔》中，其实可以归为一个问题，即美与表情的关系问题也可看作是“诗与画界限”问题的延展，表情痛苦而扭曲的丑陋形象不适合入画，却可以入诗。因此，《草枕》中有关那美入画与其表情关系的描述可以理解为“诗与画的界限”问题在另外一个层面的展开。

③ 《拉奥孔》，第15—16页。

首先，面部就难画好，即使借她的面孔为凭依，然而那表情却不合适。苦痛太甚就会毁掉全部画面。相反，一味追求欢快的表现也不可取。我想，改用另外的相貌怎样呢？扳着指头想来想去都不理想。依然是那美姑娘的面庞最为相宜。不过总有一种不足之感，究竟这不足表现在何处，我也不明白。因此，我不能凭借自己的想象任意改换。如果为她添加一种嫉妒怎么样呢？嫉妒会增加过多的不安。改成憎恶呢？憎恶又过于激烈了。怒呢？怒又破坏了整体的调和。恨呢？假如是富有春意的春恨自当别论，单是恨又流于庸俗。经过反复考虑，终于想到了：在多种情绪中忘却了“哀怜”二字。“哀怜”是神所不知而又最接近神的人之常情。那美姑娘的表情里丝毫没有这种哀怜的成分。这正是不足之处。要是能用一种刹那的冲动使她眉宇之间倏忽闪现出这样的感情来，我的画就算成功了。①

在小说中，青年画家“我”多次尝试以那美为题材作画，并多次借用奥菲利亚的形象来比拟和想象，其中“表情”依然是“美”成立与否的关键因素：

……我平素认为米勒的奥菲利亚最为痛苦，现在看来，她是多么美丽。我以前总不明白他如何要白选择这个不愉快的题材，如今一想她确实是可以入画的。或浮于水面，或沉入水底，那种悠然飘荡的姿态一定是美的。两岸生长着奇花异草，只要能同水色、漂流着的人的脸色、衣服的颜色协调一致，那一定能摄入画图。然而，假如漂流着的人完全是一副和悦的神情，那简直成为神话或寓言了。僵直苦痛的形象会破坏整幅画面的精神，泰然自若、毫无欲望的面孔也不能反映人情。那么，画出怎样的相貌才算成功呢？米莱斯的奥菲利亚也许是成功的，但不能确定他的精神是否和我一致。②

① 《草枕》，第101页。如前面的注释所言，此段落中的“哀怜”翻译不到位，译为“怜悯”更为合适一些。

② 《草枕》，第70—71页。

米莱斯（拉斐尔派）的《奥菲利亚》（1851）

因此，对照来看，上文所引《草枕》中的几段文字十分近似于对《拉奥孔》相关内容的个性化解读和案例分析。

如果说，《草枕》对《拉奥孔》美学观点的引用并不令人惊异。但《草枕》采取了和《拉奥孔》在美学主要话题上“针锋相对”的美学态度和立场，就显得有些意味深长了。细读文本可以发现，两者在美学层面形成互文、展开对话的事项还有很多，较为突出的还有关于“丑”是否可以入画的讨论。

“丑”的形式及其是否可以入画入诗，是莱辛在西方美学史上提出的一个重要命题。[①]对于这一命题，夏目漱石在小说《草枕》中辟出单章予以讨论。在小说的第五章，夏目漱石笔锋忽转，画面由那美和我的对话场景，切换到“我”和理发店老板的对话，在情节设定上给人以突兀之感，理发店老板这一人物形象的出现也给读者留下诸多疑问，迄今为止的研究似乎也有意回避了这一问题。已有研究多将其归为“图像性叙事”这一外在特征，而忽略了《草枕》在美学主题上与《拉奥孔》展开对话的内在事实和逻辑。也就是说，若从《草枕》和《拉奥孔》之间的互文性与对话关系出发，一切就顺理成章了：与

① 莱辛将这一问题当作划分诗画界限的一个切入点，从诗和画所属的不同艺术理想、使用媒介和产生的心理效果等三方面讨论，从而得出了“丑可以入诗，却不能入画”的结论。可以说，形式丑的问题从属于“诗与画的界限”这个《拉奥孔》的主要问题。

理发店老板在故事结构中的作用相比，其形象出现在美学对话层面中的意味更值得关注。即在美学对话层面上，理发店这一滑稽而丑陋的人物形象，实则在回应莱辛在《拉奥孔》中提出的关于“丑”是否可以入画之问。

莱辛认为，诗可以描写丑，但绘画应排除所有不愉快或丑的东西：

> 诗人可以运用形体的丑。对于画家，丑有什么用途呢？就它作为摹仿的技能来说，绘画有能力去表现丑；就它作为美的艺术来说，绘画却拒绝表现丑。作为摹仿的技能，绘画可以用一切可以眼见的事物为题材；作为美的艺术，绘画却把自己局限于能引起快感的那一类可以眼见的事物。[①]

而在夏目漱石的《草枕》中，那个丑陋、滑稽的理发店老板形象却可以入画：

> 如今，我的这位老板正以无限的春光为背景，表演着一出滑稽戏。他的存在本该破坏着之闲适的春景，现在反而刻意丰富了春的情韵。在这三月将半之时，我不由感到自己结识了一位无忧无虑的滑稽人物。这位极其廉价的吹牛家，同这充满着太平景象的春光，多么协调一致。这样一想，便觉得这个老板既可入画，又能诗了。[②]

此外，“在诗与画的界限”这一问题上，莱辛在《拉奥孔》中反对《论古代艺术》所持“诗画一致”的观念同时，在绘画的美学中依然赞同温克尔曼的静穆之说。这样的处理方式同样出现在《草枕》和《拉奥孔》之间：虽然在艺术的理想上，《草枕》不同于《拉奥孔》主张的“诗画有别”，却和《拉奥孔》中“美是造型艺术最高的法律”这一美学观念保持了一致。也可以说，《草枕》在美学理念上与《拉奥孔》相对，而与温克尔曼的《论古代艺术》相接近。

---

① 《拉奥孔》，第148页。

② 《草枕》，第56页。

综上，夏目漱石的《草枕》以小说的形式对《拉奥孔》所讨论的美学话题——诗与画的界限以及美和表情的关系以及“丑”是否可以入画等美学诸多方面——做出了“针锋相对”的解读和回应，两者在事实上构成了一种深层的互文性和对话关系，展开了一场跨时空、跨文化的美学对话。[①]

如果考虑到《拉奥孔》并非一部一般意义上的现代美学著作。[②]《草枕》与之以美学为名的对话，是否还存在另外一种更深层的对话之可能呢？

（四）行动的希腊和静观的日本

以上围绕《草枕》和《拉奥孔》在“诗与画的界限以及美和表情的关系”等美学主题展开的互文性进行了文本细读和美学阐释，指出了两者之间存在跨时空的文化对话的事实。美学作为一种思想，一定有着深刻的社会背景和思想渊源，因此，有必要从历史文化语境的角度对此问题采取进一步的探究的姿势，进而把握两者在美学立场差异背后思想指向的差异与统一。

朱光潜先生在《拉奥孔》“译后记”中曾言，莱辛表面上是在讨论画与诗的界限这样的美学问题，但“这里的区别骨子里就是静观的人生观和实践行动的人生观之间的区别”。[③]可以说，朱先生此文着重从《拉奥孔》的历史背景和基本意图方面对这一美学论争进行了深刻的社会思想史的解读。在朱先生看来，莱辛反对温克尔曼所主张的静观的美学，而将文学作为一种反封建、反教会的武器，肯定用行动去改变现状：

> 温克尔曼更多地朝后看，倾向静止的世界观，这种世界观很容易满足现状，和现实妥协，莱辛更多地朝前看，倾向变动发展的世界观，这种世界观必然要求变革现实。[④]

---

① 其实从《草枕》行文的风格上，也可以看到《拉奥孔》的影子，如常用“仿佛”这一颇具莱辛口吻的说辞，就十分有趣。但陈的译文似乎没有注意到这一问题。

② 张辉：《画与诗的界限，两个希腊的界限——莱辛〈拉奥孔〉解题》，《外国文学评论》2011年第2期，第156页。

③ 《拉奥孔》，第237页。

④ 《拉奥孔》，第239页。

对《拉奥孔》美学背后的“实践行动的人生”这一问题，陈定家先生从拉辛对古希腊人自然的人性与英雄气概的继承这一角度去理解。[①]张辉先生则从“古今之争”的角度予以解读：

> 相对于温克尔曼的那个静穆的希腊，莱辛更看重的是一个具有本源意义的、行动的希腊，另一个完全不同的希腊。与其说莱辛是在选择一个与众不同而又与古希腊密切相关的概念，毋宁说他是在试图通过强调动态的、反映人的所作所为的“诗（poesie）”，呼唤乃至塑造“行动的人”——他心目中“有人气的英雄”。[②]

无论陈文还是张文，他们都指出了《拉奥孔》中“古今之争”背后的“启蒙”意味的事实与可能，而这种面向当代人的“启蒙”，是从“古代行动的希腊人”——历史的传统中——以“厚古薄今”的方式获得的。

有趣的是，夏目漱石的《草枕》同样也是在“厚古薄今”的视角下展开了美学上“古今之别”的论述，只不过与《拉奥孔》强调“诗画有别”以及“诗”的优越性，从而寻求一个行动的古代希腊不同。坚持诗画一致，侧重绘画之美的《草枕》，所追慕的是一个具有静观美学特点的古代日本（东方）：

> 它们的共同特点是永远不能脱离世界。尤其是西洋诗，吟咏人情世故是它的根本，因此即便诗歌里的精华之作也无法从此境界中解脱出来。……可喜的是，有的东方诗歌倒摆脱了这一点。“采菊东篱下，悠然见南山。”单从这两句诗里，就有完全忘却人世痛苦的意思。这里既没有邻家姑娘隔墙窥探，也没有亲戚朋友在南山供职。这是抛却一切利害得失、超然出世的心情。“独坐幽篁里，弹琴复长啸。深林人不知，明月来相照。”仅仅二十个字，就建立起别一个优雅的乾坤。这个乾坤的功德，并非《不如归》和《金色夜叉》那样的功德，而是对轮船、火车、权利、

---

① 陈定家：《拉奥孔导读》，成都：四川教育出版社，2002年，第133页。

② 张辉：《画与诗的界限，两个希腊的界限——莱辛〈拉奥孔〉解题》，《外国文学评论》2011年第2期，第159—160页。

> 义务、道德、礼义感到腻烦以后，忘掉一切，沉睡未醒的功德。①

引文所见，《草枕》在讨论“古今之别”时，是和“东西之别”放在同一个框架内进行的。②与西洋歌咏世俗的诗相比，东方（古典）的诗是吟咏自然的优雅的诗篇，这在当今的时代具有一种“功德”。

实际上，《草枕》全篇可看作是以“我”之眼③，在西方/近代文学的参照下，从文学（美学）上肯定东方/古典诗歌的价值。

> 芭蕉这个人，看到马在枕头上撒尿也当成风雅之事摄入诗中，我也要把即将碰到的人物——农民、商人、村长、老翁、老媪—都当成大自然的点缀加以描绘，进行观察。④

这一段落的意思也很明确，向日本古典俳句的代表作家芭蕉学习，以古典俳句（诗歌）之美为标准，指导作为现代画家“我”的绘画和审美。1905年，在《战后文艺界的趋势》的短文中，夏目漱石就提出，日本和西洋的文学和绘画也有着不同的趣味和标准，需要确立一种对日本文艺的自觉与自信。⑤

此处，需要特别指出的是，夏目漱石予以确立的日本文艺的自觉，是以回归以古代中国思想为中心的传统文化为重要途径的。让我们回到小说的第一章：

> 我观我所居之世，将其所得纳于灵台方寸的镜头中，将浇季溷浊之俗界映照得清淳一些，也就满足了。故无声之诗人可以无一句之诗；无色之画家可以无尺幅之画，亦能如此观察人世，如此解脱烦恼，如此出入于清

---

① 《草枕》，第8—9页。

② 这一点也与《拉奥孔》有所不同，这也关系着夏目漱石写作《草枕》内在的用意，即以东方的古典文明思考、克服西方近代，寻求日本自我的可能，或许才是夏目漱石文学最根本的出发点之一。

③ 《草枕》存在两只眼睛，一只是作者夏目漱石之眼，一只是青年画家“我”，两只眼睛基本融合统一于“我”的意识当中。

④ 《草枕》，第10页。

⑤ 『漱石全集』第16巻『別冊』、第453—460頁。

净之界，亦能如此建立独一无二之乾坤，扫荡一切私利私欲之羁绊。[①]

“我观”“灵台”“浇季溷浊”“清净”“私欲”以及内在佛教（禅宗）式思维方式一目了然。而且，夏目漱石将禅宗思想和诗画（即艺术和美）联系在了一起。诗画即艺术（美）在禅宗思想的“灵台方寸”的“镜头”中诞生：

从难居的人世剔除难居的烦恼，将可爱的大千世界如实抒写下来，就是诗，就是画，或者是音乐，是雕刻。[②]

要之，从美的发生学角度讲，禅宗思想乃是《草枕》美学的哲学思想基础。这被可看作是夏目漱石尝试以禅宗为代表的东方传统静观美学和西方近代美学的对话。这一点在开篇中体现得尤为深刻和明显：

发挥才智，则锋芒毕露；凭借感情，则流于世俗；坚持己见，则多方掣肘。总之，人世难居。愈是难居，愈想迁移到安然的地方。当觉悟到无论走到何处都是同样难居时，便产生诗，产生画。[③]

基于“情”“知”“意”区分而建立起来的西方近代美学（感性学），无法解决人世难居（现代社会是充满焦虑和痛苦等现代文明疾病的“浇季溷浊之俗界”）这一问题，唯有以“觉悟”——禅宗人生哲学介入我们人生的东方式的生命美学[④]，方可完成对生存困境的超脱。

与西方一般意义上的美学（感性学）不同，以禅宗代表的东方美学不是简单的审美关系的科学，而是对人类生存体悟和反思之上的审美和体悟，可以说是一种有关人类价值生存的哲学思考。这一点，正是夏目漱石在《草枕》中持有一种东方古典美学的认识论基础，也是夏目漱石在小说中借助东方之眼审视

① 《草枕》，第4页。

② 《草枕》，第1页。

③ 《草枕》，第1页。

④ 铃木大拙总结禅宗的理念，第一条就是禅的修行在于获得般若（在日本被称为“悟”）。见铃木大拙：《禅与日本文化》，钱爱琴、张志芳译，南京：译林出版社，2017年，第22页。

西方近代文明并展开美学对话和思考的思想驱动。我们可以从小说中的一段话得到证明：

> 从实质上说，所谓诗境、花境，皆为人人具备之道。虽则阅尽春秋、白首呻吟之徒，当他回顾一生，顺次点检盛衰荣枯之经历的时候，也会从那老朽的躯体里发出一线微光，产生一种感兴，促使他忘情地拍手欢呼。倘若不能产生这样的感兴，那他就是没有生存价值的人。[①]

原本在小说中脱俗洒脱的"我"突然板起严肃的面孔，以一个老师的身份开始"说教"起来。在同一段落中夏目漱石还讲道：

> 所谓欢乐，均来自对物的执念，因此包含着一切痛苦。然而诗人和画家，都能尽情咀嚼这个充满对立的世界的精华，彻底体会其中的雅趣。[②]

据此可知，夏目漱石基于东方哲学思想（禅宗和老庄等），将艺术之美和教养、伦理统筹为一个整体，这个整体就是"人"。在夏目漱石眼中，美学即伦理，即人道也。

《草枕》发表后不久，夏目漱石应邀在东京美术学校的一次讲演中说道：

> 我们将真正的意义传给后世，由此我们持有自己所从事的文艺工作并非无用事业的自觉，由此我们意识到我们不是孤单一人，而是社会整体精神的一部分的事实，由此我们觉悟到文艺和世道人心息息相关。……文艺工作者在这个意义上绝非无用的闲人，无论是写消极俳句的芭蕉，还是写豪放诗歌的李白，都绝非闲人。[③]

在演讲的结尾，夏目漱石似乎有些激动，再次强调：

---

① 《草枕》，第60页。

② 《草枕》，第60页。

③ 夏目漱石「文芸の哲学基礎」、『漱石全集』第16卷、東京：岩波書店、1995年、第117頁。

> 文艺家绝非闲人，所谓闲人是那些对世界没有贡献，那些无法解释生存方法，那些无法告诉大家生存意义的人。[①]

夏目漱石此处作为演讲者，以“教师→学生”的方式进行面对面的传道授业，告诉大家生存的意义，实践着教育的本义。这一行为可类比其以小说（《草枕》《虞美人草》等）审美和想象的方式面向广大的读者进行“教育”。因此，可以说，作为教师、作为作家以及作为演讲者的夏目漱石，在“说教”即启蒙的意味上实现了内在精神的同构。

而这一启蒙意味的展开，和《拉奥孔》一样是以“返回古典”的方式实现的。只不过，莱辛“返回古典”看到了“行动上他们是超人，在情感上他们是真正的人”[②]的希腊，荷马史诗中的英雄们；而夏目漱石在小说《草枕》中“返回古典”，以东方静观之眼，发现了陶渊明、芭蕉和王维以及如画中的人物和山水。

小说结尾，那美脸上浮现“怜悯”的表情时，我在自己的内心终于完成了一幅画，此处至少有两个层面的意味。其一，意味着在都市里接受过西方近代思想（充满机辩、失去静态而不安）的女人终于呈现出一种东方禅宗式的静观之美——可以入画了。其二，那美浮现出“怜悯”表情，是她内心的写照，即“怜悯”这种“最接近神的表情”[③]也是一种“怜悯”的目光。即暗喻在东方传统美学（伦理）之眼的观照下，映出了在西方近代文明（火车、殖民战争）的逻辑和规则的驱动之下人们（她的前夫、堂弟以及她自己）不幸的命运，具有显著的文明批评的立场：[④]

> 那美姑娘茫然地目送着奔驰的火车。她那茫然的神情里，奇妙地浮现着一种从前未曾见过的怜悯之情。[⑤]

---

① 夏目漱石「文芸の哲学基礎」、『漱石全集』第16巻、第135頁。

② 《拉奥孔》，第8页。

③ “最接近神的表情”有不同的解读，本文倾向于将“神”理解为代表东方文化与西方基督相对应的“佛”，“怜悯”作为一种人格与佛教精神相一致，作“物哀”美学，其生成的思想主要也是佛教。此外“我”曾从那美的形象联想到“观音”。

④ 小森陽一『「草枕」における文明批判』、『世紀末の予言者・夏目漱石』、東京：講談社、1999年、第115—122頁。

⑤ 《草枕》，第140页。

可以说，夏目漱石也正是借助这一东方古典式的“怜悯”之眼，审视、反思着日本学习的西方近代文明，并关注着近代日本（人）的命运吧。[①]

三、禅宗思想与《草枕》——以“无住”观念为中心[②]

（一）导言

1906年9月，夏目漱石在《新小说》杂志上刊发了《草枕》，这是他继续《我是猫》《哥儿》之后的第三部小说。虽然这部作品在他整体的创作生涯中并不十分有名，但由于其特色明显，也颇受学界瞩目。其特色是什么呢？

在该小说尚未发表的同年8月28日，夏目漱石曾给关系密切的弟子小宫丰隆的信函中写道这是一部“开天辟地”的“未曾有过”的小说。“未曾有过”的是什么呢？

对此，夏目漱石在《我的〈草枕〉》一文中提供了较为明晰的答案：

> 我的《草枕》是以与世间通常所说的小说截然相反的意义写成的。我

---

① 基于文学/美学的讨论，而表达一种对当下文明的反思，此种路径无疑也与《拉奥孔》保持了高度的一致。或许，唯有在上述方法和视角下，我们才真正碰触到了《草枕》讨论诗与画的界限这一美学问题的深意。也唯有从这个角度，我们才能理解夏目漱石在《草枕》结尾处提及火车这一文明象征物时发出警告的用意：现在的文明，时时处处都充满这样的危险。顶着黑暗贸然前进的火车便是这种危险的一个标本。（见《草枕》，第138页）夏目漱石对所处时代日本文明的反思，目光投向了古代的东方文化，想要将现代文明这趟火车的速度降下来，虽然我们可以从夏目漱石自身病弱的神经出发考虑这一深刻的问题，但在根本意义上，夏目漱石面对现代文明所采取的是一种“反者道之动”的东方哲学路径。换言之，如果夏目漱石可以称得上伟大二字，那么其原因恰恰在于他的“反动”和“保守”，夏目漱石之于日本文学史，恰可类比老庄之于中国文明史的价值。“反动”的价值，在日新月异、加速发展的当下社会，或许显得日益重要。冯友兰先生讲到“反者道之动”这一观念时，写道：“因为太过和做得过多，就有适得其反的危险。”（冯友兰：《中国哲学简史》，北京：北京大学出版社　2013年，第19页）

② 原文刊载于《汉学研究》2022年春夏卷，略有改动。

> 若能给读者留下一种感觉，即美的感觉就满足了，其他的没有任何的目的。……通常所说的小说，即令读者玩味人生真相的小说也是不错的，但同时还应有一种忘记人生之苦的慰藉作用的小说存在。我的《草枕》就属于后者。……以往的小说是川柳式的，以道破人情世故为主，但此外还应该有以美为生命的俳句式的小说。……如果这种俳句式的小说——名称很怪——成立，将在文学界拓展出新的领域。这种小说西洋还没有，日本也没有，如果在日本出现了，则可以说小说界的新运动首先从日本兴起了。[①]

由上可知，夏目漱石所言的“未曾有过”之小说，在文体和主题上的独特性主要在于：文体上是“俳句式小说”，主题内容上则是“非人情”。

小说《草枕》的主要线索就是青年画家来到偏远的一个叫作高保田的山村寻找“非人情”之旅。如在小说的第一章，作者借“我”的口吻，就明确提及了小说“非人情”的主题：

> 如果将这次旅行中所遇之事和所见之人当成能乐中的故事情节和人物形象将会怎样？虽然不至于完全抛却人情，但归根结底这是一次诗的旅行，所以要尽量约束情感，向着非人情的方向努力。[②]

（二）“无住”与《草枕》

上文提到《草枕》的在主题上的特色是“非人情”。那么，何谓“非人情”？

我们先来看看夏目漱石自己的观点，他在《文学论》中，就曾提出“非人情”的概念：

> 可称为“非人情”者，即抽去了道德的文学，这种文学中没有道德的分子钻进去的余地。譬如，吟哦“李白斗酒诗百篇，长安市上酒家眠”。其效果如何？诗意确实是堕落的，但并不能以此着重断定它是不道德的。“我

---

① 『漱石全集』第16卷『別冊』、第544—545頁。

② 「草枕」、『日本文学全集　15』、東京：集英社、1972年、第103頁。

醉欲眠君且去，明朝有意抱琴来”，这也许是有失礼貌的，然而并非不道德。非人情即从一开始就处于善恶界之外。（中略）吟咏与人事缘分较疏的、未混入人情的自然现象的诗，其中较多含有“非人情”的、“没道德”的趣味，实不足怪。古来东洋文学中这种趣味较深，我国的俳文学尤其如此。[①]

据此，我们可以把夏目漱石所论“非人情”之要点归纳为两点：其一是，抽离了善恶道德的文学；其二是，“非人情”多出现于东洋的文学，尤其是日本的俳句文学中。[②]

村松昌家在《作为小说美学的〈非人情〉——〈草枕〉的成立》一文，就主张夏目漱石正是基于对——《金色夜叉》以及田山花袋为代表的、描写“情欲”甚至“肉欲”的——自然主义文学的抵抗而完成了“非人情”之美学。冈崎义惠曾解读“非人情”:“所谓‘非人情’，即抽离人情而旁观世界。根据漱石的观点，人情世界即是道德世界，离开道德世界，即为‘非人情’。如此，它应该或是宗教世界，或是艺术世界，或者是科学世界。”[③]

换言之，“非人情”的《草枕》实乃夏目漱石所打造的一个艺术和宗教的世界。实际上，《草枕》中凸显的禅宗思想，国内外学者多已指出。但禅宗思想本身内涵复杂，在《草枕》中其呈现的具体方式和状态仍有讨论的必要。在诠释学和文本细读基础上，笔者认为，《草枕》中禅宗思想的第一要义是“无住”观念，而《草枕》可以看作是以禅宗思想为哲学基础撰写的一部文艺批评，并由此确认禅宗尤其是“无住”观念在《草枕》文艺思想中的重要位置。

国外学界较有代表性的是韩国学者陈明顺和日本学者加藤二郎，两人指出小说多处与禅宗思想的关联，前者甚至认为《草枕》乃是一部融合了夏目漱石本人参禅求道体悟的禅宗公案小说。[④]

但有意思的是，虽然众多学者指出了《草枕》中浓郁的禅宗思想，却鲜有

① 『漱石全集』第9巻『文学論』、東京：岩波書店、1966年、第178頁。

② 据此我们也可以了解到《草枕》在文体上作为俳句文学的特色和主题上作为“非人情”的特色是一体的，两者不可分离。其背后的思想在本文看来也可统一在禅宗的东方观念中得到解释。

③ 岡崎義惠『鷗外と漱石』、東京：要書房、1956年、第168頁。

④ 『漱石漢詩と禅の思想』、第128頁。

以禅宗的思维和立场去理解"非人情"的本质含义，却总是集中于探讨"人情"的内涵以及对于"人情"的抽离等。而本文以为，真正理解"非人情"的关键则是对"非"字的解读。

作为汉字文化圈内的读者，基于"非人情"这一汉文的组词方式，即可对其含义有所领悟，若结合夏目漱石的说明，至少对"人情"的理解基本没有太多的分歧，即人情世故、现实之利害关系是也。关键或在于对"非"解读上的不同。而对"非"的理解，于此不能按照日常用语的逻辑去把握，而应从禅宗思想的立场去思考。正如近藤文刚所言，"世间的'非'多半含有否定的意味，不过若从佛教特别是禅的思想的视角考察，'非'表达了对于肯定、否定之意的超越，反而指向了事物的本来面目"。[①]

因此，"非人情"之意，在佛教尤其是禅宗思想的视角下，非是对"人情"简单的否定抑或肯定，而是在"扫相破执""无相无住"的观念指导下，经由"非""不"等"解构"之方法和手段，对原有观念之"人情"的再发现与再确认，看到"人情"的本来之面目。这样的禅宗思维方式，恰恰典型地体现在以《金刚经》为代表的禅宗经典之中。

众所周知，《金刚经》是般若经典纲要之作，地位甚殊，且流布极广，如三论、贤首、天台、唯识等宗派均有注疏，尤其是禅宗一脉，更是奉其为典章经卷。因此，理解《金刚经》的思想内涵及其影响，需多在禅宗文化的脉络中去理解和把握。此外，后来诸家注解《金刚经》，很多人主张其思想核心正在"应无所住而生其心"（以下简称"无住"）之句。[②]

"无住"，可以说是佛教尤其是大乘佛教的核心观念之一，在《心经》中集中表达为"色即是空"之句。六祖慧能也正是听到五祖弘忍讲授《金刚经》

---

① 近藤文剛「禪に於ける非人情の一考察」、『印度學佛教學研究』第7巻第2号、東京：日本仏教協会、1959年、第559—560頁。

② 陈秋平、尚荣译注：《金刚经·心经·坛经》，北京：中华书局，第67页，2016年。对此句的解释历来纷纭，未能统一。"应无所住"是指世界最真实的那个状态。在佛教看来，世界总是以"虚无"和"空"的方式向人类呈现。这导向世界本体意义上的"无"以及认识论上的"五蕴皆空"。以今日观点，人类无法把握世界的真相，根本的原因在于，人类自身感知的先验的规定性决定了我们所见世界的层次和状态。而"而生其心"之句，则主要是方法论层面。《金刚经》给予世人的启示，要求人们要脱离对五蕴的依赖，不执迷于世界的表象，而应以觉悟和佛性观照虚空，从而抵达真如的境地。因此，此句包含了佛教本体论、认识论以及方法论的统一。

"应无所住而生其心"之句时，豁然悟道。继而，"无念、无相、无住"作为六祖禅法（《六祖坛经》）中的关键，最后也是落在了"无住"之上。

何为"无住"？《金刚经·离相寂灭分第十四》中说："菩萨应离一切相，发阿耨多罗三藐三菩提心，不应住色生心，不应住声、香、味、触、法生心，应无所住而生其心。"[①]

佛家认为，"应无所住"乃是指对于人类而言，世界首先是一个经验的世界，且是一个被遮蔽的、缺乏自性的世界，并非世界的本来面目。如"凡所有相皆是虚妄"[②]和"一切有为法，如梦幻泡影，如露亦如电，应作如是观"[③]所云，"无所住"为佛学之体，即在本体论和认识论层面对人类外在经验世界做了判断和说明。且以今日科学观念视之，我们人类基于自身的感知通道和手段所能认识到的世界，如眼睛中光色、耳朵里的声波、身体的触觉等在某种意义上，实则是对世界的曲解。[④]因此，在这个意义上，我们也可以理解《心经》所讲的"五蕴皆空"。[⑤]

进而，《金刚经》在方法论上告示人们莫要驻足于色、声、香、味等的虚幻之相状，只有通过觉悟（意识到"空"是世界的本相），即智慧的观照才能接近世界的本原，以其觉悟之心，才能观照到一种纯粹的真实之美。这样的思想和方法论，若以《草枕》开篇文字言之，即："我观我所居之世，将其所得纳于灵台方寸的镜头中，将浑浊之俗界映照得清醇一些。"[⑥]

（三）作为小说的哲学思想基础

即便粗略浏览《草枕》这部小说，也会给我们一个直观却十分准确的

① 《金刚经·心经·坛经》，第67页。

② 《金刚经·心经·坛经》，第32页。

③ 《金刚经·心经·坛经》，第117页。

④ 人类对世界的把握无非是眼耳鼻舌身意，即"声香味触法生心"。但如我们所知，人类通往真实世界的并非一个真空的通道，而是我们自身有先验规定性的感官和知觉等。如我们看到的五彩斑斓的世界，本无颜色之别，物体的颜色只不过是它反射出的电磁波波长的表象而已，同样的波长在不同的动物眼中呈现出并不相同的色彩。

⑤ 《心经》有云："观自在菩萨，行深般若波罗蜜多时，照见五蕴皆空，度一切苦厄。"

⑥ 「草枕」、『日本文学全集　15』、第103頁。

印象。即禅宗意象俯拾皆是、随处可得。“觉悟”“难居”“灵台”“浑浊俗世”“解脱烦恼”“清净”“干屎橛”“色相世界”“本来面目”等佛家特别是禅宗用语之外，人物设置上有寻求“非人情”之旅的青年画家、大彻和尚、大头和尚、剃头的小和尚等自不必说，即便在小说的描述上也充满了禅机和佛理。更为重要的是，作为一部“以美为唯一生命”的小说，它的展开主要依靠青年画家“我”的思考和内心的活动，而思考和内心活动轨迹基本上是禅宗式的思辨和感悟。如小说第六章，青年画家“我”将思绪入诗，作汉诗一首：

青春二三月，愁随芳草长。
闲花落空庭，素琴横虚堂。
蟏蛸挂不动，篆烟绕竹梁。
独坐无只语，方寸认微光。
人闲徒多事，此境孰可忘？
会得一日静，正知百年忙。
遐怀寄何处，缅邈白云乡。[①]

“方寸认微光”，与开篇“灵台方寸的镜头中，将浑浊之俗界映照得清醇一些”正有异曲同工之妙，都是指以佛教所言开悟之心“观照”世俗人间而获得诗情画意，即一种审美的体验。

如前面所述，如果《草枕》有情节和故事的话，那就是讲述了一名来自都市的青年画家，厌倦了都市而来到偏僻的山村——这个相对封闭的世界——寻求绘画的美感的故事。小说的展开都是以“我”的所思所见为绝对核心展开的，因此《草枕》可以说是夏目漱石借助主人公“我”展开的一次虚构的寻美旅程，而主人公寻找、发现美的主要方法就是“非”，即以“无住”观念静观、谛观世界，也即“观照”人间。

实际上，夏目漱石在《草枕》的开篇就为我们集中呈现了他关于美学的整体观念和设想：

① 「草枕」、『日本文学全集　15』、第144頁。

> 一边攀登山路，一边在想。若是发挥才智，则棱角分明；若是依凭感情，则会随波逐流；若是坚持己见，则可能处处碰壁。总之，人世难居。愈是难居，愈想迁移到安然的地方。当觉悟到无论走到何处都是同样难居之际，便产生了诗，产生了画。人世难居却又不可脱离，只好于此难居之处尽量求得纾解，以便使短暂的生命在短暂的时光里过得顺畅些。于是，诗人的天职产生了，画家的使命降临了。一切艺术之士之所以尊贵，正因其能使人世变得娴静，人心变得丰富。[①]

以上段落中既包含了“无住”所示的世界观（本体论）以及认识论，也包含了“而生其心”所示的方法论，以无观有，以有参无。而“应无所住而生其心”在美学思想层面，就集中体现为夏目漱石所持的“观照”的美学思想，以佛之“空性”发现、领悟和感受世间的纯粹之美。

因此，《草枕》在禅宗思想，尤其是“无住”观念的影响下，以“观照”为方法，对世俗的人间进行了一种审美的观照和体验。也可将《草枕》当作一部电影，而隐藏在观众和荧幕之间的那个起着决定性作用的装置——摄像机——内部的操作运行“物理学”原理和法则正是“无住”为核心的禅宗思想。

综上所述，我们不妨将《草枕》的文学理念抑或文艺理念展开的主要的哲学基础视为禅宗思想，特别是“无住”观念。这样的考虑不仅处于实证层面的考虑，更在于一种超越当下流行实证主义的本质直观，而这一超越实证的直观，恰恰体现了禅宗的顿悟之思维特质。

在《草枕》中，夏目漱石以叙述者“我”的立场发表了诸多艺术理论，很多学者已经指出了《草枕》的创作很大程度上来自对当时流行的自然主义文学的不满，因此，以文学创作的方式给予批评和回应。这样的观点自然不能说是错误的，但需要特别说明的事情是：自然主义以写人情甚至真实的肉欲为对象，而《草枕》则以写“非人情”为主题来展开，如果认为主题的不同是《草枕》反抗和批评自然主义文学（尤其是田山花袋为代表的情欲描写的文学作品，如《棉被》等）的主要理由就有些浮于表面了。

---

① 「草枕」、『日本文学全集　15』、第103頁。

实际上,《草枕》是一部没有情节和冲突的小说，这是夏目漱石刻意为之的一种结果，是夏目漱石以禅宗思想静观世界造成的一种相对静止的美学样态，在这个美学样态之内，时间让位给空间，呈现出图像性的世界建构。也就是说,《草枕》是青年画家“我”内心的静思和眼睛的“观照”，人物的行动和冲突被极力压缩，近乎是一幅幅画的构造。[①]这一点可以通过小说有意识地对《拉奥孔》的否定和曲解中看到，也可以从对“奥菲利亚”的描述中窥见一斑。进一步来说,《草枕》的情节展开依靠的不是外部流动的时间和人物冲突，而是“我”内心的意识流，在内心展开的对美的评论以及独白，即《草枕》的文体和表达本就是评论的展开。所以，我们可以说,《草枕》对于当时流行的自然主义文学的反抗不仅仅基于小说的主题和内容，而且也是在形式上多个层面上展开文艺思想的对抗和批评的。换句话来说，我们甚至可以认为《草枕》在本体论上，是一部以东方思想为主要哲学基础的、形式上接近西方文学批评的评论集，而非西方式的小说。

且看以下段落：

> 以眼观之，就能产生诗与歌。情思不落于笔端，内心也会响起璆锵之音；丹青虽不在画架涂抹，而心中自有绚烂之色。我观我所居之世，将其所得纳于灵台方寸的镜头中，将浑浊俗世映照得清醇一些，也就满足了。故无声之诗人可以无一句之诗；无色之画家可以无半尺之画，但也可以静观人世，脱落烦恼，步入于清净之界，亦能创建不同不二之天地，扫荡一切私利私欲之羁绊……[②]

综上观之，我们将《草枕》视为一部以禅宗为思想基础文学评论也不为过也。

此外，在《草枕》中，夏目漱石的代言人“我”主张艺术分为俗世的艺术和出俗的艺术。俗世的艺术是为人情，是正义、同情、爱和痛苦的西方的艺术；而出俗的艺术则是解脱的艺术，让人暂时远离尘世和痛苦，是东方的艺

---

① 渥美孝子『夏目漱石「草枕」——絵画小説という試み——』、『国語と国文学』、東京大学国語国文学会、東京：明治書院、2013年、第49—59頁。

② 「草枕」、『日本文学全集　15』、第103頁。

术。需要注意的是，文艺观的讨论是在东方/西方的比较框架下展开的，显示了夏目漱石文艺观念中内含的东西方文化比较的意味，也显示了这一文艺观念背后鲜明的时代话语特征。

1908年夏目漱石在给高滨虚子的《鸡冠花》所作的序中，曾提到“余裕小说”和“非余裕”之上还存在更高一级存在的小说样态，即“生死超越的小说”。[①]而这一新的更高一级的小说样态背后的思想基础正是在《草枕》中有着集中表达的禅宗思想。[②]据此，或许我们也可窥见禅宗思想在夏目漱石整体文学创作中的重要位置。而夏目漱石文学之魅力就在于他以西方近代性的思想资源对东方文化的重新理解与反思。由此，作为其文学哲学基础的东方思想也便具有了现代性生成的意味，进而使得其文学具有了文艺复兴的价值。

四、漱石论与文艺复兴式文学

（一）导言

《定本柄谷行人文学论集》中译本的出版为国内读者提供了一次全面梳理柄谷行人文学批评的契机。据此，我们可以清晰地看到，柄谷行人的文学批评自产生之日起，就具有超越狭隘文学批评的性格、跨越不同学术领域而形成的巨大理论张力。但跨越并非仅在知识生产层面展开，其理论建构背后有着强烈的解放论色彩，此事实可以从本书中的漱石论及文艺复兴式文学的视角中得到确证。此外，若从柄谷行人与康德启蒙哲学的内在联系出发，或可将柄谷行人的文学批评实践视为一种充满强度的生命运动，这是接近并理解柄谷行人著述时所应持有的自觉。

① 基于这样的既存事实，国内学界也开始不再坚持夏目漱石是余裕派了。

② 塚本勝義「文学の分類に現れた漱石の文学観」、『茨城大学教育学部紀要』第6号、茨城大学教育学部、1956年、第12—13頁。

（二）漱石论

柄谷行人以《漱石试论——意识与自然》[①]（后简称《漱石试论》）一文获得第十二届“群像新人”而日渐为世人所知，其后又多次围绕漱石及其文学展开著述，并结集出版了《柄谷行人漱石论集成》(『柄谷行人漱石論集成』)。1994年，又与小森阳一等联合出版了《阅读漱石》(『漱石をよむ』)。而使其名闻天下的《日本现代文学起源》(『日本近代文学の起源』，后简称《起源》)一书，按照柄谷在英文版后记中的说法，也可视为一种漱石论。由此可见，漱石论在柄谷行人文学批评中所占有的独特而重要的位置。

在这本《定本柄谷行人文学论集》(『定本柄谷行人文学論集』，后简称《文学论集》)中，以夏目漱石为论题的文章有三篇：《漱石试论——意识与自然》(1969)、《漱石的多样性》(1985)、《文学的衰灭》(2005)，写作时间跨度近40年。如陈言在该书中译本的后记中所示，漱石研究及其相关联的问题意识贯穿全书，是理解本书最重要线索之一：

> 柄谷行人以夏目漱石之例，表明其对文学史线性进程的否定。据此就能够明白柄谷选择英语文学/达莱尔作为硕士论文研究对象的理由了。因此尽管此书以柄谷行人的硕士论文开篇，它仍然是在漱石研究的延长线上。不用说，后来的《意义这种病——麦克白论》也是在漱石研究的延长线上思考完成的。[②]

那么，作为重要的研究对象，对柄谷行人来说，夏目漱石的文学到底意味着什么？

首先从《漱石试论》这篇论文说起。此文行文艰涩而略显散漫，缺乏明快的风格。其艰涩之表述非译文之过而是源于原文本身。在这篇被视为柄谷行人文学评论起点的论文中，柄谷指出：“漱石的小说具有伦理的位相与存在论的位相这二重结构。换句话说，就是作为他者（对象化）的我与无法对象化的

---

① 柄谷行人「〈意識〉と〈自然〉——漱石試論」、『群像』6月号、1969年。

② 柄谷行人：《定本柄谷行人文学论集》，第345—346页。

‘我’这二重结构。”[①]接下来，柄谷又补充道：“主人公们把本来属于伦理的问题作为存在论来解决，而把本来属于存在论的问题用伦理的方式来解决，其结果使得小说在结构上表现得破绽百出。”[②]这一“破绽”虽为众多文学批评家眼中的败笔和不足，但在柄谷行人看来，这恰是漱石文学值得肯定之处。

按照《漱石试论》的逻辑，这一“破绽”超越了自然主义文学的表层，指向了人类生存的深层结构：

> 漱石所看到的，是超越了心理与意识的现实，是不能够成为科学对象的“现实”，是不能够作为对象了解的人的“心理”，是人作为关系性存在时所发现的“超越了心理的东西”。[③]

很明显，柄谷行人这一视角背后的思想资源来自康德哲学中的“物自体”概念。不过，若是通览全文，我们也会发现，在“自然”与“意识”的论述中，柄谷行人的思想是以整个西方哲学为背景展开的，带有一种朴素的理论直观。也就是说，柄谷行人的早期写作并未拘泥于某一种特定的哲学立场。但康德哲学自始至终在柄谷行人那里占有重要的位置，也是一种事实（这与康德哲学的启蒙价值相关，后面将会论及）。只是，康德哲学在柄谷行人的学术发展中有一个从模糊到自觉的过程。在《阅读漱石》一书中，柄谷行人回顾《漱石试论》一文的写作时，特别提道：“曾经我将这一现象称为‘存在论式的层面’，如今我不会再这样命名了。……换言之，我认为这是漱石将无法表象和言说之物竭尽全力想要以语言的方式呈现出来的状态。”[④]而这一“无法表象和言说之物”即康德的“物自体”[⑤]。这一表述提示了柄谷行人论述中存在一个愈加清晰化的康德形象之事实。

顺便提及，王钦最近在《上海书评》发表了《“意识”的终点与“自然”的起点》一文。文中，他从日本批评家东浩纪指摘柄谷行人写作《漱石试论》

---

① 《定本柄谷行人文学论集》，第53页。

② 《定本柄谷行人文学论集》，第55页。

③ 《定本柄谷行人文学论集》，第61页。

④ 柄谷行人「漱石の作品世界」、柄谷行人『漱石をよむ』、東京：岩波書店、1994年、第11頁。

⑤ 「漱石の作品世界」、『漱石をよむ』、第26页。

一文的历史性出发，特别指出柄谷是在萨特式存在主义的意义上使用“存在论”这个词的。且不评判《漱石试论》一文中是否存在一个明晰的萨特存在主义的立场，至少，王钦的论述再次佐证了柄谷行人理论表述的杂糅性风格。如柄谷自身行文的晦涩所提示的那样，《漱石试论》一文所包含的思想资源毋宁说是一种复合而交错的状态，笔者愿将之称为一种思想多元而内共生的实态。或许对创作此文时的柄谷而言，这即是他所“意识”到的“自然”的状态。我们来看如下文字：

> 那不是没有人的寂寞，而是人活着却找不到活着的理由的孤独。……健三（漱石）所保持着的这个幼时记忆，被赋予了某种意义，这个“意义”，就是毫无理由地生存着的这种存在感。①

这样的表达极容易让人联想到叔本华在《作为意志和表象的世界》一书中的某些论断。不过，若是考虑到叔本华的哲学在很大程度上是对康德“物自体”观念的变相继承，萨特的存在论也包含了与康德哲学对话的精神（特别是对康德关于“想象力”观念的承接关系）等事实，我们也就不会惊讶于柄谷早期思想的杂糅状态了。

该书收录的第二篇以漱石为主题的文章是《漱石的多样性》。该文主要围绕夏目漱石的小说《心》展开了关于“文学”可能性的论述。在论文开篇，柄谷就提出了关于漱石文体和风格多样性之谜，并认为漱石这一现象是历史性的、独一无二的存在。

将漱石文学的多样性归结为“历史性的”，实际上就是借助漱石文学向“文学”这一似乎“自然”之物质疑，将这一概念放置于特定的历史语境中，去探问日本近代文学生成的装置和过程。在柄谷行人笔下，夏目漱石之所以对抗流行于世的“文学”，源于其拥有了“文”这样一种体裁及其背后的思想资源：

> 漱石并非把《我是猫》当作小说来写的。《我是猫》是“文”。在写作

---

① 《定本柄谷行人文学论集》，第67页。

> 《我是猫》期间，漱石突然开始了他的创作活动，十年左右期间，他留下了数量庞大的作品。可以说就这样，从“文”起步的漱石的小说诞生了，多样性的作品诞生了。[①]

在柄谷看来，夏目漱石对斯威夫特和18世纪英国文学的研究，关注点并非小说本身，而是它们的风格类型。夏目漱石的《漾虚集》是地道的罗曼司，《我是猫》是反讽或者学究式的，《哥儿》是流浪汉小说（恶汉小说）。而《草枕》，是一部俳谐式的新式小说。《心》这部作品亦是采用了近代小说形式尚未确立之前的方式创作的一部“老套陈腐”的作品。也就是说，夏目漱石在“近代小说”处于支配地位的20世纪初，用10年左右的时间，尝试了所有风格类型，凭借一己之力意欲恢复那些被“近代小说”排除在外的东西。

我们不禁想要追问，被“近代小说”排除在外的是什么呢？

柄谷行人站在叙述形式和精神构造相统一的立场，特别提出了《心》这部小说的主人公之死与“明治精神”的关系问题，并点明了主题：

> 因此可以说，漱石所谓的“明治精神”，就是在明治二十年代逐渐完备确立的近代国家体制中被排除在外的多种“可能性”。也就是说，我想要说的所谓“历史”，如今遭到了遮蔽和忘却。从另一个角度看，正如我开始论述的那样，这种可能性，也是文学的各种可能性。[②]

柄谷认为，漱石所做的就是在持续地抵抗近代的“小说”中心主义，或者是其中所孕育的压抑性。于此，柄谷行人文学批评实践中包含的解放论色彩也可窥见一斑。

若从此文的风格来看，相比《漱石试论》，行文已经通畅许多，脉络也清晰不少，但在分析《心》的“三角关系”等处尚未摆脱枝蔓之嫌。

漱石文学论的第三篇文章是《文学的衰灭》。此文最初是以作者在美国的一次演讲（2005年）为底稿修改而来的。本文探讨的对象是夏目漱石提出的

① 《定本柄谷行人文学论集》，第258页。

② 《定本柄谷行人文学论集》，第271页。

“文学的终焉”这一命题。柄谷在《文学论》(1907年)的序言中从漱石对近代文学自明性的怀疑开始，进而指出，其怀疑的立足点是俳句和写生文:“漱石说，写生文并不是从西洋输入的舶来品，而是由俳句独立发展而来。”[①]接下来，柄谷又将日本“俳句”这一传统和巴赫金“狂欢化”的理论联系在一起：

> 从中世纪世界解体的室町时代到战国时代，连歌的滑稽性经历了激进化的过程。根据巴赫金的说法，“民众笑的文化”在中世纪解体的文艺复兴时期变成了“自由的、批判的历史意识的形式”。[②]

行文至此，柄谷行人文学批评的关键词——“文艺复兴”再次显现，在柄谷行人看来，夏目漱石的文学即是文艺复兴式的文学。[③]

（三）文艺复兴式文学

“文艺复兴”的旨趣在于理性与启蒙。对自称是“康德式转向”继承者的柄谷行人来说，“文艺复兴式文学”的哲学基础主要指向康德对原有启蒙与理性的反思与重建，而康德完成哲学启蒙的关键一环是“物自体”这一超越论式“他者”概念的设定，在审美层面即对应着“崇高”。于是，“文艺复兴式文学”便被放置于沟通认识（理论理性）与意志（实践理性）的构想力（想象力）的位置上，从而具有了对话和介入现实的功能及义务。以下我们就柄谷行人的这一思路展开具体的分析和论述。

如上所述，“文艺复兴”这个词既连接着巴赫金与日本历史上的连歌，又联系着夏目漱石的俳句与写生文。不仅如此，“文艺复兴”还将夏目漱石与《文学论集》中的其他作家联系在一起，成为莎士比亚、二叶亭四迷、森鸥外、武田泰淳、坂口安吾等作家之间的通约数。换言之，“文艺复兴”是《文学论集》的主旨所在，亦可视为柄谷行人文学批评理论与实践的核心精神之一。

何谓“文艺复兴式文学”？解决这个问题，我们可以从“文艺复兴”

---

① 《定本柄谷行人文学论集》，第331页。

② 《定本柄谷行人文学论集》，第333页。

③ 《定本柄谷行人文学论集》，序言第9页。

（renaissan）这一概念入手。

文艺复兴，从字面上看，是源发于意大利的一场欧洲思想文化界复兴希腊、罗马古典文化的运动，但“复兴”实乃假托，如“renaissan”字义所示，“再生”才是真意。而且，“文艺复兴”绝非仅限于文艺界，而是涵盖了学术思想、宗教改革、科技创新和地理大发现等多个层面和领域，是人类历史的一次整体性变革。特别是宗教改革，更是关涉“文艺复兴”的内在核心精神。1517年，马丁·路德发表《九十五条论纲》，主张教徒自己就可以在家中阅读《圣经》，不再需要通过教会就可以直接与上帝相通。这样便在打破教会对信仰的垄断同时，也间接肯定了人内在的主体性，继而开启了后来的启蒙时代及其现代性。[①]当下学术界，将后来的启蒙运动（enlightenment，原义“发光”）视为“文艺复兴”的深入与发展，其原因也在于“理性之光”照耀下的“启蒙”精神。[②]要之，倘若回归到“文艺复兴”这一历史过程本身，我们会发现文艺复兴的深入，最终是以启蒙之姿，革命性地确立了“人”在这个世界的位置。此后人类历史的沉浮，皆由此点延宕开来。故而，理性与启蒙，是理解“文艺复兴”的主要线索。

陈言也注意到“文艺复兴”作为《文学论集》的关键词之事实，在后记中写道：

> 《文学论集》不注重文学史分期，也不谈派别流变，并且结构松散，但每一个叙述对象的选取，都意味着柄谷行人对一种封闭的“内面”结构的拒斥。能够发挥这种拒斥作用的，就是柄谷选择的文艺复兴式文学。[③]

依据这一表述和理解，我们看到，与“文艺复兴式文学”相对的是“内部性”的现代文学：

> 现代文学的特性是内部性，要排斥现代内部性的形态，柄谷行人从夏

---

① 施基邱艳：《马丁·路德与世界：作为现代性的开启者——“寻找思想史中的失踪者马丁·路德”:〈马丁·路德著作集〉翻译研讨会综述》，《世界宗教研究》，第188—192页。

② 周有光：《文艺复兴和启蒙运动（下）》，《群言》2001年第3期，第25—29页。

③ 陈言：《柄谷行人：移动的文学批评》，柄谷行人：《定本柄谷行人文学论集》，第345页。

目漱石的身上发现了这种可能性。夏目漱石对英语文学的选择和多样性文体的尝试，是对垄断日本文坛的法国文学地位的挑战。柄谷行人以夏目漱石之例，表明其对文学史线性进程观念的否定。[①]

据此，若要理解“文艺复兴式文学”亦可从“内部性”这一概念入手，反向思考其内在的本质。而对于熟悉柄谷行人的读者来说，“内部性”亦是理解《起源》的关键之一。

《起源》认为日本写实主义文学最重要的是“内部”（内心世界）的问题，“内部”规定了外在的看似“客观”的“风景”，这与马丁·路德所倡导的新教以个人内面为中心的信仰有着精神和逻辑层面的一致性。也就是说，这一“内部性”与人的主观能动性（内在主体性）视为一体，不可分割。而我们注意到，柄谷行人在《起源》岩波定本的中文版后记中，指出该著作正是以康德对人的主观能动性的分析（康德《判断力批判》）为基本视点展开的。这就意味着柄谷行人文学批评的重要思想基础即是康德哲学。

康德，无疑是德国古典哲学的代表性学者，但他更是近代哲学的开创者。在李秋零等学者看来，康德哲学对于当下而言，最重要的部分是他的启蒙思想。[②]而这一看法绝非仅限于国内学界，这也是柄谷行人本人的体认：“我们所处的状况与康德写作《纯粹理性批判》时的状况多有类似。”[③]基于这一判断，柄谷行人才最终转向了康德哲学，尤其是他的启蒙思想。

众所周知，康德哲学的历史任务与欧洲当时的启蒙困境密切相关，解决启蒙之困、形而上学之危是康德哲学最根本的出发点。对我们而言，启蒙主题（对启蒙的启蒙）也是理解康德哲学的要义所在（奥立沃体尔兹《康德的启蒙方案：重构与辩护》）。对有志于继承康德哲学的柄谷行人来说，康德哲学之所以是一场哥白尼式的思想革命，其最重要的意义是提供了一个超越论式的他者概念（物自体），即强调任何超越性批判都依赖于某种理性的超现实的先验幻象。换言之，康德基于“物自体”这一超越论的“他者”，重新划定了理性

---

① 《柄谷行人：移动的文学批评》，《定本柄谷行人文学论集》，第345页。

② 李秋零：《康德与启蒙运动》，《中国人民大学学报》2010年第6期，第65—70页。

③ 柄谷行人：《跨越性批判——康德和马克思》，赵京华译，北京：中央编译出版社，2011年，序言第2页。

的边界。因此，若要理解柄谷行人的“文艺复兴式文学”，亦需返回康德，重新理解康德的“哥白尼式转向”的启蒙思想。

柄谷在《跨越性批判——康德和马克思》[①]（后简称《跨越性批判》）一书中写道：

> 总而言之，康德所说的“哥白尼式转向”，并非向主观性哲学的转移，而是由此向以“物自体”为中心的思考转移。（中略）换言之，也便是“他者”的问题。[②]

如柄谷行人所见，康德的哲学革命并非简单的主体性转向，而是强调主观的被动性。康德哲学哥白尼式的革命转向，对于当时的启蒙运动来说是一次反思和重建，具有一种启蒙的双重性[③]，既承认人的理性（主体性），也以“物自体”这个超越论式的他者厘清理性的边界，为道德和信仰留下应许之地。晚年的康德深化这一思路，尝试弥合现象界和物自体（本体界）之间的裂痕，在《判断力批判》一书中选择了审美这一方式和途径——在艺术上，科学和道德实现了“综合”。[④]特别是在处理优美与崇高之不同的“风景”时，摆脱了他之前关于形式的纯粹美的局限，对“崇高”这一概念之中的“道德”与“理性”之要素予以揭示，启发了后来的美学思潮，并为柄谷行人所重视。康德描述“崇高”为：“它是一个（自然的）对象，其表象规定着内心去推想自然要作为理念的表现是望尘莫及的。”[⑤]即，康德所谓崇高，是无限大或者无限力的感性自然物不能表现作为观念存在的理性内容。对此，齐泽克明确指出，康德崇高定义中的无法表现的理念就是康德哲学中的物自体。[⑥]

柄谷行人在2002年给《起源》写的中文版序言中也提及“崇高”这一问题：

---

① 柄谷行人『トランスクリティーク：カントとマルクス』、東京：岩波書店、2010年。

② 《跨越性批判》，第40页。

③ 《跨越性批判》，序言第2页。

④ 《跨越性批判》，第41页。

⑤ 康德：《判断力批判》，邓晓芒译，杨祖陶校，北京：人民出版社，2002年，第108页。

⑥ 齐泽克：《意识形态的崇高客体》，季广茂译，北京：中央编译出版社，2014年，第277页。

> 这里康德阐释了这样一个问题：崇高来自不能引起快感的对象之中，而将此转化为一种快感的是主观能动性。然而，人们却认为无限性仿佛存在于对象本身而非主观性之中。[①]

柄谷行人发现，在康德哲学意义上，“崇高”意指人同“无限”的自然表象进行较量、对抗而表现出来的一种自我超越的生命形式，其最终在“人就是创造的最后目的”的意义上肯定了人的价值与尊严。然而，现代性制度却假借“崇高”之名，造成对人的一种统治和压迫，成为损害人尊严之物。对康德启蒙双重性的理解与体认，也影响了柄谷行人对“文艺复兴式文学”这一概念的厘定。柄谷写到人们对他的《起源》的误解时，说：

> 那时，我好像是在阐明这种内在性即是“颠倒”似的。实际上所谓“颠倒”并非意味着由内在性而产生风景的崇高，恰恰相反，是这个“颠倒”使人们感到风景之崇高存在于客观对象之中，由此代替旧有的传统名胜，新的现代名胜得以形成。[②]

如果说“颠倒”指向的是人的主观性，人的理性活动。那么正是人们过分依凭这一理性才导致这种二律背反的结果（如，误以为崇高存在于客观对象之中）。于是，现代性的一系列外在之物（如，新的现代名胜）似乎就具有了不言自明的客观与合法性，成为自然之物，甚至成为“崇高”之物了。在这个意义上，作为制度的日本现（近）代文学本身无疑就是这种看似“自然”的“名胜”与“风景”。[③]

简言之，柄谷行人在启蒙主义的立场上，围绕“崇高”和“物自体”概念，对康德哲学进行了新的解读，并在诠释康德思想的基础上重新设定了“文艺复兴式文学”这一独特的话语方式。在《起源》一书中，柄谷行人通过“风

---

① 柄谷行人：《日本现代文学的起源》，赵京华译，北京：生活·读书·新知三联书店，2013年，第204页。

② 《日本现代文学的起源》，第204页。

③ 也正是在这层意义上，我们才能理解柄谷行人何以一方面肯定夏目漱石文学独特的价值，一方面又反对那个作为“国民作家”的夏目漱石。

景的发现”“内面的发现”等话题，重新解读“文学”这一（基于理论理性而建构起来的）现代性制度的生成原理和历史过程。而夏目漱石这样对“文学”抱有怀疑态度、自觉立于制度性文学（理论理性之产物）之外的文学创作，具有一种否定性的破坏力量——对“自然性”与“合法性”的文学制度的解构功能——这正是柄谷行人所指向的文艺复兴式文学，即康德哲学启蒙意义上的文学之品质。

由上可知，康德在肯定理性价值的同时，以“物自体”之概念为理性划定了边界，对流行于世的认识（理论理性）予以批判和超越，将理论理性限定于现象界，而留下了理论理性所无法抵达的“物自体”的世界。从表面上看，这便造成了一种更深层次的不可知论。但康德却从逻辑上证明，不可知论恰恰意味着人的自由之可能，而这一可能的自由指向了人的实践理性，即道德实践。这就将人从理论理性的决定论中解救出来，使人的自由成为一种可能。柄谷行人认识并领悟到这一重要的思想事实，基于当下依然处在康德之时代的判断，自觉转向了康德哲学。

另一方面，与对“物自体”这一概念的讨论相对应，康德通过美学领域对“崇高”等概念的讨论，积极肯定想象力的价值，尝试以审美沟通现象界（理论理性）和物自体（实践理性）之努力，在柄谷行人这里，转化为肯定文艺复兴式文学之立场。文艺复兴式的文学，接续康德有关连接理性（道德、政治）和感性的想象力（构想力）之判断，成为缝合现象界和物自体之裂痕的实践途径。因此，文学艺术（审美）唯有在连接感性和理性的关系中才具有意义。对于柄谷行人而言，文艺批评实践既是一种理性和知识性的生产活动，也是一种社会意义上的道德实践。

鉴于以上分析，自然得出以下结论：若要更好地理解柄谷行人文学批评的内在精神，我们就必须回到康德哲学——柄谷文学批评实践背后的认识论前提。这样一来，文学批评实践在哲学层面又必然涉及作为道德实践对象的“物自体”这个概念。柄谷认为，康德所言的“物自体”就是一个超越论式的“他者”：“康德通过‘物自体’揭示了我们无法事先获得也无法随意内在化的那个他者之他者性。”[①]亦如陈言在后记中指出的如下事实：“（柄谷所认为的）他者，

① 《跨越性批判》，第63页。

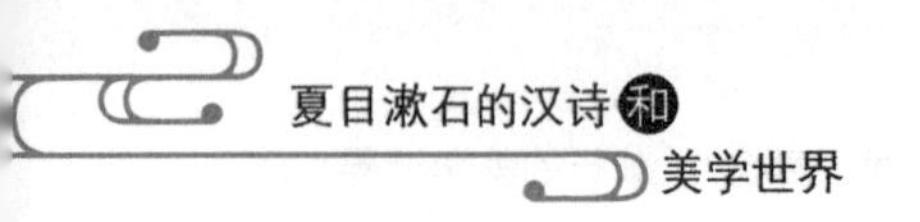

不是理性认知的对象，而是关乎实践性的伦理。……他那时更着眼于理解强迫人的结构性之物的无法穿透性。森鸥外所要拒绝的，就是对事件持穿透性的观点。”[①]

在《文学论集》一书中，与森鸥外对“穿透性”的拒绝一样，夏目漱石作品中无法说清楚的“他者”和“不安”，坂口安吾作品中与“他者”相遇而“堕落”——被“他者”抛弃的“故乡”等，无不彰显出康德启蒙哲学视域下超越式“他者”（物自体即“崇高”）概念，在建构柄谷行人“文艺复兴式文学”之概念中的重要作用。

换言之，在柄谷行人眼中，康德的美学并非限于无利害的静观或纯粹形式之美，而更多地指向了从“崇高”这一概念中获得的包含“善”与“理性”的美学立场。在这样的立场下，文学艺术唯有在连接感性和理性的关系中、在沟通认知与社会实践之互动中才有意义。故而，包含超越论“他者”的“文艺复兴式文学”，具有连接理性（道德、政治）和感性的想象力（构想力），具有的解构和建构的双重性启蒙之价值，这也是柄谷在《柄谷行人谈政治》一书中提及的那句曾涂鸦在法国厕所的标语“让想象力取得权力”的深意。[②]此外，柄谷在《近代文学的终结》一书中，借助萨特关于“文学是社会永久革命中某种社会的主观性”之论断，指出萨特的文学观念部分秉承康德哲学的事实，也点明了康德启蒙之后文学所应持有的社会立场。[③]而在《跨越性批判》一书中，柄谷行人更是明确借助视差和超越论式的他者的概念，往返于康德和马克思之间，在“非对称性的关系”中，寻找一种返还现实的可能性：

> 因此，他（康德）“批判”形而上学，目的不在于嘲笑，而是为了重建。毫无疑问，他所谓“道德的”问题，在现实上也便是政治、经济的问题。他所追求的是扬弃资本、民族和国家的世界共和国。[④]

这段文字，与其说是柄谷在言说康德的启蒙立场，莫若理解为柄谷在表达

① 《柄谷行人：移动的文学批评》，《定本柄谷行人文学论集》，第352页。
② 《柄谷行人：移动的文学批评》，《定本柄谷行人文学论集》，第348页。
③ 柄谷行人『近代文学の終わり』、東京：インスクリプト，2005。
④ 《跨越性批判》，序言第2页。

他自己的现实情怀。因为，从根底里说，柄谷行人的言说从发生学意义上讲，具有一种强烈的解放论色彩。这种解放论色彩与他返回康德与马克思，从启蒙的立场重新理解康德，以及从康德哲学立场再次诠释马克思之精神是同构而一体的。在《跨越性批判》一书的日文序言中，柄谷写道：

> 对于马克思来说，共产主义乃是康德的“绝对命令”即实践（道德）的问题。（中略）我开始认识到，理论不能简单地停留在对现状的批判性阐释上，必须提出改变现实的某种积极的东西。[①]

20世纪末，柄谷行人在日本发起了新联合主义运动（NAM），以实际行动重新返回社会，走向现实的反抗，便遵循了马克思在《关于费尔巴哈提纲》第十一条的教诲：“哲学家只是用不同的方式解释世界，而问题在于改造世界。”[②]

需要说明的是，与康德启蒙的双重性一样，柄谷行人走向世界的方式依然是双重的。他并未完全放弃解释世界（文学批评）这一实践方式。在《文学论集》的序言结尾处，他写道：

> 在那样的近代文学的起源上，我发现了文艺复兴式的文学的终焉。当然，后者在以某种形式回归，我也没有放弃这种可能性。而我之继续“文学批评”，也仅仅是在这个意义上。直到今天我仍然相信这种可能性。[③]

（四）结语：作为生命整体的运动

著有《康德的批判哲学》的德勒兹是一位将哲学视为政治运动的文艺批评家，汪民安曾用“生命是一种充满强度的运动”来赞美他。而渴望“一场真正意义的文艺复兴”的德勒兹，在柄谷行人眼中也同样是一个十分重要的存在，多次在著述中引述其观点。

① 《跨越性批判》，第8页。
② 《马克思恩格斯选集》第一卷，北京：人民出版社，1995年，第61页。
③ 《定本柄谷行人文学论集》，序言第14页。

在笔者看来，柄谷行人同样是德勒兹般的存在，柄谷的“移动”抑或“跨越”绝非仅限于知识生产层面的位移，也不同于一般方法论意义上的解构主义的行为。柄谷行人一生可谓壮阔的知性活动的展开，根植于强烈的现实关怀，维系于其独特而深刻的生命体验。也正是在这种意义上，笔者认为柄谷行人文学批评的关键词，除了“他者”之外，还应论及与之相关且具有启蒙意味的“文艺复兴”，而且，这一启蒙绝不仅仅指向“他者”，亦是一种积极的自我建构内在的指涉。或许，对窥视到生命本质之不安的柄谷而言，唯有在“移动”和“跨越”中，才能寻找到安放其生命之不安的一个暂时性的支点，才能对抗这个愈加固化、同质化且虚拟化的世界。而这个可能的、暂时性的支点，最初是以“文学批评”的面目出现的。

在共产主义运动中成长起来的柄谷行人，经由文学批评到政治哲学批判的转型，在可预见的将来或将以新联合主义运动（NAM）的方式结束其作为凡人的一生。此时，不由得想起了那个不肯屈服于命运的西西弗。也许，这是关于柄谷行人个人的一种生命隐喻，更是你我必须面对的一种现实。

五、漱石的绘画与文学——以其题画诗为中心

（一）美学启蒙与体验

> 孩童时代，家里有五六十幅画，我在各种场合见过，有时在壁龛前，有时在库房里，也有时拿出来晒太阳。我喜欢独自一人蹲在挂轴前边，默默度着时光。……绘画中还是彩色的南画最有趣，可惜我家的藏画里，这样的南画很少。①

夏目漱石在上文中所说的“南画（なんが/nannga）”，是一个日本绘画史的概念，也称“南宗画”。幕府末期的日本，在绘画上受到了远渡重洋的黄檗僧人

① 夏目漱石：《我和画》，夏目漱石：《夏目漱石散文随笔集：暖梦》，第205页。

的禅画、以“兰画”为主的西洋绘画、以画谱和少量真迹为参照的中国文人绘画等因素的影响。在东西之风的交汇碰撞中，在误读与想象中，逐渐形成了具有日本独特审美的“南画”。当然，若是将其指认为绘画传统在日本的赓续和变异，则可将南画的源头追溯到室町时代（1336—1573）中国文人画的东传。[①]

参照武田光一的《日本的南画》(『日本の南画』) 等书中的观点，日本的南画大致分期如下：

早期：祇园南海、服部南郭、彭城百川和柳泽淇园等人，以明清画谱为学习手段，模仿阶段。

中期：代表者有池大雅和与谢芜村等。（文人画理论的日本化代表：桑山玉洲）

辉煌期：冈田半江、浦上春琴、赖山阳、田能村竹田等。

没落与新发端（新南画）：富冈铁斋、村上华岳、京都日本南画协会（1904年3 000会员）

夏目漱石所处的时代正是日本南画的第四个时期，即没落与新发端的新南画期。不过，夏目漱石虽然自幼喜爱南画，其美学的启蒙发端于此，后来又有诸多与美术相关的活动，包括担任书画大赛的评委、撰写画论，甚至创作书画作品等。但夏目漱石包括南画在内的绘画实践基本属于个人爱好的范畴，与日本当时的专业绘画界/南画界并无关联。即便在个人的审美属性与风格上，夏目漱石也与当时的日本绘画/南画风潮无关。若是再考虑到，所谓日本南画与文人画、山水画的渊源，以及日本画界常以文人画与南画混同的历史事实，明知以后南画开始自觉生成为一种职业流派的状态，或许我们将漱石的南画归于文人画更为恰当。而就夏目漱石的绘画精神而言，特别是其绘画的代表性作品《孤客入石门中》《山上有山》《题画竹》等，其精神的内核无不是文人画的理想主义风格。

就夏目漱石个人经历而言，在幼年的南画启蒙之后，在各种机缘和热情的

① 中国文人画最早在室町时代（1336—1573）陆续传入日本，在江户时代受到明清文化（黄檗画系、南蘋派、南宗文人画系等）的影响，以官方狩野派为参照，形成“南（宗）画”，其中也辅以西洋画法和日本元素发展而成。在美术史上，日本南画是禅宗、文人画以及兰画的融合。

南宋牧溪《六柿图》（现藏于日本京都龙光院）

引领下，先后领略到牧溪[①]、雪舟等文人墨客的风采，体会到独有的东方美学之意蕴。在其留学英伦期间，很少外出的夏目漱石又热衷于伦敦的各大美术馆，近距离接触到许多西方的美术名作，这些不同风格和思想内涵的美学体验或隐或现地体现到日后的文学创作和美术评论上。如其文学风味一样，兼顾东西才学的漱石的美学思想，最底层的驱动力依然来自东方式的生命体悟，特别是寓情于山水的“道”与“禅”。

（二）文艺创作

漱石的第一部小说《我是猫》中的主人公苦沙弥曾热衷于画水彩画，而美学家迷亭建议他对自然写生；小说《心》曾描述自杀前的“先生”，引用了渡边华山在死前画下最后一幅巨作《黄粱一炊图》来表现自己的心境。小说《草枕》这部以美为唯一生命的小说，主人公就是一位画家，主线就是画家寻找绘画的灵感。这一点在书中的其他部分已有介绍，不再赘述。此外，漱石还有许多作品无不与绘画有着千丝万缕的联系，这些甚至被视为“图像小说”抑或“绘画小说”，如上面提及的《草枕》。同样被称为“绘画小说”的还有《三四郎》，其中的人物原口是一个绘画老师，最后以女主人公为原型完成了大幅肖像画《森林之女》，极具象征性，寓意深刻。而短篇《蒙娜丽莎》则带有一丝惊悚的诡异味道。《伦敦塔》中出现了约翰·埃弗里特·米莱斯的《塔中王子》

① 牧溪，中国南宋画家，生卒年不详。代表作有《松猿图》《远浦归帆图》《潇湘八景图》等，留存少数真迹均在日本收藏，对日本的水墨画产生了直接和深远的影响，被尊为“画道的大恩人”。

画作的意象。小说《从此以后》的主人公代助，内心向往静穆平和的世界时，脑海里呈现出的则是当时的画家青木繁的一幅作品。《梦十夜》中的第十夜，描写庄太朗和野猪搏斗的场景则与名画《加大拉之彘的奇迹》有着千丝万缕的联系。《路边草》中也出现了许多以名画为线索的隐喻符号。

理维埃《加大拉之彘的奇迹》(1883)

此外，通过好友正冈子规等人的联系，夏目漱石还认识了很多书画家，与部分画家熟识，保持了长期的交往。如中村不折、津田青枫等，漱石小说的插图、封面及装帧设计等，都有这些朋友参与的身影。当然，夏目漱石也曾写过数篇关于他们画作的评论。如《子规的画》《日英博览会的美术品》《东洋美术图谱》《中村不折的〈不折俳画〉序》《文展和艺术》《〈新日本画谱〉序》等。

更为值得关注的是，夏目漱石本身也创作了百余幅的书画作品（《漱石遗墨集》《夏目漱石书画集》），特别是其数十幅的南画创作，更是作家个人生命体验和文艺思想的集中表达。一般认为，漱石自己的绘画习作是从伦敦留学归国后不久，由水彩画开始的。作品有《盆栽图》(描画的是吊兰)、《书架图》、《松图》、《牛津大学图》等作品。1913年秋则开始习作水墨画，有《藜与黑猫图》《山水图》《竹图》《菊图》等。

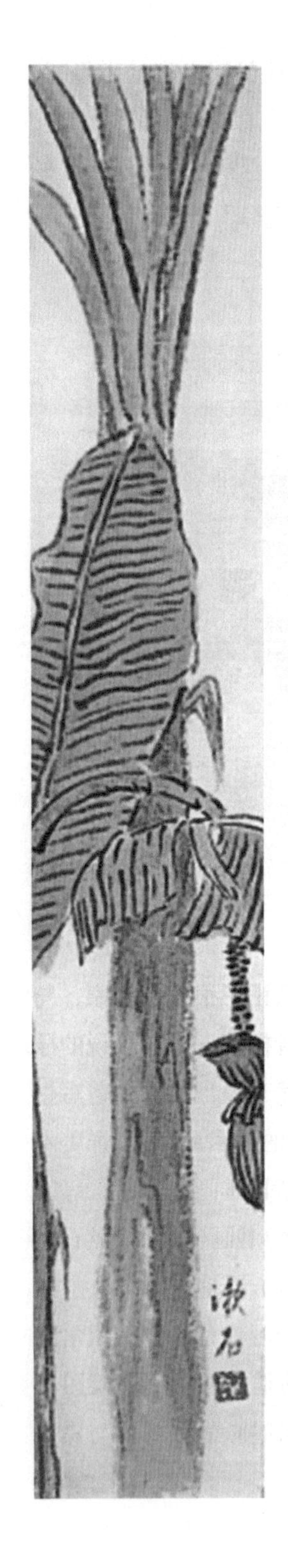
漱石

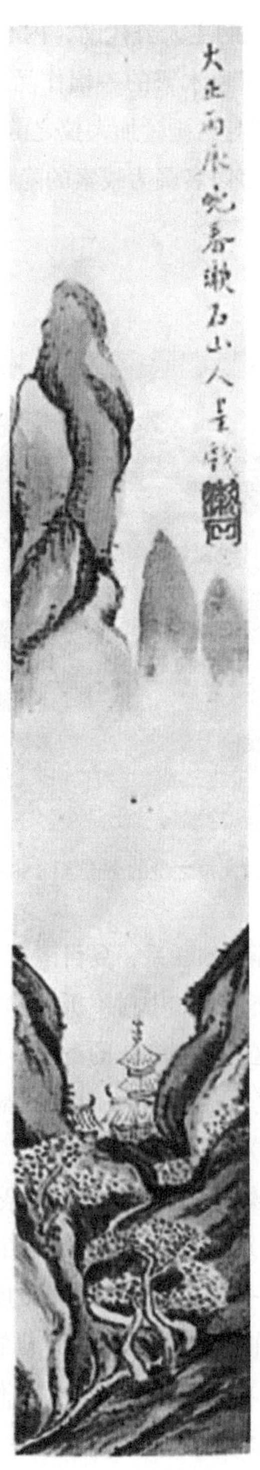

漱石子

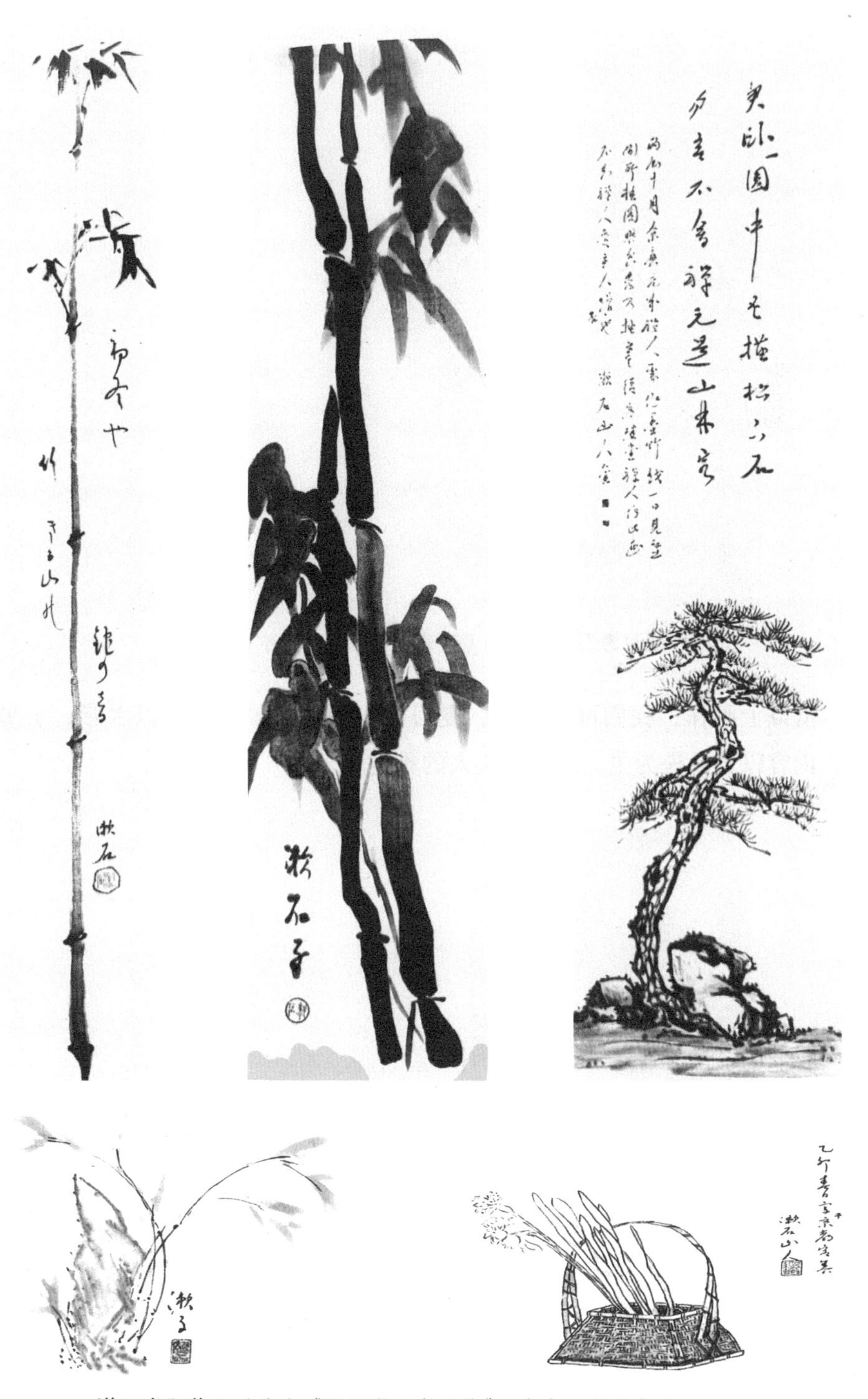

漱石书画作品（选自《夏目漱石书画集》，东京：岩波书店，1977）

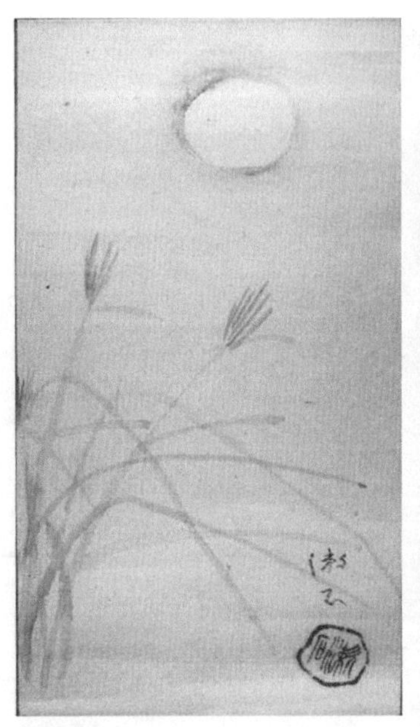

夏目漱石手绘作品（现藏于日本东北大学图书馆）

由以上画作，我们可以看出，夏目漱石初期的画作笔法以水彩、水墨为主，内容以竹兰松为主，体现出文人的雅趣。

漱石给寺田寅彦的书信中的仿作（1902年10月25日，现藏于高知县里文学馆）

漱石给土井林吉明信片上的自画像（1905年2月2日，现藏于日本东北大学图书馆）

其实，在此之前，夏目漱石就已经开始在日记中、明信片等处开始简描或水彩习作，有名画仿作，也有自画像，其艺术性不值一提，但笨拙却幽默的笔法却有着极为强烈的个性化表达。

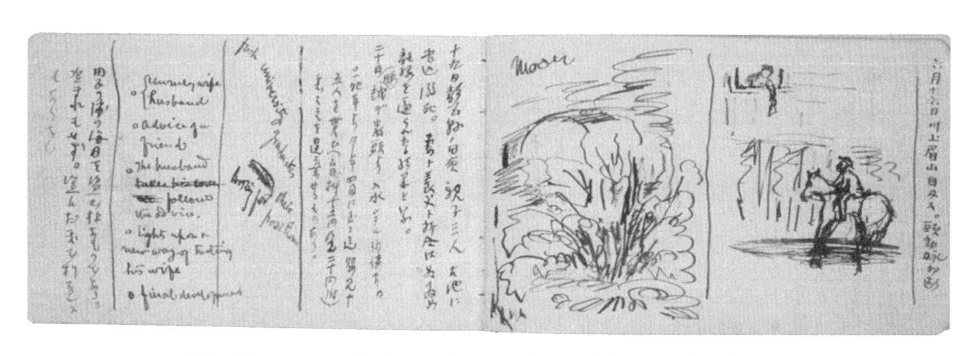

夏目漱石日记片段（1910年，现藏于日本东北大学图书馆）

相较于上面的习作和带有社交性质的手绘，夏目漱石真正意义上的绘画创作是自1913年开始的南画实践。在这一年，漱石在写给青枫的信中提到，希望在一生之中可以画出一幅让人感动的画，只要一幅就好。

（三）题画诗的画与诗

夏目漱石的门生兼女婿松冈让、日本当代学者和田利男，将1912至1916年春这段时间内漱石创作的汉诗称之为南画趣味期，又称“题画时代”；斋藤顺二则将其命名为“画赞时代”。在这段时期内夏目漱石创作了39首汉诗，题画诗居多。以下本文就以几首题画诗举例，尝试说明漱石的绘画和汉诗及其美学精神的核心问题。①

1.《山上有山》（1912）

山上有山路不通，柳阴多柳水西东。
扁舟尽日孤村岸，几度鹅群访钓翁。②

① 题画诗大致分为自题画诗（给自己的画题诗）和为他人的画作题诗两种情况，漱石也兼而有之，本论以第一种情况即自题画诗为例。

② 夏目漱石『漱石書画集』、東京：岩波書店、1977年、第1頁。

漱石书画作品

该画作虚实相衬、远近结合，山峦之处运用了近似于传统的披麻皴和荷叶皴画法，而近处的柳树则似有意尝试点叶法，树干遒劲，枝叶分明。夜色渐暗，一叶扁舟，停靠在岸边，不见主人，但低矮的房屋漏出几角，藏掩于山水林木间，俨然是一副世外桃源之图景。虽然笔法笨拙，水面如硬质的路面，完全没有描绘出流水之姿；河对岸的鹅群以白色泥团表现，也显得粗糙，远处的柳树颜色浓郁而沉闷，缺乏生机；远处虚写的山脉显得呆板，近处的山虽为实描，却也没有山的气势，衬托出世外桃源的神韵。但若结合画作左上角的题画诗：

“山上有山路不通”，人间之路，世俗之路不通，而隐居者顺水行舟，可归隐也。

“柳阴多柳水西东”，“柳”（图画中五棵柳树）乃是“五柳先生”陶渊明之意乎？

“扁舟尽日孤村岸，几度鹅群访钓翁”，既有寂寥，亦有生机。

要之，诗画合一,一望便知画作的“桃源情思”。

2.《孤客入石门》（1914）

碧落孤云尽，虚明鸟道通。
迟迟驴背客，独入石门中。[①]

该作品创作于1914年11月。作品整体的色调灰冷，棱角分明、曲折通幽的山石小道与缭绕的云雾相比照，孤独的旅人冷峻的山路上缓缓而行，山腰处几间茅草房屋暗示着隐者的住所，而远处巍峨矗立的山脉与茅房所在的林地有烟云相隔，预示着这也是一个与世隔绝的桃源之地。就其笔法和运笔的流畅度而言，比《山上有山》提升不少，已触及云山形色之妙。

“石门”在古代诗文中常见，有时为地名（这样的地名太多，反而说明了“石门”这一词语在汉语语境中所具有的象征性），有时则是寓意。如常写“石门”的李白曾有一篇作品《下途归石门旧居》，其中：

石门流水遍桃花，我亦曾到秦人家。
不知何处得鸡豕，就中仍见繁桑麻。
翛然远与世事间，装鸾驾鹤又复远。

诗中的“石门”无疑就是一处“桃花源”。

碧落孤云尽。

碧落，是云色的视觉变化——蓝天渐暗、日落而云起，因此，也是时间的转移。另，道家所言的东方第一层天也以“碧落”称之。孤

漱石书画作品

① 『漱石書画集』、第5頁。

云尽，则是日落黄昏向苍茫暮色的推移，“尽”字得其神韵。

虚明鸟道通。

虚明，在中国古典中多指光色空明或内心清虚，如“凉风起将夕，夜景湛虚明”（陶潜）、“蒲团布衲一绳床，心地虚明睡自亡”（苏辙）等。根据画作，此处应是黄昏转至暗夜之际，人间暮色渐落，而天空尚有返照的光色，几只归鸟掠过天际，几声鸣啼，山间的时空辽阔而寂寥。

迟迟驴背客，独入石门中。

在暮色渐浓之际，天地间一羁旅者，乃是骑坐一匹瘦驴缓行的孤独者。

“迟迟”，与人间急切寻求目标的功利主义者、效率至上主义者、理性主义者的匆匆步伐抑或被奴役者的沉重的步伐不同，显示出一种不一样的人生姿态。“驴背客”之“驴”字用得巧妙，也十分传神。有的学者曾指出夏目漱石的汉诗缺乏用典的深度，与中国的汉诗相比，这一点逊色不少。但我却不这样认为，一来夏目漱石汉诗中用典不多但也时有出现；二来夏目漱石的汉诗类似日记中的自语，缺乏用典的具体语境，即没有具有汉诗修养的特定读者群，故而没有必要；三者则是夏目漱石汉诗的用典之功效多以借用中国传统意象而实现。比如此诗中的“驴”字，一定不能是“马”或者是“牛”，也不能是仙鹤之类的神物。因为“驴”字不仅回应着“迟迟”的姿态以及整首诗的归隐主题（从人间逃逸而内修，尚未成仙入道），而且极容易让我们联想起许多古代骑驴的隐逸者的孤高和寂寞形象（古代很多诗人都是骑着驴寻找灵感写诗，不是故意，同样也是一种人生姿态，如徐渭的《驴背吟诗图》），而且还带有一种幽默感（这或许是夏目漱石所特有的）：

喜欢驴叫的王粲，踏雪寻梅的孟浩然，潦倒的杜甫，尚未步入仕途的贾岛、孟郊，神迷的李贺，改革失利的王安石，落魄的陆游……文人骚客的眼中，与“春风得意马蹄疾，一日看尽长安花”的天子门生不同，与“更催飞将追骄虏，莫遣沙场匹马远”中的战马嘶鸣不同，驴，是落魄的自守，是君子固穷，是归隐的高洁，是文人的灵魂之自由与洒脱……

当然，在不得志的李白笔下，驴，还是对权贵的嘲讽与幽默：“天子殿前尚容走马，华阴县里不得骑驴！”“骑驴”不仅是一种身份的象征，更是一种人生的选择。因此，在漱石的这幅画和这首题画诗中，“骑驴”“石门”等不仅指自身的贫苦或落魄，更多是隐者的孤独，一种文化立场的自觉和张扬。

（四）诗画一致的美学精神

限于篇幅，笔者不再一一分析夏目漱石的画作和题画诗中所呈现的诗与画的关系等问题，只是需要说明以下几点：

其一，可否将夏目漱石的绘画纳入一个整体的文化立场和视域，或许，我们会发现“文人画”，还是一个比较合适的概念。这一概念不仅可以涵盖夏目漱石不同题材、不同时期、不同风格的画作，而且还可以将夏目漱石的文学创作（小说、俳句、汉诗和散文等）、文论批评等语言文字的创作与其绘画统一在“文人”的概念之下，并在此视角下，发现夏目漱石在东西文化碰撞中的文化自觉和痛苦。而何谓“文人画”？参照《中国文人画究竟是什么？》一文的观点，或许，众说纷纭的“文人画”应被理解为一种被追求的理想形态，是永远前卫的精神，是一种内在的真实。[①]夏目漱石的绘画就具备这样的理想姿态和内在真实的精神特质，漱石的画并非写实或写生，而是描述内心的真实情态和渴望，他的文人画，是心画的别名。这一点正与其语言文字的创作一脉相承、相通、相融。

其二，漱石的题画诗，在美学思想上体现出“诗画一致”的特色。这一点，我们在分析其最著名的“绘画小说”——《草枕》时就以《拉奥孔》与其对话关系为中心，对其美学的背景和思想的渊源做了较为详细的解读，感兴趣的读者可以参考。限于笔墨，于此我想补充说明两个小问题。

第一，漱石曾在《草枕》中提及作画三层次。第一层次是写生的，即物；第二层次是物我并存；而第三层次则是唯我心境，或物外神韵。第三个层次的是最上品的画作，并举例说中国宋代画家文与可与日本中世画家云谷等颜的山水画即为代表。而西洋画，夏目漱石认为其大多注目于表象的世界，而不为内在的神往气韵所倾心。这样的表述无疑和上面提及的文人画/心画联系在了一起。

第二，与其小说中占据美学核心的禅宗之哲思不同，漱石汉诗和绘画所显现的美学思想中，道家的隐遁与超脱、人与自然共情共生的观念更为明显，带有生命美学的特点。

---

① 石守谦：《从风格到画意：反思中国美术史》，北京：生活·读书·新知三联书店，2015年。

附录一
夏目漱石汉诗辑录[①]

鸿台二首

鸿台冒晓访禅扉，孤磬沈沈断续微。
一叩一推人不答，惊鸦撩乱掠门飞。

高刹耸天无一物，伽蓝半破长松郁。
当年遗迹有谁探，蛛网何心床古佛。

题画

何人镇日掩柴扃，也是乾坤一草亭。
村静牧童翻野笛，檐虚斗雀蹴金铃。
溪南秀竹云垂地，林后老槐风满庭。
春去夏来无好兴，梦魂回处气泠泠[②]。

送奥田词兄归国

汽笛声长十里烟，烟残人逝暗凄然。
一朝缔好虽新识，廿日罄欢是宿缘。
小别无端温绿酒，芜诗何事上红笺。

---

① 漱石汉诗散见于日记、手札，生前刊印不过数首，本书以简体汉字收录，以完成稿为原则，后遗散残稿未收。此部分主要参考《漱石全集》（岩波书店，1995年）以及殷旭民老师的《夏目漱石诗文集》（华东师范大学，2009年）。

② 此诗最后两字，一般录为“冷冷”，若依诗韵，或为“泠泠”。

又怜今夜刀川客，梦冷篷窗听雨眠。

离愁次友人韵

离愁别恨梦寥寥，杨柳如烟翠堆遥。

几岁春江分袂后，依稀纤月照红桥。

即　时

杨柳桥头人往还，绿蓑隐见暮烟间。

疏钟未破满江雨，一带斜阳照远山。

即时二首

雨晴云亦散，夕照落渔湾。

谁道秋江浅，影长万丈山。

满岸蘋花白，青山影欲流。

渔翁生计好，画里棹轻舟。

〔按〕以上八首为漱石20岁以前所作，发表于《时运》杂志第八号。

明治二十二年五月

青袍几阅帝京秋，酒点泪痕忆旧游。

故国烟花空一梦，不耐他乡写闲愁。

明治二十二年五月

几年零落亦风流，好赁江头香月楼。

麦绿菜黄吟欲尽，又逢红蓼白蘋秋。

明治二十二年五月

江东避俗养天真，一代风流饯逝春。

谁知今日惜花客，却是当年剑舞人。

明治二十二年五月

艳骨化成塚上苔，于今江上杜鹃哀。
怜君多病多情处，偏吊梅儿薄命来。

明治二十二年五月

长堤尽处又长堤，樱柳枝连樱柳枝。
此里风光君独有，六旬闲适百篇诗。

明治二十二年五月

浴罢微吟敲枕函，江楼日落月光含。
想君此际苦无事，漫数篝灯一二三。

明治二十二年五月

洗尽尘怀忘我物，只看窗外古松郁。
乾坤深夜阒无声，默坐空房如古佛。

明治二十二年五月

京客多情都鸟谣，美人有泪满叉潮。
香骸艳骨两黄壤，片月长高双枕桥。

明治二十二年五月

长命寺中鬻饼家，当垆少女美如花。
芳姿一段可怜处，别后思君红泪加。

〔按〕以上九首为漱石评点正冈子规自《七草集》后即兴之作，并赠子规。

明治二十二年九月

风稳波平七月天，韶光入夏自悠然。
出云帆影白千点，总在水天髣髴边。

明治二十二年九月

西方决眦望茫茫。几丈巨涛拍乱塘。
水尽孤帆天际去，长风吹满太平洋。

明治二十二年九月

二十余年住帝京，倪黄遗墨暗伤情。
如今闲却壁间画，百里丹青入眼明。

明治二十二年九月

南出家山百里程，海涯月黑暗愁生。
涛声一夜欺乡声，漫作故园松籁声。

明治二十二年九月

咸气射颜颜欲黄，丑容对镜易悲伤。
马龄今日廿三岁，始被佳人呼我郎。

明治二十二年九月

脱却尘怀百事闲，尽游碧水白云间。
仙乡自古无文字，不见青编只见山。

明治二十二年九月

锯山如锯碧崔嵬，上有伽蓝倚曲隈。
山僧日高犹未起，落叶不扫白云堆。
吾是北来帝京客，登临此日怀往昔。
咨嗟一千五百年，十二僧院空无迹。
只有古佛坐磅礴，雨蚀苔蒸阅桑沧。
似嗤浮世荣枯事，冷眼下瞰太平洋。

明治二十二年九月

君不见，锯山全身石棱棱，古松为发发鬅鬙。

横断房总三十里，海涛洗麓声渤澥。
别有人造厌天造，劈岩凿石作隧道。
窟老苔厚龙气腥，苍崖水滴多行潦。
洞中遥望洞外山，洞外又见洞中湾。
出洞入洞几曲折，洞洞相望似连环。
连环断处岸崭窄，还喜奇胜天外落。
头上之石脚底涛，石压头兮涛濯脚。

自东金至铫子途上口号 明治二十二年九月

风行空际乱云飞，雨锁秋林倦鸟归。
一路萧萧荒驿晚，野花香溅绿蓑衣。

赁舟溯刀水，舟中梦鹃娘。鹃娘者，女名而非女也 明治二十二年九月

扁舟行尽几波塘，满岸新秋芳草长。
一片离愁消不得，白蘋花底梦鹃娘。

天明，舟达三堀，旗亭即事 明治二十二年九月

烟雾梦梦见不看，黎明人倚碧栏干。
江村雨后加秋意。萧瑟风吹衰草寒。

客中忆家 明治二十二年九月

北地天高露若霜，客心虫语两凄凉。
寒砧和月秋千里，玉笛散风泪万行。
他国乱山愁外碧，故园落叶梦中黄。
何当后苑闲吟句，几处寻花徙绣床。

别后忆京中诸友

魂飞千里墨江湄，湄上画楼杨柳枝。
酒带离愁醒更早，诗含别恨唱殊迟。
银缸照梦见蛾聚，素月匿秋知雨随。

料得洛阳才子伴，锦笺应写断肠词。

自嘲书《木屑录》后

白眼甘期与世疏，狂愚亦懒买嘉誉。
为讥时辈背时势，欲骂古人对古书。
才似老骀驽且騃，识如秋蜕薄兼虚。
唯赢一片烟霞癖，品水评山卧草庐。

〔按〕以上十四首出自漱石汉文游记《木屑录》。

明治二十二年九月二十日

抱剑听龙鸣，读书骂儒生。
如今空高逸，入梦美人声。

山路观枫 明治二十二年十一月

石苔沐雨滑难攀，渡水穿林往又还。
处处鹿声寻不得，白云红叶满千山。

明治二十三年八月末

江山容不俗怀尘，君是功名场里人。
怜杀病躯多客气，漫将翰墨论诗神。

明治二十三年八月末

仙人堕俗界，遂不免喜悲。
啼血又吐血，憔悴怜君姿。
漱石又枕石，固陋欢吾痴。
君痾犹可愈，仆痴不可医。
素怀定沈郁，愁绪乱如丝。
浩歌时几曲，□□□□□。
一曲唾壶碎，二曲双泪垂。

曲阕呼咄咄。衷情欲诉谁。
白云蓬勃起，天际看蛟螭。
笑指函山顶，去卧芊湖湄。
岁月固悠久，宇宙独无涯。
蜉蝣飞湫上，大鹏嗤其卑。
嗤者亦泯灭，得丧皆一时。
寄语功名客，役役欲何为。

函山杂咏八首 明治二十三年九月

昨夜着征衣，今朝入翠微。
云深山欲灭，天阔鸟频飞。
驿马铃声远，行人笑语稀。
萧萧三十里，孤客已思归。

函岭势峥嵘，登来廿里程。
云从鞋底涌，路自帽头生。
孤驿空边起，废关天际横。
停筇时一顾，苍霭隔田城。

来相峰势雄，恰似上苍穹。
落日千山外，号风万壑中。
马烴逢水绝，鸟路入天通。
决眦西方望，玲珑岳雪红。

飘然辞故国，来宿芊湖湄。
排闷何须酒，遣闲只有诗。
古关秋至早，废道马行迟。
一夜征人梦，无端落柳枝。

百念冷如灰，灵泉洗俗埃。

乌啼天自曙，衣冷雨将来。
幽树没青霭，闲花落碧苔。
悠悠归思少，卧见白云堆。

奈此宿痾何，眼花凝似珂。
豪怀空挫折，壮志欲蹉跎。
山老云行急，雨新水响多。
半宵眠不得，灯下默看蛾。

三年犹患眼，何处好医盲。
崖压浴场立，湖连牧野平。
云过峰面碎，风至树头鸣。
偏悦游灵境，入眸景物明。

恰似泛波鸥，乘闲到处留。
溪声晴夜雨，山色暮天秋。
家湿菌生壁，湖明月满舟。
归期何足意，去路白云悠。

送友到元函根三首 明治二十三年九月

风满扁舟秋暑微，水光岚色照征衣。
出京旬日滞山馆，还卜朗晴送客归。

烟濇天澄秋气微，风尘不着旧征衣。
东都诸友如相问，饱看江山犹未归。

客中送客暗愁微，秋入函山露满衣。
为我愿言相识士，狂生出国不知归。

归途口号二首 明治二十三年九月

得闲廿日去尘寰，囊里无钱自识还。
自称仙人多俗累，黄金用尽出青山。

漫识读书涕泪多，暂留山馆拂愁魔。
可怜一片功名念，亦被云烟抹杀过。

谢正冈子规见惠小照，次其所赠诗韵却呈 明治二十三年十月二十四日

非是求名滞帝城，唯怜病羸归思生。
凭亲黄卷忘荣辱，悔负青山休耨耕。
银烛绣屏吟瘦影，竹风蕉雨听秋声。
多情纵住弦歌巷，漠漠尘中傲骨清。

〔按〕此首见天理图书馆藏漱石手稿，末题："庚寅十月念四日，弟金未定稿。"

御返事呪文 明治二十四年七月二十四日

毁尽朱颜烂痘痕，失来轻伞却开昏。
痴汉悟道非难事，吾是宛然不动尊。

〔按〕此首见漱石复正冈子规明信片。

大井川舟中

青州从事好相亲，鳌背啸风豪气伸。
十八洋头秋似水，一痕新月度苍旻。

明治二十七年三月九日

闲却花红柳绿春，江楼何暇醉芳醇。
犹怜病子多情意，独倚禅床梦美人。

〔按〕此首见漱石致菊池谦二郎书札。

无题五首 明治二十八年五月

快刀切断两头蛇，不顾人间笑语哗。
黄土千秋埋得失，苍天万古照贤邪。
微风易碎水中月，片雨难留枝上花。
大醉醒来寒彻骨，余生养得在山家。

辜负东风出故关，鸟啼花谢几时还。
离愁似梦迢迢淡，幽思与云澹澹闲。
才子群中只守拙，小人围里独持顽。
寸心空托一杯酒，剑气如霜照醉颜。

二顷桑田何日耕，青袍敝尽出京城。
棱棱逸气轻天道，漠漠痴心负世情。
弄笔慵求才子誉，作诗空博冶郎名。
人间五十今过半，愧为读书误一生。

驽才恰好卧山隈，夙托功名投火灰。
心似铁牛鞭不动，忧如梅雨去还来。
青天独解诗人愤，白眼空招俗士咍。
日暮蚊军将满室，起挥纨扇对崔嵬。

破碎空中百尺楼，巨涛却向月宫流。
大鱼不语没波底，俊鹘将飞立岸头。
剑上风鸣多杀气，枕边雨滴锁闲愁。
一任文字买奇祸，笑指青山入豫州。

〔按〕以上五首见求龙堂《夏目漱石遗墨集》第一卷。前四首亦见漱石致正冈子规书札。

明治二十九年一月二十日

海南千里远，欲别暮天寒。
铁笛吹红雪，火轮沸紫澜。
为君忧国易，作客到家难。
三十巽还坎，功名梦半残。

〔按〕此首见漱石致正冈子规明信片。

丙申五月，恕卿所居庭前生灵芝，恕卿因征余诗。余辞以不文，恕卿不听，赋以为赠。恕卿者片岭氏，余僚友也　五首 明治二十九年十一月十五日

阶前一李树，其下生灵芝。
想当天长节，李红芝紫时。

禄薄而无愠，旻天降厥灵。
三茎抱石紫，瑞气满门庭。

朱盖涵甘露，紫茎抽绿苔。
恕卿三顾出，公退笑颜开。

茯苓今懒采，石鼎那烹丹。
日对灵芝坐，道心千古寒。

氤氲出石罅，幽气逼禅心。
时诵寒山句，看芝坐竹阴。

明治三十年十二月十二日

掉头辞帝阙，倚剑出城闉。
岑嵂肥山尽，滂洋筑水新。
秋风吹落日，大野绝行人。
索寞乾坤�默，苍冥哀雁频。

〔按〕此首见漱石致正冈子规书札。

春兴 明治三十一年三月

出门多所思，春风吹吾衣。
芳草生车辙，废道入霞微。
停筇而瞩目，万象带晴晖。
听黄鸟宛转，睹落英纷霏。
行尽平芜远，题诗古寺扉。
孤愁高云际，大空断鸿归。
寸心何窈窕，缥缈忘是非。
三十我欲老，韶光犹依依。
逍遥随物化，悠悠对芬菲。

明治三十一年三月

吾心若有苦，求之遂难求。
俯仰天地际，胡为发哀声。
春花几开落，世事几迭更。
乌兔促鬓发，意气轻功名。
昨夜生月晕，飙风朝满城。
梦醒枕上听，孤剑匣底鸣。
慨然振衣起，登楼望前程。
前程望不见，漠漠愁云横。

春日静坐 明治三十一年三月

青春二三月，愁随芳草长。
闲花落空庭，素琴横虚堂。
蟏蛸挂不动，篆烟绕竹梁。
独坐无只语，方寸认微光。
人闲徒多事，此境孰可忘。
会得一日静，正知百年忙。
遐怀寄何处，缅邈白云乡。

菜花黄 明治三十一年三月

菜花黄朝暾，菜花黄夕阳。
菜花黄里人，晨昏喜欲狂。
旷怀随云雀，冲融入彼苍。
缥缈近天都，迢递凌尘乡。
斯心不可道，厥乐自潢洋。
恨未化为鸟，啼尽菜花黄。

客中逢春寄子规 明治三十二年

春风遍东皋，门前碧芜新。
我怀在君子，君子隔嶙峋。
嶙峋不可跋，君子空穆忞。
怅望不可就，碧芜徒伤神。
忆昔交游日，共许管鲍贫。
斗酒凌乾坤，豪气逼星辰。
而今天一涯，索居负我真。
客土我问礼，旧庐君赋春。
二百余里别，三十一年尘。
尘缨无由濯，徘徊沧浪津。
（寄语子规子，莫为宦游人）

明治三十二年

眼识东西字，心抱古今忧。
廿年愧昏浊，而立才回头。
静坐观复剥，虚怀役刚柔。
鸟入云无迹，鱼行水自流。
人闲固无事，白云自悠悠。

古别离 明治三十二年四月

上楼湘水绿，卷帘明月来。

双袖蔷薇香，千金琥珀杯。
窈窕鸣紫篴，徙倚暗泪催。
二八才画眉，早识别离哀。
再会期何日，临江思邈哉。
徒道不相忘，君心曷得回。
迢迢从此去，前路白云堆。
抚君金错刀，怜君夺锦才。
不赠貂襜褕，却报英琼瑰。
春风吹翠鬟，怅怮下高台。
欲遗君子佩，兰渚起徘徊。

失题 明治三十二年四月

仰瞻日月悬，俯瞰河岳连。
旷哉天地际，浩气塞大千。
往来暂逍遥，出处唯随缘。
称师愧呫哔，拜官足缗钱。
澹荡爱迟日，萧散送流年。
古意寄白云，永怀抚朱弦。
兴尽何所欲，曲肱空堂眠。
鼾声撼屋梁，炊粱飏黄烟。
被发驾神飙，寥泬昆仑巅。
长啸抱珠去，饮泣蛟龙渊。
寤寐终归一，盈歇自后先。
胡僧说顿渐，老子谈太玄。
物命有常理，紫府孰求仙。
眇然无倚托，俛仰地与天。

〔按〕以上两首出自长尾甲评校之漱石诗稿，见角川书店《图说漱石大观》。

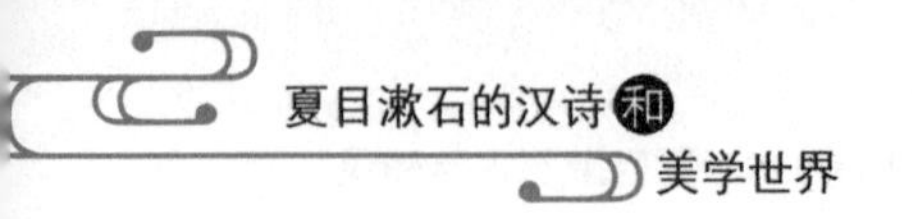

明治三十二年

长风解缆古瀛洲，欲破沧溟扫暗愁。
缥缈离怀怜野鹤，蹉跎宿志愧沙鸥。
醉扪北斗三杯酒，笑指西天一叶舟。
万里苍茫航路杳，烟波深处赋高秋。

〔按〕此首为漱石赴英国留学前所作，见《漱石遗墨集》第一卷。

明治三十三年

生死因缘无了期，色相世界现狂痴。
迍邅蹇校尘中滞，迢递正冠天外之。
得失忘怀当是佛，江山满目悉吾师。
前程浩荡八千里，欲学葛藤文字技。

〔按〕此首亦为漱石赴英国留学前所作，见《图说漱石大观》。

明治三十二年

君病风流谢俗纷，吾愚牢落失鸿群。
磨砖未彻古人句，呕血始看才子文。
陌柳映衣征意动，馆灯照鬓客愁分。
诗成投笔蹒跚起，此去西天多白云。

〔按〕诗中“君”指正冈子规。

一奁楼角雨，闲杀古今人。
忽霖弹琴响，垂杨惹恨新。

〔按〕此首出自漱石小说《虞美人草》，为小说中人物甲野所作。

明治四十三年七月三十一日

来宿山中寺，更加老衲衣。

寂然禅梦底，窗外白云归。

〔按〕此首见漱石日记，手书扇面墨迹见《夏目漱石遗墨集》第一卷。

明治四十三年九月二十日

秋风鸣万木，山雨撼高楼。

病骨稜如剑，一灯青欲愁。

明治四十三年九月二十二日

圆觉曾参棒喝禅，瞎儿何处触机缘。

青山不拒庸人骨，回首九原月在天。

明治四十三年九月二十五日

风流人未死，病里领清闲。

日日山中事，朝朝见碧山。

明治四十三年九月二十九日

仰卧人如哑，默然见大空。

大空云不动，终日杳相同。

明治四十三年十月一日

日似三春永，心随野水空。

床头花一片，闲落小眠中。

明治四十三年十月二日

梦绕星潢泫露幽，夜分形影暗灯愁。

旗亭病近修禅寺，一棍疏钟已九秋。

明治四十三年十月三日

淋漓绛血腹中文，呕照黄昏漾绮纹。
入夜空疑身是骨，卧床如石梦寒云。

明治四十三年十月四日

万事休时一息回，余生岂忍比残灰。
风过古涧秋声起，日落幽篁瞑色来。
漫道山中三月滞，讵知门外一天开。
归期勿后黄花节，恐有羁魂梦旧苔。

明治四十三年十月七日

天下自多事，被吹天下风。
高秋悲鬓白，衰病梦颜红。
送鸟天无尽，看云道不穷。
残存吾骨贵，慎勿妄磨砻。

明治四十三年十月七日

伤心秋已到，呕血骨犹存。
病起期何日，夕阳还一村。

明治四十三年十月八日

秋露下南磵，黄花粲照颜。
欲行沿磵远，却得与云还。

明治四十三年十月十日

客梦回时一鸟鸣，夜来山雨晓来晴。
孤峰顶上孤松色，早映红暾郁郁明。

明治四十三年十月十一日

遗却新诗无处寻，嗒然隔牖对遥林。

斜阳满径照僧远，黄叶一村藏寺深。
悬偈壁间焚佛意，见云天上抱琴心。
人间至乐江湖老，犬吠鸡鸣共好音。

明治四十三年十月十六日

缥缈玄黄外，死生交谢时。
寄托冥然去，我心何所之。
归来觅命根，杳窅竟难知。
孤愁空绕梦，宛动萧瑟悲。
江山秋已老，粥药鬓将衰。
廓寥天尚在，高树独余枝。
晚怀如此澹，风露入诗迟。

明治四十三年十月二十四日

桃花马上少年时，笑据银鞍拂柳枝。
绿水至今迢递去，月明来照鬓如丝。

明治四十三年十月二十七日

马上青年老，镜中白发新。
幸生天子国，愿作太平民。

〔按〕以上十六首为漱石住院疗养时作。

春日偶成十首 明治四十五年五月二十四日

莫道风尘老，当轩野趣新。
竹深莺乱啭，清昼卧听春。

竹密能通水，花高不隐春。
风光谁是主，好日属诗人。

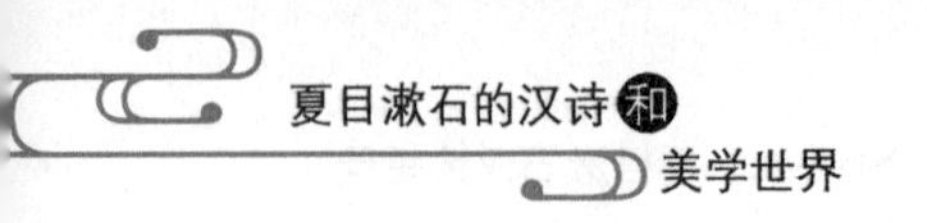

细雨看花后，光风静坐中。
虚堂迎昼永，流水出门空。

树暗幽听鸟，天明仄见花。
春风无远近。吹到野人家。

抱病衡门老，忧时涕泪多。
江山春意动，客梦落烟波。

渡口春潮静，扁舟半柳阴。
渔翁眠未觉，山色入江深。

流莺呼梦去，微雨湿花来。
昨夜春愁色，依稀上绿苔。

树下开襟坐，吟怀兴道新。
落花人不识，啼鸟自残春。

草色空阶下，萋萋雨后青。
孤莺呼偶去，迟日满闲庭。

渡尽东西水，三过翠柳桥。
春风吹不断，春恨几条条。

明治四十五年六月

雨晴天一碧，水暖柳西东。
爱见衡门下，明明白地风。

明治四十五年六月

芳菲看渐饶，韶景荡诗情。

却愧丹青技，春风描不成。

明治四十五年六月

高梧能宿露，疏竹不藏秋。
静坐团蒲上，寥寥似在舟。

明治四十五年七月

绿云高几尺，叶叶叠清阴。
雨过更成趣，蜗牛踄翠岑。

酬横山画伯惠画 明治四十五年七月

独坐空斋里，丹青引兴长。
大观居士赠，圆觉道人藏。
野水辞君巷，闲云入我堂。
徂徕随所澹，住在自然乡。

酬横山画伯惠画 明治四十五年七月

大观天地趣，圆觉自然情。
信手时挥洒，云烟笔底生。

〔按〕漱石自画诗幅，见创元社《漱石及其世界》。

明治百俳家短册帖序 明治四十五年七月

云笺有响墨痕斜，好句谁书草底蛇。
九十九人浑是锦，集将春色到吾家。

妙云寺观瀑 大正元年九月十七日

萧条古刹倚崔嵬，溪口无僧坐石苔。
山上白云明月夜，直为银蟒佛前来。

题自画 大正元年十一月

山上有山路不通，柳阴多柳水西东。
扁舟尽日孤村岸，几度鹅群访钓翁。

〔按〕漱石自画之题诗，见岩波书店《漱石书画集》。

题自画 大正元年十一月

独坐听啼鸟，关门谢世哗。
南窗无一事，闲写水仙花。

夜色幽扉外，辞僧出竹林。
浮云回首尽，明月自天心。

〔按〕漱石自画之题诗，见创元社《漱石及其世界》。

题　画　竹

叶密看风动，枝垂听雨新。
南轩移植后，君子不忧贫。

〔按〕漱石题自画，见春阳堂《漱石遗墨集》第一辑。

偶　　成

竹里清风起，石头白晕生。
幽人无一事，好句嗒然成。

〔按〕此首见漱石自作书画帖《咄哉帖》。

戏画竹加赞

二十年来爱碧林，山人须解友虚心。
长毫渍墨时如雨，欲写铿锵戛玉音。

〔按〕见《夏目漱石遗墨集》第三卷。

题自画 大正三年

厓临碧水老松愚，路过危桥仄径迂。
伫立筇头云起处，半空遥见古浮图。

〔按〕见《漱石书画集》。

题画 大正三年二月

涧上淡烟横古驿，峡中白日照荒亭。
萧条十里南山路，马背看过松竹青。

〔按〕见岩波书店《漱石遗墨集》。

题自画 大正三年

起卧乾坤一草亭，眼中唯有四山青。
闲来放鹤长松下，又上虚堂读易经。

〔按〕见《漱石书画集》。

得健堂先生自寿诗及七寿杯，次韵以祝 大正三年

烟霞不托百年身，却住大都清福新。
七寿杯成颁客日，梅花的皪照佳辰。

〔按〕见《夏目漱石遗墨集》第二卷。

闲居偶成，似临风词兄 大正三年

野水辞花坞，春风入草堂。
徂徕何澹淡，无我是仙乡。

〔按〕此首见春阳堂《漱石遗墨集》第五辑。临风词兄指笹川种郎。

游子吟，书似圆月词兄 大正三年二月

楼头秋雨到，楼下暮潮寒。
泽国何萧索，愁人独倚栏。

〔按〕圆月词兄指森次太郎。以上十首初稿并见漱石日记。

题　自　画

十里桃花发，春溪一路通。
潺湲听欲近，家在断桥东。

〔按〕此首见1918年版《漱石全集》。

题自画 大正三年十一月

碧落孤云尽，虚明鸟道通。
迟迟驴背客，独入石门中。

〔按〕漱石的题字画诗，见《漱石书画集》。

题　自　画

一路萧条尽，清溪马上过。
朱栏何处寺，黄叶照僧多。

〔按〕此首见《图说漱石大观》。

题画 大正四年四月

隔水东西住，白云往也还。
东家松籁起，西屋竹珊珊。

〔按〕此首自书墨迹有三种，分别见《夏目漱石遗墨集》第二卷（扇面）、第三卷（题画及《观自在帖》）。

题西川一草亭画 大正四年九月

十年仍旧灌花人，还对秋风诗思新。
一草亭中闲半日，写从红蓼到青苹。

〔按〕见致西川一草亭书札。

题自画 大正四年十一月

机上蕉坚稿，门前碧玉竿。
吃茶三碗后，云影入窗寒。

〔按〕见《漱石遗墨集》第四辑。

题结城素明画

雪后荆榛里，猗猗绿竹残。
却怜双冻雀，风急杪头寒。

题自画 大正五年一月

栽松人不到，移石意常平。
且喜灵芝紫，茎茎瑞色明。

闲居偶成 大正五年春

幽居人不到，独坐觉衣宽。
偶解春风意，来吹竹与兰。

〔按〕此首墨迹有多种，分别见《夏目漱石遗墨集》《图说漱石大观》《漱石遗墨集》第五辑等。

题自画 大正五年春

唐诗读罢倚阑干，午院沈沈绿意寒。
借问春风何处有，石前幽竹石间兰。

〔按〕此首墨迹有多种，分别见《漱石遗墨集》第四辑、《图说漱石大观》等。

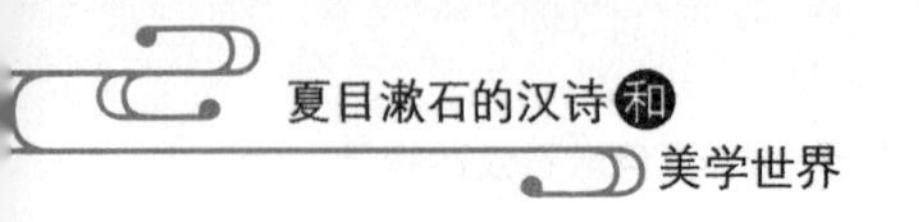

大正五年八月十四日夜

幽居正解酒中忙，华发何须住醉乡。
座有诗僧闲拈句，门无俗客静焚香。
花间宿鸟振朝露，柳外归牛带夕阳。
随所随缘清兴足，江村日月老来长。

大正五年八月十五日

双鬓有丝无限情，春秋几度读还耕。
风吹弱柳枝枝动，雨打高桐叶叶鸣。
遥见半峰吐月色，长听一水落云声。
幽居乐道狐裘古，欲买缊袍时入城。

大正五年八月十五日

五十年来处士分，岂期高踏自离群。
荜门不杜贫如道，茅屋偶空交似云。
天日苍茫谁有赋，太虚寥廓我无文。
殷勤寄语寒山子，饶舌松风独待君。

大正五年八月有十六日

无心礼佛见灵台，山寺对僧诗趣催。
松柏百年回壁去，薜萝一日上墙来。
道书谁点窟前烛，法偈难磨石面苔。
借问参禅寒衲子，翠岚何处着尘埃。

大正五年八月十八日

行到天涯易白头，故园何处得归休。
惊残楚梦云犹暗，听尽吴歌月始愁。
绕郭青山三面合，抱城春水一方流。
眼前风物也堪喜，欲见桃花独上楼。

大正五年八月十九日

老去归来卧故丘，萧然环堵意悠悠。
透过藻色鱼眠稳，落尽梅花鸟语愁。
空翠山遥藏古寺，平芜路远没春流。
林塘日日教吾乐，富贵功名曷肯留。

大正五年八月二十日

两鬓衰来白几茎，年华始识一朝倾。
薰莸臭里求何物，蝴蝶梦中寄此生。
下履空阶凄露散，移床废砌乱蝉惊。
清风满地芭蕉影，摇曳午眠叶叶轻。

大正五年八月二十一日

寻仙未向碧山行，住在人间足道情。
明暗双双三万字，抚摩石印自由成。

大正五年八月二十一日

不作文章不论经，漫走东西似泛萍。
故国无花思竹径，他乡有酒上旗亭。
愁中片月三更白，梦里连山半夜青。
到处缗钱堪买石，佣谁大字撰碑铭。

大正五年八月二十二日

香烟一炷道心浓，趺坐何处古佛逢。
终日无为云出岫，夕阳多事鹤归松。
寒黄点缀篱间菊，暗碧冲开牖外峰。
欲拂胡床遗麈尾，上堂回首复呼童。

大正五年八月二十三日

寂寞光阴五十年，萧条老去逐尘缘。

无他爱竹三更韵，与众栽松百丈禅。
淡月微云鱼乐道，落花芳草鸟思天。
春城日日东风好，欲赋归来未买田。

题丙辰泼墨 大正五年八月二十六日

结社东台近市廛，黄尘自有买山钱。
幽怀写竹云生砚，高兴画兰香满笺。
添雨突如惊鹭起，点睛忽地破龙眠。
纵横落墨谁争霸，健笔会中第一仙。

大正五年八月二十八日

何须漫说布衣尊，数卷好书吾道存。
阴尽始开芳草户，春来独杜落花门。
萧条古佛风流寺，寂寞先生日涉园。
村巷路深无过客，一庭修竹掩南轩。

大正五年八月二十九日

不爱帝城车马喧，故山归卧掩柴门。
红桃碧水春云寺，暖日和风野霭村。
人到渡头垂柳尽，鸟来树杪落花繁。
前塘昨夜萧萧雨，促得细鳞入小园。

大正五年八月三十日

经来世故漫为忧，胸次欲摅不自由。
谁道文章千古事，曾思质素百年谋。
小才几度行新境，大悟何时卧故丘。
昨日闲庭风雨恶，芭蕉叶上复知秋。

大正五年八月三十日

诗思杳在野桥东，景物多横淡霭中。

缃水映边帆露白，翠云流处塔余红。
桃花赫灼皆依日，柳色模糊不厌风。
缥缈孤愁春欲尽，还令一鸟入虚空。

大正五年九月一日

不入青山亦故乡，春秋几作好文章。
托心云水道机尽，结梦风尘世味长。
坐到初更亡所思，起终三昧望夫苍。
鸟声闲处人应静，寂室薰来一炷香。

大正五年九月一日

石门路远不容寻，晔日高悬云外林。
独与青松同素志，终令白鹤解丹心。
空山有影梅花冷，春涧无风药草深。
黄髯老汉怜无事，复坐虚堂独抚琴。

大正五年九月二日

满目江山梦里移，指头月明了吾痴。
曾参石佛听无法，漫作佯狂冒世规。
白首南轩归卧日，青衫北斗远征时。
先生不解降龙术，闭户空为闲适诗。

大正五年九月二日

大地从来日月长，普天何处不文章。
云黏闲叶雪前静，风逐飞花雨后忙。
三伏点愁惟泫露，四时关意是重阳。
诗人自有公平眼，春夏秋冬尽故乡。

大正五年九月三日

独往孤来俗不齐，山居悠久没东西。

岩头昼静桂花落，槛外月明涧鸟啼。
道到无心天自合，时如有意节将迷。
空山寂寂人闲处，幽草芊芊满古蹊。

大正五年九月四日

散来华发老魂惊，林下何曾赋不平。
无复江梅追帽点，空令野菊映衣明。
萧萧鸟入秋天意，瑟瑟风吹落日情。
遥望断云还踯躅，闲愁尽处暗愁生。

大正五年九月四日

人间谁道别离难，百岁光阴指一弹。
只为桃红订旧好，莫令李白醉长安。
风吹远树南枝暖，浪撼高楼北斗寒。
天地有情春合识，今年今日又成欢。

大正五年九月五日

绝好文章天地大，四时寒暑不曾违。
夭夭正昼桃将发，历历晴空鹤始飞。
日月高悬何磊落，阴阳黙照是灵威。
勿令碧眼知消息，欲弄言辞堕俗机。

大正五年九月六日

虚明如道夜如霜，迢递证来天地藏。
月向空阶多作意，风从兰渚远吹香。
幽灯一点高人梦，茅屋三间处士乡。
弹罢素琴孤影白，还令鹤唳半宵长。

大正五年九月九日

曾见人间今见天，醍醐上味色空边。

白莲晓破诗僧梦，翠柳长吹精舍缘。
道到虚明长语绝，烟归暖睫妙香传。
入门还爱无他事，手折幽花供佛前。

大正五年九月十日

绢黄妇幼鬼神惊，饶舌何知遂八成。
欲证无言观妙谛，休将作意促诗情。
孤云白处遥秋色，芳草绿边多雨声。
风月只须看直下，不依文字道初清。

大正五年九月十一日

东风送暖暖吹衣，独出幽居望翠微。
几抹桃花皆淡霭，三分野水入晴晖。
春畦有事渡桥过，闲草带香穿径归。
自是田家人不到，村翁去后掩柴扉。

大正五年九月十二日

我将归处地无田，我未死时人有缘。
唧唧虫声皆月下，萧萧客影落灯前。
头添野菊重阳节，市见鲈鱼秋暮天。
明日送潮风复急，一帆去尽水如年。

大正五年九月十三日

挂剑微思不自知，误为季子愧无期。
秋风破尽芭蕉梦，寒雨打成流落诗。
天下何狂投笔起，人间有道挺身之。
吾当死处吾当死，一日元来十二时。

大正五年九月十三日

山居日日恰相同，出入无时西复东。

的皪梅花浓淡外，朦胧月色有无中。
人从屋后过桥去，水到蹊头穿竹通。
最喜清宵灯一点，孤愁梦鹤在春空。

大正五年九月十五日

素秋摇落变山容，高卧掩门寒影重。
寂寂空舲横浅渚，疏疏细雨湿芙蓉。
愁前剔烛夜愈静，诗后焚香字亦浓。
时望水云无限处，萧然独听隔林钟。

大正五年九月十六日

思白云时心始降，顾虚影处意成双。
幽花独发涓涓水，细雨闲来寂寂窗。
欲倚孤笻看断碣，还惊小鸟过苔矼。
蕙兰今尚在空谷，一脉风吹君子邦。

大正五年九月十七日

好焚香炷护清宵，不是枯禅爱寂寥。
月暖三更怜雨静，水闲半夜听鱼跳。
思诗恰似前程远，记梦谁知去路遥。
独坐窈窕虚白里，兰缸照尽入明朝。

大正五年九月十八日

饤饾焚时大道安，天然景物自然观。
佳人不识虚心竹，君子曷思空谷兰。
黄耐霜来篱菊乱，白从月得野梅寒。
勿拈华妄作微笑，雨打风翻任独看。

大正五年九月十九日

截断诗思君勿嫌，好诗长在眼中黏。

孤云无影一帆去，残雨有痕半榻霑。
欲为花明看远树，不令柳暗入疏帘。
年年妙味无声句，又被春风锦上添。

大正五年九月二十日

作客谁知别路赊，思诗半睡隔窗纱。
逆追莺语入残梦，应抱春愁对晚花。
晏起床头新影到，曾游壁上旧题斜。
欲将烂醉酬佳日，高揭青帘在酒家。

大正五年九月二十二日

闻说人生活计艰，曷知穷里道情闲。
空看白发如惊梦，独役黄牛谁出关。
去路无痕何处到，来时有影几朝还。
当年瞎汉今安在，长啸前村后郭间。

大正五年九月二十三日

苦吟又见二毛斑，愁杀愁人始破颜。
禅榻入秋怜寂寞，茶烟对月爱萧闲。
门前暮色空明水，槛外晴容嵂崒山。
一味吾家清活计，黄花自发鸟知还。

大正五年九月二十三日

漫行棒喝喜纵横，胡乱衲僧不值生。
长舌谈禅无所得，秃头卖道欲何求。
春花发处正邪绝，秋月照边善恶明。
王者有令争赦罪，如云斩贼血还清。

大正五年九月二十四日

拟将蝶梦诱吟魂，且隔人生在画村。

花影半帘来着静，风踪满地去无痕。
小楼烹茗轻烟熟，午院曝书黄雀喧。
一榻清机闲日月，诗成默默对晴暄。

大正五年九月二十五日

孤卧独行无友朋，又看云树影层层。
白浮薄暮三叉水，青破重阴一点灯。
入定谁听风外磬，作诗时访月前僧。
闲居近寺多幽意，礼佛只言最上乘。

大正五年九月二十六日

大道谁言绝圣凡，觉醒始恐石人谗。
空留残梦托孤枕，远送斜阳入片帆。
数卷唐诗茶后榻，几声幽鸟桂前岩。
门无过客今如古，独对秋风着旧衫。

大正五年九月二十七日

欲求萧散口须缄，为爱旷夷脱旧衫。
春尽天边人上塔，望穷空际水吞帆。
渐悲白发亲黄卷，既入青山见紫岩。
昨日孤云东向去，今朝落影在溪杉。

大正五年九月二十九日

朝洗青研夕爱鹅，莲池水静接西坡。
委花细雨黄昏到，托竹光风绿影过。
一日清闲无债鬼，十年生计在诗魔。
兴来题句春琴上，墨滴幽香道气多。

大正五年九月三十日

闲窗睡觉影参差，机上犹余笔一枝。

多病卖文秋入骨，细心构想寒砭肌。
红尘堆里圣贤道，碧落空中清净诗。
描到西风辞不足，看云采菊在东篱。

大正五年十月一日

谁道蓬莱隔万涛，于今仙境在春醪。
风吹鞣羁虏尘尽，雨洗沧溟天日高。
大岳无云辉积雪，碧空有影映红桃。
拟将好谑消佳节，直下长竿钓巨鳌。

大正五年十月二日

不爱红尘不爱林，萧然净室是知音。
独摩拳石摸云意，时对盆梅见藓心。
麈尾毵毫朱几侧，蝇头细字紫研阴。
闲中有事吃茶后，复赁晴暄照苦吟。

大正五年十月三日

逐蝶寻花忽失踪，晚归林下几人逢。
朱评古圣空灵句，青隔时流偃蹇松。
机外萧风吹落寞，静中凝露向芙蓉。
山高日短秋将尽，复拥寒衾独入冬。

大正五年十月四日

百年功过有吾知，百杀百愁亡了期。
作意西风吹短发，无端北斗落长眉。
室中仰毒真人死，门外追仇贼子饥。
谁道闲庭秋索寞，忙看黄叶自离枝。

大正五年十月六日

非耶非佛又非儒，穷巷卖文聊自娱。

采撷何香过艺苑，徘徊几碧在诗芜。
梵书灰里书知活，无法界中法解苏。
打杀神人亡影处，虚空历历现贤愚。

大正五年十月七日

宵长日短惜年华，白首回来笑语哗。
潮满大江秋已到，云随片帆望将赊。
高翼会风霜雁苦，小心吠月老獒夸。
楚人卖剑吴人玉，市上相逢顾眄斜。

大正五年十月八日

休向画龙漫点睛，画龙跃处妖云横。
真龙本来无面目，雨黑风白卧空谷。
通身遍觅失爪牙，忽然复活侣鱼虾。

大正五年十月九日

诗人面目不嫌工，谁道眼前好恶同。
岸树倒枝皆入水，野花倾萼尽迎风。
霜燃烂叶寒晖外，客送残鸦夕照中。
古寺寻来无古佛，倚筇独立断桥东。

大正五年十月十日

忽怪空中跃百愁，百愁跃处主人休。
点春成佛江梅柳，食草订交风马牛。
途上相逢忘旧识，天涯远别报深仇。
长磨一剑剑将尽，独使龙鸣复入秋。

大正五年十月十一日

死死生生万境开，天移地转见诗才。
碧梧滴露寒蝉尽，红蓼先霜苍雁来。

冷上孤帏三寸月，暖怜虚室一分灰。
空中耳语啾啾鬼，梦散莲华拜我回。

大正五年十月十二日

途逢啐啄了机缘，壳外壳中孰后先。
一样风幡相契处，同时水月结交边。
空明打出英灵汉，闲暗踢翻金玉篇。
胆小休言遗大事，会天行道是吾禅。

大正五年十月十五日

吾面难亲向镜亲，吾心不见独嗟贫。
明朝市上屠牛客，今日山中观道人。
行尽逦迤天始阔，踏残峆嶝地犹新。
纵横曲折高还下，总是虚无总是真。

大正五年十月十六日

人闲翻手是青山，朝入市廛白日间。
笑语何心云漠漠，喧声几所水潺潺。
误跨牛背马鸣去，复得龙牙狗走还。
抱月投炉红火熟，忽然亡月碧浮湾。

大正五年十月十七日

古往今来我独新，今来古往众为邻。
横吹鼻孔逢乡友，竖拂眉头失老亲。
合浦珠还谁主客，鸿门玦举孰君臣。
分明一一似他处，却是空前绝后人。

大正五年十月十八日

旧识谁言别路遥，新知却在客中邀。
花红柳绿前缘尽，鹭暗鸦明今意饶。

石上长垂纨绣帐，岩头忽见木兰桡。
眼睛百转无奇特，鸡去凤来我弄箫。

大正五年十月十九日

门前高柳接花郊，几段春光眼底交。
长着貂裘怜狗尾，愧收鹊翼在鸠巢。
万红乱起吾知异，千紫吹消鬼不嘲。
忽地东风闲一瞬，花飞柳散对空梢。

大正五年十月二十日

半生意气抚刀镮，骨肉销磨立大寰。
死力何人防旧郭，清风一日破牢关。
入泥骏马地中去，折角灵犀天外还。
汉水今朝流北向，依然面目见庐山。

大正五年十月二十日

吾失天时并失愚，吾今会道道离吾。
人间忽尽聪明死，魔界犹存正义臞。
掷地铿锵金错剑，碎空灿烂夜光珠。
独吞涕泪长踌躇，怙恃两亡立广衢。

三首 大正五年十月二十一日

元是一城主，焚城行广衢。
行行长物尽，何处舍吾愚。

元是丧家狗，徘徊在草原。
童儿误打杀，何日入吾门。

元是锦衣子，卖衣又卖珠。
长身无估客，赤裸裸中愚。

三首 大正五年十月二十二日

元是贫家子，相怜富贵门。
一朝空腹满，忽死报君恩。

元是东家子，西邻乞食归。
归来何所见，旧宅雨霏霏。

元是太平子，宁居忘乱离。
忽然兵燹起，一死始医饥。

元成禅人自德源大会回钵，到余家淹留旬日，临去需余画，余为禅人作墨竹三竿，并题诗以赠 大正五年十月三十一日

秋意萧条在画中，疏枝细叶不须工。
明朝铁路西归客，听否三竿墨竹风。

〔按〕元成禅人指神户市祥福寺僧鬼村元成。

丙辰十月，余为元成禅人作墨竹。越一日，见壁闲所挂图，兴忽发，乃为珪堂禅人抽毫作松一株，配以石二三。不知禅人受余赠否也 大正五年十一月一日

君卧一圆中，吾描松下石。
勿言不会禅，元是山林客。

〔按〕珪堂禅人指神户市祥福寺僧富泽珪堂。

大正五年十一月十三日

自笑壶中大梦人，云寰缥缈忽忘神。
三竿旭日红桃峡，一丈珊瑚碧海春。
鹤上晴空仙翮静，风吹灵草药根新。
长生未向蓬莱去，不老只当养一真。

大正五年十一月十九日

大愚难到志难成，五十春秋瞬息程。
观道无言只入静，拈诗有句独求清。
迢迢天外去云影，籁籁风中落叶声。
忽见闲窗虚白上，东山月出半江明。

大正五年十一月二十日夜

真踪寂寞杳难寻，欲抱虚怀步古今。
碧水碧山何有我，盖天盖地是无心。
依稀暮色月离草，错落秋声风在林。
眼耳双忘身亦失，空中独唱白云吟。

〔按〕以上七十五首为漱石于1916年8月至去世前20日（即11月20日）所作。

附录二
漱石汉诗手稿（1914—1916）

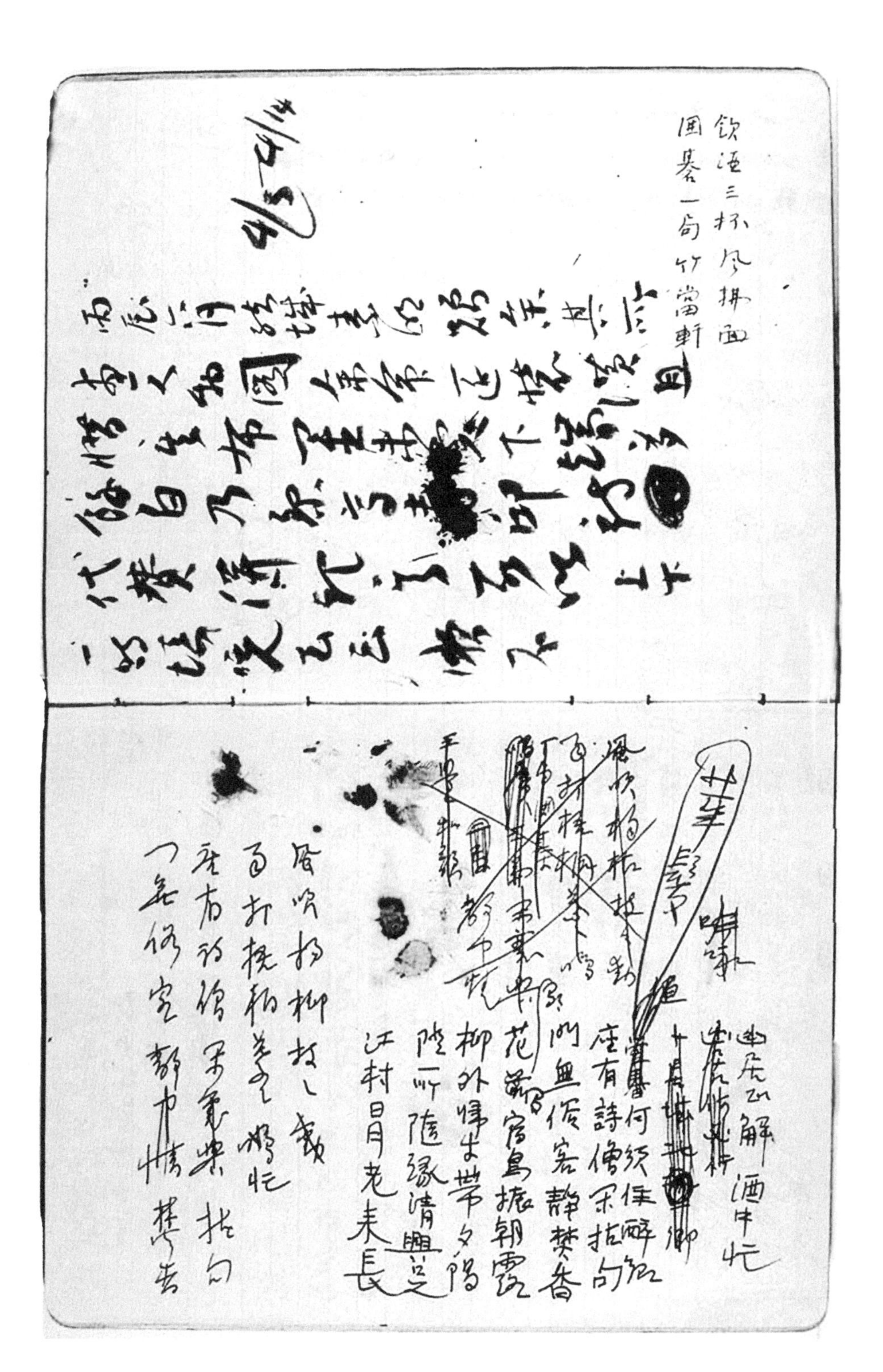

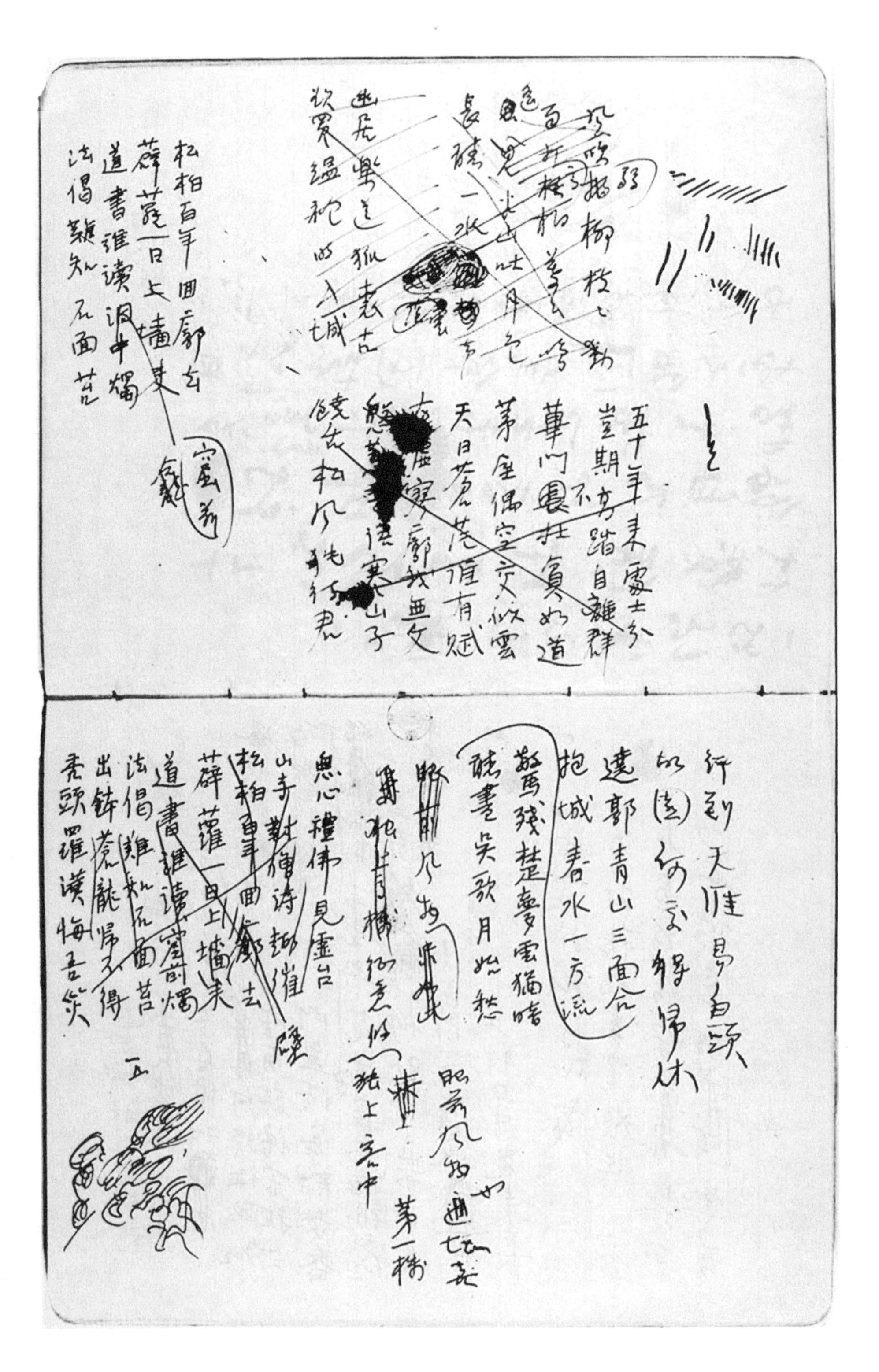

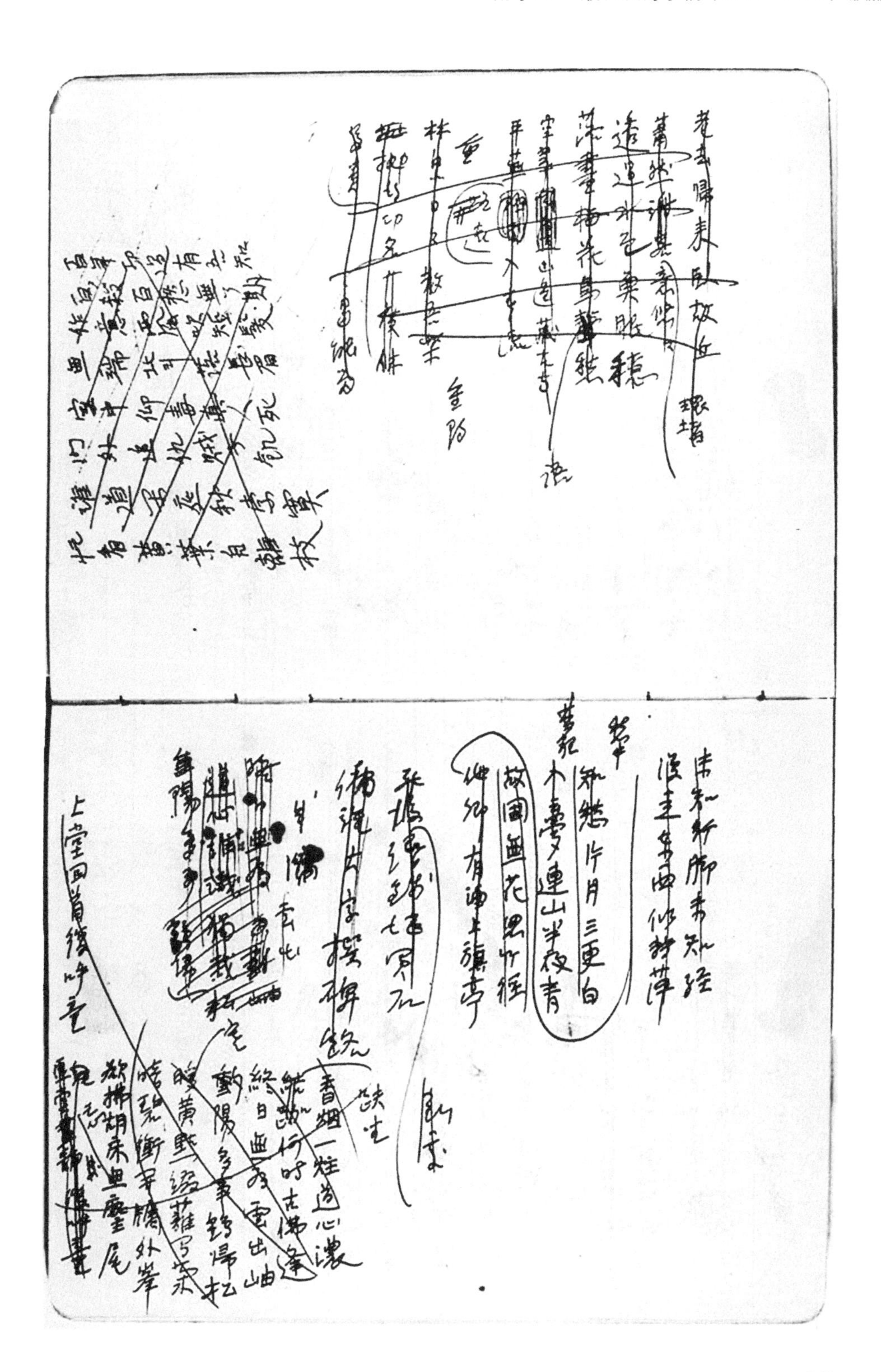

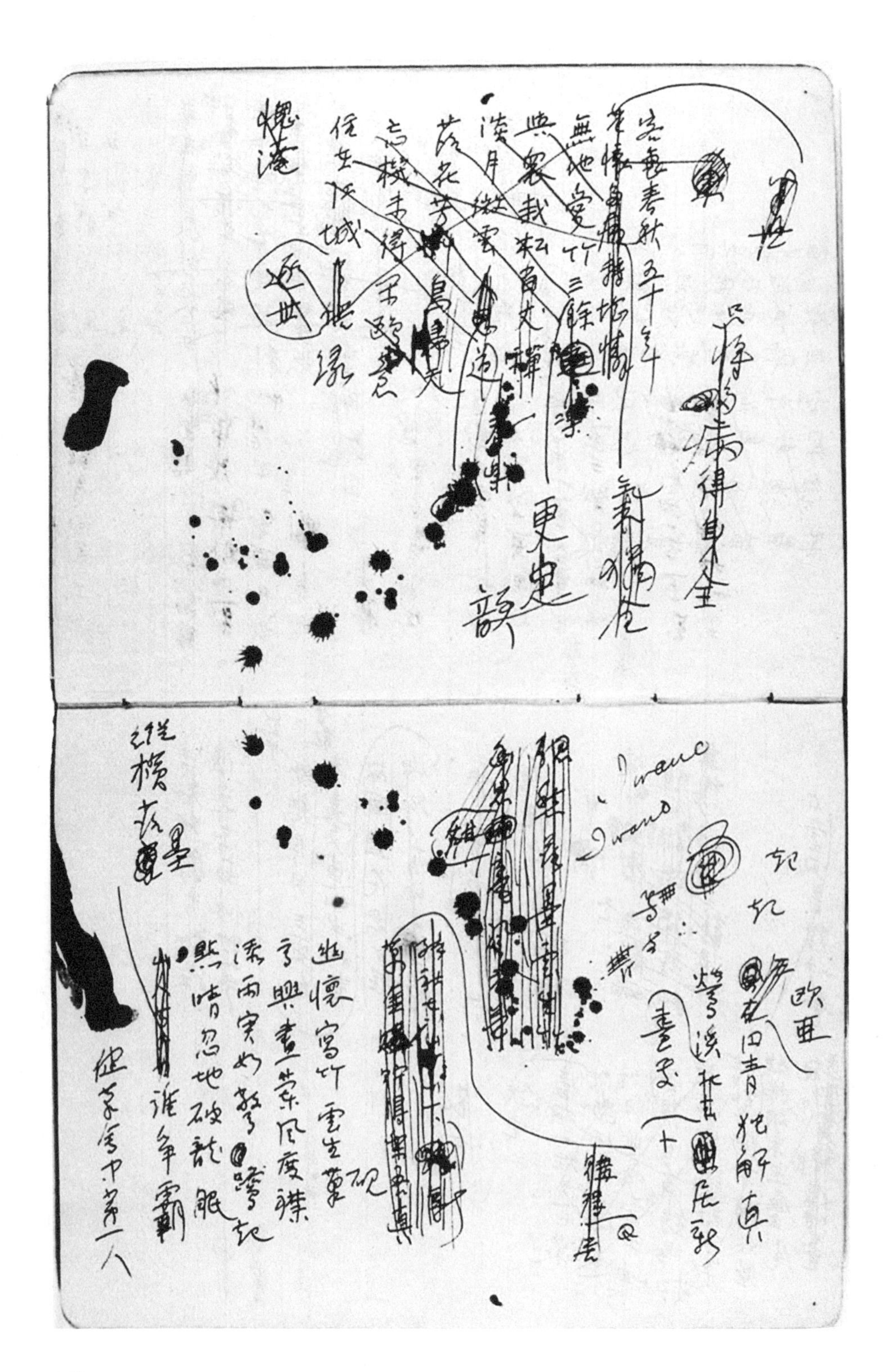

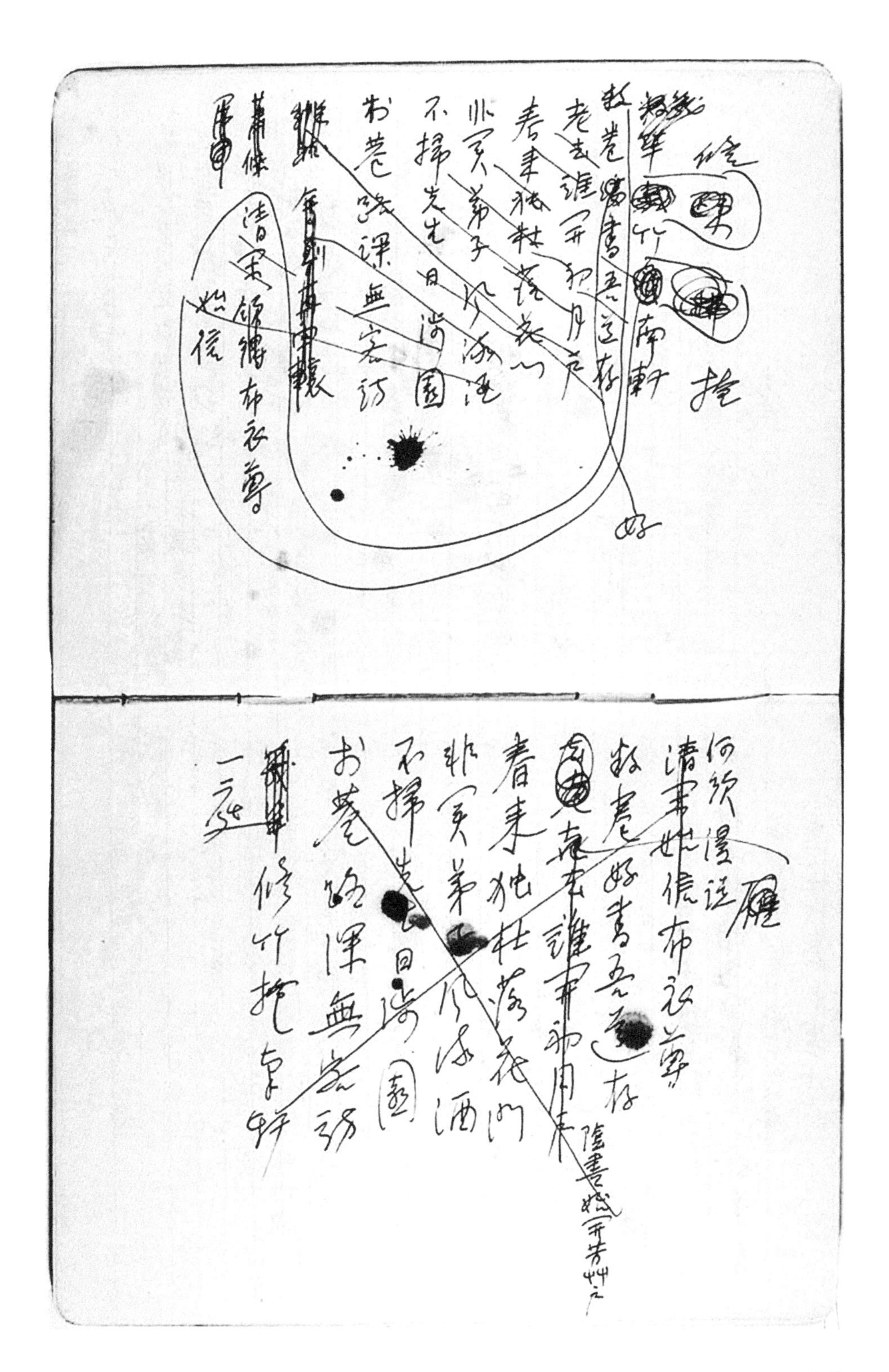

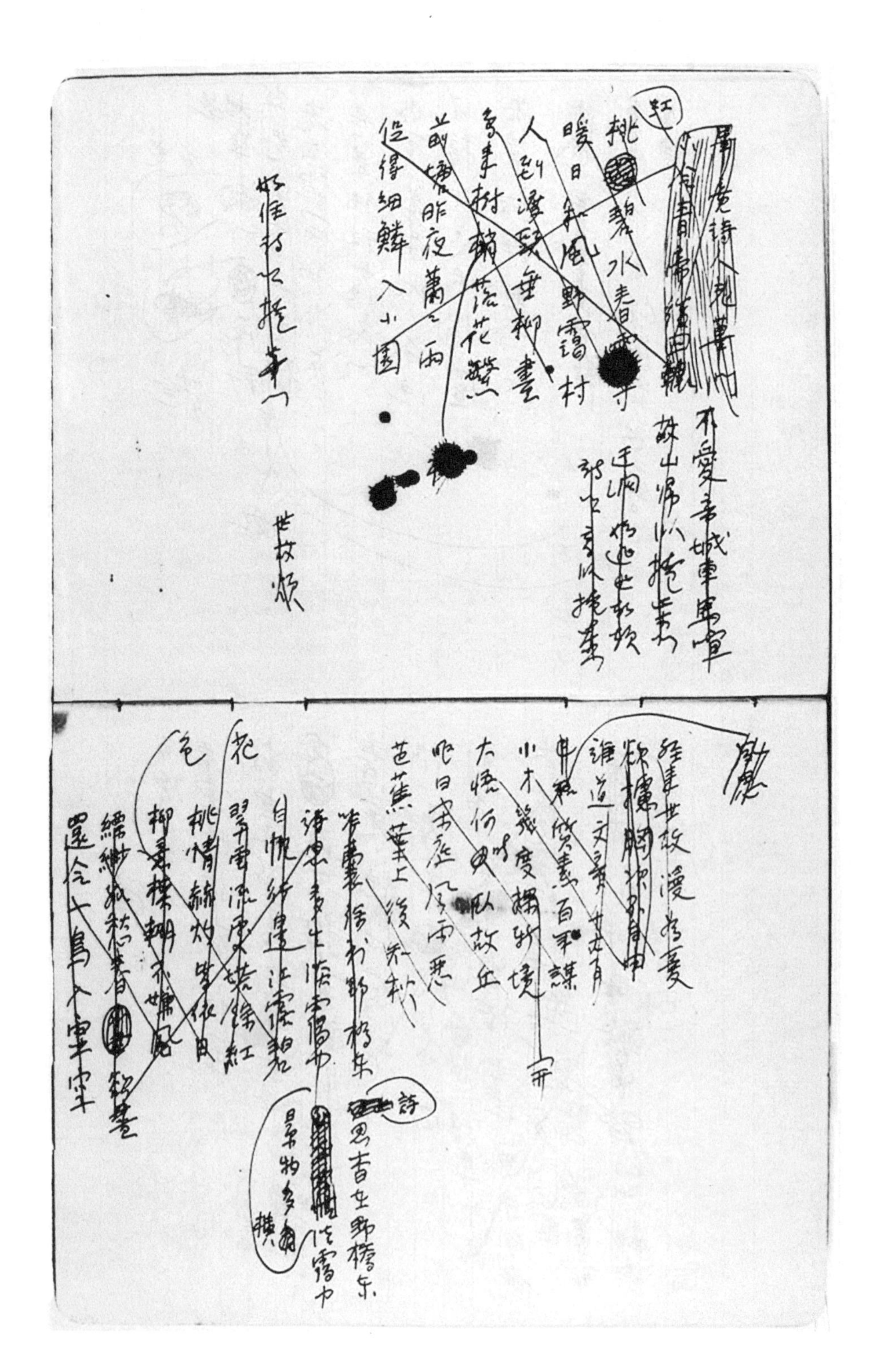

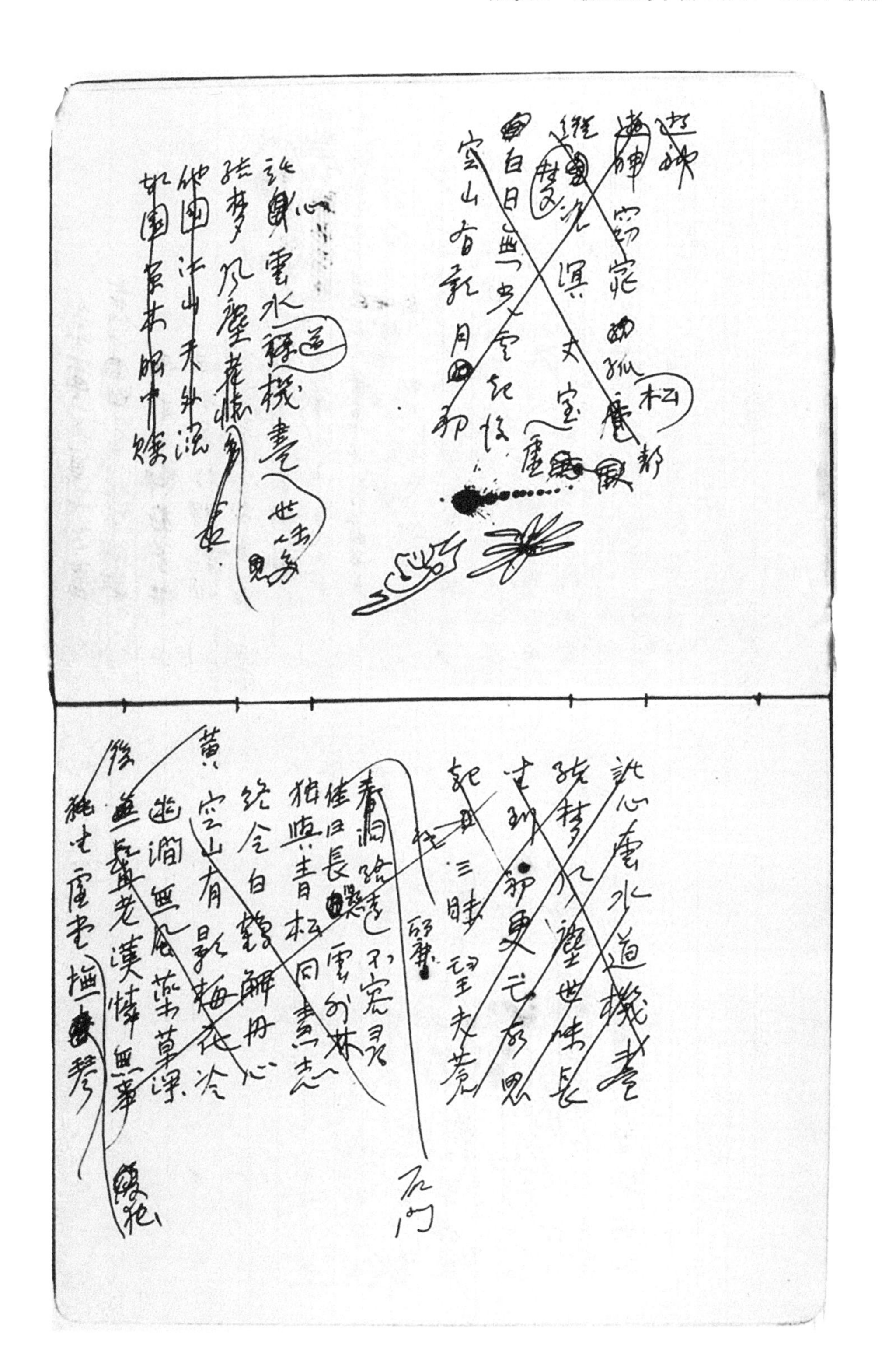

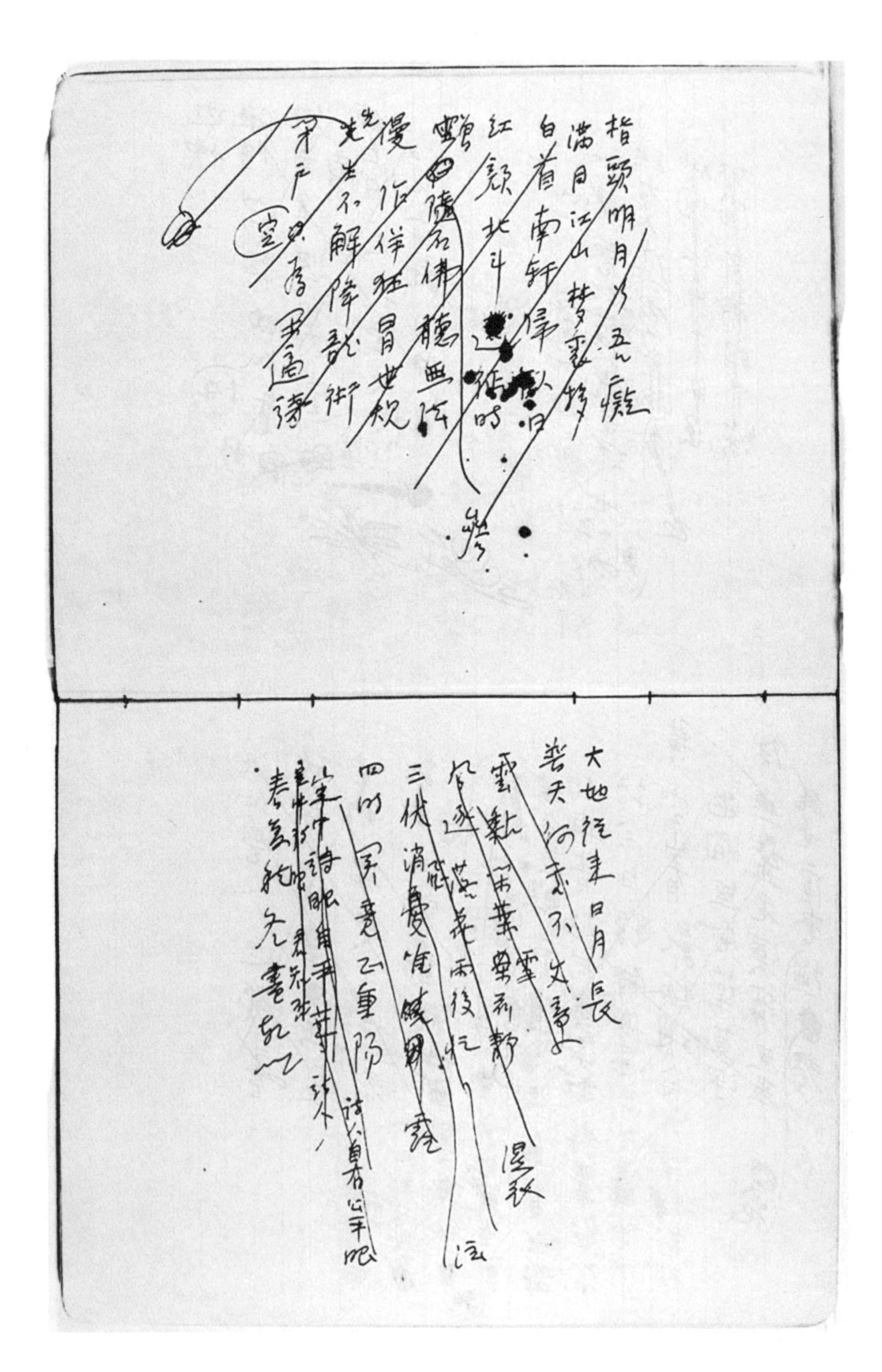

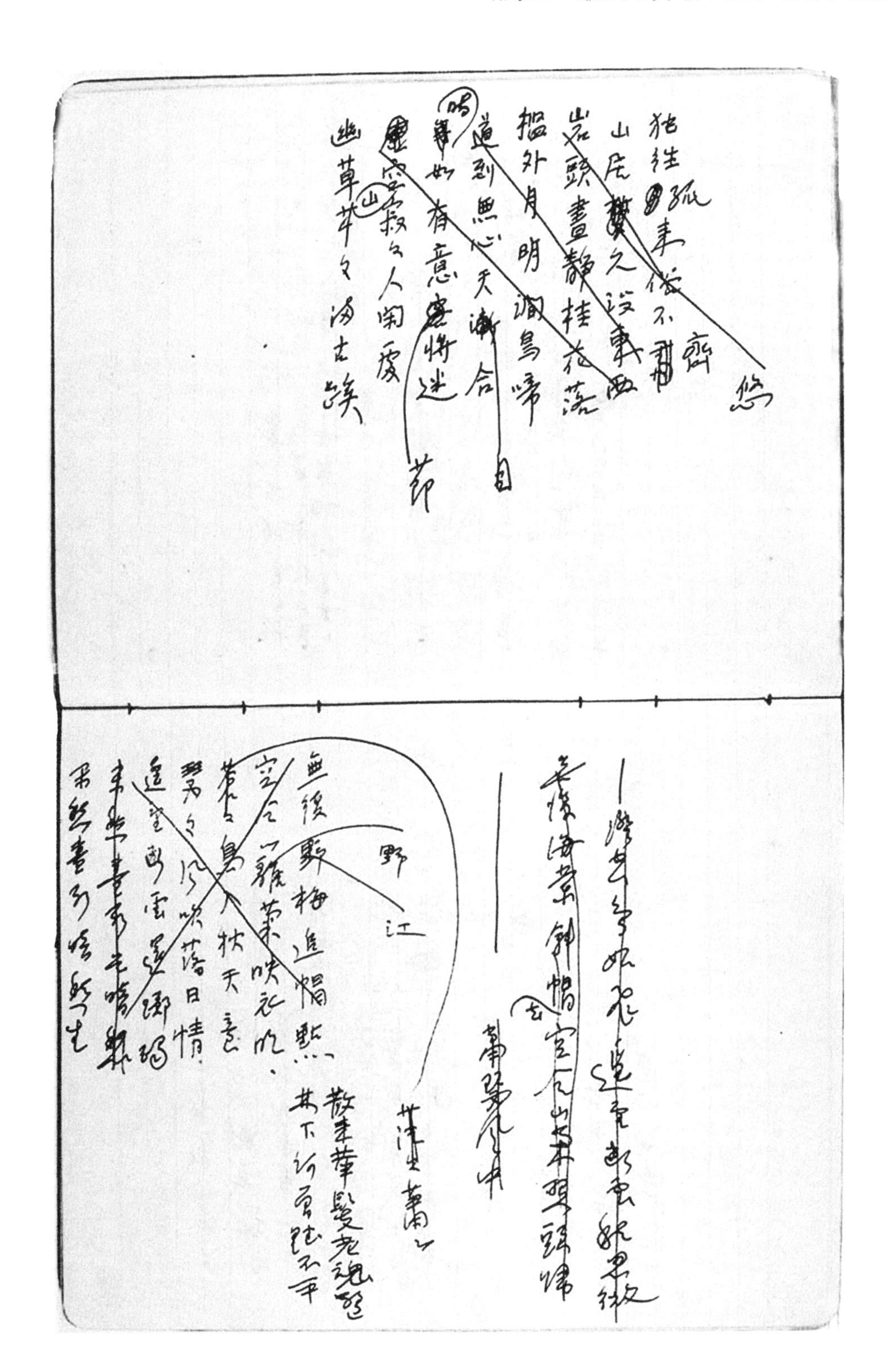
独往孤来俗不齊
山居悠久没東西
岩頭晝静桂花落
檻外月明澗鳥啼
道到無心天自合
時如有意節将迷
空山寂寂人閑處
幽草芊芊満古蹊

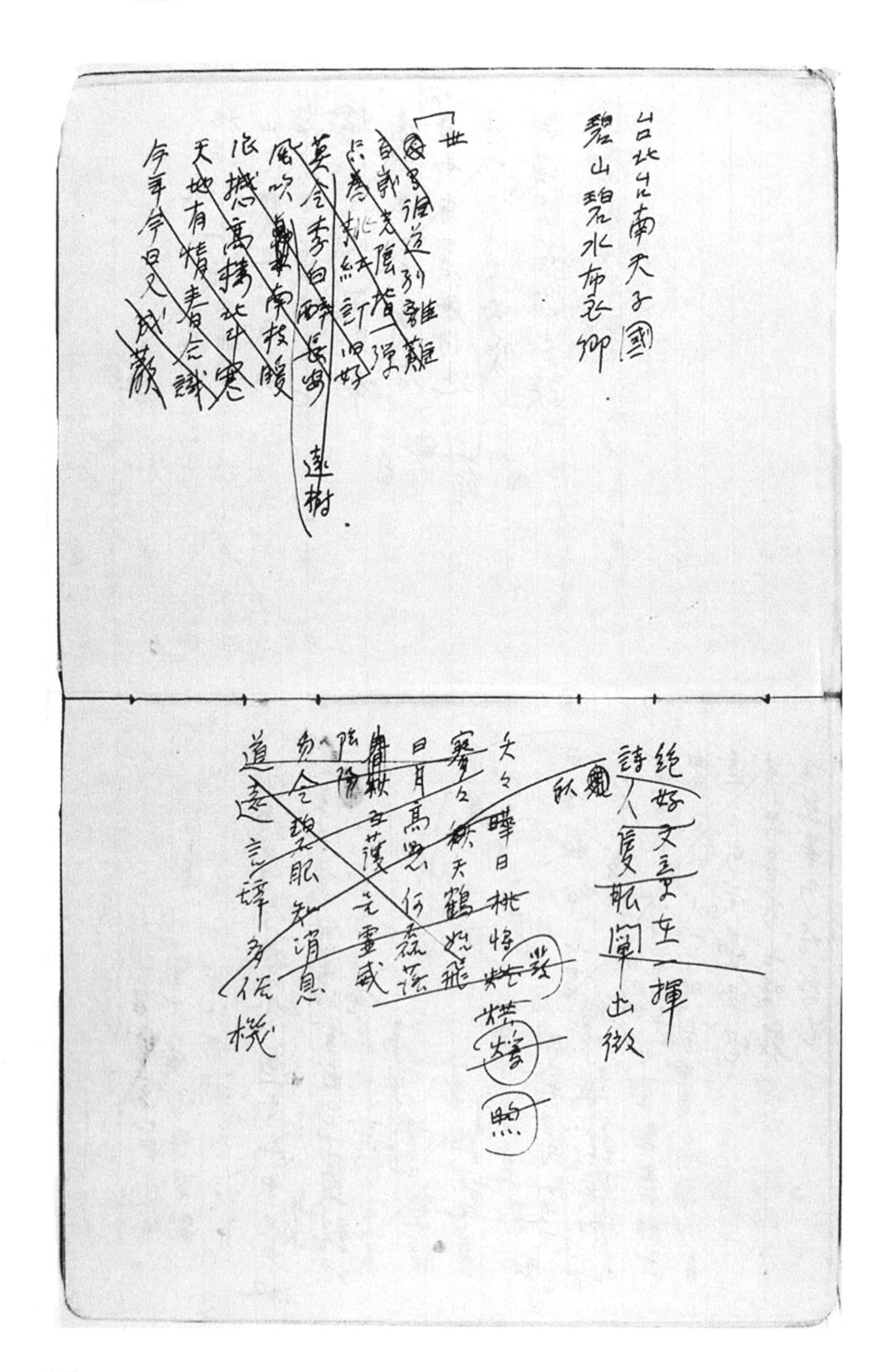

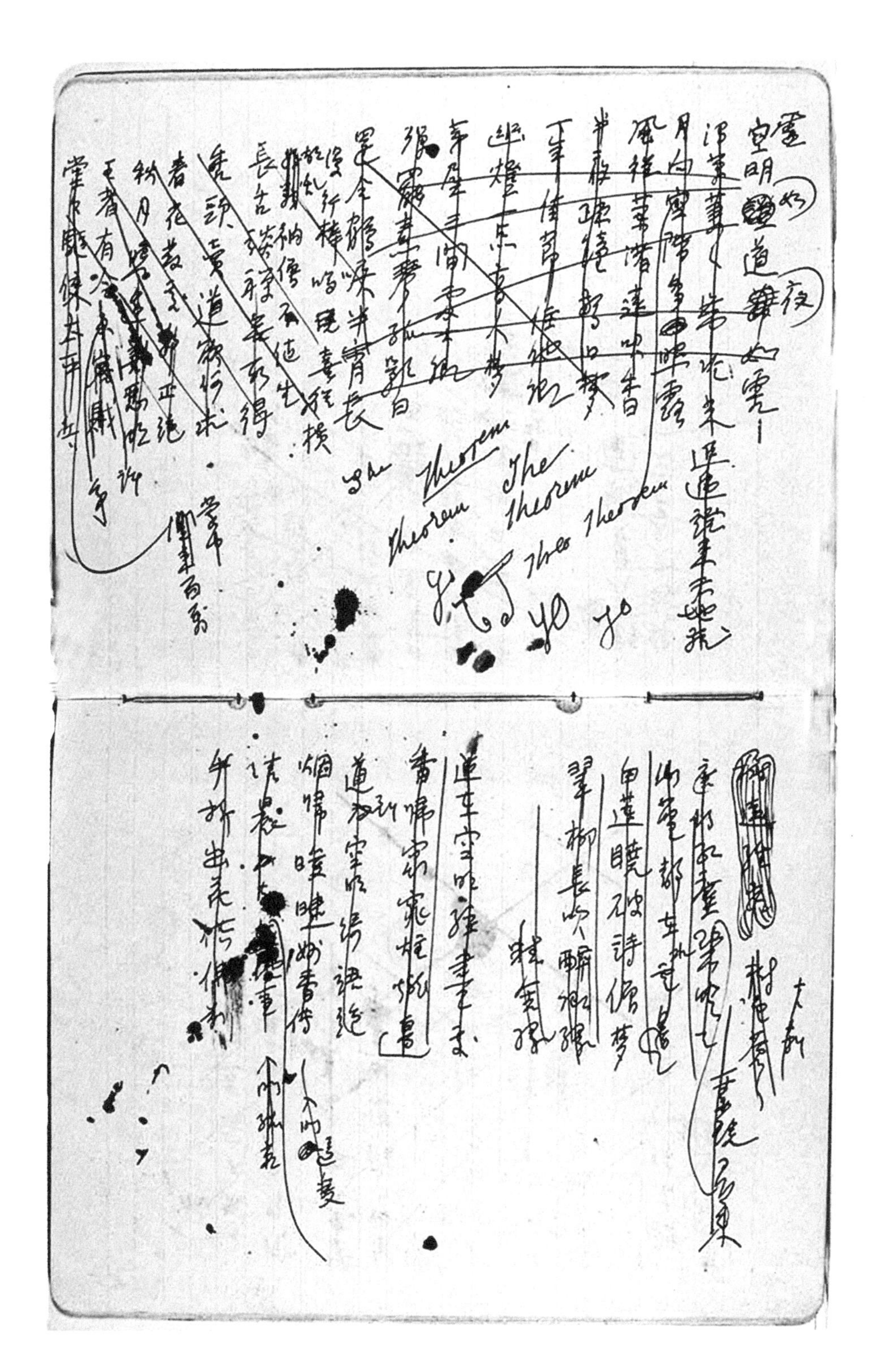

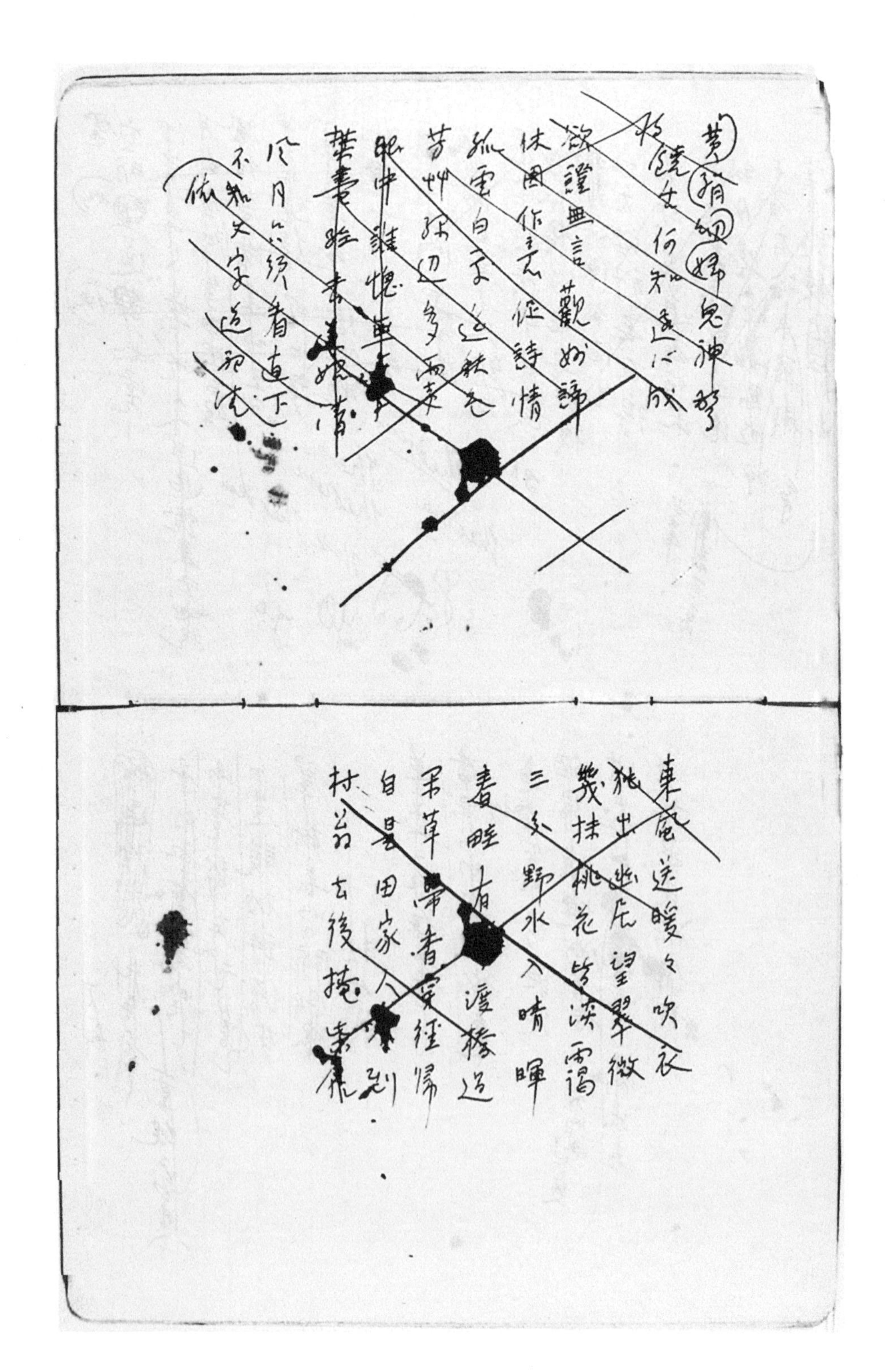
東風送暖々吹衣
独出幽居望翠微
幾抹桃花皆淡靄
三分野水入晴暉
春畦有事渡橋過
閑草帯香穿径帰
自是田家人不到
村翁去後掩柴扉

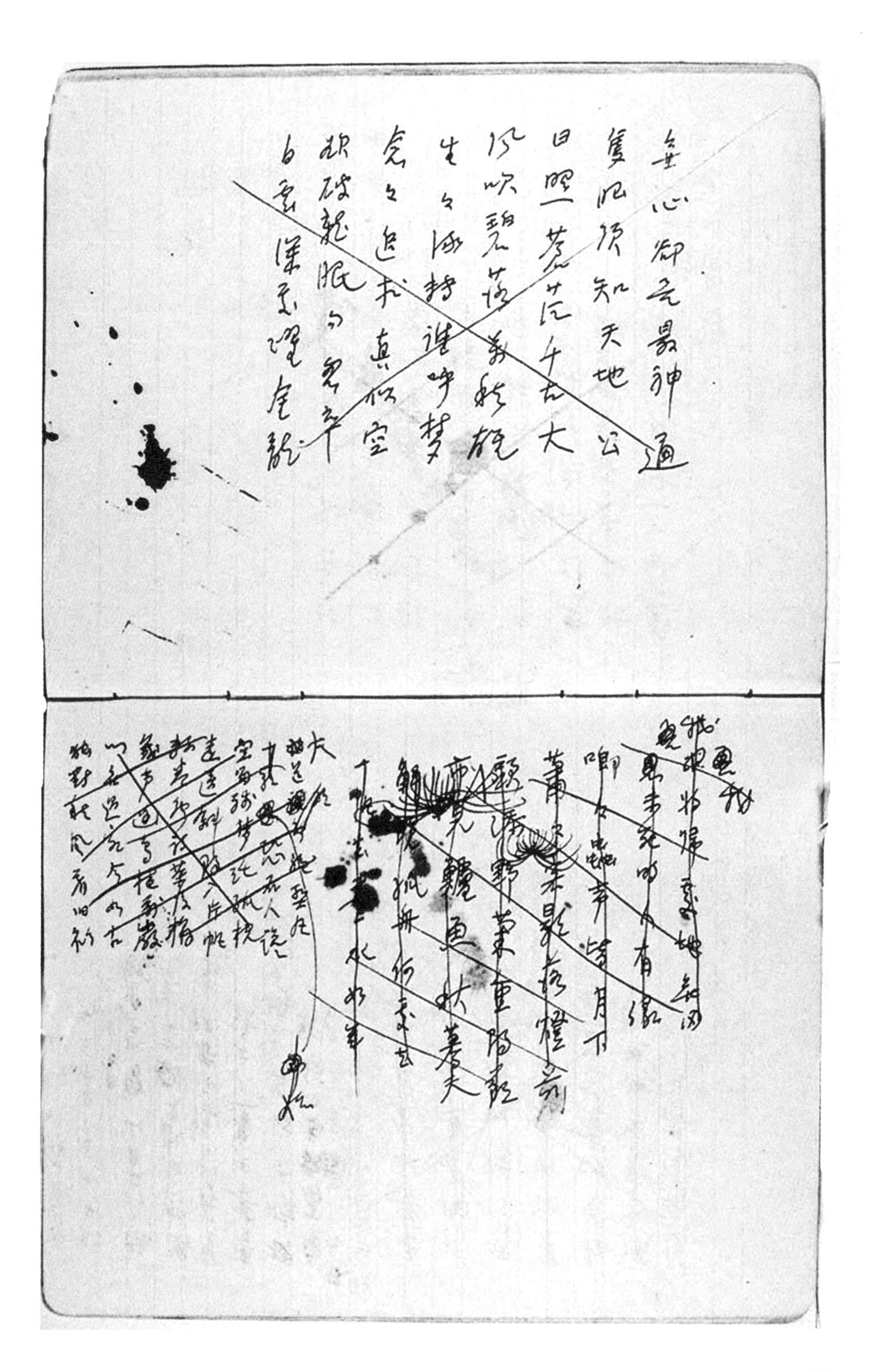

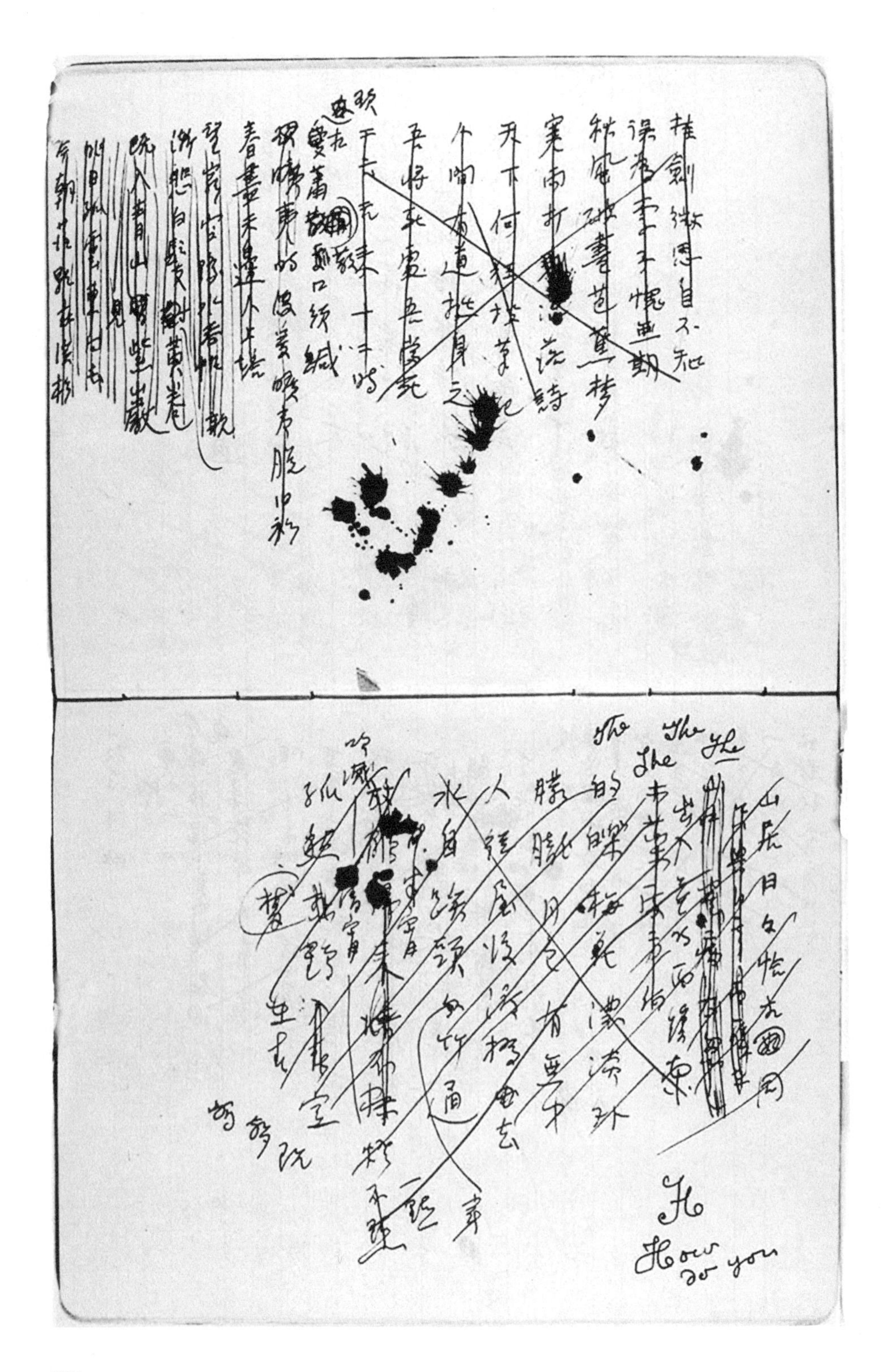

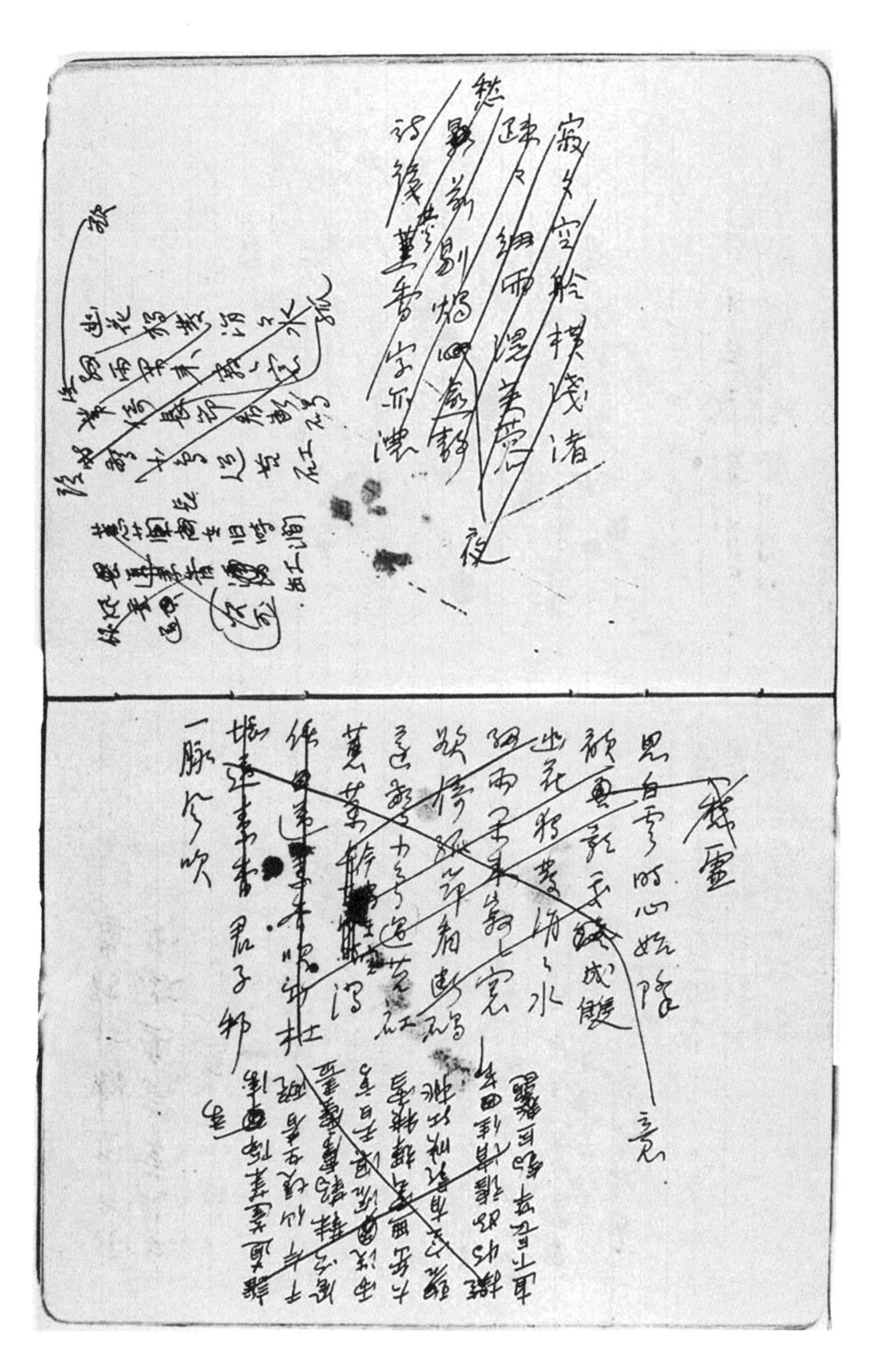

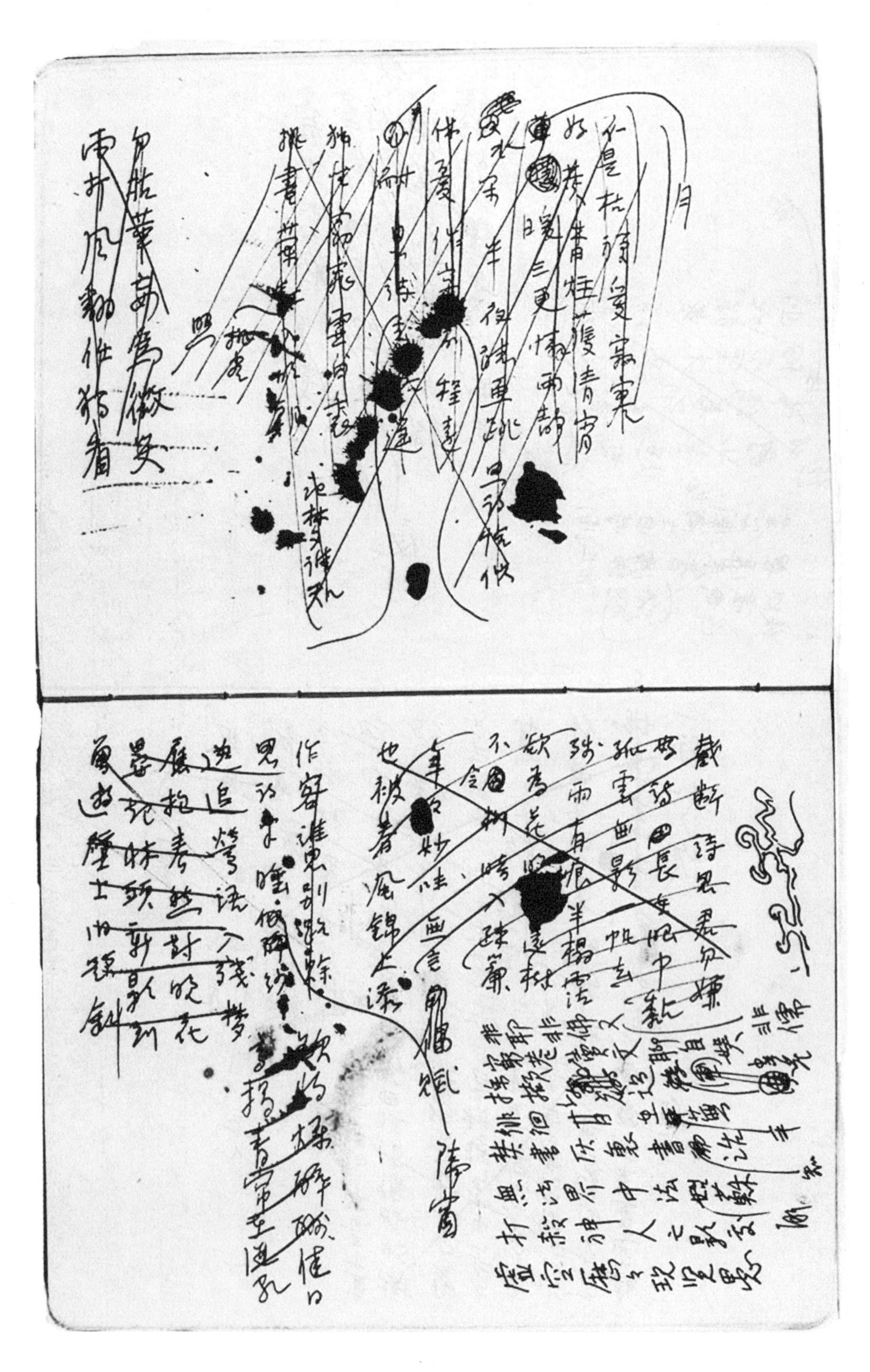

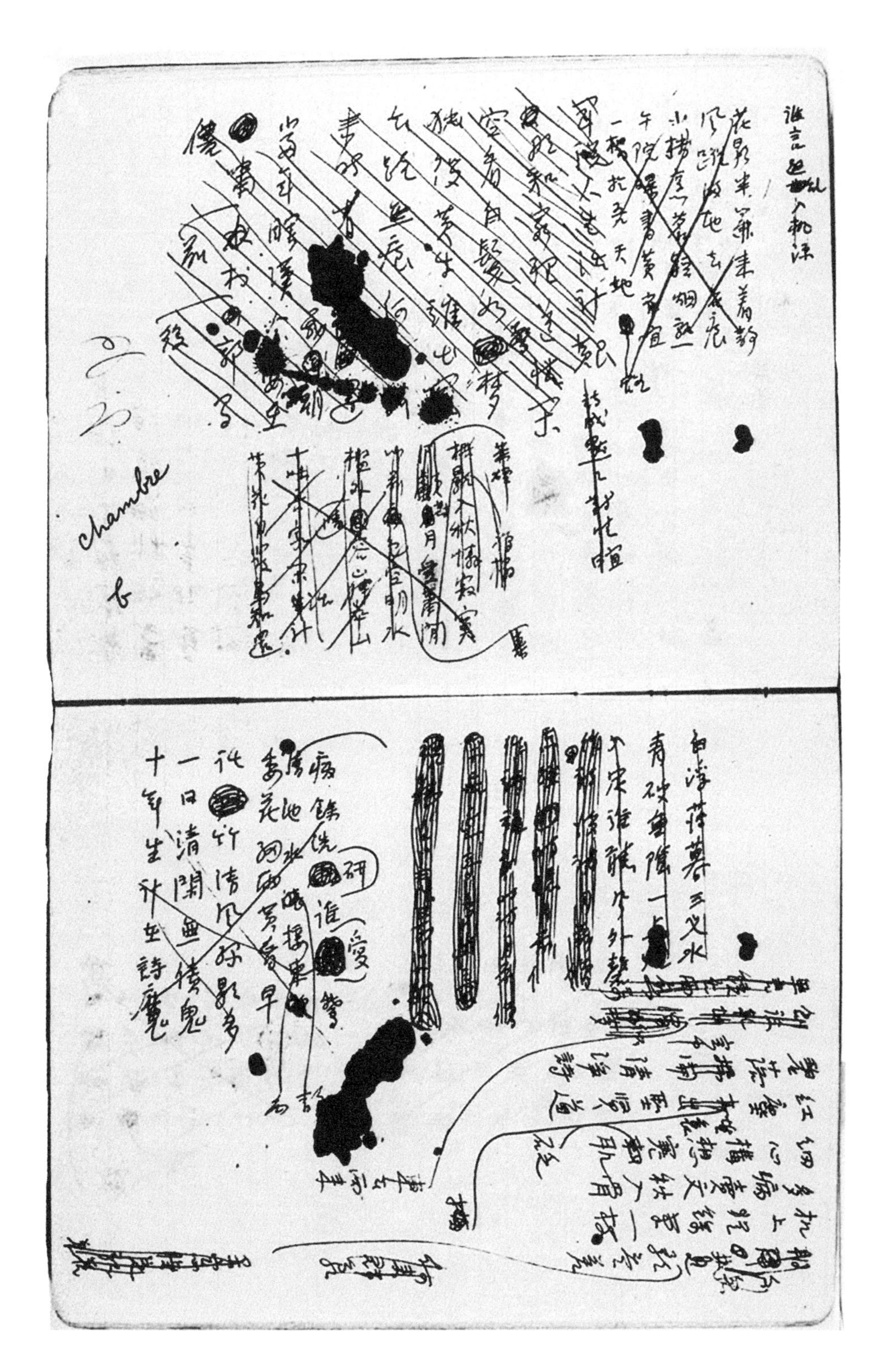

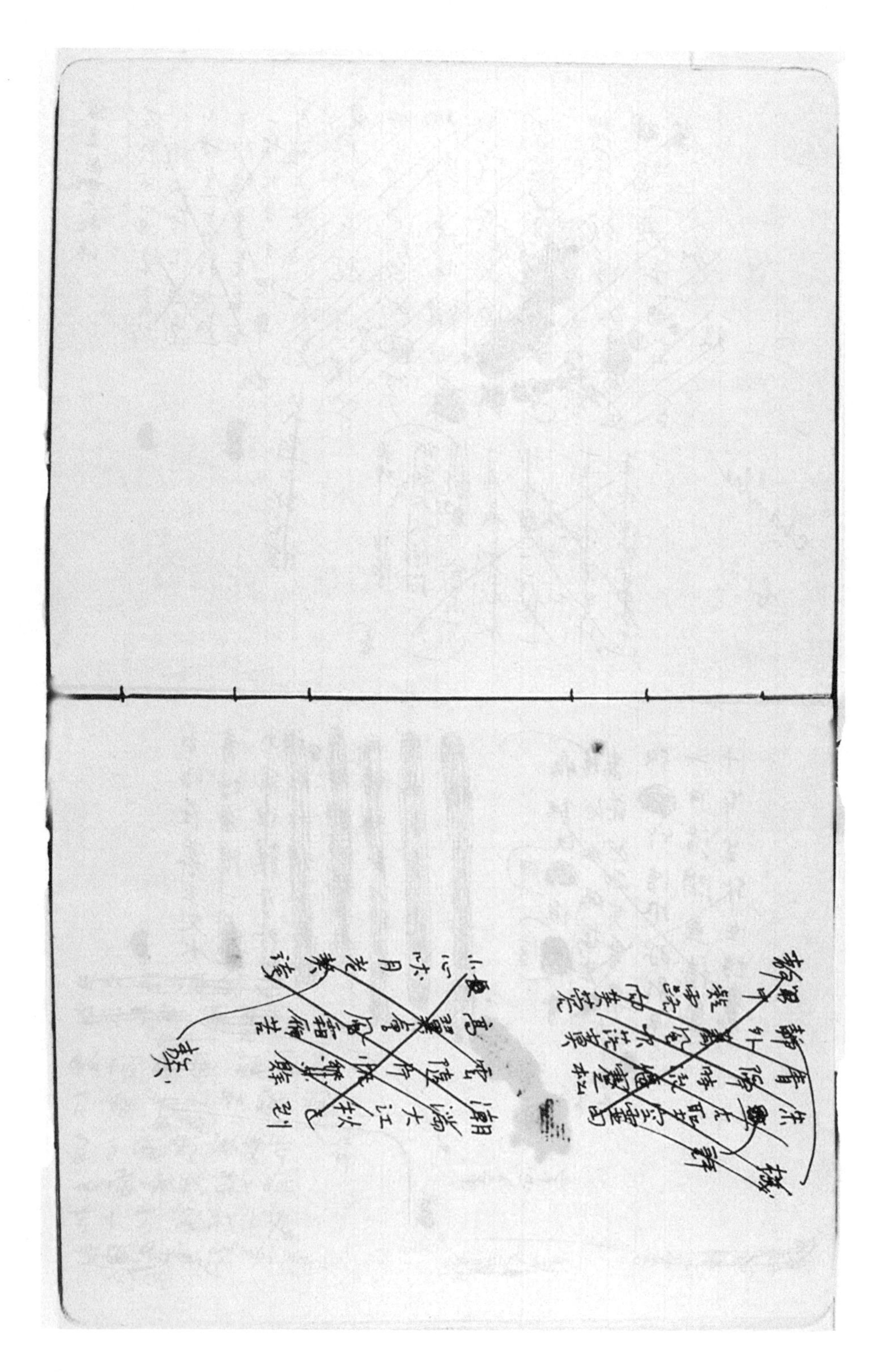

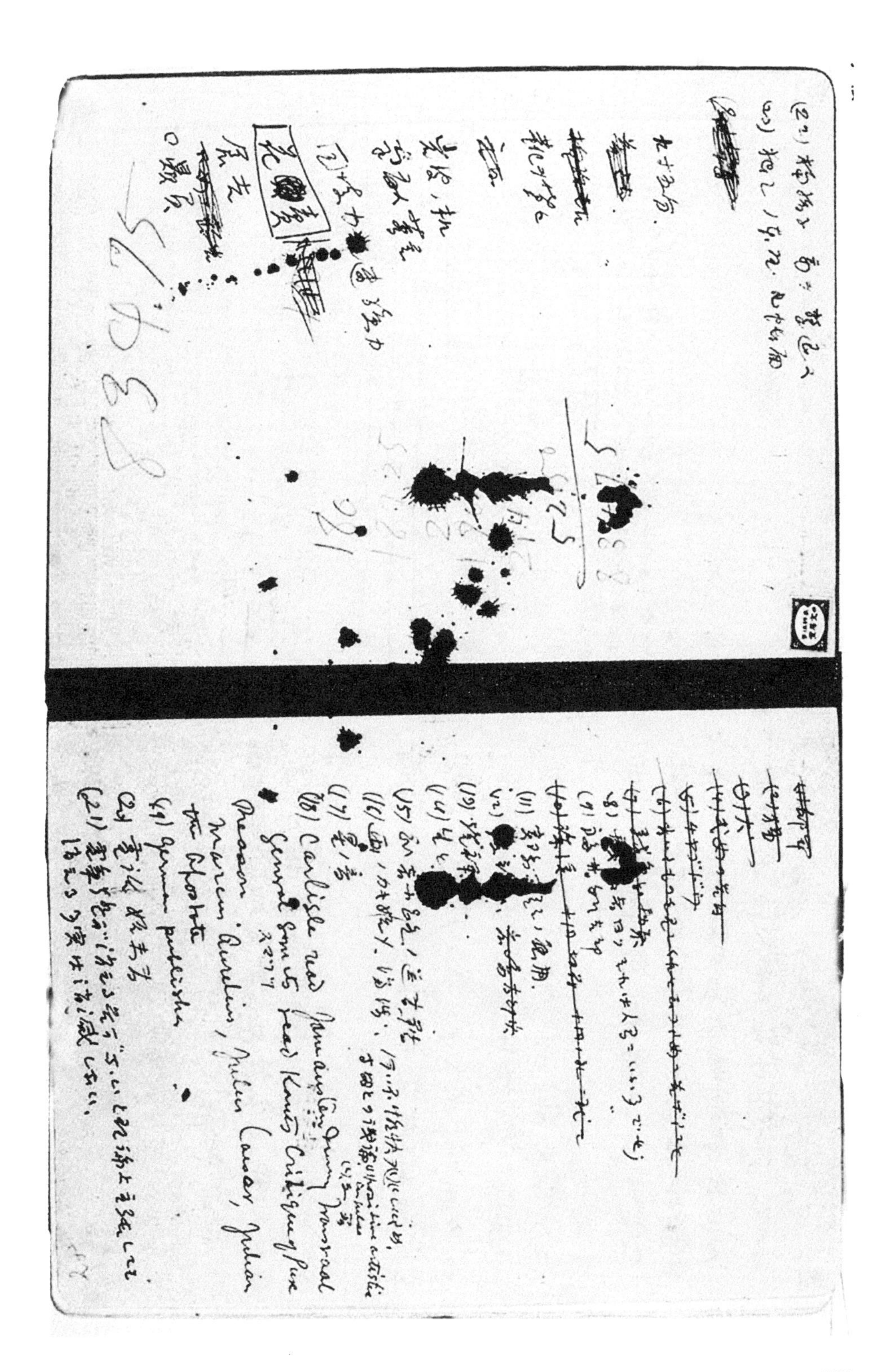

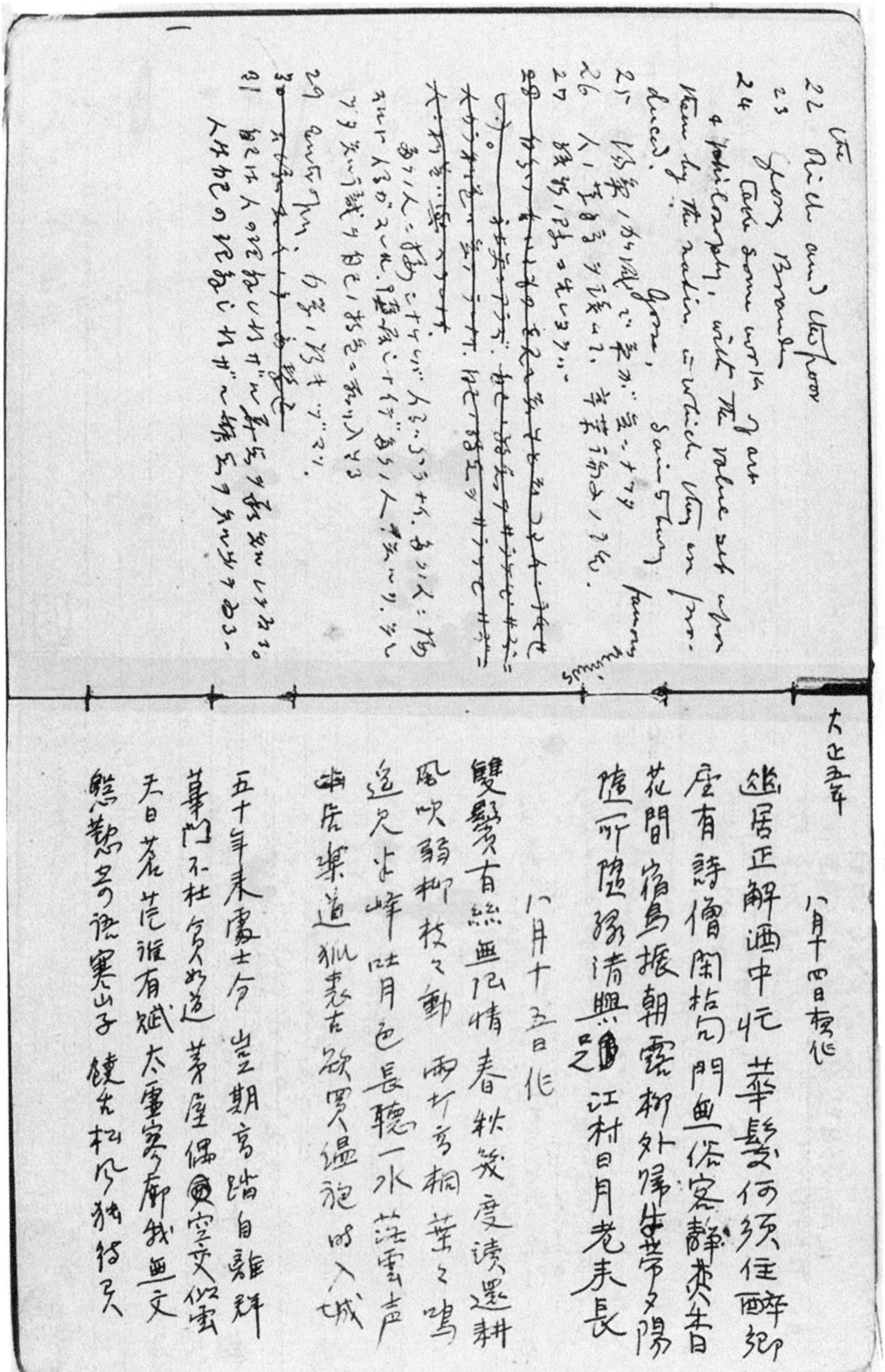

22 Rich and the poor
23 [illegible]
24 [illegible] some work of art [illegible] with the value set upon them by the nation in which they are produced.

大正五年 八月十四日夜作

幽居正解酒中忙 華髮何須住醉鄉
座有詩僧閑拈句 門無俗客靜焚香
花間宿鳥振朝露 柳外歸牛帶夕陽
隨所隨緣清興足 江村日月老來長

八月十五日作

雙鬢有絲無限情 春秋幾度讀還耕
風吹弱柳枝枝動 雨打高桐葉葉鳴
遶屋小峰吐月色 長聽一水落雲聲
幽居樂道狐裘古 欲買縕袍時入城

五十年來處士分 豈期高踏自離群
蓽門不杜貧如道 茅屋偶空交似雲
天日蒼茫誰有賦 太虛寥廓我無文
慇懃寄語寒山子 饒舌松風獨待君

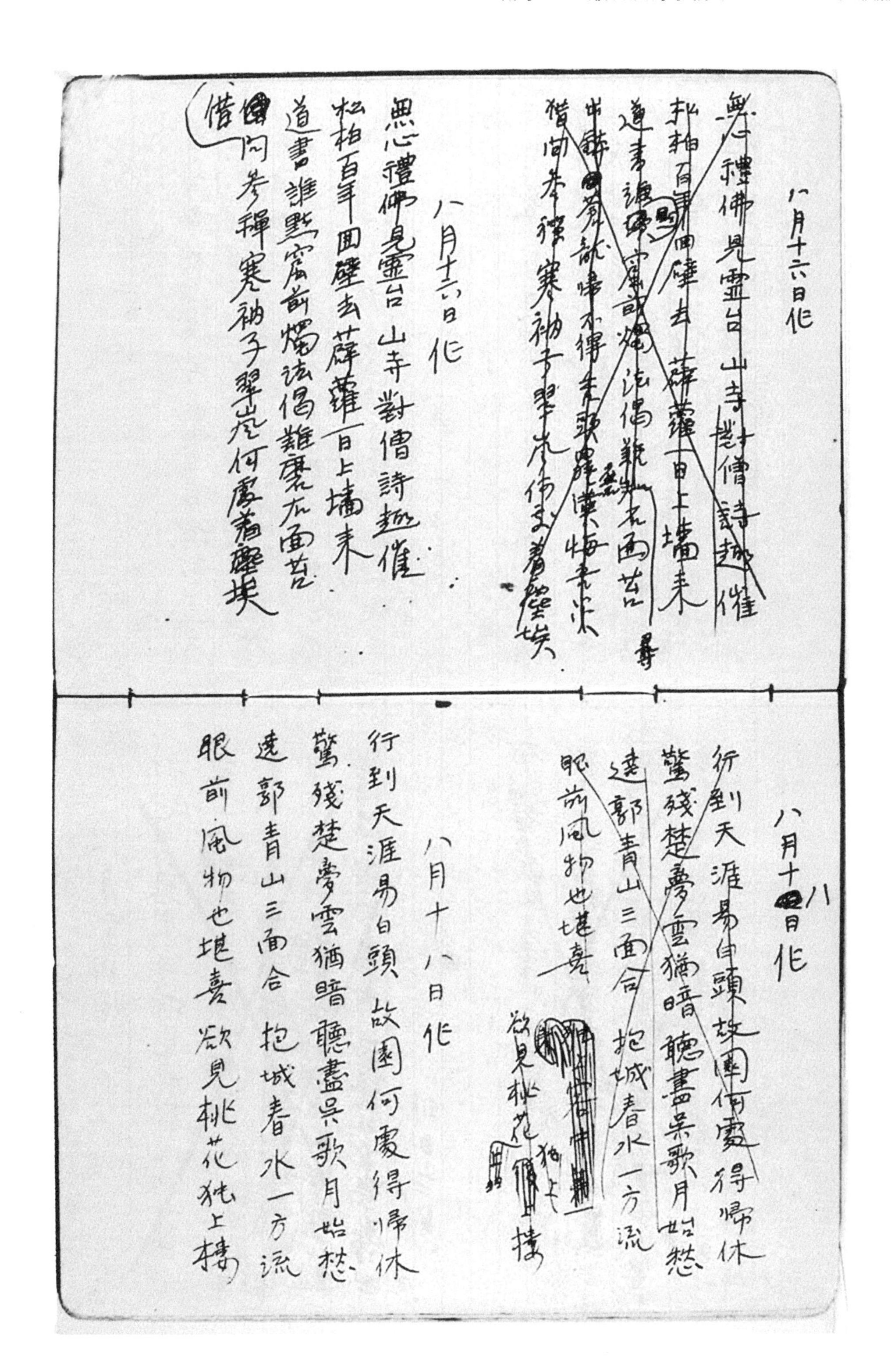

八月十六日作

無心禮佛見靈台　山寺對僧詩趣催

松柏百年回壁去　薜蘿一日上墻来

道書誰點窟前燭　法偈難磨石面苔

借問參禪寒衲子　翠嵐何處着塵埃

八月十六日作

無心禮佛見靈台　山寺對僧詩趣催

松柏百年回壁去　薜蘿一日上墻来

道書誰點窟前燭　法偈難磨石面苔

借問參禪寒衲子　翠嵐何處着塵埃

八月十八日作

行到天涯易白頭　故園何處得歸休

驚殘楚夢雲猶暗　聽盡呉歌月始愁

遠郭青山三面合　抱城春水一方流

眼前風物也堪喜　欲見桃花独上楼

八月十八日作

行到天涯易白頭　故園何處得歸休

驚殘楚夢雲猶暗　聽盡呉歌月始愁

遠郭青山三面合　抱城春水一方流

眼前風物也堪喜　欲見桃花独上楼

八月十九日作

老去歸來臥故丘　蕭然環堵意悠々
透過藻色魚眠穩　落盡梅花鳥語愁
空翠山遙藏古寺　平蕪路遠沒春流
林塘日々教吾樂　富貴功名曷肯留

八月二十日作

兩鬢衰來白幾莖　年華始識一朝傾
薰蕕臭裡求何物　蝴蝶夢中寄此生
下轍空階淒露散　移牀廢砌亂蛩驚
清風滿地芭蕉影　搖曳午眠葉々輕

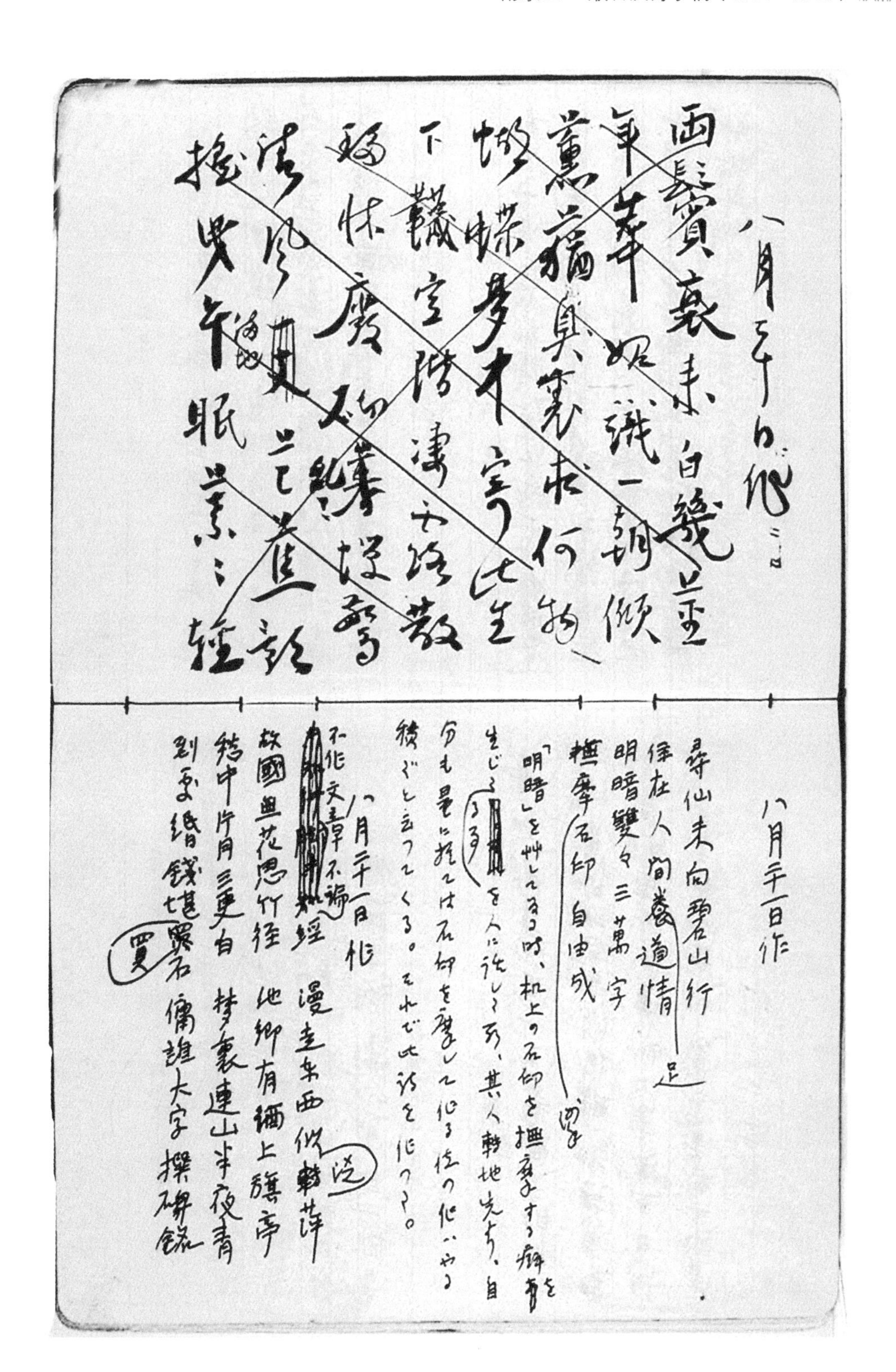

八月二十二日作

香烟一炷道心濃
趺坐何處古佛逢
終日無為雲出岫
夕陽多事鶴歸松
寒黄點綴籬間菊
暗碧衝開牖外峰
欲拂胡床遺麈尾
上堂回首復呼童

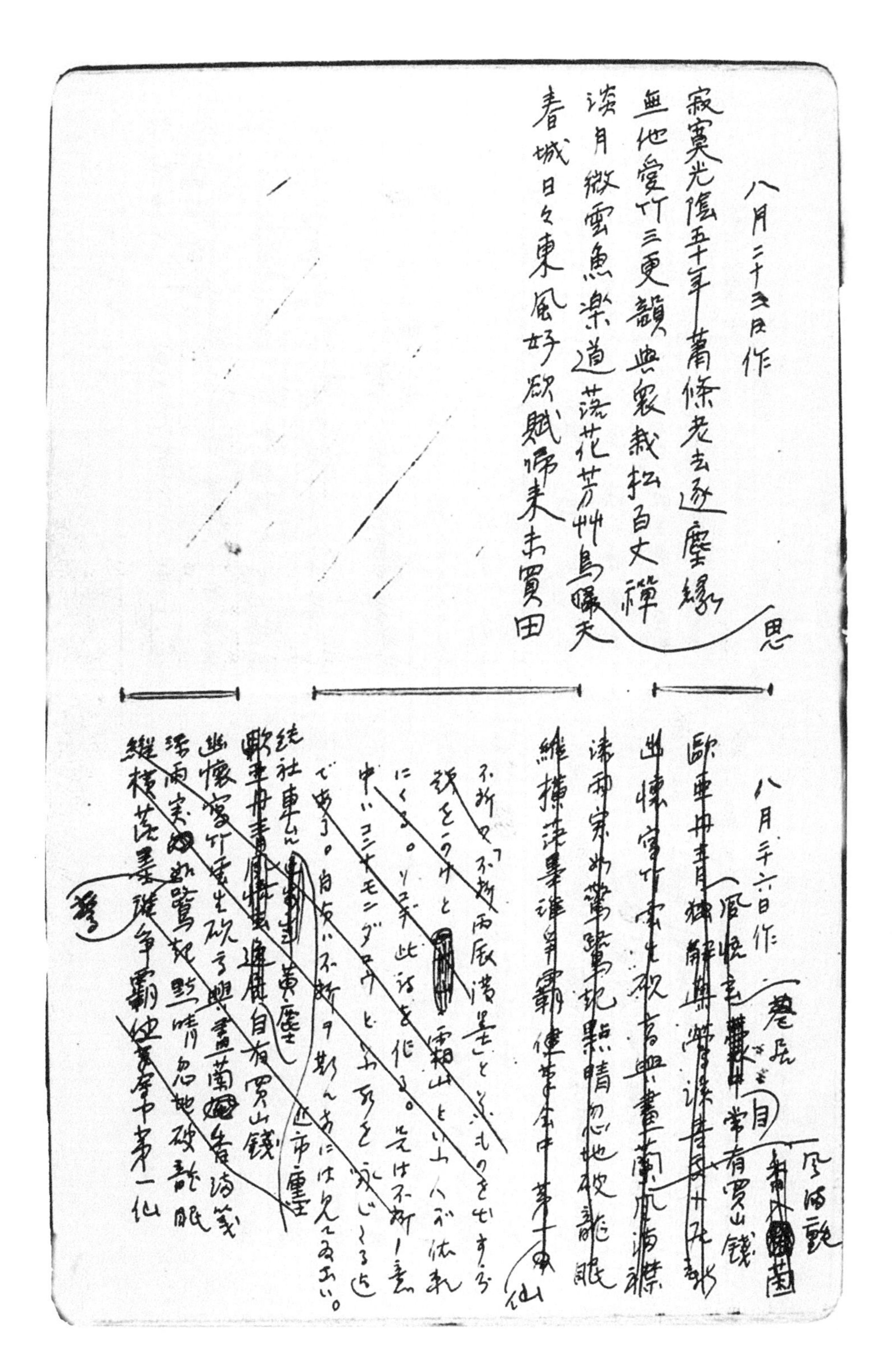

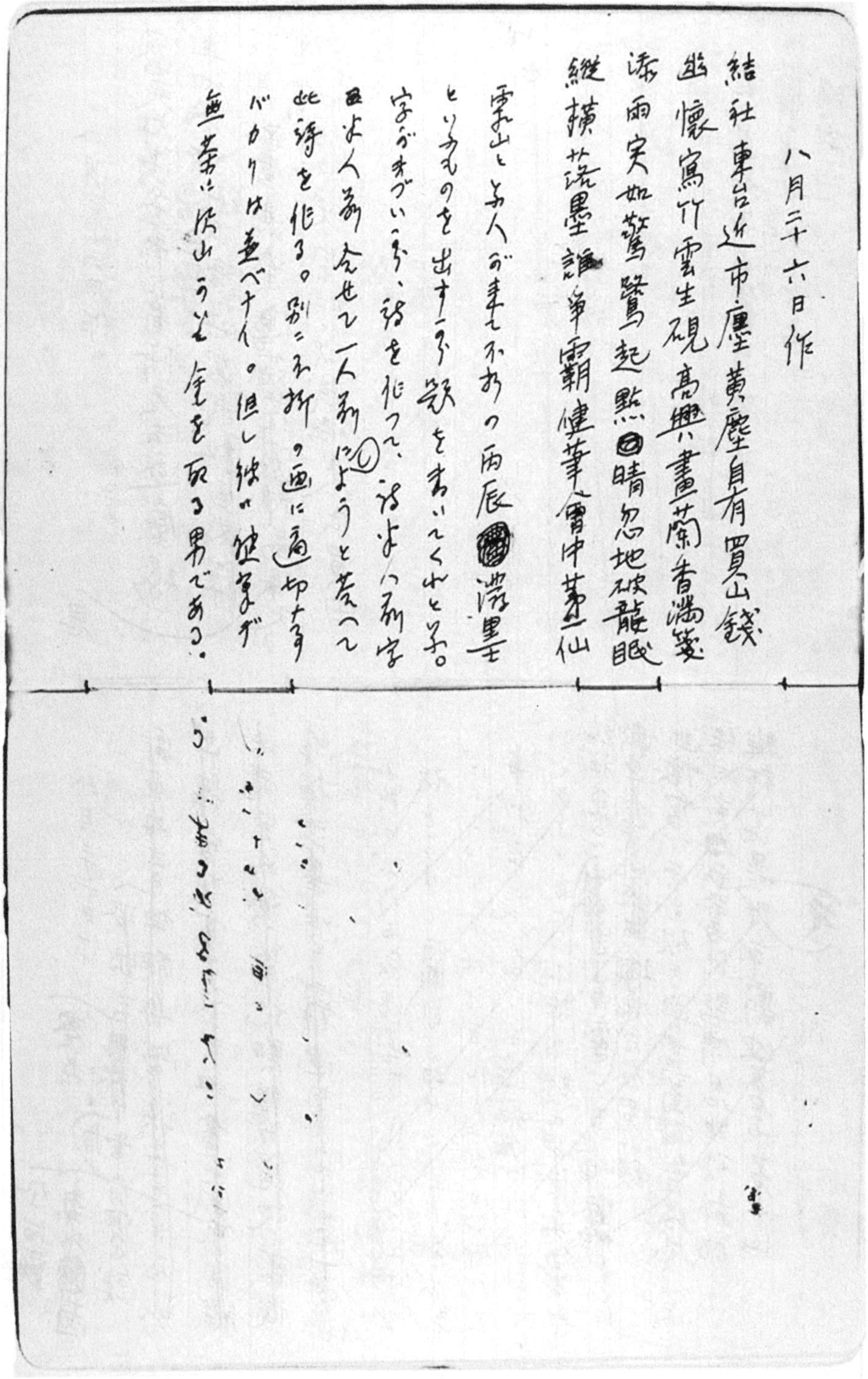

八月二十六日作

結社東台近市塵　黄塵自有買山錢
幽懐寫竹雲生硯　高興畫蘭香満箋
添雨突如驚鷺起　點晴忽地破龍眠
縱横落墨誰争霸　健筆會中第一仙

雪山と云人が来て不折の丙辰潑墨
といふものを出す事に就て書いてくれと云ふ。
字がまづいから、詩を作つて、詩はよい人が字
はよい人が書き合せて一人前にしようと考へて
此詩を作る。別に不折の画に適切な事
バカリは並べない。但し彼は健筆
無茶に沢山かいて金を取る男である。

蕭條古佛風流寺

何須漫說布衣尊　數卷好書吾道存
陰盡始開芳草戶　春來獨杜落花門
非[illegible]蕭條古佛風流寺　不掃先生日涉園
村巷路深無[illegible]訪　一庭修竹掩南軒
無過客

八月廿八日作

何須漫說布衣尊　數卷好書吾道存
陰盡始開芳草戶　春來獨杜落花門
蕭條古佛風流寺　寂寞先生日涉園
村巷路深無過客　一庭修竹掩南軒

八月二十九日作

不愛帝城車馬喧　故山歸臥掩柴門
紅桃碧水春雲寺　暖日和風野靄村
人到渡頭垂柳盡　鳥來樹杪落花繁
前塘昨夜蕭蕭雨　促得細鱗入小園

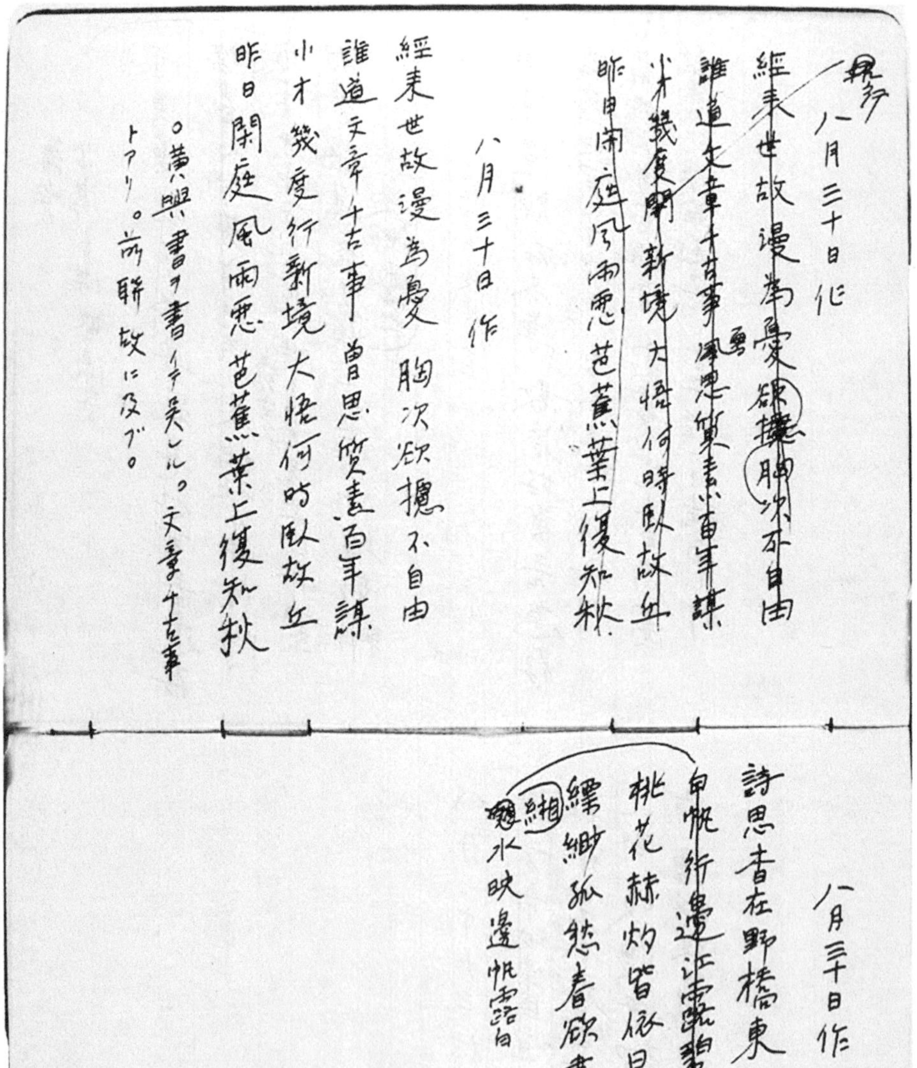

八月三十日作

經來世故漫為憂　欲攄胸次不自由
誰道文章千古事　風思質素百年謀
小才幾度開新境　大悟何時臥故丘
昨日閑庭風雨惡　芭蕉葉上復知秋

八月三十日作

經來世故漫為憂　胸次欲攄不自由
誰道文章千古事　曾思質素百年謀
小才幾度行新境　大悟何時臥故丘
昨日閑庭風雨惡　芭蕉葉上復知秋

○黄興ノ書ヲ書イテ笑ヒル。文章千古事トアリ。前聯故に及ブ。

八月三十日作

詩思杳在野橋東　景物多横淡靄中
緇水映邊帆露白　翠雲流處塔餘紅
桃花赫灼皆依日　柳色模糊不厭風
縹緲孤愁春欲盡　還令一鳥入虛空

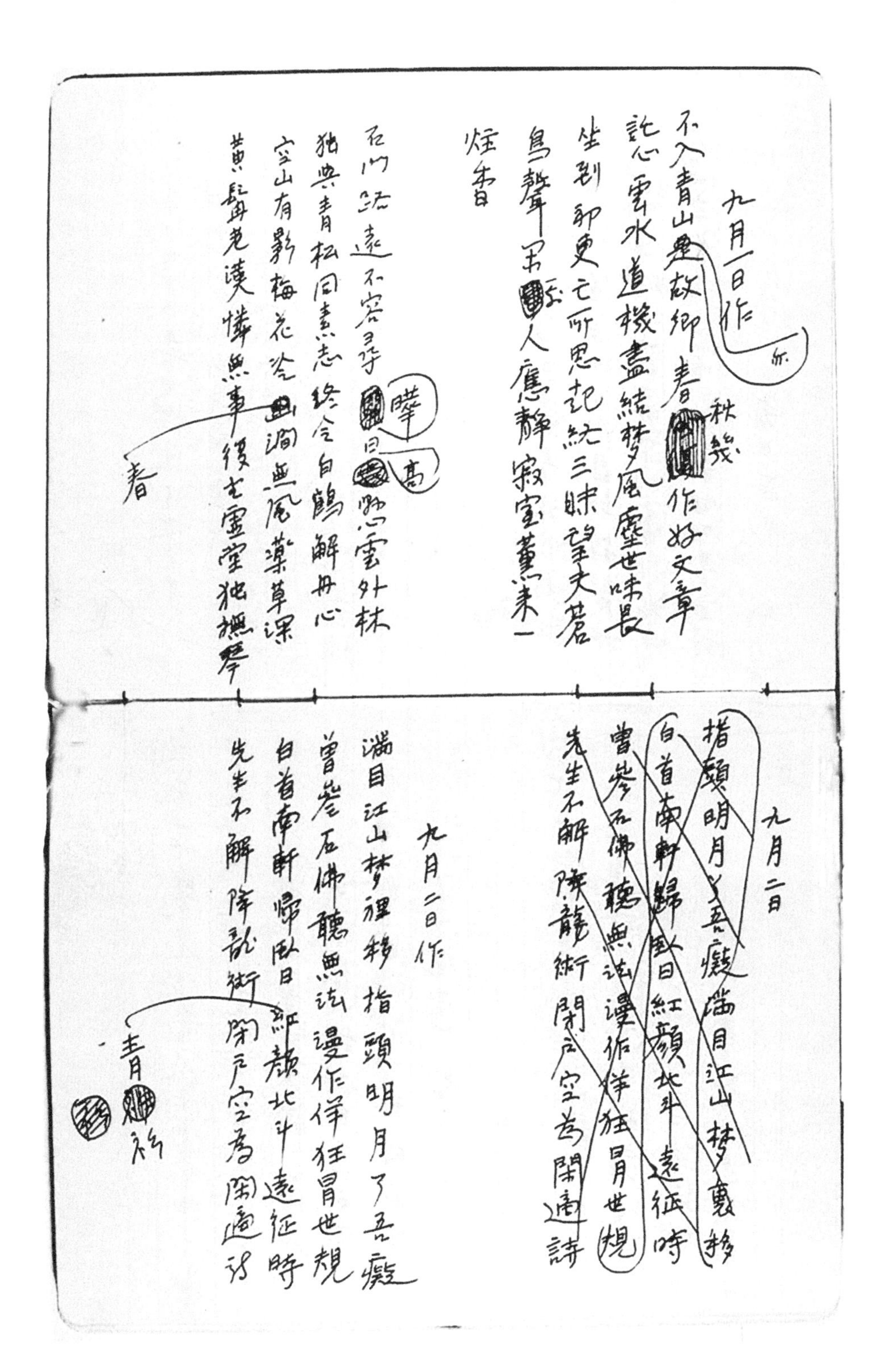

九月一日作

不入青山亦故鄉 春秋幾作好文章

託心雲水道機盡 結夢風塵世味長

坐到初更亡所思 起終三昧望夫蒼

鳥聲閑處人應靜 寂室薰來一

炷香

石門路遠不容尋 曄日高懸雲外林

獨與青松同素志 終令白鶴解丹心

空山有影梅花冷 春澗無風藥草深

黃髯老漢憐無事 復坐虛堂獨撫琴

九月二日

指頭明月了吾癡 滿目江山夢裏移

白首南軒歸臥日 紅顏北斗遠征時

曾參石佛聽無法 漫作佯狂冒世規

先生不解降龍術 閉戸空為閑適詩

九月二日作

滿目江山夢裡移 指頭明月了吾癡

曾參石佛聽無法 漫作佯狂冒世規

白首南軒歸臥日 紅顏北斗遠征時

先生不解降龍術 閉戸空為閑適詩

大地従来日月長　普天何處不文章
雲黏閑葉雪前静　風逐飛花雨後忙
三伏點愁惟泣露　四時関意是重陽
詩人自有公平眼　春夏秋冬盡故郷

九月三日

獨往孤来俗不齊　山居悠久沒東西
巌頭晝静桂花落　檻外月明澗鳥啼
道到無心天自合　時如有意節将迷
空山寂々人閑處　幽草芊々満古蹊

九月四日

散来華髪老魂驚　林下何曾賦不平
無復江梅追帽點　空令野菊映衣明
蕭々鳥入秋天意　瑟々風吹落日情
遥望断雲還躑躅　閑愁盡處暗愁生

人間誰道別離難　百歳光陰指一彈
只為桃紅訂旧好　莫令李白酔長安
風吹遠樹南枝暖　浪撼高樓北斗寒
天地有情春合識　今年今日又成歡

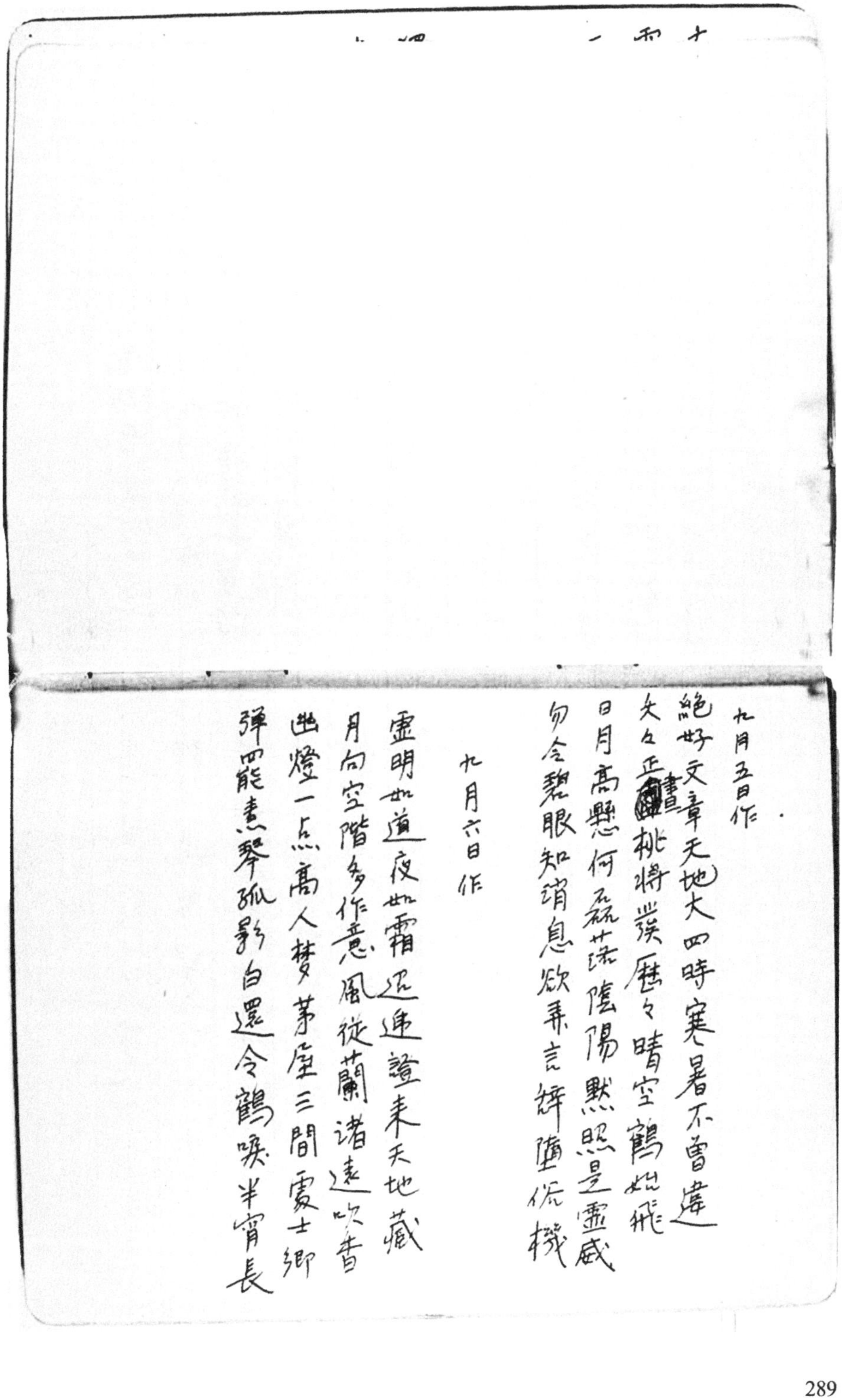

九月五日作

絶好文章天地大四時寒暑不曾違
夭夭正晝桃將發歷歷晴空鶴始飛
日月高懸何磊落陰陽默照是靈威
勿令碧眼知消息欲弄言辭墮俗機

九月六日作

靈明如道夜如霜迢遞證來天地藏
月向空階多作意風從蘭渚遠吹香
幽燈一點高人夢茅屋三間處士鄉
彈罷素琴孤影白還令鶴唳半宵長

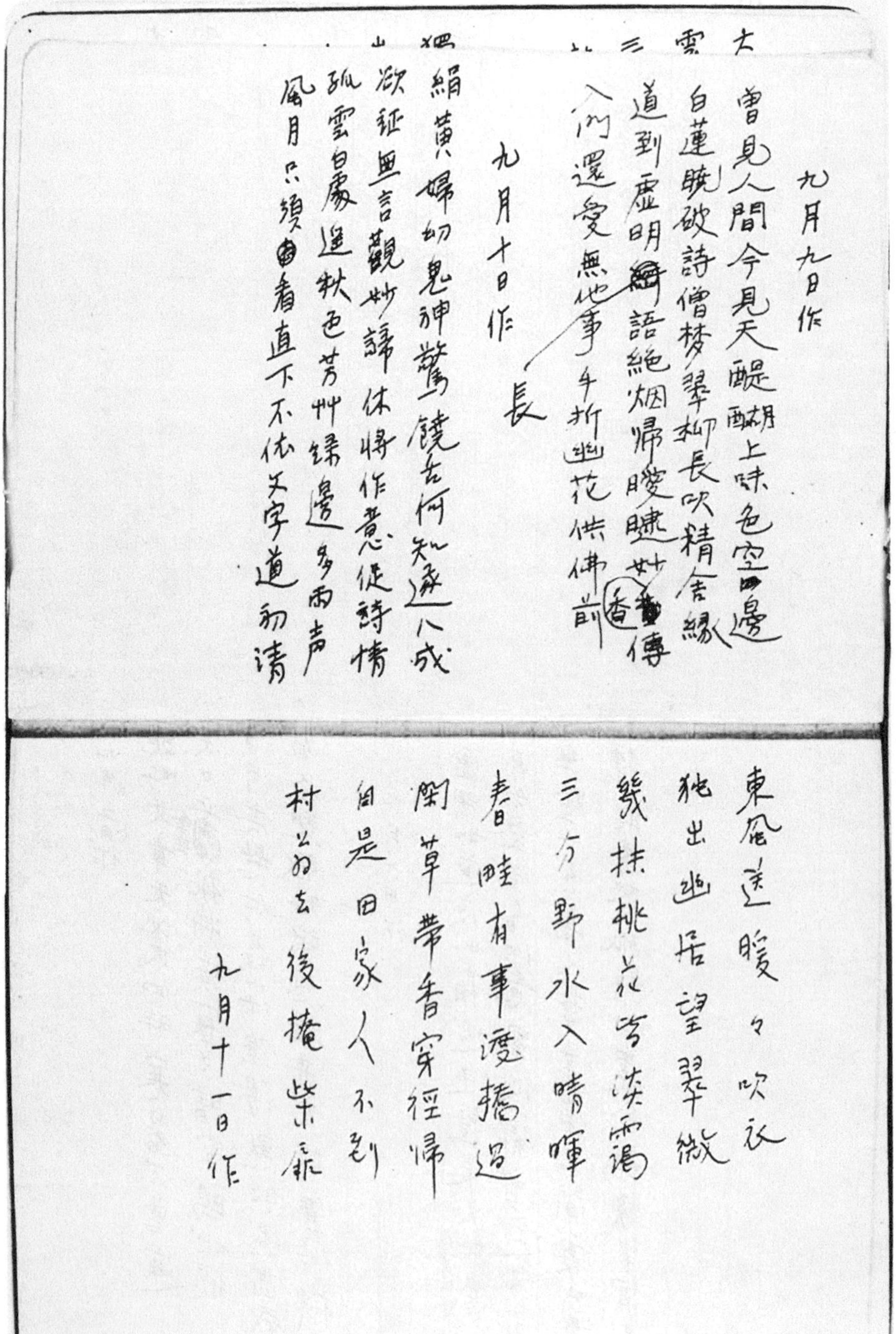

九月九日作

曾見人間今見天
醍醐上味色空邊
白蓮曉破詩僧夢
翠柳長吹精舍縁
道到虛明長語絶
烟歸曖䁴妙香傳
入門還愛無他事
手折幽花供佛前

九月十日作

絹黄婦幼鬼神驚
饒舌何知遂八成
欲証無言觀妙諦
休將作意促詩情
孤雲白處遥秋色
芳艸綠邊多雨声
風月只須看直下
不依文字道初清

東風送暖々吹衣
独出幽居望翠微
幾抹桃花皆淡靄
三分野水入晴暉
春畦有事渉橋過
閑草帯香穿徑歸
自是田家人不到
村翁去後掩柴扉

九月十一日作

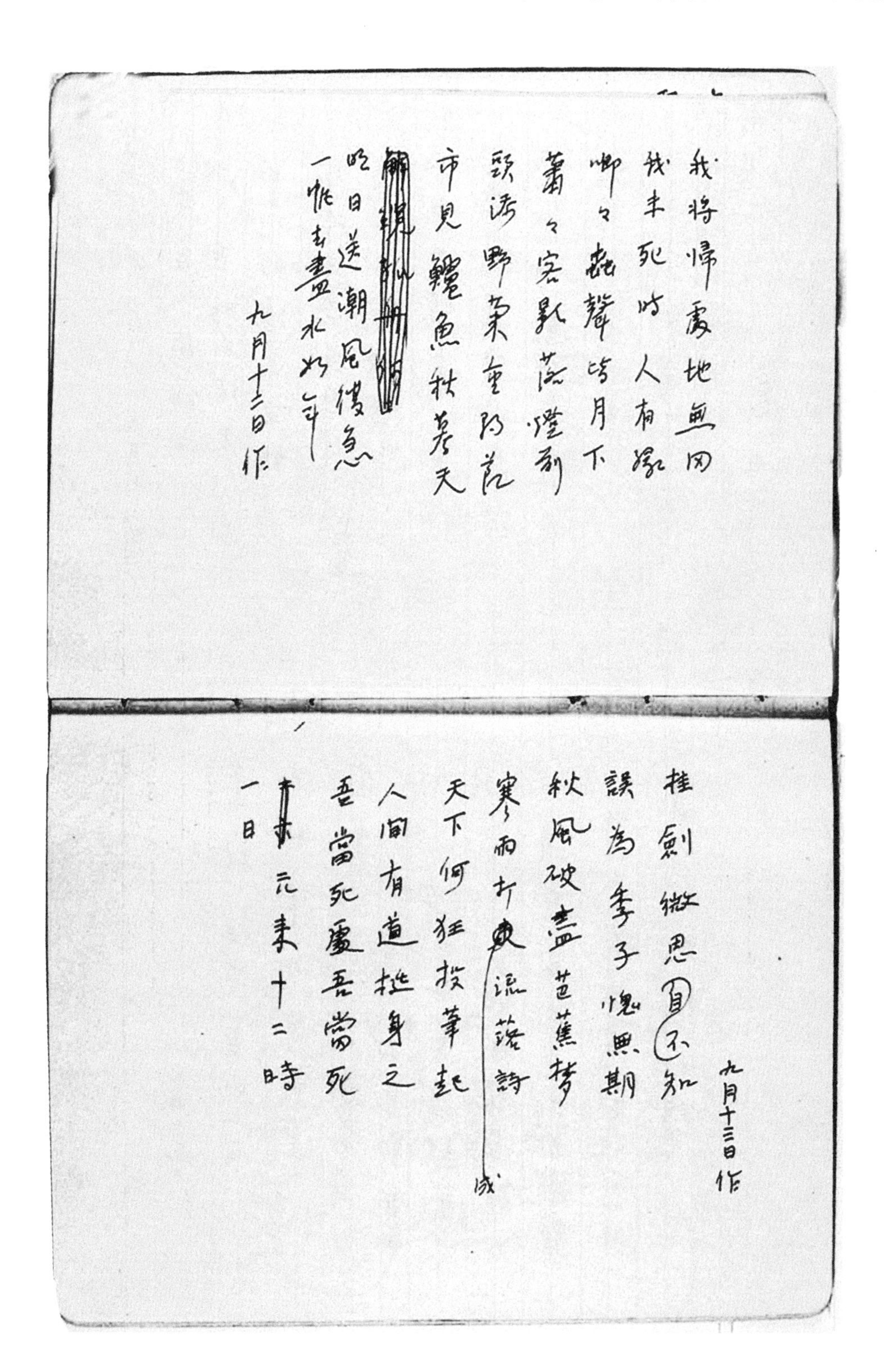

我將帰處地無田
我未死時人有緣
啾々蟲聲皆月下
蕭々客影落燈前
頭添野菊重陽節
市見鱸魚秋暮天
昨日送潮風漸急
一帆去盡水如年

九月十二日作

九月十三日作

挂劍微思自不知
誤為季子愧無期
秋風破盡芭蕉夢
寒雨打成流落詩
天下何狂投筆起
人間有道挺身之
吾當死處吾當死
一日元來十二時

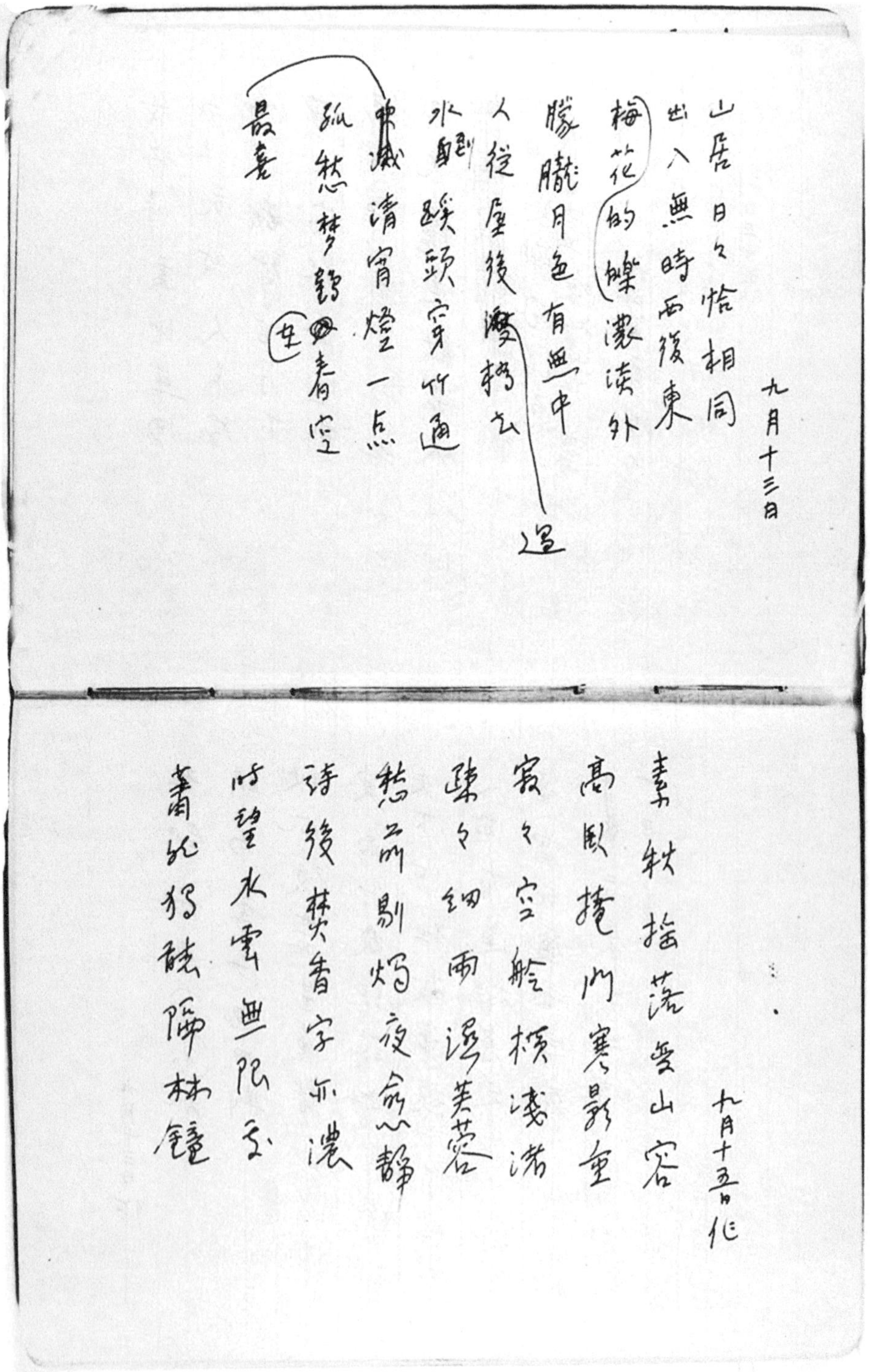

九月十三日

山居日々恰相同
出入無時西復東
的皪梅花濃淡外
朦朧月色有無中
人從屋後過橋去
水到蹊頭穿竹通
最喜清宵燈一点
孤愁夢鶴在春空

九月十五日作

素秋搖落変山容
高臥掩門寒影重
寂々空舲横淺渚
疎々細雨濕芙蓉
愁前剔燭夜愈静
詩後焚香字亦濃
時望水雲無限處
蕭然獨聽隔林鐘

九月十六日作

思白雲時心始降
顧虛影處意成雙
幽花獨發涓涓水
細雨閑來寂寂窗
欲倚孤笻看斷碣
還驚小鳥過苔矼
蕙蘭今尚在空谷
一脈風吹君子邦

九月十七日作

不是枯禪愛寂寥
好焚香炷護清宵
月暖三更憐雨靜
水閑半夜聽魚跳
思詩恰似前程遠
記夢誰知去路遙
獨出窈窕虛白裏
葉紅照盡入明朝

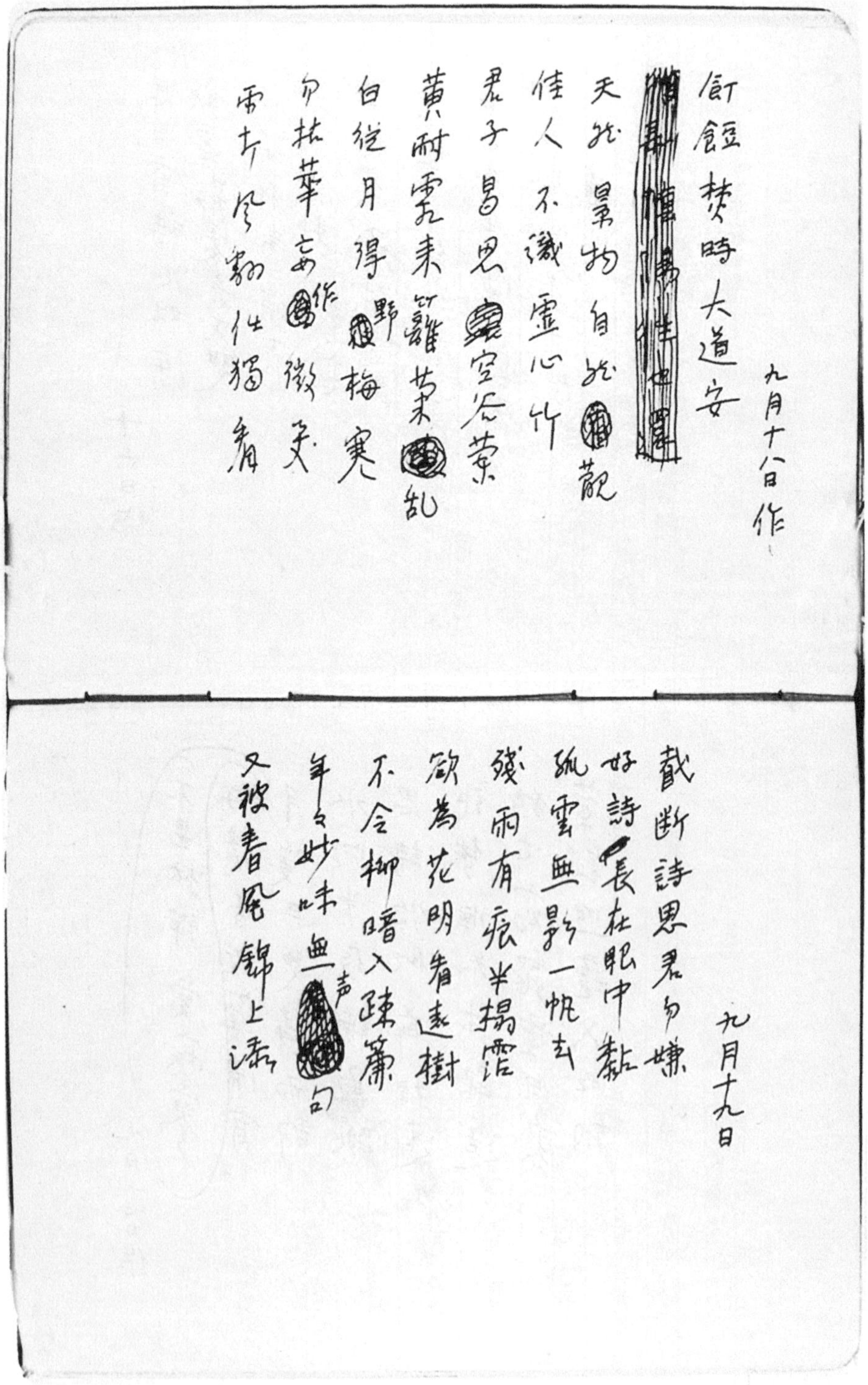

九月十八日作

飢飡夢時大道安
天然景物自然觀
佳人不識虛心竹
君子曷思空谷蘭
黃耐霜來籬菊亂
白從月得野梅寒
勿拈華妄作微笑
雨打風翻任獨看

九月十九日

截斷詩思君勿嫌
好詩長在眼中黏
孤雲無影一帆去
殘雨有痕半榻霑
欲為花明看遠樹
不令柳暗入疎簾
年年妙味無声句
又被春風錦上添

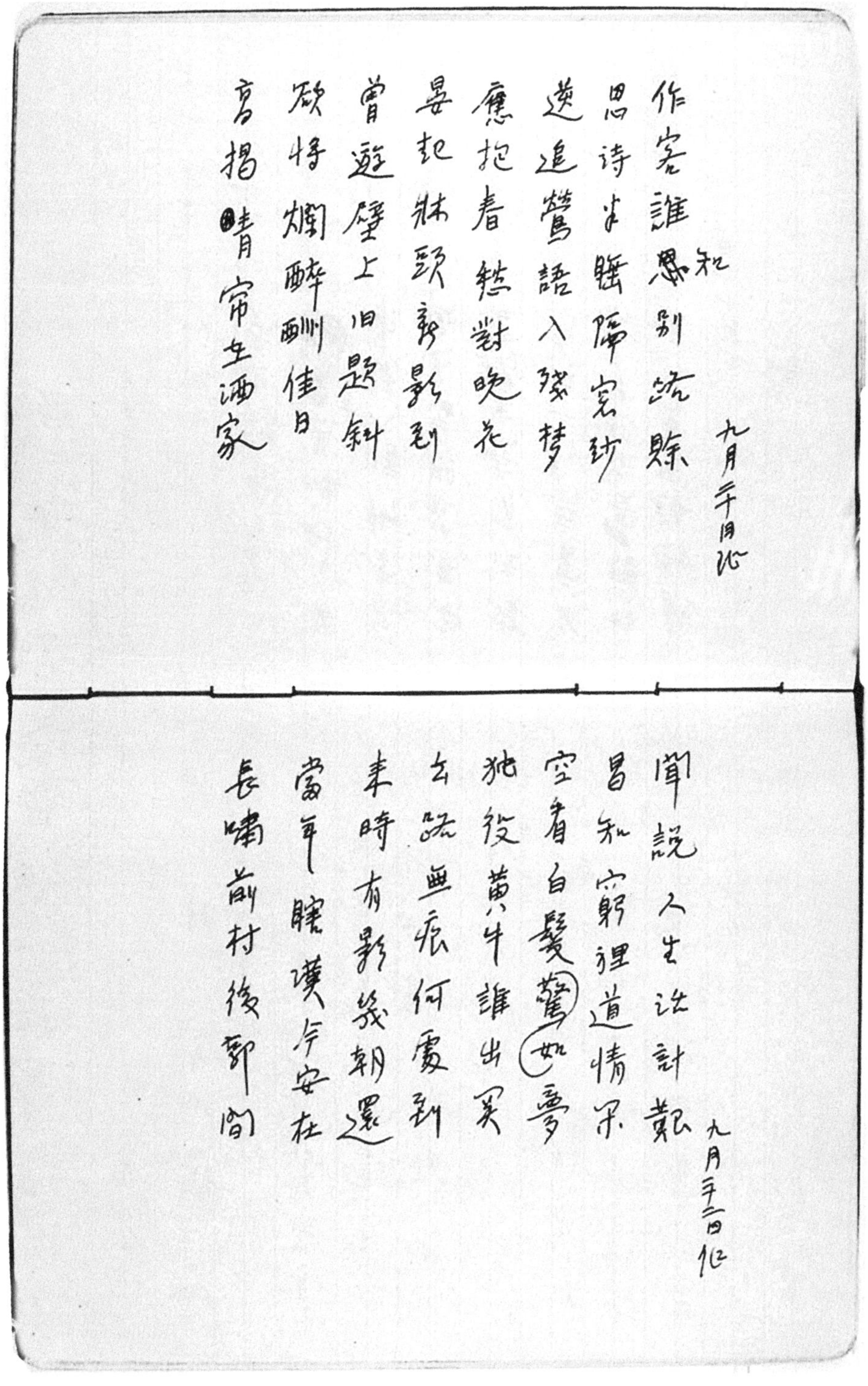

作客誰知別路賒
思詩半睡隔窓紗
逆追鶯語入殘夢
應抱春愁對晚花
晏把林頭新影到
曾遊壁上旧題斜
欲将爛醉酬佳日
高揭青帘古酒家

九月廿日作

聞說人生活計艱
曷知窮裡道情閑
空看白髮驚如夢
独役黄牛誰出関
去路無痕何處到
来時有影幾朝還
當年瞎漢今安在
長嘯前村後郭間

九月二十一日作

九月二十三日作

苦吟又見二毛斑
愁殺愁人始破顏
禪榻入秋憐寂寞
茶烟對月愛蕭閑
門前暮色空明水
檻外晴容嶂崒山
一味吾家清活計
黄花自發鳥知還

九月二十三日作

漫行棒喝喜縱横
胡亂衲僧不値生
長舌談禪無所得
禿頭賣道欲何求
春花發處正邪絶
秋月照邊善悪明
王者有令爭赦罪
如雲斬賊血還清

擬將蝶夢誘吟魂
且隔人生在畫村
花影半簾來着靜
風蹤滿地去無痕
小樓烹茗輕烟熟
午院曝書黃雀喧
一榻清機閑日月
詩成默默對晴暄

九月二十四日

孤臥獨行無友朋
又看雲樹影層層
白浮薄暮三叉水
青破重陰一點燈
入定誰聽風外磬
作詩時訪月前僧
閑居近寺多幽意
禮佛只言最上乘

九月二十五日作

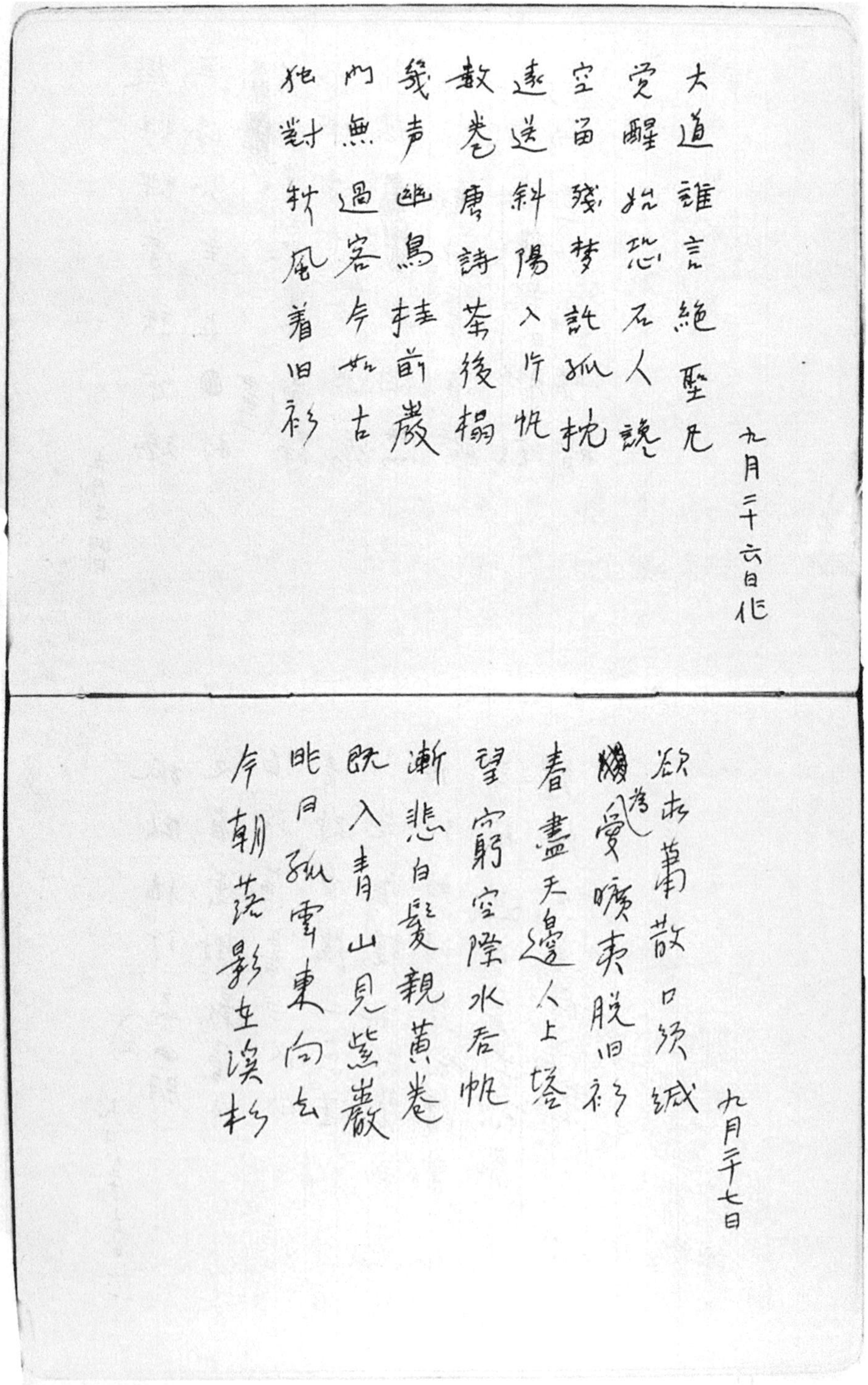

大道誰言絶聖凡
覚醒始恐石人讒
空留残夢託孤枕
遠送斜陽入片帆
数巻唐詩茶後榻
幾声幽鳥桂前巌
門無過客今如古
独対秋風着旧衫

九月二十六日作

欲求蕭散口須緘
為愛曠夷脱旧衫
春尽天辺人上塔
望窮空際水呑帆
漸悲白髪親黄巻
既入青山見紫巌
昨日孤雲東向去
今朝落影在渓杉

九月二十七日

九月二十九日

朝洗青研夕愛鵞
蓮池水静接西坡
莓花細雨黄昏到
託竹光風緑影過
一日清閑無債鬼
十年生計在詩魔
興来題句春琴上
墨滴幽香道氣多

九月三十日

閑窓睡覚影参差
机上猶餘筆一枝
多病賣文秋入骨
細心構想寒砭肌
紅塵堆裏聖賢道
碧落空中清浄詩
描到西風辞不足
看雲採菊在東籬

誰道蓬萊隔萬濤
千年仙境在春醪
風吹靺鞨虜塵盡
雨洗滄溟天日高
大岳無雲輝積雪
碧空有影映紅桃
擬將好謔消佳節
直下長竿釣巨鼇
詭

十月一日作

不愛紅塵不愛林
蕭然淨室是知音
獨摩拳石摸雲意
時對盆梅見蘚心
麈尾毿毿朱几側
蠅頭細字紫研陰
閑中有事喫茶後
復賃晴暄照苦吟

十月二日

逐蝶尋花忽失蹤
晩帰林下幾人逢
朱評古聖空霊句
青隔時流偃蹇松
機外蕭風吹落寞
静中凝露向芙蓉
山高日短秋将尽
復擁寒衾独入冬

十月三日作

百年功過有吾知
百殺百愁亡了期
作意西風吹短髪
無端北斗落長眉
室中仰毒真人死
門外追仇賊子飢
誰道閑庭秋索寞
忙看黄葉自離枝

十月四日作

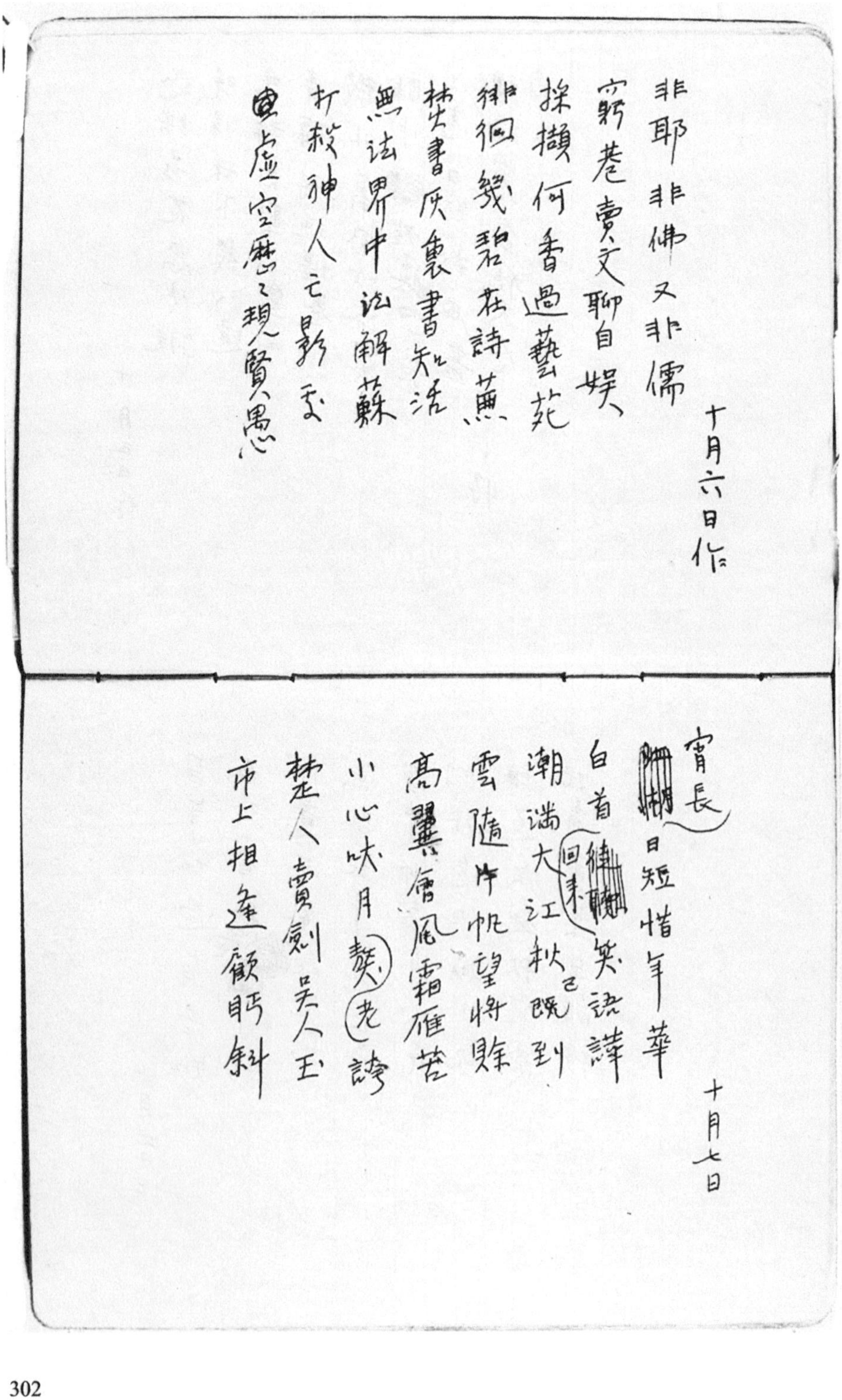

十月六日作

非耶非佛又非儒
窮巷賣文聊自娯
採擷何香過藝苑
徘徊幾碧在詩蕪
焚書灰裏書知活
無法界中法解蘇
打殺神人亡影處
虚空歴歴現賢愚

十月七日

宵長日短惜年華
白首回来笑語譁
潮満大江秋已到
雲隨片帆望将賒
高翼會風霜雁苦
小心吠月老獒誇
楚人賣劍呉人玉
市上相逢顧眄斜

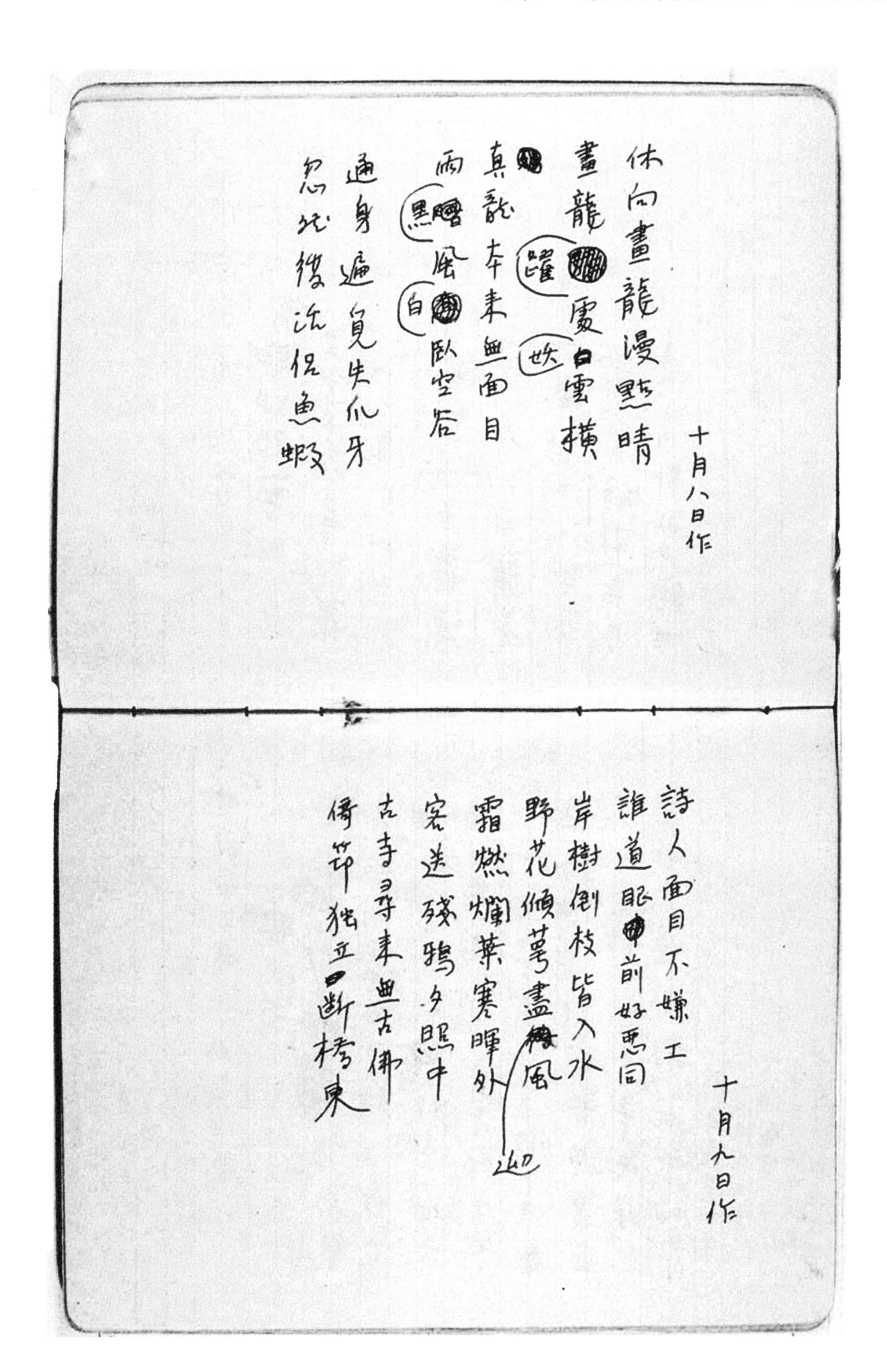
十月八日作

休向畫龍漫點睛
畫龍躍處妖雲橫
真龍本來無面目
雨黑風白臥空谷
通身遍覓失爪牙
忽然復活侶魚蝦

十月九日作

詩人面目不嫌工
誰道眼前好惡同
岸樹倒枝皆入水
野花傾萼盡迎風
霜燃爛葉寒暉外
客送殘鴉夕照中
古寺尋來無古佛
倚筇獨立斷橋東

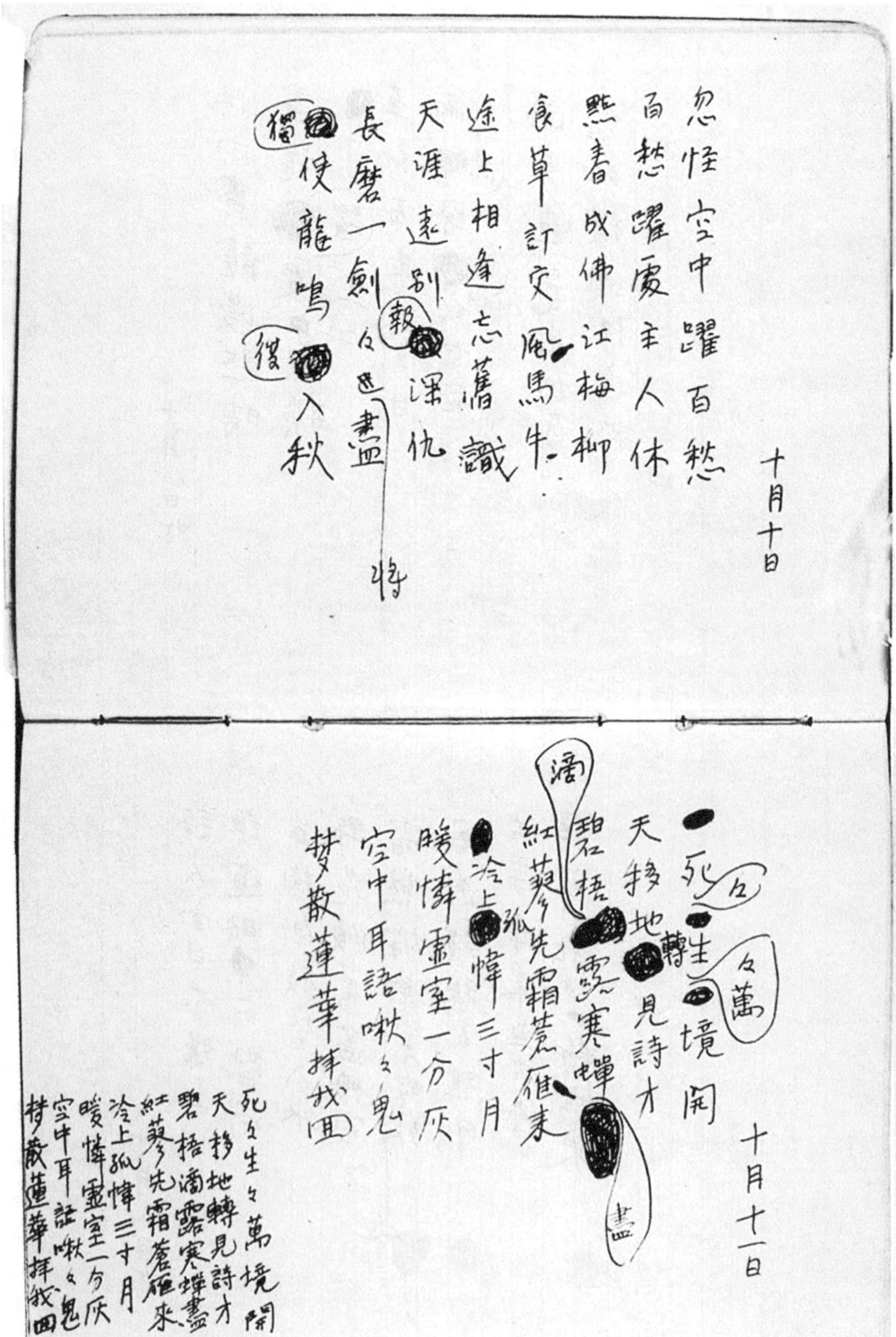

十月十日

忽怪空中躍百愁
百愁躍處主人休
點春成佛江梅柳
食草訂交風馬牛
途上相逢忘舊識
天涯遠別報深仇
長磨一劍々將盡
猶使龍鳴復入秋

十月十一日

死々生々萬境開
天移地轉見詩才
碧梧滴露寒蟬盡
紅蓼先霜蒼雁來
泠上孤幃三寸月
暖憐虛室一分灰
空中耳語啾々鬼
夢散蓮華拜我回

死々生々萬境開
天移地轉見詩才
碧梧滴露寒蟬盡
紅蓼先霜蒼雁來
泠上孤幃三寸月
暖憐虛室一分灰
空中耳語啾々鬼
夢散蓮華拜我回

十月十二日作

途逢啐啄了機緣
殼外殼中孰後先
一様風旛相契處
同時水月結交邊
空明打出英靈漢
閑暗踢翻金玉篇
膽小休言遺大事
會天行道是吾禪

十月十五日作

吾面難親向鏡親
吾心不見獨嗟貧
明朝市上屠牛客
今日山中觀道人
行盡邐迤天始闊
踏殘峙峿地猶新
縱橫曲折高還下
總是虛無總是真

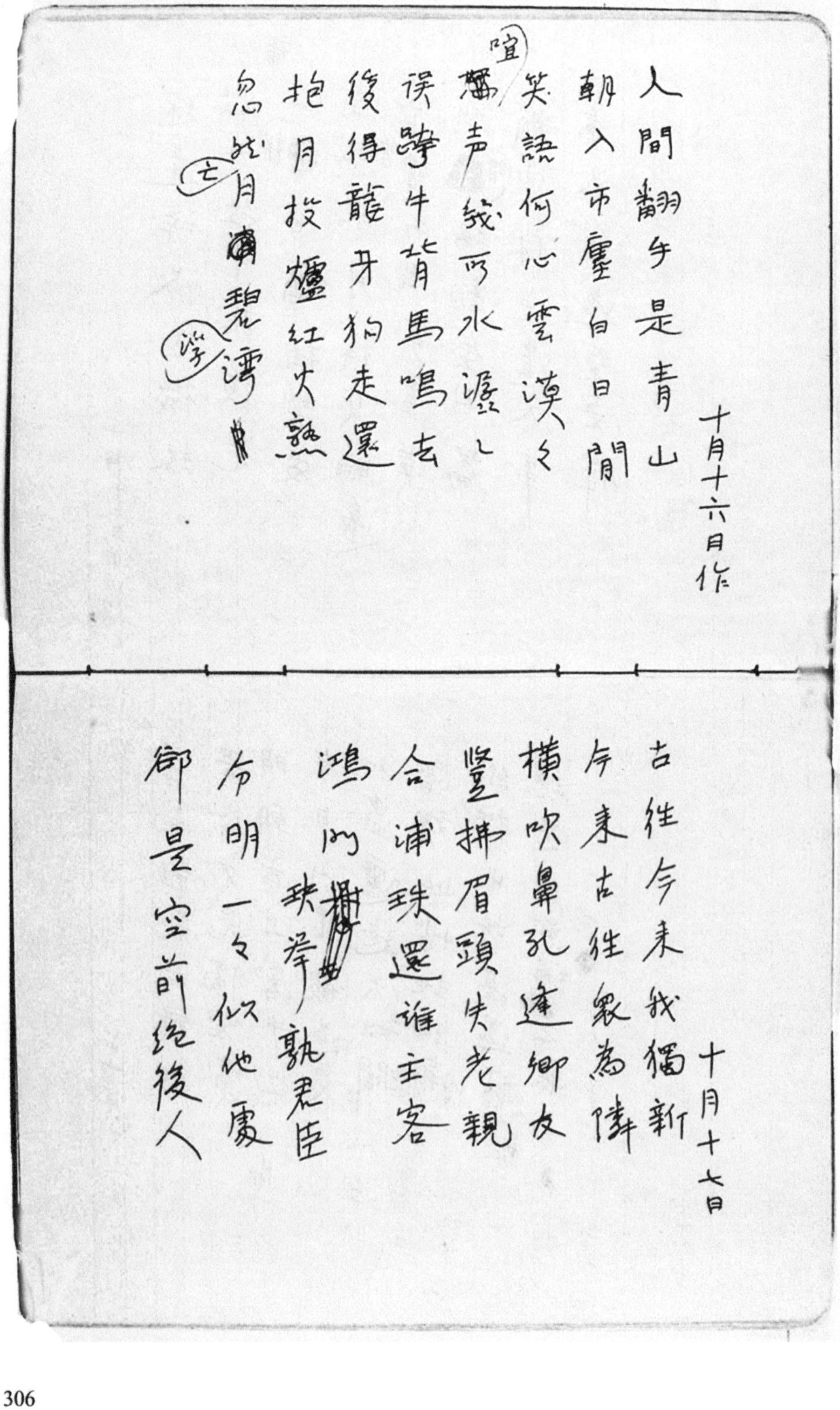

十月十六日作

人間翻手是青山
朝入市廛白日閑
笑語何心雲漠々
喧声幾所水潺々
誤跨牛背馬鳴去
復得龍牙狗走還
抱月投爐紅火熟
忽然亡月碧浮湾

十月十七日

古往今来我獨新
今来古往衆為隣
横吹鼻孔逢郷友
竪拂眉頭失老親
合浦珠還誰主客
鴻門玦挙孰君臣
分明一々似他處
却是空前絶後人

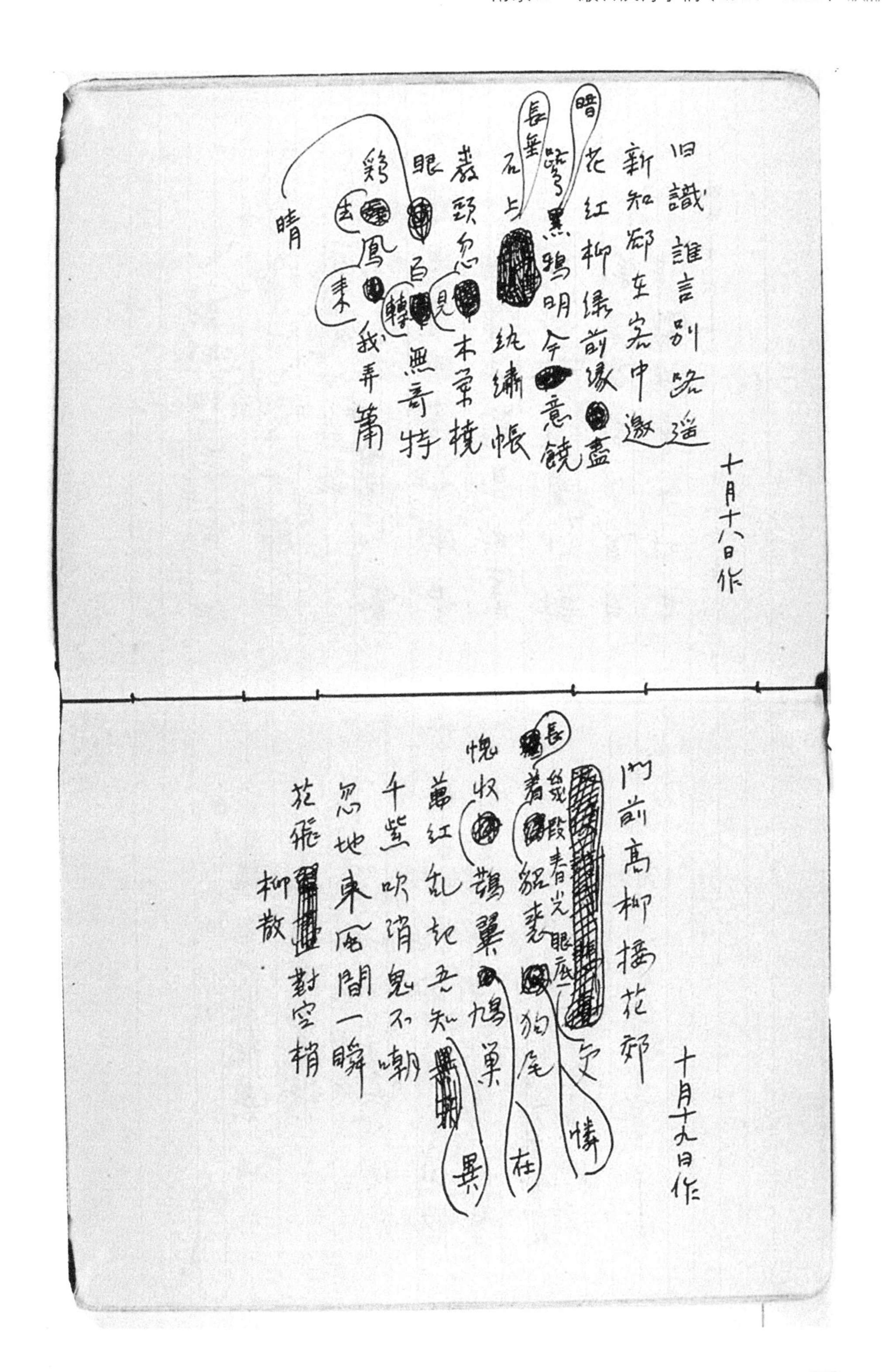
十月十八日作
十月十九日作

十月二十日

半生意気撫刀鐶
骨肉銷磨立大寰
只当死力守心関
漸使清風通鉄関
入泥駿馬地中去
折角霊犀天外還
漢水今朝流北向
依然面目見廬山

十月二十一日

吾失天時併失愚
吾今会道々離吾
人間忽尽聡明死
魔界猶存正義臞
擲地鏗鏘金錯剣
砕空燦燦夜光珠
独呑涕涙長躊躇
怙恃両亡立廟衢

十月二十一日作

元是一城主
焚城行廣衢
行々長物盡
何處捨吾愚

元是喪家狗
徘徊在草原
童兒誤打殺
何日入吾門

元是錦衣子
売衣又売珠
長身無估客
赤裸々中愚

十月二十二日

元是貧家子
未憐富貴門
一朝空腹満
忽死報君恩

元是東家子
西隣乞食歸
歸來何所見
旧宅雨霏々

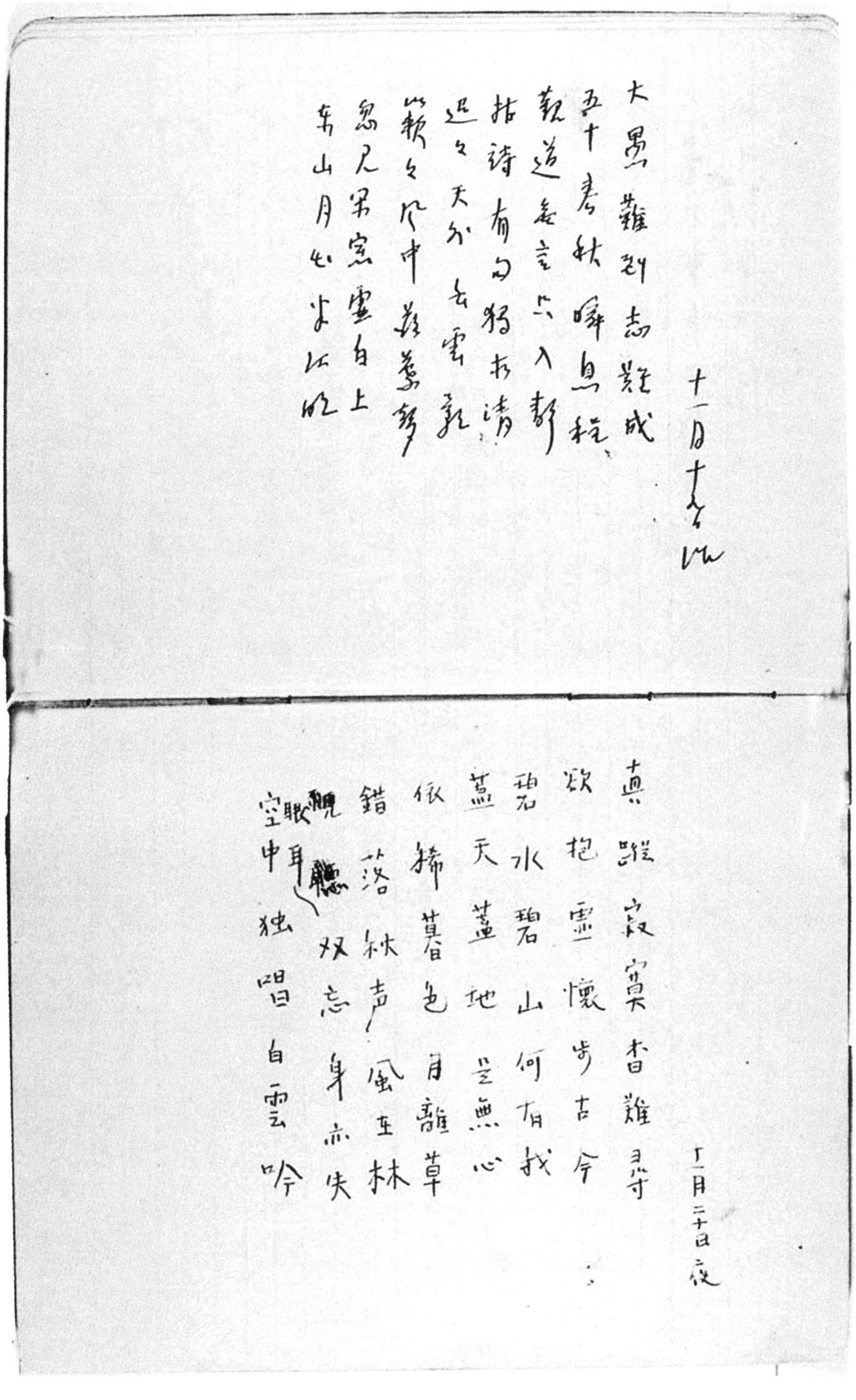

十一月十九日作

大愚難到志難成
五十春秋瞬息程
觀道無言只入靜
拈詩有句獨求清
迢々天外去雲影
籟々風中落葉聲
忽見閑窓虛白上
東山月出半江明

十一月二十日夜

眞蹤寂寞杳難尋
欲抱虛懷步古今
碧水碧山何有我
蓋天蓋地是無心
依稀暮色月離草
錯落秋声風在林
眼耳双忘身亦失
空中独唱白雲吟

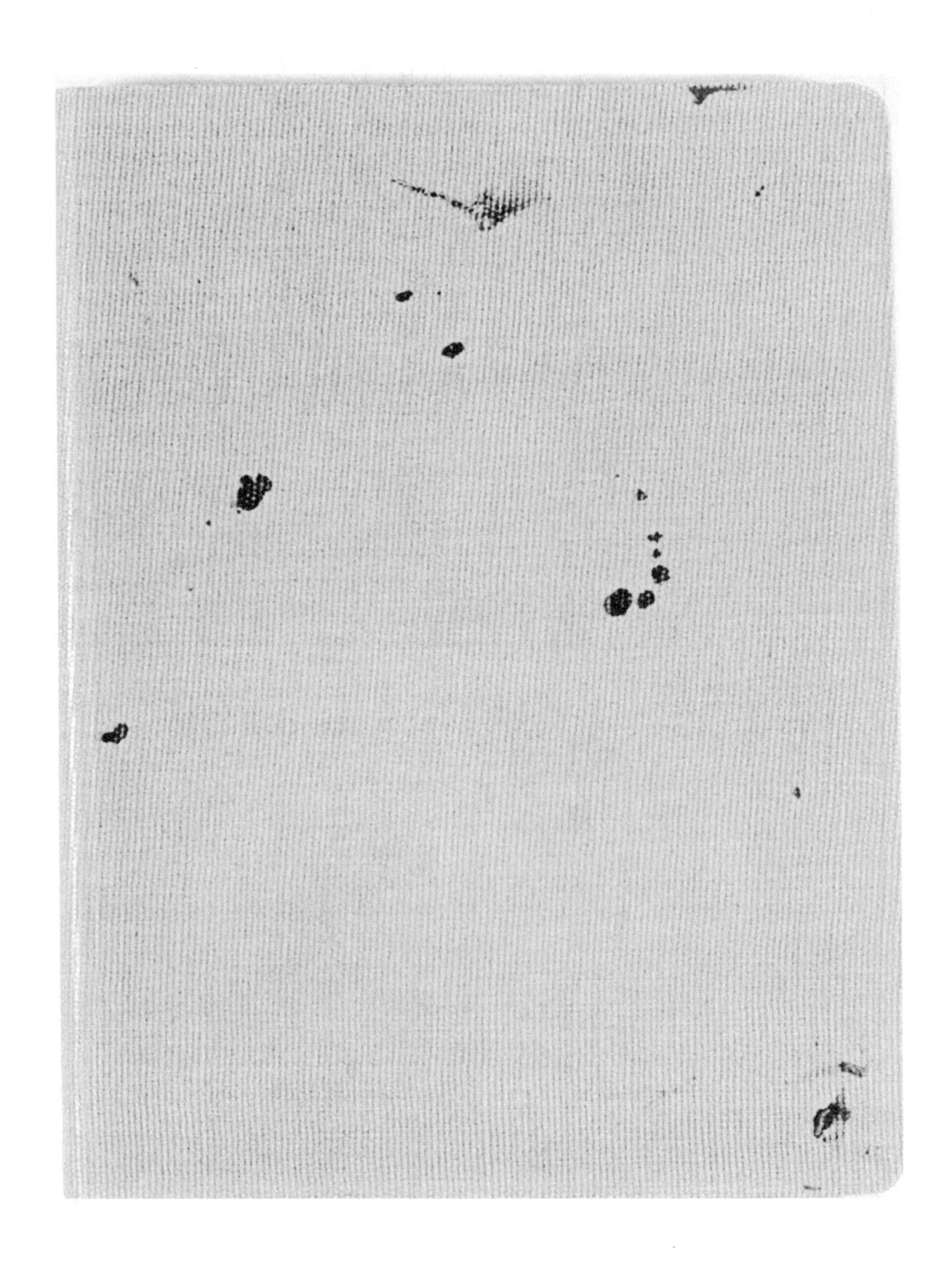

参考文献

中文及中译本专著

黑格尔：《哲学史讲演录》（第二卷），贺麟、王太庆译，北京：商务印刷馆，1997年。

马克思、恩格斯：《共产党宣言》，中共中央编译局译，北京：人民出版社，1997年。

马克思、恩格斯：《马克思恩格斯选集》第一卷，北京：人民出版社，1995年。

林少阳：《"文"与日本学术思想——汉字圈1700—1990》，北京：中央编译出版社，2012年。

鲁迅：《现代日本小说集·附录》，《鲁迅文集全编（二）》，台北：国际文化出版公司，1995年。

郑清茂：《中国文学在日本》，台北：纯文学出版社，1967年。

夏目漱石：《旅宿》，丰子恺译，北京：人民文学出版社，1959年。

迈克尔·斯坦福：《历史研究导论》，刘世安译，北京：世界图书出版公司，2012年。

严绍璗：《比较文学与文化"变异体"研究》，上海：复旦大学出版社，2011年。

黑格尔：《美学》（第三卷下），朱光潜译，北京：商务印书馆，2019年。

钟嵘著，曹旭集注：《诗品集注》，上海：上海古籍出版社，1996年。

莱内·马利亚·里尔克：《给一个青年诗人的十封信》，冯至译，北京：北京出版社，2019年。

苏轼：《苏轼文集》，北京：中华书局，1986年。

莱辛：《拉奥孔》，朱光潜译，北京：商务印书馆，2013年。

陈定家：《拉奥孔导读》，成都：四川教育出版社，2002年。

冯友兰:《中国哲学简史》, 北京 : 北京大学出版社, 2013年。

陈秋平、尚荣译注:《金刚经·心经·坛经》北京 : 中华书局, 2016年。

柄谷行人:《日本现代文学的起源》, 赵京华译 : 北京 : 生活·读书·新知三联书店, 2003年。

柄谷行人:《定本柄谷行人文学论集》, 陈言译 : 北京 : 中央编译出版社, 2021年。

柄谷行人:《跨越性批判——康德和马克思》, 赵京华译 : 北京 : 中央编译出版社, 2011年。

康德:《判断力批判》, 邓晓芒译, 杨祖陶校, 北京 : 人民出版社, 2002年。

齐泽克:《意识形态的崇高客体》, 季广茂译, 北京 : 中央编译出版社, 2014年。

夏目漱石:《草枕》, 陈德文译, 上海 : 上海译文出版社, 2017年。

夏目漱石:《夏目漱石散文随笔集 : 暖梦》, 陈德文译, 广州 : 花城出版社, 2014年。

王广生:《读史札记——夏目漱石的汉诗》, 北京 : 北京大学出版社, 2020年。

中文论文

张汝伦:《现代性与哲学的任务》,《学术月刊》2016年第7期。

张沛:《"文学"的解放》,《跨文化对话》第29辑, 北京 : 生活·读书·新知三联书店, 2012年11月。

王一川:《旧体文学传统的现代性生成——启功的旧体诗与汉语现象研究》,《传统文化与现代化》1998年第2期。

周海琴:《与谢芜村俳句的近代性》,《日语学习与研究》2008年第5期。

王广生、荣喜朝:《日本近代汉诗的"文化内共生"特征——以夏目漱石的汉诗为例》,《汉学研究》2021年春夏卷。

王广生:《夏目漱石汉诗的形式及审美问题——以其最后一首汉诗为中心》,《汉学研究》2016年春夏卷。

王广生:《禅宗思想与〈草枕〉——以"无住"观念为中心》,《汉学研究》2022年春夏卷。

刘岳兵:《论文夏目漱石晚年汉诗中的求"道"意识》,《日本研究》2006

第3期。

王成:《论夏目漱石晚年汉诗》,《日本教育与日本研究论丛》，北京：民族出版社，2003年。

陈雪:《写生文观与非人情美学——析夏目漱石小说〈草枕〉的图像性叙事》,《国外文学》2013年第2期。

张辉:《画与诗的界限，两个希腊的界限——莱辛〈拉奥孔〉解题》,《外国文学评论》2011年第2期。

周有光:《文艺复兴和启蒙运动（下）》,《群言》2001年第3期。

李秋零:《康德与启蒙运动》,《中国人民大学学报》2010年第6期。

日文专著

夏目漱石『漱石全集』第16巻、東京：岩波書店、1995年。

夏目漱石『漱石全集』第18巻『漢詩文』、東京：岩波書店、1995年。

夏目漱石『漱石全集』第9巻『文学論』、東京：岩波書店、1966年。

夏目漱石『漱石全集』第14巻『書簡集』、東京：岩波書店、1966年。

夏目漱石『漱石全集』第15巻『続書簡』、東京：岩波書店、1967年。

夏目漱石『漱石全集』第16巻『別冊』、東京：岩波書店、1967年。

大岡昇平『小説家夏目漱石』、東京：筑摩書房、1988年。

陳明順『漱石漢詩と禅の思想』、東京：勉誠社、1997年。

吉川幸次郎『漱石詩注』、東京：岩波書店、1967年。

加藤二郎『漱石と漢詩–近代への視線』、東京：翰林書房、2004年。

水川隆夫『夏目漱石と戦争』、東京：平凡社、2010年。

徐前『漱石と子規の漢詩——対比の視点から』、東京：明治書院、2005年。

仁枝忠『俳句文学と漢文学』、東京：笠间書房、1978年。

古井由吉『漱石の漢詩を読む』、東京：岩波書店、2008年。

古田亮『漱石の美術世界』、東京：岩波書店、2014年。

中村宏『漱石漢詩の世界』、東京：第一書房、1983年。

今西順吉『漱石文学の思想』第一部，東京：筑摩書房、1988年。

藤尾健剛『漱石の近代日本』、東京：勉誠出版、2011年。

松村昌家『夏目漱石における東と西』、東京：思文閣出版、2007年。

小森陽一『世紀末の予言者・夏目漱石』、東京：講談社、1999年。

加藤二郎『漱石与禅』、東京：翰林書房、1999年。

夏目漱石『草枕』、東京：集英社、1972年。

岡崎義惠『鷗外と漱石』、東京：要書房、1956年。

柄谷行人『漱石をよむ』、東京：岩波書店、1994年。

夏目漱石『漱石書画集』、東京：岩波書店、1977年。

朴裕河『ナショナル・アイデンとジェンダー；漱石・文学・近代』、東京：クレイン出版社、2007年。

日文论文

渥美孝子『夏目漱石「草枕」——絵画小説という試み——』、『国語と国文学』、東京大学國語国文学会、東京：明治書院出版、2013年。

小倉斉「『草枕』を読む：作品のポリフォニー性と〈画〉の成就」、『愛知淑徳大学国語国文』、愛知淑徳大学国文学会、2016年。

好川佐苗「夏目漱石『草枕』論：「霊台方寸のカメラ」機能」、『梅光学院大学・女子短期大学部　論集』、梅光学院大学・女子短期大学部、2005年。

佐藤泰正「『草枕』の世界：そのモチーフの所在をめぐって」、『日本文学研究』、梅光女学院大学日本文学会、1975年。

塚本勝義「文学の分類に現れた漱石の文学観」、『茨城大学教育学部紀要』第6号、茨城大学教育学部、1956年。

桑島秀樹「漱石『草枕』にみる西洋美学の受容と翻案：画工の絵にならない俳句的な旅」、『美学研究』創刊号、大阪大学大学院文学研究科美学研究室。

近藤文剛「禪に於ける非人情の一考察」、『印度學佛教學研究』第7巻第2号、東京：日本仏教協会、1959年、第559-560頁。

索　引